北京文化书系
京味文化丛书

京味文学揽胜

中共北京市委宣传部
北京市社会科学界联合会 组织编写
刘勇 陶梦真 解楚冰 等 著

北京出版集团
北京出版社

图书在版编目(CIP)数据

京味文学揽胜 / 中共北京市委宣传部，北京市社会科学界联合会组织编写 ；刘勇等著. 北京 ：北京出版社，2024.4

（北京文化书系. 京味文化丛书）

ISBN 978-7-200-18160-9

Ⅰ. ①京… Ⅱ. ①中… ②北… ③刘… Ⅲ. ①地方文学史—北京 Ⅳ. ①I209.91

中国国家版本馆CIP数据核字（2023）第149668号

北京文化书系　京味文化丛书

京味文学揽胜

JINGWEI WENXUE LANSHENG

中共北京市委宣传部
北京市社会科学界联合会　组织编写

刘勇　陶梦真　解楚冰 等　著

*

北京出版集团
北京出版社　出版

（北京北三环中路6号）

邮政编码：100120

网　　址：www.bph.com.cn

北京出版集团总发行

新华书店经销

北京建宏印刷有限公司印刷

*

787毫米×1092毫米　16开本　19.25印张　268千字

2024年4月第1版　2024年4月第1次印刷

ISBN 978-7-200-18160-9

定价：80.00元

如有印装质量问题，由本社负责调换

质量监督电话：010-58572393；发行部电话：010-58572371

“北京文化书系”编委会

“京味文化丛书”编委会

“北京文化书系”
序言

文化是一个国家、一个民族的灵魂。中华民族生生不息绵延发展、饱受挫折又不断浴火重生，都离不开中华文化的有力支撑。北京有着三千多年建城史、八百多年建都史，历史悠久、底蕴深厚，是中华文明源远流长的伟大见证。数千年风雨的洗礼，北京城市依旧辉煌；数千年历史的沉淀，北京文化历久弥新。研究北京文化、挖掘北京文化、传承北京文化、弘扬北京文化，让全市人民对博大精深的中华文化有高度的文化自信，从中华文化宝库中萃取精华、汲取能量，保持对文化理想、文化价值的高度信心，保持对文化生命力、创造力的高度信心，是历史交给我们的光荣职责，是新时代赋予我们的崇高使命。

党的十八大以来，以习近平同志为核心的党中央十分关心北京文化建设。习近平总书记作出重要指示，明确把全国文化中心建设作为首都城市战略定位之一，强调要抓实抓好文化中心建设，精心保护好历史文化金名片，提升文化软实力和国际影响力，凸显北京历史文化的整体价值，强化“首都风范、古都风韵、时代风貌”的城市特色。习近平总书记的重要论述和重要指示精神，深刻阐明了文化在首都的重要地位和作用，为建设全国文化中心、弘扬中华文化指明了方向。

2017年9月，党中央、国务院正式批复了《北京城市总体规划（2016年—2035年）》。新版北京城市总体规划明确了全国文化中心建设的时间表、路线图。这就是：到2035年成为彰显文化自信与多元包容魅力的世界文化名城；到2050年成为弘扬中华文明和引领时代潮流的世界文脉标志。这既需要修缮保护好故宫、长城、颐和园等享誉中外的名胜古迹，也需要传承利用好四合院、胡同、京腔京韵等具有老北京地域特色的文化遗产，还需要深入挖掘文物、遗迹、设施、景点、语言等背后蕴含的文化价值。

组织编撰“北京文化书系”，是贯彻落实中央关于全国文化中心建设决策部署的重要体现，是对北京文化进行深层次整理和内涵式挖掘的必然要求，恰逢其时、意义重大。在形式上，“北京文化书系”表现为“一个书系、四套丛书”，分别从古都、红色、京味和创新四个不同的角度全方位诠释北京文化这个内核。丛书共计47部。其中，“古都文化丛书”由20部书组成，着重系统梳理北京悠久灿烂的古都文脉，阐释古都文化的深刻内涵，整理皇城坛庙、历史街区等众多物质文化遗产，传承丰富的非物质文化遗产，彰显北京历史文化名城的独特韵味。“红色文化丛书”由12部书组成，主要以标志性的地理、人物、建筑、事件等为载体，提炼红色文化内涵，梳理北京波澜壮阔的革命历史，讲述京华大地的革命故事，阐释本地红色文化的历史内涵和政治意义，发扬无产阶级革命精神。“京味文化丛书”由10部书组成，内容涉及语言、戏剧、礼俗、工艺、节庆、服饰、饮食等百姓生活各个方面，以百姓生活为载体，从百姓日常生活习俗和衣食住行中提炼老北京文化的独特内涵，整理老北京文化的历史记忆，着重系统梳理具有地域特色的风土习俗文化。“创新文化丛书”由5部书组成，内容涉及科技、文化、教育、城市规划建设等领域，着重记述新中国成立以来特别是改革开放以来北京日新月异的社会变化，描写北京新时期科技创新和文化创新成就，展现北京人民勇于创新、开拓进取的时代风貌。

为加强对“北京文化书系”编撰工作的统筹协调，成立了以“北京文化书系”编委会为领导、四个子丛书编委会具体负责的运行架构。“北京文化书系”编委会由中共北京市委常委、宣传部部长莫高义同志和市人大常委会党组副书记、副主任杜飞进同志担任主任，市委宣传部分管日常工作的副部长赵卫东同志担任副主任，由相关文化领域权威专家担任顾问，相关单位主要领导担任编委会委员。原中共中央党史研究室副主任李忠杰、北京市社会科学院研究员阎崇年、北京师范大学教授刘铁梁、北京市社会科学院原副院长赵弘分别担任“红色文化”“古都文化”“京味文化”“创新文化”丛书编委会主编。

在组织编撰出版过程中，我们始终坚持最高要求、最严标准，突出精品意识，把“非精品不出版”的理念贯穿在作者邀请、书稿创作、编辑出版各个方面各个环节，确保编撰成涵盖全面、内容权威的书系，体现首善标准、首都水准和首都贡献。

我们希望，“北京文化书系”能够为读者展示北京文化的根和魂，温润读者心灵，展现城市魅力，也希望能吸引更多北京文化的研究者、参与者、支持者，为共同推动全国文化中心建设贡献力量。

“北京文化书系”编委会

2021年12月

“京味文化丛书”
序言

京味文化，一般是指与北京城市的地域和历史相联系，由世世代代的北京居民大众所创造、传承，具有独特风范、韵味的生活文化传统。京味文化表现于北京人日常的生活环境中与行为的各个方面，比如街巷格局、民居建筑、衣食住行、劳作交易、礼仪交往、语言谈吐、娱乐情趣等，能够显露出北京人的集体性格，折射出北京这座城市的历史进程和发展轨迹。

京味文化的整体风貌受到北京的地理位置、自然环境和历史地位等条件的制约和影响。北京地处华北平原北端和燕山南麓，西东两侧有永定河和潮白河等，是农耕与游牧两种生产生活方式交会的地带，这里的风光、气候、资源、物产等都形成了京味文化地域性的底色和基调。

北京曾是古代中国最后几个朝代的国都，是当代中国的伟大首都，是中国最著名的教育与文化中心城市。因此，从古代的宫廷势力、贵族阶层、士人阶层到现代和当代的文化精英群体，都较多地介入了京城生活文化的建构，而且影响了一般市民的日常交往、休闲娱乐等行为模式。

北京居民大众在历史上与来自全国各地、各民族的人员有频密的交流，接受了各地区、各民族的一些生活习惯和文化形式，使得京味文化具有了比较明显的包容性特征。尤其是在北京的一些文化人、艺术家将各地区的文化、艺术精华加以荟萃，取得了一些具有文化中心城市地标式的创作成就——例如京戏这样的巅峰艺术。

近代以来，北京得风气之先，在与外来思想、文化的碰撞与交流中，现代的交通、邮政、教育、体育、医疗、卫生、报业、娱乐等领域的公共制度、市政设施和文化产业等相继进入北京市民的日常生活，京味文化中加入了许多工业文明的元素。与此同时，乡村的一些文艺表演、手工制作等也大量出现在北京城里，充实了京味文化中的乡土传统成分。

当今时代，北京成为凝聚国人和吸引全世界目光的现代化大都市，人们的生产生活方式发生了彻底性变革，京味文化传统由此而进入一个重新建构的过程。其中，城市建设中对老城风貌的保护、老北京人在各种媒体上讲述过往生活的故事等，都成为北京人自觉的文化行动，使得京味文化绵延不绝，历久弥新。

对于每一个北京人，包括在北京居住过一段岁月的人来说，京味文化都是伴随着生命历程，融入了身体记忆，具有强烈家乡感的文化。生活变化越快，人们越愿意交流和共享自己的北京故事，这是京味文化传统得以传承的根本动力。一些作家、艺术家所创作的京味文学和京味艺术，深刻影响了北京乃至全国人民对京味文化的关注与体悟，成为京味文化传统中不可缺少的组成部分。

我们相信，京味文化在向前发展的路上将保持其大众生活实践的本性，在北京全面发展的进程中发挥出加强城市记忆、凝聚城市精神和展现城市形象的重要而独特的功能。全面深入地整理、研究和弘扬京味文化，是摆在我们面前的一项迫切任务。“京味文化丛书”现在共有10部得以出版，分别是《文人笔下的北京》《绘画中的北京》《京味文学揽胜》《北京方言中的历史文化》《北京戏曲文化》《北京传统工艺》《北京礼俗文化》《北京节日文化》《北京服饰文化》《北京人的饮食生活》。这10部书，虽然还不能涵盖京味文化的所有内容，但是以一种整体书写的形式推出，对于京味文化的整理、记述和研究来说，应该具有一定工程性建设的意义。

“京味文化丛书”是在中共北京市委宣传部和北京市社会科学界联合会的有力领导和精心主持下完成的。有关负责同志在组织丛书编委会和作者队伍、召开会议、开展内部讨论、落实项目进行计划等方面都付出巨大心力。北京出版集团对本丛书的顺利编写提出了很多建议，许多专家学者都为本丛书的编写提供了宝贵的意见，特别是对书稿的修改和完善做出了无私奉献。我们希望“京味文化丛书”的出版能够在加强京味文化研究、促进城市文化建设上发挥出积极的作用，并由衷地期待能够得到专家和广大读者的批评、帮助。

刘铁梁

2021年9月

目　录

绪　论　1

第一章　清末民初的京味萌芽　1
第一节　文学的“京语教科书”　3
第二节　京味传统中的满族元素　19
第三节　京味报人的追求与情怀　30

第二章　五四新文学影响下的京味情怀　45
第一节　“北京人”象征的京味意蕴　47
第二节　“外乡人”的北京书写　64
第三节　通俗视角的北京体验　77

第三章　老舍建构的京味世界　93
第一节　“我真爱北平”　96
第二节　异域对视中的北京　102
第三节　原汁原味的京腔京韵　109
第四节　“含泪的笑”　119
第五节　巅峰在上，何以为继？　129

第四章　新时期京味文学的复兴与新变　137
第一节　京味文学的“清明上河图”　139
第二节　老北京传统的延续与变革　152
第三节　“新北京人”的人生转型　162
第四节　“蒲柳人家”的运河风情　172

第五章　世纪之交京味文学的别种风情　187
第一节　“顽主”的游戏与颠覆　189
第二节　偌大的城与孤独的人　198
第三节　“活着挺来劲”　207
第四节　“胡同根儿”里的“北京爷”　216

第六章　新世纪京味文学的新使命　227
第一节　新京味话剧的“仿古”与“再造”　229
第二节　“我的青春谁做主？”　246
第三节　跨媒介视域下的京味文学　263

后　记　283

绪 论

北京是一个有着丰厚的历史底蕴和文化财富的城市，在中国所有的城市中，甚至在世界城市之林，北京最富吸引力的价值和特色就是文化。在“四个中心”的城市战略定位中，“文化中心”始终是一张强有力的底牌，文化建设是否到位，从根本上决定了政治、经济、科技发展战略能否走得远走得长。北京的全国文化中心建设围绕“古都文化、红色文化、京味文化、创新文化”的基本格局展开，而“京味”正是北京最具鲜明地域特色的文化风味。古老历史带来的厚重底蕴，时代变迁弹奏的多元旋律，诸多因素共同构成了北京文化别具一格的风尚。

除了为多数人所津津乐道的民俗、饮食，抑或建筑、风景外，北京文化中还有一个别样的胜境，那就是京味文学。京味文学是北京文化软实力中最有情趣、最能滋润心田的存在。我们在京味文学的胜境中探幽索微，具有极为重要的现实价值和当下意义。

纵观京味文学的代际发展，我们发现“京味”与“京派”构成了北京文化的两个重要支撑，谈论京味文学首先离不开对“京味”和“京派”这两个特殊概念的深刻理解。北京文化的宽厚、包容与多层空间，北京文化的同化力与亲和力，北京文化特有的自然情调和乡土气息等，既契合了京派作家的审美追求和文学姿态，孕育了京派作家的自然人性观和古典审美情结，也自然地生长出京味作家京腔京韵的语言风格和市井民俗的创作情结。

京派是文学史上一个特定的流派，形成并活跃于20世纪30年代，以北京为中心的北方地区，与海派相对。应该说，京派文学至少包含两个不同层面的文化内涵：其一是北京底层社会的平民文化，在这个意义上讲，老舍以其对北京市民群像的生动描写，对北京市井风情的多方刻画，对纯正地道的北京方言土语的成功运用，特别是对于北京的那一腔深情，以及创作之丰厚、特色之鲜明，成为当之无愧的京派作家；其二是北京上层社会的精英文化，尤其是20世纪30年代在北平由大学教授、留学欧美的知识分子所组成的学院派和沙龙派，他们追求传统诗意，追求田园牧歌和乡土情调，这一文化阶层的主要代表是俞平伯、废名、林徽因、朱光潜、李健吾、沈从文等人，而他们无一例外都是“外乡人”。从这个层面上讲，老舍又不算是京派文学的代表作家。从文化意蕴来考量，京派和京味又是两种完全不同性质的文学风格，老舍“京”的不是“派”，老舍“京”的是“味”！

老舍是地地道道的北京人，他的作品是典型北京文化精神的集中体现，在老舍的作品中我们能够明显地看到老舍与北京密不可分的联系。出生在北京的作家绝非老舍一人，生活在北京的作家更多，以北京为背景、为题材、为描写重点的作品不计其数，但能够像老舍对北京那样钟情、痴迷、执着的人却是很少的，几乎没有人能像老舍对北京文化那样透着心的熟悉、那样地道的描写，就像湘西对于沈从文、上海对于张爱玲一样，北京对于老舍，那是一个梦想。

张恨水的小说也是依托北京的城与人进行创作的。据不完全统计，张恨水所创作的以北京为背景的长篇小说约有19部，共计660余万字，其中代表性的作品有《春明外史》《金粉世家》《啼笑因缘》等，这一统计还不包含他大量关于北京的散文杂文等。在他整个的创作生涯中，北京一直是他十分重要的书写对象。[①]阅读张恨水的作品，我们会发现，北京的地名在其中反复出现，天坛、先农坛、天桥、前门、天安门、皇城根、什刹海、陶然亭、北海公园等，大约有

① 罗燕琳：《张恨水与老舍北京城市记忆的对比研究》，《人文丛刊（第二辑）》，2007年，第276页。

上百个。作品中经常出现“一会儿”“吃馆子”“铜子儿”“真够瞧的了”“葱花儿”“怪贫的”“磨不开”这样纯正的京腔京话。北京对于张恨水来说像是一块磁石，一直强烈地吸引着他，甚至超过了故乡安徽和出生地江西。

其实，老舍是不是京派作家不重要，张恨水是不是京味作家也不重要，重要的是这样一种现象恰恰彰显了“京味”与“京派”独特鲜明而又丰富深沉的思想内涵和艺术形式。在近现代乃至整个中国文学史上，围绕着北京文化形成的京派文学与京味文学是一道独特的风景线。

北京文化拥有深厚的传统根基，在长期的历史发展中形成了皇天后土、街巷胡同的文化韵味、外圆内方的文化品格，兼有雍容大气的皇家文化遗风和以礼为重的市民文化特点。所谓老北京文化或者京味文化是多民族、多地域的文化经历过长期相互交融形成的。由于历史上的北京有着延续数千年的中国古代农业社会传统，因此老北京文化或京味文化，属于古代城市中的帝都气派、皇家情趣和市井民俗的综合表述。尽管像胡同文化、四合院文化、市井文化是自古形成的，但随着时代的发展，北京城不断面临现代的信息化和工业化影响，面临新的机遇和挑战。这些经历了历史波折而形成的传统文化，其发展并没有戛然而止，而是在新的时代情景下有了新的意义，代表了中国文化发展的一种趋向和态势。

在传统与现代、古典与当下的双重变奏中，北京文化形成了丰富而又深远的意蕴，但不管怎样改朝换代，它的基调始终是宽厚、深广、雄浑的。它自古至今都透着一股天子脚下、皇城根边的那种从容不迫、四平八稳的姿态，尤其是它所拥有的天然的吸引力、包容力和同化力，无论哪方文化到了北京，都会在不知不觉之中产生对北京文化的认同感与归属感。

围绕着北京文化而形成的“京味”与“京派”既有含蓄、高雅的一面，例如沈从文、废名、林徽因等，也有平白、通俗的一面，例如老舍、张恨水等。

相比于“京派”而言，“京味”其实是一个更广阔的概念。京味文学的独特之处在于，它的地域性与超地域性融为一体，既有更强的包容力和辐射力，又不失鲜明的辨识度。因此无论是老舍、王朔等众所周知的京味作家，还是京派张恨水等影响深远的北京书写者，实际上都因为这种“味”的氤氲而在京味文学中占据了特殊位置。在这样一个大的背景下，京味文学始终是流动的、前进的，它不仅活跃在历史的舞台上，还向着未来不断迈进。

虽然“京味文学”的概念诞生于20世纪80年代初期，但京味文学并不源于此。“京味”之名源于当时文坛出现的一批描写北京风俗人物且具有相近风格的作家，以邓友梅、汪曾祺、刘心武、陈建功、刘绍棠、林斤澜等作家为代表，创作出了大量具有相似的审美风格与情调的小说，学界把这种风格情调上溯到老舍，并名之为“京味”。在回溯中找寻“京味”的源头，我们发现将京味文学的源头归结到老舍是远远不够的。京味文学早在清末民初就已现雏形，在漫长的历史变迁中逐渐形成了自己的脉络和发展轨迹。本书的题旨并不仅止于梳理京味文学的历史脉络，还竭力呈现出京味文学最为突出的特征和最为精彩的内容，在此基础上总结京味文学在不同时代的核心价值和根本意义。

晚清一代京味文学的价值和意义首先体现在对北京方言的重要影响上。《红楼梦》《儿女英雄传》被胡适称为“绝好的京语教科书”，不仅仅由于二者对方言词汇的记录，更在于其对北京腔调和京语韵味的绝佳呈现，既传神，又写实。北京话作为口语被运用到文学作品中，又受到文学作品书面化和雅化的规范与引导，在口语和书面语的互动借鉴中形成了早期北京话的雏形。此外，我们不能忽略的是满族元素在京味文学中的体现，如曹雪芹、文康、松友梅、穆儒丐等早期京味小说家都是满族身份。众所周知，北京方言是在满语的基础上发展起来的，清朝建立之后，满式汉语的形成与发展对北京话起到了不小的推动作用。但满族元素对京味文学的影响不仅仅体现在语言层面。满族是渔猎民族，长期的渔猎经验养成了独特的生活习俗，体现在饮食、生育等方方面面。这样的习俗进入文学作品中，成为早期京味文学的一道独特风景线。旗人最为讲礼，从生活习俗到规矩礼俗，这一时期的京味文学在语言的克制、形象的塑造以及传统的形成等多个方面都受到旗人礼俗的影响。在清末民初翻天覆地的时代变革背景下，近代报刊的兴起使得报人小说家成为京味文学书写的特殊群体。松友梅的《小额》《曹二更》《春阿氏》，穆儒丐的《福昭创业记》《北京》等作品都表现出报刊连载的形式对京味文学风格演变的指向性，语言上更加倾向通俗易懂的白话，主题上更加关注世道人心的变化，风格上更加注重幽默诙谐的情怀。

在新文化运动的影响下，北京成为诸多新文学作家书写的背景。五四以来，北京吸引了大批文人学者的目光，诸多高校成立，文人迁徙频繁，报刊出版与书店业在特殊的文化氛围中趋于繁荣，北京因此成为五四时期重要的文化中心，成为作家聚集、居留之地。在丰富的文化资源的影响下，北京成为众多作家创作起步的地方，无论是教育资源的丰富，文化底蕴的厚重，还是中外交流的频繁，都为新文学作家看待北京提供了更加多元的视角。与前后京味文学的发展相比，五四新文学影响下的京味文学更多体现在作家对北京的文化体验。新文学作家通常从一种文化反思的角度来描写京味文化，北京和北京人成为文学作品中故事发生发展的背景，如曹禺的《北京人》、林语堂的《京华烟云》等，北京不仅为故事发生提供了场地，并且成为一种充满象征意义的隐喻。而如鲁迅、沈从文等“外乡人”同样对北京有着独特的体验和感受，他们或曾游历或曾居住于北京，对这座城市有着或浓或淡，或深或浅的记忆，自然地生成一些零散漂浮的印象，构成对北京城市文化的独特思考。如果说新文学作家代表了对北京文化严肃思考的一面，张恨水则书写了通俗世界中的北京魅力，他的《金粉世家》《春明外史》《啼笑因缘》等小说作品，虽不被纳入狭义京味文学的范畴，但这些作品的故事背景、人物形象及情节发展等诸多方面又分明离不开北京这一文化背景。正是诸多对于北京有意识的描写，为今后以老舍为代表的京味作家的蓬勃兴起奠定了基础。北京进入文学，成为一种描写对象，北京人、北京话、北京城等，共同构成了广义的京味文学世界。

老舍及其建构的京味世界是京味文学的巅峰。老舍生于北京，长于北京，这对于他书写北京而言是一种得天独厚的优势条件。但老舍之所以成为京味文学的代表作家，他的深刻与高明之处并不在于其北京人的特殊身份，而恰恰在于他离开北京、回望北京的异域视角。老舍远渡英国，在受到西方文明洗礼的同时，感受到先进文明带来的强烈的文化震撼与油然而生的民族忧虑。正是在中西方激烈碰撞的语境中，身处异域的老舍开始反思国人的性格特征和本民族的传统文化，这期间创作的《老张的哲学》《赵子曰》《二马》也因此而别具一格，有了更加深刻的文化自省的意味。这种深刻同样体现在老舍的幽默当中。老舍擅长以插科打诨、诙谐幽默的语言艺术塑造人物，但老舍的幽默别具一格，有着悲伤深沉的独特风格，带给读者的往往是“含泪的笑”。老舍幽默的话语经常能使人在笑中带泪，而后发人深省，这一点在《骆驼祥子》《茶馆》等作品中表现得尤为突出。应该说，老舍的文学作品建构起一个丰富而庞大的京味世界，在这个文学世界中，京腔京韵得到了最恰到好处的运用，北京风物得到了最生动传神的书写，传统礼俗得到了最虔诚真挚的传扬，人情冷暖得到了最鞭辟入里的分析。这样的京味世界集前人之大成，开后世之风气，真正成为京味文学的标杆。

当然，京味文学并非一成不变，它也显在地受到了时代社会的显著影响，呈现出不同的代际特征。新时期的京味文学是在20世纪80年代初期风靡于文学创作界的文化寻根思潮影响下发轫的。作家们对北京民俗的书写首先值得关注。邓友梅的《烟壶》、刘心武的《钟鼓楼》、汪曾祺的众多京味散文都体现了京味作家对北京民俗“《清明上河图》式的记录”[①]。同时，作家们在进行民俗书写时也形成了历史

① 邓友梅：《关于现阶段的文学》，《当代文艺思潮》，1983年第1期。

性、职业性、地方性并重的语言特色，这在汪曾祺的小说《云致秋行状》《安乐居》中有较多体现。与某些作家寻觅千古华夏的文明之根不同，京味作家们是从地域文化的角度，从三千多年北京城市的文化历史积淀中去观照今日的北京，寻觅发掘着它与古老北京文化的渊源关系，捕捉着传统北京文化正负面因素在当代北京人文化性格与文化心理中遗传与变异的轨迹。在这样的创作理念下，汪曾祺塑造了一系列坚守传统的北京人，他们有的在时代变革中仍旧保守着老北京八旗子弟的贵族精神，如《八月骄阳》中的刘宝利；有的在快步前进的社会中仍然保有一份从容消闲的心态，如北京的大妈们、胡同中的闲民；也有的无论时代社会如何变换，永远坚守着礼义之道，如《云致秋行状》中的云致秋。然而，北京人除了坚守传统的历史文化之外，也在现代化、改革开放的过程中有了重要的转变。如陈建功就在《卷毛》中表现了新青年的新活法：看似不认真，实则是太认真地在寻找自己灵魂的归宿；王蒙则在《活动变人形》中展示了中外文化冲突背景中知识分子的身份认同危机。这一时期，刘绍棠的运河文学也特别值得我们关注。刘绍棠把运河风土当成自己小说题材的“一口井”，他在其中挖出了如“浮萍”“蒲苇”般的人性，创作出了《瓜棚柳巷》《荇水荷风》《青枝绿叶》等作品，也形成了与孙犁《荷花淀》不一样的京味风格：更加通俗化、民间化，也将传奇性与真实性相融合。

20世纪80年代末王朔的横空出世，可以说是“京味”在新的历史语境下一次另类的转向与变异。其后，陈染关于“女性求索者”的形象塑造，刘恒聚焦底层群众的人文关怀，刘一达京味系列的“博物馆式”书写，都在世纪之交的京味文学舞台上悉数登场，展现了“八十年代”的新气象，也为“京味”文学带来了新的空气与养分。王朔的作品和他的为人，体现着“真”的本色，《过把瘾就死》《阳光灿烂的日子》《顽主》《动物凶猛》等代表作展示了京味文学的另一种写法。伴随着王朔出现的，是热点，是争议，是关乎大时代与小人物的碰撞与冲突，但也没有离开“京味文学”这个场域。他的人与文正像他塑造的“顽主”形象那样，带着挑战严肃文学的游戏性与撕破一切“假崇高”面具的颠覆性，是这一时期京味文学的另类体现。刘恒在书写北京平民生活上，以写实的笔调，突出人物的语言，集中反映了北京平民的生活特点，《贫嘴张大民的幸福生活》开启了世纪之交的“张大民现象”，向世人呈现了小人物的生死与悲欢，展现了平民百姓身上的智慧与韧劲。刘一达则把写作视角放在北京的风物民俗与世故人情上，对京城文化进行了方方面面的探索与开掘，北京特有的人、事、景及礼仪风俗，无不被他详细周到地纳入囊中。他的作品，堪称一部京味文化全书。刘一达非常多产，有一系列的京味作品，如长篇小说《故都子民》《胡同根儿》《北京爷》等，以及“刘一达京味儿”系列、纪实文学系列等。

21世纪以来，京味文学在话剧、影视剧、网络文学等诸多层面有了更加广泛的投射，当代的京味文学在北京精神、北京人物、北京生活、北京语言、京味元素等诸多方面既与传统京味文学一脉相承，又不断进行新的实验和尝试。京味话剧越来越呈现出鲜明的当代特色，《玩家》《痴爷》《全家福》《万家灯火》等新京味话剧几乎将当代历史上发生的重要事件全都灌注于作品之中，还原在舞台上，聚焦于当时的时代社会背景，但追根究底还是立足于人情冷暖的表达与人性心理的博弈。新京味话剧依然面临如何突破传统京味话剧模式的问题，在“破”与“立”的关系上，在“仿古”与“再造”的衡量中还在继续探索。诸多在京的作家，如冯唐、春树、莫小邪、常凯、石康等人，书写当下的北京的奋斗青年在京的历程和旅行，在“奋斗”与“青春”等诸多引人注目的热点问题上，用自己的实践给出了自己的答案，他们在有意或无意地延续着京味文学的韵致。而跨媒介领域的京味文学，涉及网络文学作品、影视剧等领域，更是为我们展示了更加鲜活而广阔的京味文学空间。赵宝刚的“青春系列”电视剧、冯小刚的系列电影等优秀作品，通过影像资料显示出京味文化的更迭，也在用最直观的方式吸引着大众对于京味文化走向的关注。

京味文学是北京乃至中国文学文化发展的风向标。北京是中国的首都，京味文学与文化始终有一种引领时代发展潮流的创新思维与精神，而这种引领力不是凭空而来的，它离不开历史底蕴的支撑和对于文化传统的传承。北京有着其他城市所不具备的包容性与厚重感，也拥有其他城市所达不到的引导力和带动力，它所滋养孕育的文学也就具有了地域性与超地域性的品格。因此，京味作家的文学书写立足北京，面向世界，用情用力讲好北京故事、中国故事，在世界文学艺术领域鲜明地确立北京气派、北京风范，成为整个中国文化精神的风向标。

京味文学的经典作品灿若星河，我们试图通过揽胜的形式，在这片星河中摘取几颗星星，让大家看到京味文学的价值和魅力。

第一章

清末民初的京味萌芽

京味文学的概念和历史是在回溯中建构起来的。“京味”之名源于20世纪80年代初期出现的一批描写北京风俗人物而具有相近风格的作品。1979年，邓友梅的《话说陶然亭》以迥异于当时伤痕文学潮流的奇丽色彩，震惊了文坛。1980年至1985年，汪曾祺、韩少华、刘心武、苏叔阳、陈建功、刘绍棠、林斤澜等一批作家，创作出了大量具有相似的审美风格与情调的小说作品，学界把这种风格情调上溯到老舍，并名之为“京味”。在回溯中找寻“京味”的源头，我们发现仅仅将京味文学的源头追寻到老舍是远远不够的，在更早的清代中晚期，京味文学的萌芽就已现雏形。看起来，清末民初的京味文学已经距离我们较远，似乎完全脱离了当今时代。其实并非如此，这一时期的京味萌芽已经孕育了五四之后百年来京味文学的雏形。在语言方面，北京话从诞生、发展一直到圆融、定型，都体现在文学作品中，《红楼梦》和《儿女英雄传》足以成为北京话的历史记载者，甚至范本教科书；而无论是语言表达、人物形象还是民俗礼节，诸多体现在早期京味文学中的风格特色都离不开满族元素的塑造；一直到民国初年，随着近代报刊的诞生，一批报人小说家形成了京味文学思想启蒙和文化反思的品格，具有较强的现实追求，连载的形式也为报人小说增强了通俗性与幽默风格，使其在清末民初广为流传。谈论北京文化，谈论京味文学，清末民初是一个绕不过去的历史阶段。

第一节　文学的“京语教科书”

文学是语言的狂欢。文学作品所运用的极富特色的语言，不光是一个时代精神风貌的反映，更是不同地区、不同民族社会生活、文化生活的形象记录。文学语言，不仅体现着作者个人的创作风格和语言天赋，也是反映历史文化及风土人情的一面镜子，文学记载了历史，也不断丰富着历史。凡是能够经得起历史的检验的文学经典，在语言的运用上，必然有其独特的韵味。一地的文学，能够普遍被人们冠之以“味”，必定有着强大的文化凝聚力和向心力。在中国文学的版图上，能像北京这样孕育“京味”的城市并不多，能够用“味”来概括一派地域文学也并不多见。所谓“京味”，不光是老北京的市井民情和京味语言，更有对北京文化乃至传统文化的深刻的反思。

“京味”是北京地区在长期的历史发展过程中所形成的独特的文脉。古往今来，一代代文人在北京这片土地上生长繁息，共同孕育出了雅俗共赏的京味文学。京味文学的“京味”，首先便是体现在京味语言的运用上。京味文学的源头可以追溯到清朝中晚期。《红楼梦》便可看作是京味文学的开山之作。作为中国古典小说四大名著之一，《红楼梦》在很大程度上代表着古典文学的巅峰水平，其艺术价值早已无须赘述，无论是鲜活立体的人物塑造，还是“草蛇灰线，伏笔千里”的精彩故事情节，又或是博大精深的思想文化内涵，都足以称令人拍案叫绝。这部蜚声海内外的世界级名著的诞生地便是北京西郊香山卧佛寺附近，曹雪芹晚年居住在此处，曹雪芹出生在江南，但在北京生活了长达34年，因此，整部《红楼梦》的语言虽然有吴侬软语的影子，但小说主体却是地地道道的北京话，京腔京韵几乎随处可见，字里行间体现出的北京话的声调规律和韵味，都足以说明其京味小说的特质。在北京生活期间，上至达官显贵，下至布衣百姓、三教九流形形色色的人，曹雪芹几乎都有所接触，他既熟悉天潢贵胄们的官腔，又熟悉底层平民的方言土语。整部《红楼梦》，不论是写人情往来，还是市井百态，曹雪芹都能巧妙地融合北京话特有的表现功能，使文学语言在通俗中透露出文人雅士的品位和旨趣，高雅中流露出人间烟火的真实和平凡。

《红楼梦》为北京地域文学的发展树立了一座里程碑，它开启了文人自觉以北京方言为文学语言的尝试，使北京方言成为一种极富京味神韵的文学语言。继《红楼梦》后，清朝晚期出现的长篇小说《儿女英雄传》是早期京味文学的代表作，作者是满洲镶红旗人文康，大学士勒保的孙子。《儿女英雄传》是一部较早的反映官场黑暗的社会小说，用地地道道的道咸京语写成，是清朝晚期京味语言的集大成者，称为后世京味儿文学的滥觞之作。小说采用评话形式，穿插了大量的京味儿方言和俗语，叙述语言生动活泼，通俗易懂，人物对话诙谐有趣，朴素自然，给人一种如闻其声、如见其人的感觉。《儿女英雄传》则是这种文学语言发展成熟的一部代表作，呈现出更为鲜明的北京地域色彩和作者更加自觉的追求。胡适在《〈儿女英雄传〉序》中评价“《儿女英雄传》是一部评话，他的特别长处在于言语的生动，漂亮，俏皮，诙谐有风趣。这部书的内容是很浅薄的，思想是很迂腐的；然而生动的语言与诙谐的风趣居然能使一般的读者感觉愉快，忘了那浅薄的内容与迂腐的思想。旗人最会说话；前有《红楼梦》，后有《儿女英雄传》，都是绝好的记录，都是绝好的京语教科书。”①郑振铎也曾评价《儿女英雄传》：“全书都以纯粹的北京话写成，在方言文学上是一部很重要的著作；那样流利的京语，只有《红楼梦》里的文学，可以相比。”②

胡适称《红楼梦》《儿女英雄传》是“绝好的京语教科书”，凡是教科书理应具有全面、系统、准确的特征，《红楼梦》和《儿女英

① 胡适：《〈儿女英雄传〉序》，《胡适文集》（第四卷），北京大学出版社，1998年，第422页。

② 郑振铎：《文学大纲（三）》，《郑振铎全集》（第十二卷），花山文艺出版社，1998年，第392页。

雄传》都是文学文本，之所以能够称得上“京语教科书”全在于作者能够熟练、恰当地运用京味语言，尤其表现为对方言俗语、京腔京韵和帝都官话的运用，使其呈现出颇具京味特色的文学面貌。难怪20世纪40年代初，现代语言学家王力教授，在抗战后方图片资料匮乏的情况下，仅靠一部《红楼梦》，钻研中国现代汉语语法，撰写出在中国语言学史上富有创造性的《中国现代语法》一书。

一、雅俗共赏的方言土语

《红楼梦》作为中国文学的经典名著，其反封建的思想主题，伟大的爱情悲剧、家族悲剧和社会悲剧历来为人所称奇，但对其语言文字成就的关注和强调似乎还不够，尤其是对其作为“京语教科书”的价值和意义认识还不足。曹雪芹熟练地运用了北京话中的方言土语，使《红楼梦》的人物语言雅俗相融、生动鲜活、字字传神，从而使这部小说脍炙人口，贩夫走卒不嫌其深，饱学之士不嫌其浅，真正达到了雅俗共赏的境界。

《红楼梦》被视为雅俗共赏的奇书，自古以来就为不同阶层、不同背景的读者所喜爱，其中一个很关键的因素就是《红楼梦》对方言土语的巧妙运用。鲁迅曾说：“方言土语里，很有些意味深长的话，我们那里叫‘炼话’，用起来是很有意思的，恰如文言的用古典，听者也觉得趣味津津。”①相较于成语典故的渊源有自，方言土语的形成大多凝结着丰富的民间智慧和历史文化，故鲁迅称其“意味深长”。曹雪芹对一些“意味深长”的方言土语有着非常形象生动的运用。他极为重视俗语这种来自民间的语言精华，巧妙地将北京话中独具风味的成语、谚语、歇后语等熟语应用到《红楼梦》的人物语言中，增加了动人的艺术魅力。可以说，《红楼梦》中熟语运用最出彩的不是从古文典籍或名人逸事中提炼出的，而是直接运用挂在北京人口头上的

① 鲁迅：《门外文谈》，《鲁迅全集》（第六卷），人民文学出版社，2005年，第100页。

俗谚、习用语、俏皮话等方言土语，因此语言的风味气韵自然京味十足。例如贾府上上下下的女性常常使用的一些四字习语：

赵嬷嬷："若说内人、外人这些混账原故，我们爷是没有，不过是脸软心慈，搁不住人求两句罢了。"（第十六回）①

邢夫人："你那奶妈子死绝了，也不收拾收拾你，弄的黑眉乌嘴的，那里象大家子念书的孩子！"（第二十四回）②

晴雯："不用你蝎蝎螫螫的，我自知道。"（第五十二回）③

（赵姨娘）忽然想到宝钗系王夫人的亲戚，为何不到王夫人跟前卖个好儿呢。自己便蝎蝎螫螫的拿着东西，走至王夫人房中。（第六十七回）④

这些四字习语不像传统士大夫惯常使用的成语典故，而是更加通俗易懂，不需要了解很多历史文化知识也可意会。"脸软心慈"是说脸面和软，心地善良。形容人不仅外表和善，心地也很仁厚；"黑眉乌嘴"是说眉毛和嘴巴都是黑色的，形容又黑又脏；"蝎蝎螫螫"的"蝎"和"螫"都是指小虫子，在第五十二回晴雯口中意为"在小事上过分地表示关心、怜惜"，在第六十七回形容赵姨娘处意为"扭扭捏捏，胆小怕事"。

此外，在人物语言中多处运用了谚语，不同谚语的运用表现出不同人物的性格特征。

---

① ［清］曹雪芹著，［清］无名氏续：《红楼梦》，人民文学出版社，2008年，第208页。
② ［清］曹雪芹著，［清］无名氏续：《红楼梦》，人民文学出版社，2008年，第321页。
③ ［清］曹雪芹著，［清］无名氏续：《红楼梦》，人民文学出版社，2008年，第714页。
④ ［清］曹雪芹著，［清］无名氏续：《红楼梦》，人民文学出版社，2008年，第931页。

刘姥姥："我也是知道艰难的。但俗语说的：'瘦死的骆驼比马大'，凭他怎样，你老拔根寒毛比我们的腰还粗呢！"（第六回）[①]

王熙凤："不过借赖着祖父虚名，作了穷官儿。谁家有什么，不过是个旧日的空架子。俗语说，朝廷还有三门子穷亲戚呢，何况你我。"（第六回）[②]

王熙凤："我哪里管得上这些事来，见识又浅，口角又笨，心肠又直率，'人家给个棒槌，我就认作针（真）'。……你是知道的，咱们家所有这些管家奶奶，那一位是好缠的？错一点儿他们就笑话打趣，偏一点儿他们就指桑骂槐的抱怨，'坐山观虎斗''借刀杀人''引风吹火''站干岸儿''推倒油瓶不扶'，都是全挂子的武艺。"（第十六回）[③]

《红楼梦》对谚语的运用一方面十分符合人物的身份和性格特征，另一方面对人物的情绪表达也起到了重要作用。在第六回"刘姥姥一进荣国府"中，刘姥姥从农村来，寻求贾府的救济，自然是摇尾乞怜、粗俗鄙陋，"瘦死的骆驼比马大"理不糙而话糙。王熙凤面对卑微低下的刘姥姥，虽然没有明显做出一副趾高气扬的姿态，但"朝廷还有三门子穷亲戚"这随意的语气中流露出一丝高人一等的优越感。在第十六回王熙凤向贾琏诉说管家期间的艰难苦楚，一连串的谚语铿锵顿挫，既有力量又有节奏，一个能言善道的"凤辣子"形象跃然纸上。

小红："也犯不着气他们。俗语说的好，'千里搭长棚，

---

① ［清］曹雪芹著，［清］无名氏续：《红楼梦》，人民文学出版社，2008年，第101页。
② ［清］曹雪芹著，［清］无名氏续：《红楼梦》，人民文学出版社，2008年，第99页。
③ ［清］曹雪芹著，［清］无名氏续：《红楼梦》，人民文学出版社，2008年，第205页。

没有个不散的筵席’，谁守谁一辈子呢？”（第二十六回）①

芳官：“我一个女孩儿家，知道什么是粉头面头的！姨奶奶犯不着来骂我，我又不是姨奶奶家买的。‘梅香拜把子——都是奴才’呢！”（第六十回）②

尤三姐：“你不用和我花马吊嘴的！清水下杂面，你吃我看见。见提着影戏人子上场，好歹别戳破这层纸儿。你别油蒙了心，打量我不知道你府上的事呢！”（第六十五回）③

小红、芳官和尤三姐等都是《红楼梦》中地位低下、命途多舛的女性。“长棚”义同“长亭”。古时设在路边的长亭，常常用作饯别，一般十里一长亭，五里一短亭。“千里搭长棚”意为无论长亭、短亭的饯别筵席送得有多远，终归是要散席的。“梅香”是旧时丫鬟的代名词，“拜把子”即结为异姓兄弟或姐妹，这里芳官对赵姨娘说“梅香拜把子——都是奴才”，字字珠玑，一下子切中要害，指出赵姨娘的身份问题。“杂面”是绿豆渣子一类豆面做成的粗粮，非常涩口，而且不容易煮烂，因此煮过杂面的水还是很清。在清水里下杂面，你能吃着，别人也能看着，意思说当事双方都了解事情的真相，“杂面”自然是尤三姐讽刺贾珍、贾琏甚至贾府的话。

这些北京方言中独具特色的谚语不但具有接近于口语的通俗性，更是以它的形象、生动成就了或幽默风趣，或辛辣讽刺的艺术效果。这种融汇了北京地方风味的方言土语，作为一种社会文化心理性格的产物和文学家艺术创造的产物，形成一种地域性的语言传统，是京味文学所特有的语言风格，对后世京味小说的发展产生了重大影响，由此，在幽默中讽刺的风格也构成了京味文学不可或缺的要素之一。

《儿女英雄传》是一部熔侠义与言情于一炉的社会小说，又名

① ［清］曹雪芹著，［清］无名氏续：《红楼梦》，人民文学出版社，2008年，第350页。

② ［清］曹雪芹著，［清］无名氏续：《红楼梦》，人民文学出版社，2008年，第822页。

③ ［清］曹雪芹著，［清］无名氏续：《红楼梦》，人民文学出版社，2008年，第908页。

《金玉缘》。作者文康，满族镶红旗人，家世显赫。此书共有四十回，描写了清朝康熙雍正年间的一桩公案。书中的主人公十三妹，其父亲遭到朝廷大员纪献唐杀害，十三妹无处申冤，只能浪迹天涯，学得一身武艺，欲报血海深仇。途中遇到安骥与张金凤，他们二人遇到危险，被十三妹救下。后来十三妹还没来得及亲自为父报仇，纪献唐即获罪遭诛。十三妹再无牵挂，经张金凤与众人的撮合，最后嫁给了安骥。此书的前半段，十三妹行侠仗义，英气外发，后半段嫁为人妇，又尽显儿女情态。

《儿女英雄传》，人民文学出版社1983年版

胡适在《〈儿女英雄传〉序》中评论道："《儿女英雄传》也用北京话；但《儿女英雄传》出世在《红楼梦》出世之后一百二三十年，风气更开了，凡曹雪芹时代不敢采用的土语，于今都敢用了。所以《儿女英雄传》里的谈话有许多地方比《红楼梦》还生动。如张亲家太太、如舅太太，她们的谈话都比《红楼梦》里的刘姥姥更生动。"[①]胡适此论并不夸张，翻阅《儿女英雄传》，我们确实到处都能听到清脆悦耳的北京话，就以胡适提到的舅太太为例，她常常用一口京片子唠叨，极具北京满族老年妇女的特点，当何玉凤要认她为干娘的时候，她对安太太说了一番推心置腹的话：

姑太太！今日这桩事，我可梦想不到！我也不图别的，你我那几个侄儿，实在不知好歹；新近他二房里，还要把那

① 胡适：《〈儿女英雄传〉序》，《胡适文集》（第四卷），北京大学出版社，1998年，第423—424页。

个小的儿叫我养活。妹妹知道，那个孩儿更没出息。我说：作什么呀，什么续香烟咧，又是清明添把土咧，哦！我心里早没了这些事情了。我只要我活着有个知心贴己的人，知点疼儿，着点热儿，我死后落两点真眼泪，痛痛的哭我一场，那我就算得了济了。①

从方言土语的使用频率来看，《儿女英雄传》的确比《红楼梦》运用北京口语更甚。小说语言，尤其是人物语言，常常是短短几句话之中应用诸多的俗语、谚语。“作”为诽谤作践之意，“续香烟”是“接续香烟”的省略说法，比喻生养子孙，使家族繁衍不断，“清明添把土”指的是人去世之后能有人在清明节的时候为其上坟。“知点疼儿”“着点热儿”则是对“知疼着热”的化用，形容对人的关怀、体贴。“知疼着热”的意思同样出现在《红楼梦》中，如第五十七回“替你愁了这几年了，无父母无兄弟，谁是知疼着热的人？”第六十五回“无奈二姐倒是个多情的人，以为贾琏是终身之主了，凡事倒还知疼着痒。”可以看出，《红楼梦》中运用的“知疼着热”“知疼着痒”，到了《儿女英雄传》中就化用为“知点疼儿”“着点热儿”，可见《儿女英雄传》的口语化和俗语化都更加明显，更加自如，也更加圆熟。

二、生动传神的京腔京韵

儿化词是北京话一个重要的语音特征。所谓“儿化”，在《现代汉语词典》中的解释：“汉语普通话和某些方言中的一种语音现象，就是后缀‘儿’字不自成音节，而和前头的音节合在一起，使前一音节的韵母成为卷舌韵母。”②这当然是后世追溯的概念，而在北京方言最初形成的时候就已经有儿化词的痕迹。据统计，《红楼梦》

---

① ［清］文康：《儿女英雄传》，浙江古籍出版社，1986年，第369页。

② 《现代汉语词典》，中国社会科学院语言研究所词典编辑室编，商务印书馆，2005年，第359页。

一百二十回约1075000字，共出现儿化词4400多次。《儿女英雄传》全书总字数约583000字，出现儿化词5275次。[①]相比较而言，《儿女英雄传》的儿化词使用频率明显提高，平均每100多字就有一个儿化词。儿化词的运用极大地赋予京味文学以生活气息，颇具口语色彩的表达能够有节奏地传达出说话人的情绪。

第五十七回中，紫鹃为了试探宝玉，对宝玉说："妹妹回苏州去！"一句话急病了宝玉，闹出了一场风波。当宝玉神志清醒之后，袭人对紫娟说："都是你闹的，还得你来治。也没见我们这位呆爷，'听见风儿就是雨'，往后怎么好！""听见风就是雨"是很常见的短语，意为刚听到一点风声就以为要下雨了，形容听到一点消息就竭力附和渲染。但从袭人嘴里说出来就变成"听见风儿就是雨"，一个儿化韵更富口语色彩，传达出的语气中既有对宝玉的担忧，也有宝玉无事之后的轻松，更加生动地表现出袭人的态度和情感。《红楼梦》对儿化韵的运用很多，如：

> 凤姐儿笑道："我们爷儿们不相干。他怎么常常的说我该积阴骘，迟了就短命呢！"（第二十九回）[②]
>
> 秦氏又道："婶子，恕我不能跟过去了。闲了时候还求婶子常过来瞧瞧我，咱们娘儿们坐坐，多说几遭话儿。"（第十一回）[③]
>
> 贾母说："可是呢，好个孩子，要是有些原故，可不叫人疼死。"说着，一阵心酸，叫凤姐儿说道："你们娘儿两个也好了一场，明日大初一，过了明日，你后日再去看一看他去。"（第十一回）[④]

① 参见李贞：《〈儿女英雄传〉的文学语言研究》，浙江大学出版社，2011年，第111页。

② ［清］曹雪芹著，［清］无名氏续：《红楼梦》，人民文学出版社，2008年，第397页。

③ ［清］曹雪芹著，［清］无名氏续：《红楼梦》，人民文学出版社，2008年，第154页。

④ ［清］曹雪芹著，［清］无名氏续：《红楼梦》，人民文学出版社，2008年，第158页。

这里的“娘儿们”是指女人们，与“爷儿们”（指男人们）相对。而“娘儿两个”是说两个不平辈的女子，此处指的是凤姐和秦氏。儿化韵本身是不带有特殊意义的，但同一个字的儿化在不同的语境中运用能够表达不同的意义，这也是在方言土语的锤炼中约定俗成的。其余的儿化韵用词如“凤姐儿”“可惜了儿”“抽个头儿”等，都很好地表达了作者的意图，人物语言生动形象，极富生活气息和个性色彩。

> 昨儿我想起来，白放着可惜了儿的，何不给他们姊妹们戴去。（第七回）[①]
>
> 金荣笑道：“我可也拿住了，还赖什么！先得让我抽个头儿，咱们一声不言语，不然大家就奋起来。”（第九回）[②]
>
> 刘姥姥念佛说道：“我们乡下人到了年下，都上城来买画儿贴。”（第四十回）[③]

《儿女英雄传》对儿化词的运用更加广泛，也更加频繁和多元。

> 公子候着前面搜检的这个当儿，见那班侍卫公彼此正谈得热闹。只听这个叫那个道：“喂！老塔呀，明儿没咱们的事，是个便宜。我们东口儿外头新开了个羊肉馆儿，好齐整馅儿饼，明儿早起，咱们在那儿闹一壶罢。”那个嘴里正用牙斜叼着根短烟袋儿，两只手却不住的搓那个酱瓜儿烟荷包里的烟，腾不出嘴来答应话，只“嗯”了声，摇了摇头。这个又说：“放心哪，不吃你哟！”才见他拿下烟袋来，从牙缝儿里激出一口唾沫来，然后说道：“不在那个，我明儿有差。”这个又问说：“不是三四该着呢吗？”他又道：“我们

① ［清］曹雪芹著，［清］无名氏续：《红楼梦》，人民文学出版社，2008年，第105页。
② ［清］曹雪芹著，［清］无名氏续：《红楼梦》，人民文学出版社，2008年，第135页。
③ ［清］曹雪芹著，［清］无名氏续：《红楼梦》，人民文学出版社，2008年，第531页。

帮其实不去这趟差使倒误不了，我们那个新章京来的噶，你有本事给他搁下，他在上头就把你干下来了。”①

这段描写的是科举考场门口两个侍卫的闲聊。“明儿”“东口儿”“羊肉馆儿”“馅儿饼”等儿化词都是典型的北京方言词，“明儿”即“明天”，“闹一壶”意即“喝一壶酒”，“不吃你哟”指的是“不用你请客”，“该着”是说“该轮到”，“噶”是北京土语，意思是性格乖僻、执拗。两个侍卫用纯正的北京土语聊天，虽然是闲笔，但写出了北京市民的生活情趣，散逸出浓厚的北京口语色彩。此外，儿化韵也因其特有的口语色彩赋予书面文字特别的节奏和韵律。

除了儿化韵带来的京话韵味，《儿女英雄传》的叙述语言也极富表现力和特色，不管是叙事还是描写，都以流利的北京话写成，尤其擅长心理描写和外貌描写，凸显出北京人性格的腔调。第十回十三妹持刀逼迫安骥与张金凤成亲的情节，有一段张金凤的心理描写：

这个当儿，张金凤更比他父母着急。你道他为何更加着急？原来当十三妹向他私下盘问的时候，他早已猜透十三妹要把他两路合成一家，一举三得的用意，所以一任十三妹调度，更不过问。料想安公子在十三妹跟前受恩深处，也断没个不应之理。不料安公子倒再三的推辞，他听着如坐针毡，正不知这事怎的个收场，只是不好开口。如今见一直闹到拿刀动杖起来，便安公子被逼无奈应了，自己已经觉得无味；倘然他始终不应这句话，这十三妹雷厉风行一般的性子，果然闹出一个“大未完”来，不但想不出自己这条身子何以自处，请问这是一桩甚么事？成一回甚么书？莫若此时趁事在

① ［清］文康：《儿女英雄传》，浙江古籍出版社，1986年，第627—628页。

成败未定之天，自己先留个地步。一则保了这没过门女婿的性命，二则全了这一厢情愿媒人的脸面，三则也占了我女孩儿家自己的身分，四则如此一行，只怕这事倒有个十拿九稳也不见得。①

这段描写虽然是张金凤的心理活动，但加入了叙述者生动细致的陈述，以“你道他为何更加着急？”展开分析，这种“说话”的声调口吻足以调动读者的听觉器官，给人以逼真的现场感。再如第三十七回描写长姐儿的心理感受：“公子此时倒没得说。那长姐儿脸上那番得意，他直觉得不但月里的嫦娥，海上的麻姑，没梦见过这么个乐儿，就连个虞姬跟着黑锅底似的霸王，貂蝉跟着个一篓油似的董卓，以至小蛮、樊素两个空风雅了会子，也不过‘一树梨花压海棠’一般的跟着白香山那么个老头子。那都算他们作冤呢！”②这里是对心理的议论，但其中的连贬损带讽刺的口气，半长不短的句式，给人以极强的节奏感和现场带入感，感受到北京话的“腔调”。

三、流传广泛的帝都官话

清人周春说：“读《红楼梦》要‘通官话京腔’”③；齐如山曾说：《红楼梦》中的方言土语有“特别的意味，特别的地方性”④。清朝宣统元年（1909年），有一位署名兰陵忧患生的人写了一组《京华百二竹枝词》，当中一首写道：

① ［清］文康：《儿女英雄传》，浙江古籍出版社，1986年，第138—139页。

② ［清］文康：《儿女英雄传》，浙江古籍出版社，1986年，第713页。

③ 周春《红楼梦评例》“阅《红楼梦》者既要通今，又要博古，既贵心细，尤贵眼明。”“看《红楼梦》有不可缺者二，就二者之中，通官话京腔尚易，谙文献典故尤难。”此为读《红》研《红》之要诀。转引自一粟编：《古典文学研究资料汇编红楼梦卷》，中华书局，1963年，第67页。

④ 齐如山：《北京土话》，燕山出版社，1991年，第9页。

各省语言各到家，都城清脆最堪夸。
有人习气兼官派，月白京腔真肉麻。

诗末作者加以自注：“边省人士，言语不通，不得不强学京话，以便交谈。而今日言语素通之邻省，凡在京者，亦喜操之，舌僵口钝，字眼不能清脆，唯觉习气官派，令人闻之难堪，故人嘲之曰：‘月白京腔’。”[①]注中说道，北京周边省份的民众，语言不通，不得不学习北京话，以便交流。俞平伯曾在《〈红楼梦〉的思想性与艺术性》中评价道：“北京话是全中国最优美的语言，《红楼梦》里的对话几乎全都是北京话，而且是经作者加工洗练过的北京话，真是生动极了。”“用北京话可以这样出色的绘形绘声，难道用别的地方的话就不能么？当然不，照样可以。但京话却有一点便宜之处：流传广泛，全国通行。《红楼梦》用了它，就使书中的传神之处人人都能领会；不像用别的方言写成的小说，除了那个地方的人之外谁也看不懂。”[②]可见，自《红楼梦》成书年代一直到清朝末年，北京话一直具有流传广泛的特点，这主要因为北京是清王朝的首都，北京话也因此而具有帝都官话的效用。

在《红楼梦》诞生的时代，也就是大约在乾隆元年（1736）至乾隆三十年（1765），北京话经历了长时间的发展，基本上趋于成熟。这一时期的北京方言除了北京地区原有的地方方言之外，还吸收了周边地区（例如冀东话、唐山话）和大批移民的语言。根据《明实录》和《明史》等文献记载，自洪武二十一年（1388）至永乐十四年（1416），仅山西一省向北京移民就不下七次，每次在万户左右。这些移民将原生地区的语言带到了北京，将原地方方言融入北京话之中。因此，在《红楼梦》的语言中，我们不仅可以找到流行于冀鲁地区

① ［清］兰陵忧患生：《京华百二竹枝词》，《中华竹枝词全编》（第1卷），北京出版社，2007年，第95页。

② 俞平伯：《〈红楼梦〉的思想性与艺术性》，《俞平伯全集》（第六卷），花山文艺出版社，1997年，第198页。

较为冷僻的方言“讨愧”（见第三十回），还可以找出今日绛州人的常用口语“角口”（第九回）、“不卯”（第二十一回）、“生像儿”（第三十九回）。大多数北方人说“口角”，绛州人则说“角口”。例如“强梆子”（第五十九回）等，都是绛州人的口头语。

《红楼梦》中有相当多的方言是来自辽东三省，特别是沈阳话（又称盛京话）对清代北京话影响很大。“清初满人入关，将内城划为旗人居住，汉人只许住在外城。因此。八旗汉族成员的沈阳话首先进入北京内城，而外城则在相当长的一段时间内保持着明代北京话。入关日久，沈阳话渐渐与明代北京话融合。入关的满人开始学的是沈阳话，这就对沈阳话进一步（再一次）发生了满语的影响。”《红楼梦》中有许多方言来自沈阳话，例如“响快”（第六回）、“一顿把”（第二十八回）、“走水”（第三十九回）、“下作黄子”（第四十回）、“上脸”（第四十回）、“老货”（第五十三回）、“亲香”（第五十四回），等。如果我们将齐如山编的《北京土话》、陈刚编的《北京方言词典》、傅民等编的《北京话词语》与徐皓光、张大鸣编的《简明东北方言词典》对照研究，就会清楚地发现北京方言与东北方言之间的密切关系。

尽管不少人从《红楼梦》中找出扬州话、南京话、吴语、江淮话、辽阳话，甚至还有浙江话、广东话，但就小说整体语言来说，还是北京话或者说北方话的风格。这一点是与曹雪芹长期生活在北京分不开的。例如小说中使用的大量北京方言土语，还有一些语言的轻重不同读音，都是帝都北京语的明显特征。此外《红楼梦》中的语言吸收了个别的蒙古语和少量的满语与盛京（沈阳）八旗的语言。大量的事实说明，《红楼梦》是一部京味十足的小说，而且是京味小说中的典范之作。

以上谈到京语作为帝都官话的共通性，这种共通性带来了北京话的广泛流传，在长期的交流中吸纳新的成分，构成了京语本身鲜明的特色。在长期的发展中，北京话形成了一系列不同于其他地方方言的特征，表现在《红楼梦》的语词运用中有以下几个方面：

第一，《红楼梦》在人称代词的运用上，第一人称代词的复数有包括式和排除式的区别，这也是北京话的一个重要特色。所谓包括式，指的是包括说话人和听话人在内的指称，即“咱们”，排除式则是包含说话人和其他人，但不包括听话人在内，即“我们”。这是北京话特有的一种语法表现形式，其他方言中或者只有“我们”，或者只有“咱们”，这两个词都既可以表示包括又可以表示排除，或者是二者通用，没有北京话这样的区别。当然随着媒介的发达和交流的广泛，这样的区别或许已经不仅存在于北京话之中。但据汉语史学家研究，至少在清代中期，这样的现象还是北京话所特有的。《红楼梦》第三十二回史湘云对袭人说：“你还说呢！那会子咱们那么好，后来我们太太没了，我家去住了一程子，怎么就把你配给了他，我来了，你就不那么待我了。”很明显“咱们”是包含袭人在内的，“我们”则不包括袭人在内。再如第六十七回“你不用在这里混搅了，咱们到宝姐姐那边去罢”。第二十二回“咱们只管咱们的，别理他们”。第六十二回“我们都去了，使得；你却去不得”。第六十四回“若叫老太太回来看见，又该说我们躲懒，连你的穿戴之物都不经心了”。都清楚地显示了这种区别。

第二，助词“来着”的运用，这是清朝北京话的一个特色。例如：第三回“你这妹妹原有玉来着”，第三十三回“当日你父亲怎么教训你来着”，第六十二回“我方才又打发人进去让姐姐来着”，第六十五回“昨日家里问我来着么”。

第三，助词“呢”同样是清代产生于北京话中的。例如：第二十三回“你若看了，连饭也不想吃呢”，第二十四回“老太太等着你呢”，第二十九回“捆着手呢么？马也拉不来”，第三十九回“要不是他经管着，不知叫人诳骗了多少去呢”，第四十三回“上头正坐席呢”，第五十二回“下雪呢么”，这个助词在当时其他方言中往往说成“哩”。

俗语、俚语、歇后语等方言土语的使用，使得“京味儿”小说在人物的塑造上更加生动鲜活，语言的口语化和俗语化，为文学作品增加了一份别样的生活气息；儿化词的运用，能够更加传神到位地传递说话者的态度和情绪，使得人物形象更加具有个性色彩；贬损中带讽刺的口气，俏皮中带幽默的语气，再配上半长不短的句式，给人以极强的节奏感和现场带入感；第一人称代词的独特使用方式、助词“来着”“呢”等清代北京话里才有的语气词，构成了京味儿语言的独特表现方式。而这些，都体现着京味儿文学的独特风姿。

第二节　京味传统中的满族元素

作为渔猎民族的代表，满族向来是以白山黑水为家，北京原非满族故土，只因清军入关这一偶然的历史机遇，满族人才随之大量移居关内，以北京为中心而展开各种活动，其活动范围之广，渗透之深，持续之久，绝伦罕见。满族元素遂成为京味文学不可忽略的重要源泉。当代京味文学家苏叔阳曾说："京味文学吸收了大量的满族文化，老北京人生活中的许多习俗就是从满族那里移植过来的。"①

一、从满语到京腔，满式汉语的交流融合

众所周知，老一代北京人中，满族人的北京话说得最地道、最悦耳动听。一些满语学者曾经指出，北京话的声韵、音韵与北京郊区的四乡八镇完全不同，而与遥远的黑龙江语音有近似处。京腔的真正形成是在清朝初年，它的创造者是当时往返于北京和东北之间的满蒙汉八旗人，其中当然包含了辽金以及更早定居于关东的东北汉人。从语言的外部因素来说，对京腔形成贡献最大的是清朝各级满族统治者和宗室、贵族；从语言内部的接触规律看，满语极大地丰富了京腔的言语库。可以这样说，没有满语的影响，京腔京韵不会呈现出今天的样貌。

清军入关之初，大多数人只会讲满语，不会说汉语，因此在融入汉族社会、学习汉语的时候就格外重视模仿汉语的语音与词汇。康熙年间（1662—1722），首先用汉语进行文学创作的满洲贵族们，在作品中常常表现出对北京语音和北京词汇的关注，其中最为典型的代表就是宗室诗人文昭。文昭写了大量的汉文诗，他自幼接受汉族老师的启蒙，是王士祯的入室弟子，但他的诗歌很有个人风格，特别喜欢用

① 出自《苏叔阳、邓友梅、赵大年谈京味儿文学》，《北京广播电视报》，1998年3月3日（第9期）。

俚俗的北京土语人诗，这种诗风自然不符合王士祯“神韵说”的主张，而是来自满族作家自身对汉语特有的敏感。例如文昭有一首题为《八月》的小诗：

> 四时最好是八月，单夹棉衣可乱穿。
> 晌午还热早晚冷，俗语唤作戛戛天。

这首京味十足的小诗，正如诗人打着京腔跟我们说话一样亲切：北京的四季中最好的季节是在八月，也就是秋季。但是秋季每日的温度变化很大，晌午天气热起来可以穿单衣，而早晚冷起来则要穿棉袄。诗中直接运用北京的土语“晌午”“戛戛天”，与整首诗口语化的语言融为一体，纯粹、质朴而富有浓郁的北京味。更有趣的是，诗人还会将北京街头的叫卖声写入诗歌中，如“听卖街前辣菜声”（《立冬夜作》）、“马乳蒲桃马牙枣，一声听卖上街初”（《里门望雨》）、“漏深车马各还家，通夜沿街卖瓜子”（《年夜》）。这一类京城里商贩叫卖的市声，都被文昭细心地捡拾到诗中，既化俗为雅，又雅俗共赏，十分难得。

不仅满族诗人关注并运用北京土语，清末民初的满族小说家更是直接大量使用满式汉语词汇。松友梅连载于《进化报》上的小说《小额》，是用道地的北京旗人土语叙述的，满式汉语词频繁出现。例如：“见天”（每日）、“兄弟”（弟弟），“阿玛”和“爸爸”自由运用，都指“父亲”。“爸爸”这个满式汉语词后来成为现代汉语普通话的词，但在《小额》成书的年代还算旗人词，因为称“父亲”为“爸爸”在清代的北京是旗人的专称，从北方各地来京的汉族人通常称“父亲”为“爹”，和“娘”相对。而《小额》中与“阿玛”相对的是“奶奶”，“奶奶”在旗人话中是“母亲”的意思。此外，《小额》中一个使用频率很高的字是“克”，意为“去”。例如：“还没家克呢”“老王啊，瞧门克”“取火克”。据北京的满族前辈说，慈禧太后说话就常用“克”这个字，很多北京的老百姓甚至用是否说“克”

来判断一个人是不是满族。这个“克”字直到今天仍然运用于老北京的土语中，它和汉语西南官话的“去”（也读作ke，但声调是阳平）只在句尾做趋向补语不同。北京旗人话的“克”既可以在句末做趋向补语，又可以在前面做宾语的施事动词，可见“克”是一个满式汉语词。

一直到1924年，穆儒丐发行了一部社会小说《北京》，作者所使用的京腔行文，其实仍然是旗人味的满式汉语。书中满语词汇随处可见，如：

> 伯雍在车上问那车夫道：“你姓什么？”车夫道：“我姓德。”伯雍道：“你大概是个固赛呢亚拉玛。”车夫道：“可不是。现在咱们不行了。”[①]

这个对话中讲的“固赛呢亚拉玛”正是满语gusai niyalma的音译，是“旗人”的意思。再如：

> 桂花还没有成为艺人时，为生活所迫的母亲说过如下的话：“我一个妇人，能作什么，天天想主意，也想不出个善法，除了我给人家使唤着去。又有这个坠头街，累着我的身子，一步也动不得。”

“坠头街”一词是满语Jui Togiya的音译。Jui是满语的“孩子”，Togiya在满语中指的是“碎木片子”，连起来通常指不大中用的女孩子，所以后来就有了称呼姑娘（或女儿）为“丫头片子”这一贬义词。

清朝入关不到三百年的时间，满族人在语言学习和创造上表现出

① 穆儒丐：《北京》，转引自张菊玲《几回掩卷哭曹侯　满族文学论集》，辽宁民族出版社，2014年，第369页。

了极强的活力，从最开始只说满语，逐渐开始兼用满语、汉语两种语言，最后自动放弃满语而说出一口地道的汉语北京话，这是满、汉两个民族互相融合、互相学习的特殊过程，是北京这个地域所特有的魅力，也是中国民族文化深入发展的必然结果。

二、从习俗到礼俗，旗人传统的历史延续

在北京话中，人们形容“马马虎虎”称作“la hu”，这个词最早来源于满语，在满语当中是打猎能力不好的意思。满语中的很多词汇都来源于满族的渔猎习俗，这些习俗构成了旗人的文化传统，自然地出现在文学作品当中。《红楼梦》反映了诸多满族的生活与习俗，如骑射、打猎、放鹰等游猎习俗，辫子、箭袖、荷包等服饰习俗，烤鹿肉、吃狍子、吃熊掌等饮食习俗，打千儿的礼俗，落草的生育习俗等，这些都是满族传统习俗文化的反映。

> 黛玉道：“姐姐们说的，我记着就是了。究竟那玉不知是怎么个来历？上面还有字迹？”袭人道：“连一家子也不知来历，上头还有现成的眼儿，听得说，落草时是从他口里掏出来的。等我拿来你看便知。”[①]（第三回）
>
> 贾政听这话有意思，心中便动了，因说道：“小儿落草时虽带了一块宝玉下来，上面说能除邪祟，谁知竟不灵验。”[②]（第二十五回）

“落草”的说法来自满族的一种传统生育习俗。生孩子即为落草，因为满族有着悠久的狩猎历史，不分男女都要骑马打猎，四处奔波，妇女什么时候生产没有定数，往往是走到哪里就生在哪里。如果恰好

① ［清］曹雪芹著，［清］无名氏续：《红楼梦》，人民文学出版社，2008年，第105页。

② ［清］曹雪芹著，［清］无名氏续：《红楼梦》，人民文学出版社，2008年，第346页。

是在射猎的时候产子，荒山野岭之中只有以草为垫，所以满族也称生孩子为“落草”。无独有偶，在老舍的《正红旗下》中也用“落草”指代出生。“在我降生前后，母亲当然不可能照常伺候大姑子，这就难怪在我还没落草儿，姑母便对我不大满意了。”①

除了生育习俗外，饮食方面的诸多习惯同样被写进小说中。《小额》中描写善良的满族老人伊老者一家时，有这样一段描写：

> 少奶奶这当儿先给老者倒了碗茶，说：“阿玛，您歇歇儿吃饭哪。”老者端着碗茶说：“我不饿哪。”说：“善全哪，你哥哥还没回来哪？”善全说：“他不是见天四下儿钟下馆吗？横竖也快啦，您饿了一早晨啦，嫂子您打点去吧，我还找补几个哪。”少奶奶说：“包得了的煮饽饽，快当。”善全又问伊老者，说：“您喝酒哇，我给您打去。”老者说：“那们你打他二百钱的去，给我带点儿盒子菜来。”②

“盒子菜”是老北京的传统吃食，多由熟食铺或猪肉铺制作出售，食盒中装的是各种熟肉，包括清酱肉、酱肘子、猪头肉、猪肚、猪肝、酱口条等。盒子菜是在清朝定鼎中原之后才开始制作售卖的，这一吃食的来源也与满族的习俗相关。满洲人在东北到了秋末冬初都喜欢行围射猎活动筋骨。为了狩猎方便，多数都是烙几张饼卷上一些熏卤熟食，揣在怀里就到深山中打猎了。自清军入关定都北京之后，在饮食方面仍然保留了一些旧习惯，几经演变就成为现在的盒子菜了。

除了打猎习俗带来了诸多饮食、文化现象之外，满族尊礼重道的传统礼俗也在文学中留下诸多印迹。除了日常对话中称呼对方需用“您”以外，对第三人称的“他”也不随意使用，在讲话中尤其忌讳讲“脏口儿”、说“脏话”。在松友梅的小说中，即便写一个人坏到

---

① 老舍：《正红旗下》，《老舍全集》（第八卷），人民文学出版社，2008年，第448页。

② 松友梅：《小额》，刘一之校注，西安世界图书出版公司，2011年，第12—13页。

骨子里，用的也是“德行大啦”“瞧这块骨头”这样反讽的语言。实际上，满族对礼数、教养的强调也是祖辈留下来的一贯传统，就连老头老太太吵架吵到激愤之处，说的也是：“我恨您！”

在《小额》中，松友梅特别写到，旗人们在称呼一个人时，使用的这一个“小”字，也是独具匠心的。

> 那位说啦：你这个小说上，小额长小额短，怎么临完啦又称起额少峰额君来了？诸位有所不知，从前小额为恶，所以称他为小额，现在小额能够改恶，并且能够不念旧恶，所以称他为额少峰额君。[①]

可见，满族对一个人名号的称呼，即便是贬斥，最多也只用一个“小”字加以表示。在《小额》中，还有许多人物拥有绰号，比如“青皮连”“假宗室小富”等，这些绰号既与人物所为之事有直接联系，又表现出作者的鄙薄和讽刺，但是在行文中却并不会显得情感激烈，反而有引人发笑的作用。胡适曾说“旗人最会说话”，由此可见一斑。

《小额》中有一个外号叫“票子联”的地痞，他对伊老者的长子善金说了这样一段话：

> 老大，你别这们你我他儿三（萨，平声）的，听我告诉你，咱们是本旗太固山（音赛），你阿玛我们都是发小儿，我们一块儿喝茶的时候儿，那还没你呢，知道啦？[②]

票子联是北京的满族人，满族人礼数大，十分尊敬老者，北京话中“你”和“您”是有很大区别的，小辈对长辈不能称“你”，必

---

① 松友梅：《小额》，刘一之校注，世界图书出版公司，2011年，第104页。

② 松友梅：《小额》，刘一之校注，世界图书西安出版公司，2011年，第24页。

须尊称为“您”。票子联又习惯在说话中带有满语名词，像是“太固山”“阿玛”等，这里是说票子联和善金同属于一个八旗基层组织，而“发小儿”是北京土语，即自小的朋友。票子联训斥善金，说他和善金的父亲是自幼的朋友，“我们一起喝茶的时候，你还没出生呢！”颇有倚老卖老的味道。另外值得注意的是，票子联在用第一人称指代的时候，用了“我们”和“咱们”两种说法，这在满语和北京土语的习惯中也是界限分明的。“咱们”是包含了说话对象在内的，也就是他和善金，而“我们”则不包含说话对象，在这里指的是他和伊老者。

三、从精神到命运，旗人形象的多重塑造

清代中叶以后，朝廷在京城西北郊地区建立起了三大军营，圆明园护军营、香山健锐营和蓝靛厂外火器营，并称“外三营”。金启孮在《北京郊区的满族》中谈及“营房中的满族”一章中总结道：“外三营的满族，直到清末民初还保持着一种与宗室王公、世家大族及京旗满族不同的独特性格和思想。这种性格和思想，突出表现为：（1）倔强的性格。（2）淳朴的风俗。（3）勇武的精神。和由以上综合构成的一种崇高的理想——为国家战死而荣。”①

辛亥革命推翻清王朝之后，北京城就有20多万旗人陷入了生活困顿之中。不过，在民国之初，刚刚宣布退位的宣统皇帝仍然能够在紫禁城中享受着优渥的待遇，世家大族也能够依靠原有的丰厚积累维持生活，唯有广大的依靠钱粮生活的普通旗人，一下子断了生活来源，真正陷入国破家亡的辛酸之中。满族作家穆儒丐即是出生于北京香山健锐营的一个普通旗人。他发表的第一部长篇小说《同命鸳鸯》就是以出生地健锐营为背景的，小说的主人公景福、荫德和琴姑娘都是“营子里的人”，三人从小一起长大，景福和荫德同时爱上了琴姑娘，但琴姑娘只倾心景福。于是荫德将景福视为情敌，从此怀恨在

---

① 金启孮：《北京郊区的满族》，内蒙古大学出版社，1989年，第2页。

香山健锐营地理全图（清代手绘）

心。当二人都成为禁卫军军官后，不想，清朝“如同儿戏”一般地覆灭了，景福和荫德所在部队归于冯国璋，驻扎南京。新婚宴尔的景福在一场惨烈的战争中失踪，荫德回乡后称景福已死，逼迫琴姑娘改嫁给自己。琴姑娘誓死不从，待伺候公婆归西之后，她于荫德迎亲之时割喉自尽，血染花轿。目睹此情此景，荫德彻底发疯，而景福死里逃生返回家乡后，看到的却是家破人亡，最后，景福在琴姑娘的坟前自杀殉情。

琴姑娘代表了外三营中满族旗籍女子的典型形象。她父母双亡，由舅母抚养，从小在艰难困苦的环境中养成了自尊自立的刚烈性格，独自一人在家也不会害怕，她说：“有月亮时，我便看月亮；无月亮时，我便数星斗，心里觉得很静，早已不知什么叫害怕。”营房中的妇女往往是一个人撑起一个家庭的生计，丈夫外出打仗，服兵役，守在家中的妇女心性刚强、自尊自重，琴姑娘正是这种营房妇女的典型代表。景福不在家时，琴姑娘独自照顾公婆，频频传来的噩耗并没有打倒她，反而使倔强的她选择了“宁为玉碎，不为瓦全”的道路。当荫德和舅妈逼她改嫁之时，她大义凛然地对公婆说：“无论有景福没有，我也要伺候二老，等到你们二老归西之后，媳妇自有办法！”这样掷地有声、慷慨激昂的宣言，在清朝末年整个满族都已经走向落魄之时，显得尤为荡气回肠。小说最后有这样一段描述：“满轿子里都是鲜红血迹，琴姑娘咽喉之间，刺着一把裁衣剪刀，早已没有气息了。”表现出旗籍女子刚烈不屈的性格。

除旗人精神上的刚强倔强之外，穆儒丐最为关注的还是清亡之后普通旗人的悲惨命运。如连载社会小说《徐生自传》，这部自传体小说的主人公是健锐营旗人徐生，小说除了描写徐生留学日本的经历之外，大多数篇幅还是在描绘清末民初北京旗人的生活。穆儒丐从小在京郊旗营中长大，与最为普通的老百姓接触频繁，再加上受到日本维新改良思想的影响，反对用暴力革命的方式解决社会问题，因而他的视角始终关注北京旗人在民国初年的悲惨生活。小说中写道：“我们的摇篮，祖宗的都会，神灵式凭的所在，已被八国联军打破了。勇敢的捷字队，已然尽数死在东城，作了国殇……国破家亡，是很惨的事，不想我小小的年纪，倒得亲眼看见。”[①]社会小说《北京》描写了主人公伯雍在担任《大华日报》编辑期间的所见所闻。这些所见所闻连成了一连串的故事：有官僚政客在民国刚刚成立的时候还在为大清皇室奔走，拥护君主立宪的政体，在认识到清王朝大势已去之后，见风使舵，转而成为民国议员；有北京新贵在动荡不安的社会时代中仍然过着纸醉金迷的生活，四处逛窑子、捧戏子；当然还有更多贫穷的落魄旗人，他们失去生活来源之后被迫做起了妓女、人力车夫等。小说写到了一个旗人女孩桂花，桂花的父亲原是一个旗下当差的，辛亥革命之后，桂花的父亲就死了，家里本来就不富裕，失去了生活来源之后更加没有着落。于是桂花这样一个只有十四五岁的女孩就被送到了妓院。比桂花年长几岁的妓女秀卿，家中有一个老母亲还有一个小兄弟，为了他们不致冻馁，才跳进了这样的火坑，她对伯雍说过：

我当初很疑惑的，始终不知道贫寒人家的女子，为什么

---

① 穆儒丐：《徐生自传》，转引自张菊玲《几回掩卷哭曹侯　满族文学论集》，辽宁民族出版社，2014年，第363页。

> 一到了没饭吃，就得下窑子，仿佛这窑子专门是给贫寒的人开的一条生路；除了走这条路，再找第二条路，实在没有了；或者我不知道。你想，咱们北京好几十万人，好几十里的面积，除了有相当产业的，有一个地方能养活穷人吗？年轻力壮的男子，还可以拉车养家，贫弱的女子，可找谁去呢？再遇见家无男子，光有老弱当怎样呢？老老实实饿死，在概谁也不愿意，没法子，只得自投罗网，货卖皮肉了。①

伯雍在小说中以旁观者的身份观察和介入各色人等的生活，怀着对贫苦人民人道主义的同情，揭示了落魄旗人惨不忍睹的生活境遇，充溢着浓郁的感伤情调。在主人公伯雍的身上，深深烙印着穆儒丐于民国初期在北京的生活经历的影响，这与《徐生自传》是连接的。

连载历史小说《福昭创业记》，从满族的起源神话“三仙女”的故事开始讲起。天女佛库伦吞食了朱果受娠，生下了布库里雍顺，雍顺便成为满族人的始祖。经过了许多代之后，满洲人移居到赫图阿拉城，又传了努尔哈赤、皇太极，移居沈阳，这才奠定了一个朝代的基业。穆儒丐钻研了《清史稿》《清朝实录》《东华录》《开国方略》，以及日本、朝鲜等有关史书，用长篇历史演义的形式，热情歌颂了民族英雄清太祖、太宗两代力征经营的事迹。他在叙述清太祖、太宗统一满洲、建立帝国的历史时，加入了大段具有强烈民族主义情绪的评论。这种主观上过激的思想，陷入了一种狭隘的民族主义之中，这也是穆儒丐后期小说受到抨击的致命问题。

穆儒丐《福昭创业记》，吉林文史出版社1986年版

① 穆儒丐：《北京》，转引自张菊玲《几回掩卷哭曹侯　满族文学论集》，辽宁民族出版社，2014年，第371页。

满族作家穆儒丐的小说从20世纪20年代写到20世纪40年代，跟踪表现了北京的满族民众，尤其是下层落魄旗人的生活景况。虽然作者在创作后期越发强烈的狭隘民族主义的思想倾向是应该被否定的，但也不能忽略他对京味史学做出的贡献。他在创作中采用了写实白描的手法，几乎全景式地呈现了民国成立之后，北京普通满族民众日渐衰落的生活现状，书写了旗人国破家亡的命运和始终不屈的精神。同时，作者始终充满着深切的人性关怀，遂使其强烈的民族悲情，具有一定的感染力。

第三节　京味报人的追求与情怀

很多文学史家在讲述京味小说的时候，会从《儿女英雄传》直接讲到老舍早期的小说创作，似乎自清代《红楼梦》《儿女英雄传》到民国《骆驼祥子》之间，京味文学留有一个空当。其实并非如此。京味小说的发展源远流长，从未中断，松友梅、剑胆、冷佛、穆儒丐等清末民初的京味报人构成了京味小说承上启下的重要环节。在急剧变革的清末民初，小说创作呈现出空前繁荣的盛况，这一繁荣盛况离不开当时白话报刊的大量刊发。当时京津地区涌现出了几十种白话报，较为知名的《京话时报》《京话日报》《白话国强报》《爱国白话报》等诸多白话报培养了损公（松友梅）、剑胆、冷佛、市隐、耀公等一批京味小说家。他们最为熟悉北京的逸闻典故和风土人情，建造出清末民初古都北京的风俗艺术长廊，既为北京历史文化的研究留下了宝贵资料，也为京味文学的发展提供了充足的养分。报人小说的诸多特点也影响了京味文学风格的形成。由于连载京味小说的近代报刊面向的读者多为市井平民，报人小说在语言上多采用通俗易懂的白话，在题材上多书写现实生活，在风格上更加注重幽默风趣。此外，报人小说家主观上欲通过小说的形式启迪民智、宣传维新思想，较早地孕育了京味文学思想启蒙和文化反思的品格。

一、以白话书写平民生活

中国最早的民办报纸是在清同治十二年（1873）出版的《昭文新报》，后又有同治十三年（1874）出版于上海的《汇报》，同年出版于香港的《循环日报》，以及光绪二年（1876）出版于上海的《新报》，光绪十二年（1886）出版于广州的《广报》，这些都是当时洞悉国内外形势的民间报人兴办的报刊。“惜国人尚不知阅报为何事，未为社会所见重耳。迨光绪二十一年，时适中日战后，国人敌忾之心颇盛，强学会之《中外纪闻》与《强学报》先后刊行于京沪，执笔者皆魁儒硕士，声光炳然。我国人民之发表政论，盖自此始。后此《时务报》与《时务日报》等接踵而起，一时报纸，兴也勃焉。”[①]也就是说，在民办报刊刚刚出现的时候，国人并不清楚报纸杂志是怎么一回事，社会上也没有重视报刊的风气。直到甲午中日战争之后，随着维新知识分子兴办《中外纪闻》和《强学报》等报刊，民众普遍被激发出同仇敌忾的士气和爱国热情，才开始在“魁儒硕士”的引导下发表政论，近代报刊也走上了勃兴之路。

在这种背景下兴起的近代报刊，首要目的即宣传新思想。北京近代以后第一批职业报人在办报宣传新思想的时候，考虑到以小说的形式进行比较容易令人接受，遂开始小说创作。剑胆在《京话日报》上发表的《文字狱》中回顾说：“报上的小说，本是一件附属品，原为引人入胜，好请那不爱看报的主儿，借着看小说，叫他知道些国家大事，社会情形。……迨至如今，几成一种惯例，仿佛没有小说，就不成为白话报，并于销路上，亦颇生窒碍。”[②]文实权创办了《公益报》，并首次在报纸上连载个人长篇小说，他的作品也曾刊发在《爱国白话报》《燕都报》等白话报纸上；而松友梅的小说则主要连载于《进化日报》《京话日报》《顺天时报》等，他的名作《小额》就首登于《进化日报》，由于受到了读者的广泛欢迎，在1908年由报馆编辑成书并出版发行；王冷佛的作品主要刊发于《爱国白话报》。

由此，我们可以发现，早期京味小说家的创作发端于为报纸提供连载故事，这对于作家创作的方方面面都会产生影响。就京味文学作家的创作实绩来看，这种影响首先体现在形式与内容这两个层面。第一，作者必然重视语言形式的通俗化和本地化特色，大多倾向于运用白话尤其是北京方言进行创作。此前的文人创作或者出于个人兴趣，或者融入少数文人集团的创作宗旨或阅读兴趣，大多数情况下他们并不为增加阅读量而创作，因而在创作时不需要专门考虑针对的读者群

① 戈公振：《中国报学史》，中国传媒大学出版社，2016年，第99页。

② 剑胆：《文字狱》，于润琦主编《清末民初小说书系·社会卷》，中国文联出版社，1997年，第900页。

体。而为报纸写作的小说家们，在提笔之前就已经预知将会有怎样的读者，希望读者有怎样的反应，所以对于形式的通俗易懂和受众的阅读需要格外在意。松友梅在小说《库缎眼》中对自己的创作语言曾进行了说明：

> 本报既开设在北京，又是一宗白话小说，就短不了用北京土语。可是看报的不能都是北京人哪，外省朋友看着，就有不了然的。一个不了然的，就许误会，很耽误事情。所以记者近来动笔，但能不用土语，我是决不用。可是白话小说上，往往有用句俗语，比文话透俏皮。小说这宗玩意儿，虽然说以惩恶劝善为宗旨，也得兴趣淋漓才好。可是话又说回来啦，有兴趣没兴趣，也不在乎用土话上（八面兄理全都让我占了）。往往挤的那个地方儿，非用土话不成。不但记者这宗小说，就是上海白话小说，也短不了用上海的土语。这层难处，作过小说的都知道。如今我想了一个法子，实在必得用土语的时候儿，费解的不用，太卑鄙的不用，有该注释的，咱们加括弧，您瞧好不好？[①]

这段话中值得注意的地方在于作者有意识地采用方言增添小说的地方色彩，即作者所言“俗语”比“文话”更有力，并以上海小说多用沪语为例支持自己的观点，体现了一种难得的文化自觉意识。早期京味小说的语言虽不能和现当代诸家作品相比，但已然形成北京特色浓郁、风格鲜明和通俗易懂的特点，在以语言上引人入胜和地方特点鲜明见长等方面，它超过同时代的许多作品。

第二，京味报人的小说创作在内容上有无可置疑的平民性和现实性。当时报纸的读者群固然包括极少数贵族高官，但清末的白话报纸

① 损公：《库缎眼》，于润琦主编《清末民初小说书系·社会卷》，中国文联出版社，1997年，第515页。

主要还是针对社会中下层的读者。据梁漱溟先生回忆，《京话日报》“当年对于北京社会乃至广大北方社会起着很大推动作用”，“它是全用白话文的小型报纸，内容以新闻和演说（相当于社论）为主。……它原是给一般市民看的……”[①]彭氏自己在《彭翼仲五十年历史》中回忆，当初决心办白话报，是因为“国几不国，固由当轴者昏聩无知，亦由人民无教育，不明所以爱国之道”[②]，因而为普通民众办了份白话报纸《京话日报》，与之相对应的是为“开通官智”办了份文言报《中华报》。报纸以北京中下层市民为主要读者，决定了它们需要以北京中下层市民为主要人物的文学，而且是以平民的、当下的日常生活和他们正在关心的、能理解的事物为中心的文学，这是早期京味文学确立以市民生活为主要内容的又一原因。像《红楼梦》那样以贵族家庭生活为题材诗意化的叙述，不可能成为整个中下阶层市民群体的读物。《儿女英雄传》可以满足一般人的好奇心，不过主要人物非圣即贤，它不能为普通人提供切身的感受。而清末民初的白话报纸针对它的读者群，提供了大批描写市民自身生活的作品。《小额》批判的是人人痛恨的高利贷现象；《春阿氏》改编自真实案例，主人公是一个婚姻不幸的市井女子；《北京》讲述了一个勉强糊口的小编辑的所见所闻；其余的作品亦大多是家长里短的题材。事实证明，这些作品赢得了相当多的平民读者。松友梅就称自己编撰的小说往往引来各种信件，尽管有人质问诋毁，有人交口称赞，重要的是在社会上引起了广泛的反响，他的连载小说《小额》就是在读者要求之下才出版单行本的。而且松友梅、剑胆等人的报载小说常常在作品的开头结尾，提到小说的本事如何，上一篇小说读者有什么意见等。就作品内容来说是多余的，但这种古典时代不可能有的互动关系无疑鼓励了小说家们沿着平民化的路走下去。

---

① 梁漱溟：《记彭翼仲先生》，《梁漱溟全集》（第七卷），山东人民出版社，2005年，第78—79页。

② 彭翼仲：《彭翼仲五十年历史》（上编），姜纬堂等编《维新志士爱国报人彭翼仲》，大连出版社，1996年，第113页。

清末民初的京味报人在文学作品中自觉呈现老北京市民尤其是普通旗人的日常生活，他们非常善于提炼其中蕴含的传统文化精神。早期京味小说家皆为满族，松友梅、王冷佛、文市隐、穆儒丐是其中最优者。就整个文学史来看，关注清末民初北京平民的日常，对北京生活进行真实而生动的描写，对北京文化进行深沉而有力的总结、审视甚至批判，特别是对中下层市民社会的集中书写与关注，是从他们开始的，这也是此前的小说作家未能做到的。在他们的作品中我们看到了当时北方城市，尤其是北京城内所特有的“五行八作”和“三教九流”的生活状态，他们当中有放旗帐的，开碓房的，有在街上混的痞子，也有行走江湖的郎中，有坐馆教书的先生，也有卖烧饼的，办报纸的，拉车的，还有保守的旧式旗人家庭妇女，穷得吃不上饭的皇城侍卫，家境小康的领催等；在他们的小说中，我们也能看到老北京所特有的场所：旗人生活中必不可少的茶馆，管钱粮的旗下衙门，听戏的阜成园，吃饭的庆和堂，下层居民生活的大杂院。

他们作品的焦点集中于生活在内城的平民特别是满族家庭的日常生活，并且在风俗细节的描写上颇为注意。其中，有一些是满族人特有的，如指名为姓的习惯。《连环套》开篇：“前清光绪年间，北城小街住着一个在旗的，老姓张，指名为姓又姓奎。”对一些生活细节也有所展示，如行礼方式，《春阿氏》中提到“见里面走出一个小女孩儿来，见了普二，笑嘻嘻的，叫了一声二叔，蹲身请了个安……”又如注重礼节是老北京居民的特点之一，仅在称呼上就有一套复杂的讲究，其他方面也是礼数颇多。小说《麻花刘》写了一个皇城侍卫，姓春，他穷到经常断顿。同院的街坊麻花刘还是不愿错了规矩礼数，“因为人家是个作官的，……不敢跟人称兄呼弟，他老叫春老爷……”饮食上也有约定俗成的规矩：《忠孝全》讲办丧事的时候，接三要吃炒菜面，《瞎松子》告诉读者找人打群架照例请吃烂肉面，甚至还有专为供痘花娘娘制作的点心。小说《二家败》中描述了旧日北京“供娘娘”的风俗：“北京俗话管小儿出花，叫做当差使，到了十二天总得供娘娘。要说这个供娘娘，也是无尽无休的事情。有钱的主儿，家里设娘娘龛，扎彩亭子，搭大棚，预备托荤炸素的席面，甚至于有唱大戏的。别的玩意儿，更不必说，亲友街坊大凡过人情通庆吊的，都得前往贺喜。高等的讲究送烧猪烧鸭，次一等的送太史饼，至不能为是鼓盖儿双麻儿（这都是点心名儿，专为供娘娘预备的）。”

当然，这些小说的平民性不表示它们彻底的下层市民化。创作者本来就抱着面向市民展开宣教工作的目的，其载体——报纸又尤其注重时效性。加之京师为信息交流、人文荟萃之地，不仅当时聚合于此的社会贤达与国家精英高度关注国家现状，生活于这个政治中心的平民阶层对现实性的议题也是相当敏感的，这个城市的上上下下与现实政治都有着不解之缘。清末沪报多于京报，民国后北京报纸反多于沪。对此，戈公振敏锐地指出：“……北京为政治中心，故独占五分之一，可谓盛矣。”[①]从一个侧面可见北京人对现实的关注程度。因此，现实性是早期京味小说又一不同于古典作品的特别之处。与从前京城文人以作品抒发自我积郁、表达个人理想相比，松友梅们转向普通人平凡而又琐碎的现实生活，更多地代表了一个阶层——平民阶层在动荡时代的共同感受。他们的主题紧紧围绕着对道德沦丧的感慨、对转型社会世相百态的冷嘲热讽和对小人物在如此现实中无法把握个人命运的哀叹。而且他们对转型时期的社会文化问题有自己的思考。他们以“振纲常、兴教育”的改良思想为号召。《进化报》宣称“欲引人心之趋向，启教育之萌芽，破迷信之根株，跻进化之方域”。《燕都报》要“与污浊社会为敌，与困苦人民为友”，“一、维持道德；二、改良社会；三、提倡实业”等。故早期京味小说是近代北京小说家的探索期，不仅以平民现实生活为绝对的关注中心，而且这种关注正指向人们的无道德、落后、冷漠。我们必须承认，早期京味小说具备了一定的文化反省意识和批判精神。

早期京味作家们不仅注意到种种生活细节，还在一定程度上提升到文化的高度上进行总结。松友梅在《鬼吹灯》中感叹：“您别瞧这

① 戈公振：《中国报学史》，生活·读书·新知三联书店，2011年，第169页。

个上下车，这是北京人的专门学，上车讲究飘洒，下车讲究利落。”这是一种发展得异常纯熟的文化。但是，作为久在其中的一员，作者的态度并非只有欣赏没有批评。《双料义务》中说：“旧日世家旗人，家庭那分黑暗，一言难尽。作媳妇儿的，简直就是活受罪：清早起来，婆婆跟前，总得请一遍安；吃饭的时候，总得请安；婆婆吃饭得站在旁边儿伺候，晚晌得站够了，婆婆发下话来，才能歇着去。再一说都穿着厚木头底子，一站好几个钟头，晚晌真能上不去炕。要是随着婆婆出份子走人情，那份罪孽更大了。除去请安，就是站着。”《理学周》中讲：“常见好礼节人家儿，整天如同唱戏一个样（旗人做官之家尤甚），表面规矩挺大，心里谁跟谁都是仇敌。”

二、以现实关注世道人心

清末民初是整个社会发生急剧变革的时代，京味报人小说家多为记者出身，他们对于社会现实的变化最为熟悉和敏感。松友梅在谈论报纸与小说的社会功能时说道：“比年社会之怪现象，于斯极矣。魑魅魍魉，无奇不有。势日蹙而风俗日偷，国愈危而人心日坏，将何以与列强相颉颃哉？报社以辅助政府为天职，开通民智为宗旨。”[①]“欲引人心之趋向，启教育之萌芽，破迷信之根株，跻进化之方域，莫小说若！莫小说若！”[②]从中可见，松友梅等人试图以小说为工具，除了实现辅助政府、开通民智的任务，更重要的还有“引人心之趋向”。清末民初的京味小说家最关注世道人心，专注于描摹人与人之间的关系，特别是伦理关系。由于近代社会整体的重大变化，清末民初的京味小说家关注的中心乃在于当时传统道德面临的巨大挑战。若用一个字概括近代中国人生活中的最重大事件，那就是“变”。19世纪末，最普通的中国老百姓也意识到，身边的世界变了。火车电报、洋枪洋炮等西方事物源源不断地输入还是小事，更大的变化是思想观念的新

①② 漢南德，洵少泉：《小额·序》，松友梅，《小额》，刘之一校注，世界图书西安出版公司，2011年，第4页。

旧交替。

往日的世界是否完美当然是个问题，但现实的混乱足以使新旧交替时代的作者们倍感焦虑，并在几乎每一篇作品中表达出对人心堕落的感伤。松友梅的小说《董新心》讲述了一位追求进步理想的青年知识分子董新心的故事。董新心自甲午中日战争战败之后，就认清了世界大势，致力于研究新学。他给自己起了一个名号叫“新心”，意为新其心，而不必新其貌。他常常力劝人们爱国，也愿意投身社会的参政改革浪潮，却屡次受到欺骗，留下的唯有一道道精神伤痛，最后“饱尝世味，壮志全灰”，年纪轻轻便隐居回乡不再问政了。原来，辛亥前后，中国的都市、乡村到处都是打着“民主”“共和”旗号招摇过市的败类，他们大多飞扬浮躁，竟把革命当成生意来做，每一番折腾尚无结果便暴露出贪得无厌的真面目。就像小说中一个家伙对董新心说的：“实对你说罢，我们从先口谈革命流血，那满是生意。你想我们全是光蛋流氓，处在那个时代，眼看着革命日起有功，不谈点革命流血？那是个进身之阶，那不过是个投机的事业。真流血也得有血呀！有血也是凉的。”小说还写到有人告诉董新心：革命已然成熟，不久就要把清政府推翻，就快享幸福啦，作者就此用旁白口吻议论道：“打起我也做这个梦。谁知道鹞鹰拿鸽子——错瞧了，十年的工夫儿，连个幸福的影儿也没瞧见。”报人小说家松友梅也像他的许多满族同胞一样，经历了由瞩望清廷期待改良，到接受革命寄希望于民国，再到满心期待化为一梦，甚而奋起揭发民国政坛种种罪恶的心路历程。旧日他们便注重自身道德修养、关切世风变异走向，却毕竟是生活在满族范围以里，还不曾对世道大转轨、社会大翻覆各阶层人心浮沉，有着如此猛烈的感受。松友梅中年之后，恰恰赶上了政治及伦理旧秩序轰然坍塌，而新秩序却没人出来承担建设责任的乱世。有他这样的报人小说家挺身而出，坚韧地利用写作，去向现实社会里丑恶、凶残、伪善、龌龊之类的人和事做斗争，其行为价值总是应当被肯定的。

民国建立后，松友梅的伦理言说不再止步于清末写《小额》时候的陈旧说教阶段，而是与时俱进地植入了若干新的思想因素。他不再一味地讲“劝善”和“救赎”，对某些下流人物的肮脏心理勇于猛烈抨击。他放开手脚检讨包括满族自身在内的文化旧传统，善即是善、恶即是恶、好即是好、歹即是歹，没有姑息和偏袒。《曹二更》中博二太太指责她的丈夫：“告诉你说，我可是满洲旗人，酸满洲的习气，我就不赞成。把高等的满洲旗人打个板儿高供——我说这话人家也绝不挑眼。像你这宗满洲旗人，你有什么能为？有什么本事？有什么学问？除去提笼架鸟下茶馆儿，造旱谣言，抽大烟喝烧酒，会赊猪头肉，玩笑要滑头，排个八角鼓儿就说在衙门当差，旗下有什么高超的公事？……验缺下仓放钱粮，压个兵缺，吃两包儿空头饷，完了，有什么警人的玩艺儿，你说我听听。”《董新心》写民国之初袁世凯（项城）复辟当皇上的闹剧里面，也裹着旗人败类的运作：“告诉你一件新鲜事，我们筹安会里，还有前清的天璜一派呢（羞死），并且他在前清时代，还做过大官。前清逊位，项城之力居多，他们不是不知道。况且他们既是贵族，又受恩深重，总然不能反对这件事，也应该韬光养晦，抱头一忍，不问时事，那才叫作有骨头有气节。他们不但不如此，而且赞成帝制，代表劝进，这些人总算下三无耻到家了罢！……现在这时代，一个人总得有六十五副面具（面具就是鬼脸儿），真得会七十三变（比孙大圣还多一变），那才成呢。”从上述两处，已能体会到松友梅对清末民初的旗人是怎样的不客气。他经常把透过政治透视人们心理优缺点的技法，运用到更广阔的社会观察中间，在不止一篇小说里面写到当时的“民选”活动，可惜的是从地方到京城，没有一点儿民主传统的人们，再三再四地把“民选”衍成闹剧，人们自然地在“民选”中塞进自己的私心与祸心，便是闹剧屡演不衰的“底稿”。可以说，进入民国之后，得到时代启蒙思潮影响的松友梅，在通过所创小说引发民众精神自醒方面，是有诸多长进的。

王冷佛的代表作品是长篇纪实小说《春阿氏》。《春阿氏》又名《春阿氏谋夫案》，是王冷佛根据清代光绪年间发生于北京内城的一桩时事公案创编而成的小说。春阿氏年仅十九岁，是旗人阿洪阿之女，嫁予本旗春英为妻，被称为春阿氏。春阿氏是旧时代封建包办婚姻的牺牲者，与她青梅竹马的表弟玉吉是她的心上人，而且两人订有婚约。不料对方父母双折，家里便悍然毁约，改将她嫁给春英。婆家的人口复杂，大婆婆严苛，二婆婆刁钻，丈夫愚蛮，还有太婆婆与小叔小姑们，都需她伺候，每日不堪其苦。有一天晚上玉吉前来，不意为春英撞见，玉吉一时兴起砍倒春英。待婆家发现时玉吉已经逃逸，春阿氏便一口咬定是自己失手杀了丈夫，至死决不改口。该案经官府审理，久拖不能定夺，后虽审定为永久监禁，春阿氏却病死狱中，玉吉亦殉情自缢而去。

《春阿氏》故事发生及作品成书的时期，正是西方近代思想自西而东渐渐传入并影响中国的年代。尊重人的个性，尊重人的情感与选择，诸如此类向来不为封建正统重视的"歪理邪说"，开始在古国久已凝固的"心海"中泛起涟漪。春阿氏事件恰在此时发生，引起了诸多社会观察敏感者的暗自思忖。冷佛正是体验到这一点的作家，他在被人们认作是"探案小说"的这一叙事当中，一再嵌入较为深入的思考。

瑞珊道："告诉诸位说，我为这事用心很大。中国风俗习惯，男女之间，缚于圣贤遗训，除去夫妇之外，无论是如何至亲，男女亦不许有情爱。平居无事，则隔绝壅遏，不使相知——其实又隔绝不了。比如某家男人爱慕某家女子，或某家女子爱慕某家男子，则戚友非之，乡里以为不耻。春阿氏一案，就坏在此处了。玉吉因阿氏已嫁，心里的希望早已消灭，只盼阿氏出嫁，遇个得意的丈夫；谁想他所事非偶，所受种种苦楚，恰与玉吉心里素日心香盼祷的成个反面儿。你想玉吉心里那能忍受的住？慢说玉吉为人那等朴厚，就是路见不平的人，也是难受呕！"

乌珍笑着摇头道："……再者，天下的事情，若论法按律，就没有讲道德与不讲道德的解说。若对聂玉吉尊重人道主义，不忍按奸夫说拟，莫非春英之死就算是该死了吗？……”[①]

瑞珊和乌珍是小说中的私人侦探和办案官吏，二人都在弄清案件发生的真实缘由之后陷入了心理煎熬。他们徘徊在情与理、情与法之间，很难说服自己做出决断。小说最终让春阿氏病死狱中，也就算是作者冷佛和他作品里瑞珊、乌珍等人物，既不失社会正义却又难以兼顾人道与司法原则的唯一说得过去的收场。一部清代末年留下的小说，就此也成了记录那一历史瞬间中国情与理、情与法状况的备忘录。《春阿氏》一如同时期京旗报人小说浸满道德主义判断的文格，但是，它却因为拥有这层情、理、法思辨的轮廓，而比其他创作的立意高出一筹。有论者以为《春阿氏》是控诉清末社会制度黑暗的小说，其实不然。冷佛是将官方的主要办案人员——京旗左翼正翼尉乌珍，按照正面人物来塑造的。此人理案秉公又富有人情味儿，头脑清晰查案透辟却又不露锋芒，虽然该案的特殊性与他非功利的性格，使他没能在办案大显身手之后名扬朝野，但他毫不在乎。作者甚至用乌珍自己的话替他一辩：“可笑京城地方只知道新衙门好，旧衙门腐败；那知道事在人为，有我在提督一天，就叫这些官人实力办事。”当时持有封建改良派立场的作者，是通过刻画乌珍这样一种贤官干吏形象，宣扬对现行体制的信心。

与近代小说中常见的谴责语调不同，早期京味诸家表达忧愤深广的主题采取了完全不同的方式。清末民初的“京味小说”在表达主题的同时极其重视形式的可接受性，讲究从容委婉。作品内在的感情可能是沉重的感时伤世，但表面的态度却表现得从容，甚至是谐谑的。举凡早期较有名的京味小说，多为悲剧，如穆儒丐创作的《北京》，主人公宁伯雍在北京的某报社任职，目睹现实黑暗不愿同流合污，终于辞职。这部作品以暴露现实为宗旨，作品基调却是冷静的观察和反映。

① 冷佛：《春阿氏》，吉林文史出版社，1987年，第277页。

三、以幽默装点市井情怀

晚清报人小说虽然大多取材于当时北京旗人生活黑暗而复杂的社会现实，但这些小说能够超越沉重而令人郁结的现实，用诙谐幽默的语言形式来传达对严肃社会问题的理性思考。松友梅这种小说语言特色一直到老舍、王朔等人的京味小说中都有体现，京味文学所特有的幽默是格外令人关注的。一提及京味文学，人们马上会想起幽默诙谐的北京口语，幽默简直就成为京味文学的招牌。京味幽默的营造当然离不开具有幽默感的北京方言土语。“噱是书中宝”，以往的中国传统小说大多只注重制造情节波澜，以情节曲折、悬念迭起吊足读者的胃口，进而吸引人们的注意力。最早把幽默、生动、俏皮的北京口语成功注入小说文本，应当数松友梅。松氏小说并没有在故事情节的出奇制胜方面极尽能事，而是在展现自己幽默和调侃能力方面下足了功夫，也使北京方言的幽默特色派上了用场。

梁实秋曾说过：“我认识老舍相当的晚。他早年出版的著作引起我注意的大部分是由于他的北平土语。以地道北平土语写文章的人，在他以前也颇有几位，例如北平有一位署名‘损公’的作者，经常在《群强报》等发表连载小说，不时的印为单册发行，我一家人都爱读，觉得亲切有味，有一点像是听相声，滑稽而多讽。老舍的小说规模大，用意深，有新文艺的气象，但是保存了不少的相声味道。”[①]在梁实秋看来，从松友梅到老舍，形成了一种内在的精神联系和文化传统。正如梁实秋所说的，松友梅小说读起来有点像听相声，这是因为松氏的小说吸收了相声艺术的技巧和北京口语的成分。这使松友梅的小说带来一种特别的幽默风趣。

小说《曹二更》写到曹立泉父子到富二爷家表示感谢，带着四色礼，“这四色礼是什么呢？原是五斤杏干、五斤乌梅、五斤陈醋、五斤山里红（全酸到一块儿了）”。因为曹家是山西人，送礼物就喜欢送

---

① 梁实秋：《忆老舍》，刘衍文，艾以主编：《现代作家书信集》，汉语大词典出版社，1996年，第279—280页。

酸东西，连儿子曹立泉的乳名都叫“醋糟”。这样的情节处理看似合理而又不失夸张。《曹二更》中的人物对话也很有趣，不但括号中的话像捧哏说的，就是括号以外的话语也像一对相声搭档在表演。整个人物对话似乎有两重相声表演，就像大故事中有小故事一样，颇具喜剧性、漫画性和夸张性的艺术效果。

> 富二太太说：“……我大外甥女儿要给了他，倒是天然配偶，一对璧人，不过就是有一样儿，咱们是满洲旗人，他是个老西儿，让人家说拿着旗人的姑娘嫁老西儿，似乎差点儿。”博二太太回答说：“姐姐此言差矣。现在五族一家，世界大同，五大洲都可以结亲，还分什么旗人老西儿。(你听真无愧乎开通二字)”①

“老西儿”是旧时华北及东北地区对太行山以西，主要是山西省人们的一种戏称。小说中的富二太太和博二太太是姐妹俩，富二太太看上了从山西来的一个年轻人，想把他介绍给自己的外甥女，可考虑到满汉民族之间的差异又有些顾虑，而没想到博二太太审时度势，思想开通。博二太太的回答自然是在情理之中的，当时处于风雨飘摇之中的旗人的优越感已消失殆尽；但是，博二太太的回答，用一种极为幽默和夸张的方式把“残灯末庙”时代的旗人所有的无奈委屈心理意识表达出来，别有一种戏剧性的效果。

等博二太太回到家中跟博二老爷商量这件事，博二老爷说：“你这真是疯了，咱们是满州(洲)贵族，我又是四品官，我的女儿选秀女都有分，他要当了选，我就是国丈老泰山，上次有人给女儿提亲，世袭男爵你不给，如今你要给老西儿，这都是邪怪的事情！就说汉军旗人，因为他们作官的道路窄，[因为道路窄，所以汉军旗人有点

① 损公(松友梅)：《曹三更》，于润琦主编：《清末民初小说书系·警世卷》，中国文联出版公司，1997年，第632—633页。

能为的多，满州（洲）人作官道儿宽，倒把他们害了，到了如今，还没有汉军人道路宽呢］我们都不跟他们作亲，如今女儿真要给了老西儿，怎么见亲友哇，这事万万的不行。”博二太太却非常能言善辩、机智俏皮：“朝着你这宗思想，这宗议论，你就是亡国奴，现在还讲那个。告诉你说，我可是满洲旗人，酸满洲的习气，我就不赞成，把高等的满洲旗人打个板儿高供，我说这话人家也绝不挑眼，像你这宗满洲旗人，你有什么能为？有什么本事？有什么学问？除去提笼架鸟下茶馆儿，造旱谣言，抽大烟喝烧酒，会赊猪头肉，玩笑要滑头，排个八角鼓儿就说在衙门当差，旗下有什么高超的公事，来行文无事片打到书稿，验缺下仓放钱粮，压个兵缺，吃两包儿空头饷，完了，有什么警人的玩艺儿，你说我听听。”[①]博二太太的话嘲讽中饱含着道理，生动幽默地刻画了清末民初北京旗人的真实写照——无所事事、闲散享乐。

松友梅的笔名是损公，针对这个笔名，他曾在《忠孝全》中自我解嘲地说：“咱们不给人胡添彩；血口喷人，死了要下拔舌地狱的。本来吃这碗饭就没德行，再要缺德，就是罪上加罪。再说记者这门小说，别的不敢夸嘴，敢说干净俐罗，男女可观，虽然沉闷点，多少有点益处；除去爱损人是毛病，我既叫损公吃这碗损饭，不能不损；但是损的那不够资格的人，决不损好人；好人我还提倡哪。”[②]好以一种嘲讽但不过分的态度描写对象。他长于审丑，讲述市民阶层可笑可恶可恨的人与事，尤善于塑造市井恶徒、地痞无赖骗子等反面形象。松氏的小说最有市井的气息，语言幽默。

《瞎松子》中痞子小鬼德子看上邻家女儿，求街坊兴老太太做媒：

兴老太太哈哈大笑，说：“大相公，你真是要疯，就说

---

① 损公（松友梅）：《曹三更》，于润琦主编：《清末民初小说书系·警世卷》，中国文联出版公司，1997年，第633—634页。

② 损公（松友梅）：《忠孝全》，于润琦主编《清末民初小说书系·警世卷》，中国文联出版社，1997年，第456页。

鬼迷住你，也不该说这话。你没有镜子，撒泡尿照照，长了一个华洋合壁的脑袋，气死山魈不让魔鬼。你这真是拉洋车的要得巡阅使，妄想拔高吗？你瞧瞧人家大姑娘，真是冰雪为魂玉为骨，芙蓉如面柳如眉，多少世家官族前来求亲，他两叔叔跟他哥都不给。人家是四品官的小姐，等着选秀女呢！就是人家一千一万也给不到您这块儿呀。据我说出血管打盹儿，歇了心罢！”这通儿连损带骂，小鬼德子倒乐啦，说：“老太太您说完了没有。您这套真够瞧的。”兴老太太说：“爱听还有一套呢。”小鬼德子说：“够听好大半天的了。无论怎么说您也得给我为为这个事情。常言说的好，是婚姻棒打不回，倘或我们两人是冤孽呢？”兴老太太说：“你倒是胡狗子跟前的，冤孽那不干了吗？应该说姻缘……”

在清末民初报人小说的笔下，市井平民是最鲜活、最有生命力的形象，他们历经世道人心的沧桑巨变，历经时代社会的变幻浮沉，熔炼出最为生动的方言俗语，锻造出最为豁达的人生态度。以松友梅为代表的报人小说家群体着力刻画大时代中的小人物，在风云变幻的时代更迭中坚守着一份现实追求和幽默情怀。

第二章

五四新文学影响下的京味情怀

北京作为全国的政治文化中心，既有传统的帝都文化，又有现代的新文化新思想的传播。由于明清帝都这一特殊的政治文化地位，以及新文化运动、五四运动的渐次发生，北京吸引了大批文人学者的目光，高校林立，文人迁徙频繁，报刊出版与书店业在特殊的文化氛围中趋于繁荣。在丰富的文化资源影响下，北京成为众多作家创作起步的地方，从教育资源来说，北京拥有最优秀的高校与学院派作家，从文化底蕴来说，北京丰厚而独特的历史底蕴为作家创作提供了文化资源，从文化思潮来看，各种中外文化的交流融合使作家以更为深沉的姿态对中国文化进行反思。

2019年是五四运动一百年，五四运动的深远影响也已经持续了一百年。五四运动不仅仅是一场伟大的爱国革命运动，更是一场文化与文学上的革新运动。五四以来，白话文成为文学创作的通用语言，新文化的引进不断冲击着旧的文化与落后的文化。五四运动一百年，是新文学不断走向成熟的一百年，是新文化不断走向繁荣的一百年。五四运动为新文学的发展打下了坚实的基础，使得文学创作进入一个新的阶段，它打破了旧体文学的体式与语言的桎梏，开创了文学创作的新形式与新内容，京味文学也在五四新文学的影响之下具有了新的面貌。

新文学作家往往具有一种文化反思的情怀，从小说、散文，到西方的舶来品——话剧，北京在他们的笔下拥有了新的描写对象与描写方式。因此，对于五四的观照就成为梳理京味文学的一个重要方面，这一时期作品中凸显的京味情怀是一批新文学作家对于北京的直接体验，为之后以老舍为代表的京味文学的繁盛奠定了基础，而北京也开始确立起其在文学文本中的特殊地位，带有“北京味道”的京味文学一直不断发展并且延伸至今。

第一节 “北京人”象征的京味意蕴

在京味文学中，北京往往作为作家笔下所写故事的发生空间，北京人成为作品的主要描写对象。在作品中，北京不仅为故事发生提供了场地，并且成为一种象征性的空间，北京城与北京人的故事共同构成了京味文学的鲜明特色。京味文学的独特性很大一方面就体现在城与人的和谐互动上，既称之为京味文学，故事一定是发生在北京城里的，不同于老舍对于北京城底层市民的描写，林语堂、曹禺专注的都是北京城的“大户人家”，是北京的上流社会，而这其中同样体现出独特的京味意蕴。

一、《北京人》里的“北京人”

话剧作为一种不同于小说、散文的文学形式，具有直观、身临其境的特点，对于北京城与北京人的描写，一部话剧往往使人更能直观地感受到北京人的精气神，老舍的《茶馆》就是京味话剧的代表作。除了现实性的北京人的刻画，有的作家则另辟蹊径，将象征的手法加入到戏剧创作之中，具有代表性的作品就是曹禺的话剧《北京人》，直接以北京人作为题目，剧中两种“北京人”的形象不断产生对比，现实与想象交错，构成了一部象征意味极其明显的带有京味色彩的话剧。

在《北京人》里，“北京人”不仅仅是生活在北京城里的一群北京人，更是一种象征性的北京人形象。曹禺《北京人》中这样写“北京人”的出场：

袁　圆　（仿佛通报贵宾，大喊）“北京人”到！

（大家都莫名其妙地站起探望。）

曾　皓　啊！（望着门，满脸笑容）请，请，（话犹未了——）

蓦然门开，如一个巨灵自天而降，陡地出现了这个“猩猩似的野东西”。

他约莫有七尺多高，熊腰虎背，大半裸身，披着半个兽皮，浑身上下毛茸茸的。两眼炯炯发光，嵌在深陷的眼眶内，塌鼻子，大嘴，下巴伸出去有如人猿，头发也似人猿一样，低低压在黑而浓的粗肩上。深褐色的皮肤下，筋肉一粒一粒凸出有如棕色的枣栗。他的巨大的手掌似乎轻轻一扭便可扭断了任何敌人的脖颈。他整个是力量，野得可怕的力量，充满丰满的生命和人类日后无穷的希望都似在这个人身内藏蓄着。

曾家的人——除了瑞贞——都有些惊吓。

曾　皓　（没想到，几乎吓昏了）啊！（退后）①

从这段描写来看，“北京人”的形象是一个接近野人的形象，完全不同于现实生活中正常的北京人，相对于羸弱的现实的北京人来说，它是充满力量和充满生命力的。

曹禺让“北京人”上场是来解决困难的。第一幕开场，就是一群要账的债主在门口吵吵嚷嚷，一片叫骂和喧嚷。曾家人对此毫无办法，此时不仅尊严扫地，而且完全无法应付了。这时候，不是北京人，更不是曾家人的曾家房客教授袁任敢却毫不犹豫地站了出来。他对那些债主大吼一声“出去”，一面又拖延时间对他们说“我给你们钱！”这时候，“北京人”开始发挥它的作用了：

“北京人”慢慢立起，一个巨无霸似的人猿，森然怒视，狺狺然沉重地向外挥手。甲、乙、丙、丁　（倒吸一口气）好，给钱就得！给钱就得！

甲、乙、丙、丁仓皇退出。

① 曹禺：《北京人》，《曹禺全集》（第二卷），花山文艺出版社，1996年，第436页。

"北京人"笨重地跨着巨步跟着出去，圆也出去，袁随在后面。

……

突然听见外面一拳打在肉堆上的声音，接着一句惊愕的："你怎么打人！"接着东西摔破，一片乱糟糟叫喊咒骂，挨打呼痛的詈声。

屋里人吓成一团。

曾　皓　关门，关门！

思赶紧跑去关门。

圆的声音：（仿佛在观战，狂叫助威）"好，再一拳，再一拳！打得好！向后边揍！脚，脚踢！对，捶！再一捶！对呀，对，咬，用劲，再一拳！"

（最后胜利地大叫）"好啊！"（然后安静下来）

……

"北京人"更野蛮可怖，脸上流着鲜血，跨着巨步若无事然走进来。后面袁圆满面崇拜的神色跟着这个可怕的英雄。

曾　皓　（低声）都，都走了？

袁任敢　打跑了！

袁　圆　（突然站在椅上把"北京人"的巨臂举起来）我们的"北京人"打的！

"北京人"转过头，第一次温和地露出狞笑。

大家悚然望着他。曾皓凝坐如同得了瘫痪。[①]

"北京人"开始真正显示出自己的能力和力量，将一群要债的人都打跑了，而这时，那些真正的现实中的北京人，"曾皓凝坐如同得了瘫痪"，"北京人"显示出来的力量和出场方式，对于袁任敢和袁圆

① 曹禺：《北京人》，《曹禺全集》（第二卷），花山文艺出版社，1996年，第441页。

来说，是自然而然并且并不感到奇怪的，而对于曾家人来说，则是目瞪口呆，两相对比之下，这一群虚弱的北京人连袁家父女都比不上，更不要提那个像野人一样的“北京人”了，这群曾家人有的只是害怕与胆怯。

“北京人”的第三次出现是在第三幕中，就在瑞贞要出走，愫方也决定和她一起离去的时候，她们发现门锁着，没有钥匙。

> 愫　方　（低沉）门还是锁着的，钥匙在——
>
> 曾瑞贞　（自信地）不要紧！“北京人”会帮我们的忙。
>
> 愫　方　（不大懂）北京人——？
>
> ……
>
> 曾瑞贞　（拉开通大客厅的门，指着门内——）就是他！
>
> 门后屹然立着那小山一般的“北京人”……
>
> 曾瑞贞　走了？（望望，转对“北京人”，指着外面，一边说，一边以手作势）门，大门，——锁着，——没有钥匙！
>
> “北京人”（徐徐举起拳头，出人意外，一字一字，粗重而有力地）我——们——打——开！
>
> 瑞　贞　（吃一惊）你，你——
>
> “北京人”（坦挚可亲地笑着）跟——我——来！（立刻举步就向前走）
>
> 曾瑞贞　（大喜）愫姨！愫姨！（忽又转身对“北京人”，亲切地）你在前面走，我们跟着来！
>
> “北京人”（点首）
>
> “北京人”像一个伟大的巨灵，引导似的由通大客厅门走出。[1]

应该说，这是一个代表北京猿人的象征性的形象，是一个根据想

---

① 曹禺：《北京人》，《曹禺全集》（第二卷），花山文艺出版社，1996年，第482页。

象，甚至是根据理想创造出来的，用以体现强悍的生命力的北京人祖先的形象。它充满了力量，以原始猿人的形象出现，与现在的北京人无论从长相还是性情都大相径庭，像是“北京人”的两个极端方面，他被叫作“北京人”，并不是拥有这个外号，他就是北京人。第一幕中，在这个形象上了场，曾皓还没有从惊骇中镇静下来的时候，袁圆、袁任敢这样介绍说：

袁　圆　（同时指着）曾爷爷，他是人类的祖先。

曾爷爷，你的祖先就是这样。

袁任敢　（笑着）别胡扯，圆儿！（对皓）曾老伯，您不要生气！四十万年前的北京人倒是这样，要杀就杀，要打就打，喝鲜血，吃生肉，不像现在的北京人这么文明。

曾　皓　（惊惧）怎么这是北京人？

袁任敢　（有力地）真正的北京人！（忽然笑起来）哦，曾老伯，您不要闹糊涂了。这是假扮的……[①]

在这里，袁任敢称“四十万年前”的北京人，“喝鲜血，吃生肉”的北京人为“真正的北京人”。在袁任敢看来，真正的北京人是充满力量的，而并非是像曾皓这样羸弱的。在这里，北京人的形象在不同人物形象之间产生了分歧，在更深层次塑造了两种形象的北京人。同时，这个野人一样的北京人形象在文中描写得非常清晰的，三幕中北京人的出现是有具体性的描写的，曹禺在舞台指示中，是这样描述“北京人”的：“他约莫有七尺多高，熊腰虎背，大半裸身，披着半个兽皮，浑身上下毛茸茸的……”又说这个“猩猩似的野东西”，有“野得可怕的力量”。[②]在众人受到惊吓之时，袁任敢赶忙解释道：这只是一个假扮的“北京人”，一个脾气有点暴躁的哑巴。“他原来

① 曹禺：《北京人》，《曹禺全集》（第二卷），花山文艺出版社，1996年，第437页。

② 曹禺：《北京人》，《曹禺全集》（第二卷），花山文艺出版社，1996年，第441页。

是我们队里一个顶好的机器工匠。”这时候，“北京人”的真正面目也得以揭开，北京人是充满野性、力量的，与孱弱的现实中的北京人形成了一种鲜明的对比，与《原野》中的“原野”一样，是象征性的，是与整部《北京人》的写实风格格格不入的，而正是这种鲜明的对比性差异使得“北京人”这一象征性的意味更加明显。

《北京人》共有三幕，“北京人”在每幕的末尾都作为矛盾的化解者出现。第一幕末尾，一个“巨无霸的人猿”，对讨债的众人大打出手，用暴力暂时打压住了来讨债的债主。第二幕末尾，病危的曾老太爷不愿就医，“北京人”像抱起一只老羊似的把曾皓举起来，走出了大门，因而保住了濒临死亡的枯槁之人的一条命。第三幕末尾，“北京人”这个哑巴居然神异地开口说话，像一个“伟大的巨灵”，举着一把钢钳子，打开门锁，引领瑞贞和愫方离开曾府，走向新生。三次出现，三次拯救了曾家人，一群无力自救的北京人被一个高大威猛的“北京人”所拯救，这里面充满了象征性的意味，“北京人”也得以拥有了双面性的内涵。

纵观整部剧，除了北京人，曹禺还安排了多处象征，例如曾老爷子的棺材，是死亡的象征，还有关在笼子里的鸽子，失去了自由也失去了飞翔的力量，最重要的是耗子，这是整个曾家羸弱的象征，袁圆拒绝了曾霆的求爱，对曾霆说“曾霆！我的可怜的小耗子！”直到全剧终了，文清在屋里自杀，曾皓听见了响动，问：“刚才那屋里是什么？”曾文彩哀痛地回答：“耗子，闹耗子。”[①]同时曹禺有意识地将“小耗子”与“北京人”做对比，比如袁圆曾回答的关于嫁给哪一个的问题：

> 袁　圆　后来他就问我，“你大了愿意嫁给哪一个？”（昂首指着这巨影）是这个样子的“北京人”，还是曾家的孙少爷？

① 曹禺：《北京人》，《曹禺全集》（第二卷），花山文艺出版社，1996年，第484页。

曾　霆　（惶惑，也仰起头来，那“北京人”的影子也转了转身，仿佛低头望着这两个小孩。霆不觉吓了一跳，低声，恐怖地）嫁给这个“北京人”，还是——……

袁　圆　我说……——你不要生气，我说（直截了当）我要嫁给他，嫁给这个大猩猩！

曾　霆　为，为什么？

袁　圆　（崇拜地）他大，他是条老虎，他一拳能打死一百个人。

曾　霆　（想不到）可，可我——……

袁　圆　……你呀，就是这么个小耗子！（拍他的肩）小耗子！

……

袁　圆　（又闪来一个念头）曾霆，你想，那个小耗子再下小耗子，那个小小耗子有多小啊！①

袁圆选择嫁给这个大猩猩也不愿意同意曾霆的求爱，并且认为曾霆就是一只小耗子，小耗子再生小耗子，已经完全失去了力量和生气，在袁圆眼里，曾家的孙少爷就是这样一个无能又孱弱的北京人，两相对比，野人一样的北京人形象显然更符合袁圆心目中的完美的北京人形象。

值得注意的是，第二幕的舞台图景在第三幕第二景的尾部，也就是在全剧结束时再次出现：

（文清卧室内忽然仿佛有人“哼”了一声，从床上掉下的声音。）

曾文彩　（失声）啊！（转对曾皓）爹，我去看看去。

（文彩立刻跑进文清的卧室。）

---

① 曹禺：《北京人》，《曹禺全集》（第二卷），花山文艺出版社，1996年，第468页。

（陈奶奶由书斋小门上。）

曾　皓　（虚弱地）杜家——死了？

陈奶奶　死了，完啦。

曾　皓　眼睛好痛啊！给我把灯捻小了吧。

（陈奶奶把洋油灯捻小，室内暗下来，通大厅的纸隔扇上逐渐显出那猿人模样的“北京人”的巨影，和在第二幕时一样。）

陈奶奶　（抬头看着，自语）这个皮猴袁小姐，临走临走还——

（文彩慌张跑出）

……

曾文彩　（强自镇定，走向曾皓）爹，天就要亮了，我扶着您睡去吧。

曾　皓　（立起，走了两步）刚才那屋里是什么？

曾文彩　（哀痛地）耗子，闹耗子。

曾　皓　哦。①

《北京人》在文清自杀、杜家老爷子死去，曾皓下场中结束，而那个高大强壮的猿人巨影保持到了闭幕。曾文彩在这个巨影下把文清之死说成“闹耗子”。全剧结束的舞台图景就定格在小耗子与大野人的对比图景。一种是象征性的、充满力量感的北京人形象，一种是现实的、孱弱的现实的北京人，曹禺在这部剧中塑造了两种北京人的形象，整部《北京人》也在写实性中充斥着一种想象性。

除了最容易引起关注的两种“北京人”形象，《北京人》中的语言也显示出一种北京话的特色，是北京口语加以加工的书面语，例如：

① 曹禺：《北京人》，《曹禺全集》（第二卷），花山文艺出版社，1996年，第484页。

对了，譬如喝茶吧，我这位内兄最讲究喝茶。他喝起茶来，要洗手，漱口，焚香，静坐。他的舌头不但尝得出这茶叶的性情、年龄、出身、做法，他还分得出这杯茶用的是山水、江水、井水、雪水还是自来水，烧的是炭火，或者柴火。茶对我们只是解渴的，可一到他口里，就会有无数的什么雅啦，俗啦的这些个道理。然而这有什么用？他不会种茶，他不会开茶叶公司，不会做出口生意，就会一样：喝茶！喝茶喝得再怎么精，怎么好，还不是喝茶？请问，有什么用？①

江泰在与袁任敢谈到喝茶这件事时，江泰对袁任敢说了这样一段关于喝茶的见解，体现了一个北京人说话的特点，这段话句式上的繁复，几乎是并列结构的汇集，并列句层出不穷，字数匀称，读起来音调铿锵，可以说，这是北京口语成功的艺术化加工的结果。

尽管《北京人》用了大部分笔墨写曾家的人，写曾家人的戏是写实风格的，但《北京人》却不完全是一部写实的剧作，小耗子与大野人的对比才是曹禺想推出的《北京人》的整体舞台图景。正是这两种系列的北京人的对比才构成整部《北京人》独特的文化意蕴，这种京味意蕴是通过象征、对比来构成的，不同于写实性的北京人的刻画，曹禺在这部剧中，充分运用了想象，在更广的范围展开描写了一幅北京人生活图景。

五四时期是新的写作方式与新文化不断传入的时代，白话文的运用，新的文学形式的出现都为京味文学的描写提供了新的形式。地道的北京话开始进入文学作品中，北京人形象的塑造也走向一种更加广泛的方式。这一时期描写北京的多是一批非京籍的外地作家，他们运用新文学、新形式对北京这座特殊的城市进行描写，北京进入文学作品，形成了一种特殊的京味情怀。

① 曹禺：《北京人》，《曹禺全集》（第二卷），花山文艺出版社，1996年，第451页。

二、《京华烟云》里的家族恩怨

对于北京以及北京人，“脚踏中西文化”的林语堂在《动人的北平》中是这样描写的：

> 北京有的是静寂。它是一个住宅的城市，在那里每一个人家都有一个院落，每一个院落中都有一缸金鱼和一棵石榴树，在那里菜蔬都是新鲜的，而且梨子是真正的梨子，柿子也是真正的柿子。北平是一个理想的城市，在那里每一个人都有呼吸的空间，在那里乡村的静寂跟城市的舒适配合着，在那里，街道衢巷以及运河是那样地分布，使一个人能够有空地一块做果园或花圃，而且早晨起来摘菜时可以见到西山的景色，可是距离不远却是一家大的百货商店。[①]

在林语堂眼里，北京是兼具古代与现代的一座完美的城市，是一座理想的居住城市，这里不仅有西山，还有百货商店，林语堂对北京是有深厚的感情的，在他看来，北京文化承载了“生活的艺术”，这里是艺术的、辉煌的。

林语堂对于北京所代表的中国传统文化是非常重视的，在他看来，北京代表了中国的一切，北京是中国几千年文化积淀的精髓，相对于其他新文学作家在京味文学中对北京文化的时有批判来说，林语堂对北京传统文化可谓是推崇至极。正是由于对北京的热爱，对传统文化的热爱，林语堂的作品中也总是体现出一种传统精神和京味特色。

《京华烟云》是林语堂首先用英文写成的小说作品，之后又翻译成中文，可以说林语堂的第一读者是西方人，而《京华烟云》也就承担了一种向西方世界介绍中国文化的责任，《京华烟云》中所写到

---

① 林语堂：《动人的北平》，《林语堂全集》（第十五卷），群言出版社，2010年，第52页。

的人和事，甚至不经意间体现出来的文化，都体现出浓郁的京味特色。《京华烟云》以大家族之间的动荡变迁为依托，讲述的是中国文化的变迁，有学者指出，“《京华烟云》以家族史讲述北京城及现代中国的历史变迁，而现代中国的纷纭变幻，却又在某种意义上，被空间化、凝固到巍然屹立的北京城，一个超级的大写‘能指’。”[①]北京城不仅是几代北京人的生存空间，更是整个中国传统文化的缩影，北京的繁华、落寞，不仅仅是文化的进程中的变化，更是中国文化的发展史。

《京华烟云》将姚、曾二家家族在战争年代的变迁和北京现代历史大事相互融合，交织出一幅色彩斑斓而动态鲜明的现代北京图景。小说以姚木兰一家躲避“庚子之乱”开篇，再以全面抗日战争爆发后木兰一家迁往内地作结，其间夹叙五四运动、五卅运动、三一八惨案、日军进攻北平等历史大事。这些历史大事也影响着作品中人物的命运，正是这些不可抗因素让姚木兰等人的命运充满宿命感与偶然性，这在某种程度上也体现了林语堂的道家思想。这里，北京仿佛具有了一种“道”的品格，北京展现出一种历久而弥新的形象，显示出北京人乃至中国人的一种新气象，然而实际上，北京城是不变的，但是在北京城里这群北京人的命运却是动荡流离的，城与人构成了一种象征意味。

值得一提的是，林语堂在小说中提到了一种“北京人不在乎”的精神特点。小说第四十一章至第四十五章以抗战为中心叙述了日本人在华贩毒、卢沟桥事变、黛云加入锄奸团、曼妮惨死、阿通从军、木兰一家逃难等情节，这是一系列苦难性的描写，是对于个人与社会的双重毁灭。但这时候老北京人的表现却是：“满族人来了，去了，老北京不在乎，……现代的女学生和赤背的老拳术师同住一个院子，老北京也不在乎。”[②]这份“不在乎”的精神描述与《动人的北平》同

---

① 宋伟杰：《既“远”且“近”的目光——林语堂、德龄公主、谢阁兰的北京叙事》，见陈平原、王德威编：《北京：都市想像与文化记忆》，2005年，第508页。

② 林语堂：《林语堂全集》（第二卷），群言出版社，2010年，第376页。

调，如《动人的北平》云："穿高跟鞋的摩登少女与穿木跟鞋子的满洲妇女摩肩而过，北京却毫不在乎。"正因为这份"不在乎"的北京精神，飞机投弹不过是"铁鸟下蛋"而已。

《京华烟云》中除了描画北京人"不在乎"的精神气质之外，林语堂还通过人物的游览活动呈现了北京动人的景致。小说第十二章标题是"北京城人间福地，富贵家神仙生活"，直接将北京城称为人间福地，这一章叙述了姚家人与曼妮及傅增湘夫妇去西山别墅游玩，文中有一段对于北京冬天的描写，将城市与自然景色融为一体：

> 北京的冬季真是无与伦比，也许这个福地的其他月份，可以与之比肩。因为在北京，四季非常分明，每季皆有其极美之处，其极美之处又互有差异之特色。在北京，人生活在文化之中，却同时又生活在大自然之内，城市生活极高度之舒适与园林生活之美，融合为一体，保存而未失，犹如在有理想的城市，头脑思想得到刺激，心灵情绪得到宁静。到底是什么神灵之手构成这种方式的生活，使人间最理想的生活得以在此实现了呢？千真万确，北京的自然就美，城内点缀着湖泊公园，城外环绕着清澈的玉泉河，远处有紫色的西山耸立于云端。天空的颜色也功劳不小。天空若不是那么晶莹深蓝，玉泉河的水就不会那么清澈翠绿，西山的山腰就不会有那么浓艳得淡紫。设计这个城市的是个巧夺天工的巨匠，造出的这个城市，普天之下，地球之上，没有别的城市可与之比拟。既富有人文的精神，又富有崇高华严的气质与家居生活的舒适。……在北京城的生活上，人的因素最为重要。北京的男女老幼说话的腔调儿上，都显而易见地平静安闲，就足以证明此种人文与生活的舒适愉快。因为说话的腔调儿就是全民精神上的声音。①

---

① 林语堂：《林语堂全集》（第一卷），群言出版社，2010年，第196页。

由于林语堂的写作对象是英语读者，需要向英语读者仔细说明作品人物的生活与文化观念。这其中体现出的种种北京人的精神都是一种文化上的输出与阐释，如上文提到的北京人“不在乎”的气质特点，再如小说第十七章对木兰和莫愁的面相的种种分析，体现出一种五行的观念：

> 命相家对人脸的分析，和医生对症候的诊断，也就颇为相似了。金、木、水、火、土，五种脸型实在没有严格硬性的区别。五种类型往细里再分成若干分型，这若干再细微的分型彼此会互相混入……至于木兰和她妹妹莫愁，可以看得清清楚楚毫无疑问的就是木兰的眼睛比莫愁的长，比起莫愁来，木兰的眼睛多情而富有智慧，脸上五官较为削瘦，轮廓线条较为清楚，眉清而目秀，比莫愁活泼愉快，生气充沛。莫愁因为是土命的性质，所以是圆脸盘儿，圆眼睛，五官也较为丰满多肉，比木兰沉稳而实际。莫愁的皮肤较为白嫩，这是她的优点。①

这种观念对于外国人来说无疑是新奇的、独特的，林语堂在文中多次强调“道”“五行”，并且人物之间有浓重的宿命感，这些都是中国文化中独有的、特别的，如从长相对木兰与莫愁性格进行对比，刻画出了两位人物的基本性格特征。

林语堂在小说中花费较多的笔墨描写北京人的民俗生活。女主人公木兰自小生长在北京，深受北京民俗文化熏陶。木兰学过许多著名的北京童谣，听京韵大鼓听得津津有味，熟悉许多北京民间传说，“木兰的想象就深受幼年在北京生活的影响。她学会了北京的摇篮曲，摇篮曲中对人生聪敏微妙的看法也影响了她。”“她很早就懂了北京的民俗、传说、迷信及其美好可爱之处。有两个她喜爱而深信不疑的

---

① 林语堂：《林语堂全集》（第一卷），群言出版社，2010年，第366页。

故事，后来她告诉了曼娘。一个是皇宫以北地安门大街北端钟楼内大铜钟的传说。……另一个故事是关于西直门外的高亮桥的……”[①]文中还详细介绍了“会神仙”与“窝风桥”的传说以及“窝风桥打金钱眼”的民俗，木兰与莫愁一同逛白云观庙会，还打中金钱眼。木兰就是在北京各种风俗、民俗生活中成长起来的，带有了北京人的一种气质，小说同时塑造了姚木兰这一人物性格中活泼而传统的方面。

此外，小说第二十一章叙写了木兰的婚礼。整个婚礼也充满了仪式感，各个环节都是严格按照传统习俗来办的，从订婚到结婚再到婚后回门都显示出北京人所注重的仪式感。木兰订婚前，曾家与姚家交换了二人的生辰八字；之后，两家互换喜帖正式订婚；确定良辰吉日后，两家着手准备婚礼；婚礼当天，木兰带来七十二箱嫁妆；婚后第四天，新娘要回门。总体而言，《京华烟云》描摹了北京的历史大事、精神气质、风景名胜、文化观念以及民俗生活，塑造了一个多姿多彩的“动人的北平”形象，解构了西方印象中神秘的或停滞的“北京”形象。

相较之下，林语堂对于居住了近十年（1927年至1936年）的另一座城市上海，林语堂的态度可谓是大相径庭，甚至是厌恶、憎恨。他在文章中毫不掩饰地表达自己对这座城的反感，更是在《上海颂》的开篇直截了当地说：

> 上海是可怕的，非常可怕。上海的可怕，在它那东西方的下流的奇怪混合，在它那浮面的虚饰，在它那赤裸裸无遮盖的金钱崇拜，在它那空虚，平凡，与低级趣味。上海的可怕，在它那不自然的女人，非人的劳力，乏生气的报纸，没资本的银行，以及无国家观念的人。上海是可怕的，可怕在它的伟大或卑弱，可怕在它的畸形，邪恶与矫浮，可怕在它的欢乐与宴会，以及在它的眼泪，苦楚，与堕落，可怕在它

① 林语堂：《林语堂全集》（第一卷），群言出版社，2010年，第198—199页。

那高耸在黄浦江畔的宏伟而不动摇的石砌大厦，以及靠着垃圾桶里的残余以苟延生命的贫民栩屋。[①]

林语堂曾用“辉煌”“动人”等一系列词语形容北京与北京的文化，而对于同样是大都市的上海，用的词语却是“空虚”“平凡”，北京与上海的文化是截然不同的，上海是现代的、时尚的，北京是古老的、传统的，即使作为新文化传播的重镇，但几千年的文化积淀使北京仍然保留着其自身一贯的温和、沉厚，这些传统的文化非但没有因为新文化的引进就消失，反而在对比中更加确立了自己的独特性，正是这种独一无二的气质，使北京成为作家笔下中国文化的代表，成为向西方传播中国形象的最佳载体。显然在林语堂的观念中，文化与艺术是衡量一个城市特点的重要标准，林语堂之所以更看重北京而不是上海，也是因为北京更加鲜明更加深厚的文化底蕴。

并且，在林语堂眼里，北京不仅仅是辉煌的，还是艺术的，相对于上海的繁华来说，北京更多了一层艺术的底蕴，“是艺术使北京成为一座宝石一样的城市，一座金碧辉煌的城市，是艺术安排了长长街道、高高门楼，为生活增添了魅力。不仅仅是建筑艺术，还有故宫博物院和琉璃厂的绘画艺术、雕塑艺术、陶瓷艺术、古董艺术、木版印刷的古书——所有这些使北京成为一座重要城市”[②]。北京是一个兼具古代与现代各种艺术的都市，相对于上海来说，林语堂明显倾向于北京，对他而言，北京是艺术的北京，是辉煌而古老的北京。

除了上海之外，林语堂在《动人的北京》里面还提到，同时到过南京与北京的人，最后还是会爱上北京这个城市的：

北京之于南京有如日本京都之于东京。北京和京都同是古代的帝都，包围在它们的四周是一种香气，一种神秘，以

① 林语堂：《上海颂》，《林语堂全集》（第十五卷），群言出版社，2010年，第56页。

② 林语堂：《动人的北平》，《林语堂全集》（第二十五卷），群言出版社，2010年，第253页。

> 及一种历史上的雅致，而幼稚的首都南京和东京不会有的。南京（在一九三八年前）和东京代表着现代，代表着进步，代表着工业主义以及民族主义；同时北京却代表着古老中国的灵魂，代表着文化和温和，代表着优良的人生和生活，代表着一种人生的调协，使文化的最高享受能够跟农村生活的最高美点完全和谐。正因为这样，所以如果你对一个到过南京和北京的人，问问哪一个地方更令他喜爱，无疑他会说是北京。①

南京代表的是现代和工业化，而北京代表的是温和的文化，优良的人和生活，这是北京与其他城市不同的地方，北京并未因为快速的工业化的脚步就掩盖自身的文化，北京所代表的温和调和的文化也是北京文化最与众不同的地方。

正是这种北京人的生活态度与北京的城市文化精神推动了京味文学产生与发展，一方面是丰厚的文化底蕴，另一方面是北京人充满趣味的生活，比如北京的民俗、北京的语言，林语堂还进一步阐述了北京人的生活态度与文化艺术的共生关系，他在《老北京的精神》中描写道：

> 这种极难诉诸文字的精神正是老北京的精神。这种精神创造了伟大的艺术，而且以一种令人费解的方式解释了北京人的轻松愉快。艺术当然与现实有着千丝万缕的联系，但艺术家却以一种超然、自足，甚至是一种近乎放任的态度来对待它。伟大的艺术家坚持认为“古朴”是真正艺术的基石。艺术题材本身就是一种极好的体现……齐白石就总是选择……他对这些低等生命的专注格外引人注目。现代西方艺

① 林语堂：《动人的北京》，《林语堂全集》（第二十五卷），群言出版社，2010年，第254页。

术家试图剖析描绘急剧分崩离析的宇宙那种惴惴不安的努力在这里根本看不见。这也许能说明北京那古老的文化为什么能一直保存着思想与情感的清纯。这在文明世界是不多见的。①

林语堂对北京的种种描写是建立在对北京文化的认同与崇敬之上的,《京华烟云》不仅仅是一部家族史，更是一部文化变迁史，是将各种中国传统文化，如道家文化，融合进小说创作的作品，整部作品充满了北京特色，一群北京人的悲欢离合构成了小说内在与外在的文化意蕴。

① 林语堂:《老北京的精神》,《林语堂全集》(第二十五卷)，群言出版社，2010年，第2页。

第二节 “外乡人”的北京书写

五四时期的北京融合了传统文化与外来的新思想、新文化，作家生活在古老的北京城内，一方面追求新式思想的传播，另一方面又在作品中流露出对于北京的种种复杂的感情。从作家创作群体来看，这一时期对于北京的描写集中在一批非京籍的“外乡人”笔下，以文学作品为依托，表达对这一古老都城的种种看法，在新旧文化的交融之中，对以北京文化为代表的中国传统文化进行反思。这一时期作家对于北京的描写虽然零散，并且多是当作作品的空间背景，但这同样是五四时期最初到达北京的一批“外乡人”对于北京最直接的感受与体验，为之后京味文学的兴起奠定了基础。

一、新文学作家的北京印象

五四时期的新文学作家对北京的描写涉及北京的建筑、饮食、气候，甚至是城市建设等方方面面，作为作家创作与生活的居住地，北京毫无疑问成为作家的重点描写对象，对这些作品进行梳理，可从中窥见北京作为一种传统文化的代表是如何出现在新文化背景之下的。

北京作为一个大都市，既有传统的文化底蕴又受到现代文化的影响。鲁迅在《为“俄国歌剧团”》中，借外来者之口说出了对于北京的城市印象。“我似乎住在沙漠里了。是的，沙漠在这里。没有花、没有诗、没有光、没有热。没有艺术，而且没有趣味，而且至于没有好奇心。沉重的沙……”[①]在小说《幸福的家庭》中，作者写道：“北京？不行，死气沉沉，连空气也是死的。假如在这家庭的周围筑一道高墙，难道空气也就隔断了么？简直不行！”[②]在这篇

① 鲁迅：《为“俄国歌剧团”》，《鲁迅全集》（第一卷），人民文学出版社，2005年，第403页。

② 鲁迅：《幸福的家庭》，《鲁迅全集》（第二卷），人民文学出版社，2005年，第35页。

文章中，借他人之口，说北京是“沙漠”，而且将这个“沙漠”与“花”“诗”“光”“热”等意象对举，显然是要强调北京“没有这些东西”，并且连空气都是“死气沉沉”的。这显然符合鲁迅的写作风格，犀利而又充满象征意味。

鲁迅在1925年写过一篇《长城》，“伟大的长城！这工程，虽在地图上也还有它的小像；凡是世界上稍有知识的人们，大概都知道的罢。其实，从来不过徒然役死许多工人而已，胡人何尝挡得住。现在不过一种古迹了，但一时也不会灭尽，或者还要保存它。我总觉得周围有长城围绕。这长城的构成材料，是旧有的古砖和补添的新砖。两种东西联为一气造成了城壁，将人们包围。何时才不给长城添新砖呢？这伟大而可诅咒的长城！”①“给长城添新砖”象征着新的文化与新的思想的融入，将人们包围起来的是传统文化与新文化，象征意味明显，已经不是单纯地对长城进行描写，而是带有了象征意味，“总觉得有长城围绕”，说明的也正是当时中国的文化氛围。

鲁迅（1881—1936年）

郁达夫用了三个简单的词语来形容北京的秋天——“清”“静”“悲凉”，三个词语简练而又微妙地将北京秋天的景色概括出来。接着郁达夫又提到江南的秋，它与北京的秋相比起来总是不够的，“秋的味，秋的色，秋的意境与姿态，总看不饱，尝不透，赏玩

① 鲁迅：《长城》，《鲁迅全集》（第三卷），人民文学出版社，2005年，第61页。

不到十足"[1]。郁达夫将秋天看作一种"半开、半醉的状态"，秋天是需要慢慢领略的，慢慢品味的，而北京的秋恰恰是提供了这样一种领略的过程，秋蝉、秋雨、秋风这些都是极为美妙而特别的关于秋天的存在。郁达夫有多爱北京的秋天呢？"秋天，这北国的秋天，若留得住的话，我愿把寿命的三分之二折去，换得一个三分之一的零头。"[2]

郁达夫（1896—1945年）

北京的气候与四时景观一直是作家笔下不断描写的对象。陈学昭《北海浴日》中写道："在塔上尽情的俯仰，只有在北方被高伟的白塔碍我的视线，我周围的审视，全城的房屋都隐遮在树丛中，四围的城楼都浮在晨气中，多少的高爽清明的天空呀。"[3]俞平伯《北京底又一个早春》写道：

---

① 郁达夫：《故都的秋》，《郁达夫全集》（第三卷），浙江大学出版社，2007年，第188页。

② 郁达夫：《故都的秋》，《郁达夫全集》（第三卷），浙江大学出版社，2007年，第192页。

③ 陈学昭：《北海浴日》，选自《北京乎》，生活·读书·新知三联书店，1992年，第129页。

只消一霎眼，真真眼一霎就够了。也用不着注意，也用不着你底想，只要清清白白用你底眼啊！混融于一瞬中间，分不出这和那，这不是又来了是什么？

绿满了江南，这里还剩冰雪底余威啊。但几天黄沙裹着的春风，轻轻把春意送遍这寂寂的城圈儿里！①

写北京即将到来的春天，充满了生机与朝气。

北京是丰富的，作家可以从各种角度对北京进行不同的解读，北京是具有文化同化力的，作家都在不断适应北京的过程中认同北京的文化，北京是一座充满魅力的城市，文学中的北京更是丰富多彩的，不同作家的笔下呈现的是不一样的北京城。

除了北京的气候，北京的饮食娱乐同样是作家描写的对象。北京在饮食娱乐上颇为讲究。徐霞村在《北平的巷头小吃》一文中写道：

北平为三百年来满洲旗人聚居之地，当日一般养尊处优的小贵族整日游手好闲，除了犬马声色之外，惟有靠吃零食来消磨他们的时光，因此北平各胡同里售卖零食的小贩之多，也为国内任何城市所难望其项背。②

胡也频在《猫》中写出了真正老北京人的休闲娱乐。即使是一个厨子，在工作结束之余，也讲究适当的娱乐。

把厨房收拾得清理干净了，为要消闲，就（上）东四牌楼去，在关帝庙旁边的大成茶馆里，花了五个铜子，喝茶和

① 俞平伯：《北京底又一个早春》，《俞平伯全集》（第一卷），花山文艺出版社，1997年，第104页。

② 徐霞村：《北平的巷头小吃》，《北京乎》，生活·读书·新知三联书店，1992年，第562页。

听说书。[1]

对于外乡人来说，北京的吃食也是具有自己独特的特色的。

北京作为千年古都，名胜古迹繁多，这同样成为作家笔下描写的对象，这是北京与其他城市的不同之处，也是外乡人可以直接感受北京文化的重要途径。同样一处景点，不同作家的描写可能截然不同，这与作者本人关系密切，显示出了创作的独特性。俞平伯的《陶然亭的雪》写作者同友人于雪中访陶然亭。这本是效仿古人，一件高雅之举，然“我来时是这样预期的，一座四望极目的危亭，无碍无遮，在雪海中沐浴而嬉，宛如回旋的灯塔在银涛万沸之中，浅礁之上，亭亭矗立一般。而今竟只见拙钝的几间老屋，为城圈之中所习见而不一见的，则已往的名流觞咏，想起来真不免黯然寡色了”[2]。陶然亭作为北京风景胜地，不仅在于景点本身，更是代表了一种古代文人的“雅”文化，这对于初来北京的外来者而言，具有吸引力。然而作家在见到陶然亭时，却充满了失望，动乱时期的陶然亭俨然已经失去了它原本的魅力。而春日的陶然亭又是一番景象。郁达夫《小春天气》中写作者于春日访陶然亭，景色与俞平伯笔下的陶然亭完全不同。“芦根的浅水，满浮着芦花的绒穗，也不像积绒，也不像银河。芦萍开处，忽映出一道细狭而金赤的阳光，高冲牛斗。同时在这返光里飞坠的几簇芦绒，半边是红，半边是白。我向西呆看了几分钟，又回头向东北三面环眺了几分钟，忽而把什么都忘掉了，连我自家的身体都忘掉了。”同样是写陶然亭，心境不同所写出的景也是截然不同。这段描写充满了色彩与生机，真正写出了陶然亭春日的风光。

二、京派作家的文化反思

北京作为中国的政治文化中心，具有几千年积淀深厚的传统文

---

① 胡也频：《猫》，《胡也频选集》（下册），福建人民出版社，1982年，第366页。

② 俞平伯：《陶然亭的雪》，《俞平伯全集》（第二卷），花山文艺出版社，1997年，第30页。

化，这一方面成为作家写作的文化滋养与文化空间，另一方面又成为作家文化反思的对象，尤其是在新文化新思想不断传播的背景之下。因此作家对北京的态度通常显示出一种矛盾的态度，郁达夫《给沫若》中写道："第二天晚上我就乘了夜快车回到北京来了。啊啊！万恶的首都，我还是离不了你！离不了你！"[①]一方面将北京称作"万恶的首都"，另一方面又说离不开它，正是北京的独特气质让一批作家产生了这种矛盾的心态，也正是这种矛盾的心态让作家对于北京所代表的中国传统文化进行反思。

作家生活在北京城，与北京人的接触就成为对北京城印象的最直接最直观的来源，如沈从文在《北平的印象与感想》中就写到了北京人与上海人的种种不同之处：

> 人倒很多，汽车，三轮车，洋车，自行车上面都有人。和上海最大不同，街路宽阔而清洁，车辆上的人都似乎不必担心相互撞碰。可是许多人一眼看去，样子都差不多，睡眠不足，营养不足。吃得胖胖的特种人物，包含伟人和羊肉馆掌柜，神气之间便有相通处。俨然已多少代都生活在一种无信心，无目的，无理想情形中，脸上各部官能因不曾好好运用，都显出一种疲倦或退化神情。另外一种即是油滑，市侩、乡愿、官僚、侦探、特有的装作憨厚混合谦虚的油滑。[②]

沈从文笔下的北京人是"营养不足""睡眠不足"的，没有信心没有目的，这种对于北京人的描写其实是带有一种文化反思的看法的，本应当朝气蓬勃不断向上的民族在这里却了无生气，这与沈从文一直倡导的生命的力量是完全不同的，那种湘西式的顽强的生命力在

---

① 郁达夫：《给沫若》，《郁达夫全集》（第三卷），浙江大学出版社，2007年，第89页。

② 沈从文：《北平的印象与感想》，《沈从文自传》，当代世界出版社，2019年，第156页。

北京已经完全看不到了。

在一些新文学作家的笔下，由于受到西方文化的影响与冲击，北京显然已成为传统文化与落后文化的代名词。陈独秀在《北京十大特色》中，借留美归来者的眼光审视了古老的北京。西方视野下的北京，街道狭窄、汽车横行、巡警蛮横、老人孩子拉车、灰尘漫天、公园门票收费、粪堆无人收拾等，这样的北京无疑是落后的，与先进的西方城市文化相比，北京是破败的，毫无现代生机的。当作者用“十大”“特色”等词汇来指称“北京”这个文化空间时，更深层次的是这代表了中国普遍存在的文化困境。胡也频在《杨修》中写北京的夜晚“普灵寺是一条狭小的街，象胡同，离热闹的西单牌楼很近的。可是，在那里，隔有十丈远才见一盏灯，如旷野里的鬼火一般，惨淡极了，无力地在灰色的电线杆上残喘着”①。这里写到的北京是落后的，非现代化的，相对于西方的文明程度来说，当时的北京显然充满了各种不尽如人意的地方，这是现代化视角下的北京。

20世纪20年代的北京正是军阀混战之地，在某种意义上，军警构成了另一群体的北京人，他们往往是罪恶的化身，这在现代作家的笔下屡有出现，军警往往是民众深恶痛绝的。

然而冰心笔下的军警却反映出军警同为底层者的悲哀。在《到青龙桥去》中，作者写道：“这些勇健的血性的青年，从教育的田地上夺出来，关闭在黑暗恶虐的势力范围里，叫他们不住地吸收冷酷残忍的习惯，消灭他友爱怜悯的本能。有事的时候，驱他们到残杀同类的死地上去，无事的时候，叫他穿着破烂的军衣，吃的是黑面，喝的是冷水，三更半夜的起来守更走队，在悲笳声中度生活。”②

20世纪二三十年代的北京是充满动荡不安的，与作家的文化反思相对应的是北京发生的一系列社会冲突事件。鲁迅的《如此“讨赤”》《一觉》中，写奉军三临北京城，并投下炸弹，“杀两妇人，伤

---

① 胡也频：《杨修》，《胡也频选集》（下册），福建人民出版社，1982年，第292页。

② 冰心：《到青龙桥去》，《冰心全集》（第一册），海峡文艺出版社，2012年，第513页。

一小黄狗，为‘讨赤’也。”鲁迅《马上日记》写到奉军入驻北京城之时，军警林立，道路被封。同样，郁达夫《微雪的早晨》写到奉军入驻北京城后，抢占寺庙。而徐志摩《人变兽》《梅雪争春》，更是写出了军阀的残忍无情，残害无辜，不顾士兵的生死。“我在斑斑血清里见着只剩半个脑壳的母亲，妹妹和嫂嫂的下半身都赤裸裸的，被奸杀在床下，姊姊是狠狠的露着舌头吊死在净室里，从奄奄一息的父亲嘴里知道我的哥哥被兵爷们绑去了……”[①]在这样的社会背景之下，不但民众不断受到苦难，而且中国的文化也遭到了重大打击，新文学作家是在一种动乱的社会背景之下来对传统文化与新文化进行反思。一方面学习西方先进的文化与知识，而另一方面中国的文化不断受到摧残。对于新文学作家来说，中国的文化依然是重要而不可替代的，这就形成了他们作品中略显矛盾的心态，而归根结底仍然是希望中国能够在新的文化与思想的影响下不断进步，北京作为中国文化的代表和依托，也就成为现代作家重点描写的对象，这为京味文学的兴起与发展奠定了基础。

三、独具特色的京味话剧

话剧是伴随新文化的发生而逐渐兴起的，一大批知识分子寓居北京，北京也成为作家话剧中的描写对象，用充满京味特色的语言来写一群北京人的故事，并且在一定程度上触及了深层的社会问题，与一些庸俗的文明戏相比，显示出一种知识分子的大气和居住在北京的文人的大见识。

陈大悲在当时的北京剧坛上是很活跃的人物，编著了中国现代话剧第一本入门书《爱美的戏剧》，他既当演员，又参与创办戏剧专门学校，并且创作了一批表现市民生活的剧本，其中一些是以北京为背景的，地方色彩颇浓。

1921年他在北京《晨报》副刊上连载的五幕话剧《幽兰女士》

① 徐志摩：《人变兽》，《徐志摩诗选》，四川文艺出版社，1991年，第122页。

是一部很具京味特色的剧作。故事发生在新旧交替的时代，在亲情的外衣下是每个人对于利益的追逐，那些以新派自居的富人内心仍然充满了腐朽的封建思想，剧中女主人公丁幽兰的父亲丁葆元是个“北京式的阔人”，年轻时留过洋，是号称有“商品经济新思想”的新派，实际却是个地道的假道学家和封建卫道士。丁葆元为了升官发财，逼着女儿嫁给军阀的儿子，遭到女儿的强烈反对，这是整个剧本中不可调和的一种矛盾，为之后的悲剧埋下了伏笔。丁葆元有一个继室——丁李氏，她为了得到丁家的财产，15年前曾和女仆调换新生儿，玩了一场“狸猫换太子”式的把戏。丁家真正的孩子因“出身微贱”而备受欺凌，假儿子却在丁家娇生惯养，这个秘密被丁幽兰发现，而后当众揭穿了丁李氏的骗局，丁李氏情急之下夺枪打死丁幽兰，丁李氏也被丁葆元击毙，丁葆元最后落得家破人亡，故事结局是充满强烈的悲剧意味的。丁李氏为了金钱不惜调换新生儿，丁葆元为了自己的发财路不惜毁掉女儿一生的幸福，幽兰是这部剧中的“无辜的受害者”，是整个家族以及权力斗争的牺牲品，美好的人和事总是被毁灭，这就是整部剧的悲剧意蕴。

剧中有一幕是，丁葆元与丁李氏起了争执，就在这时，接到了亲家的电话，丁葆元在接电话的过程中完全体现出来一个内心虚伪的小人形象，为自己能够升官发财，不顾女儿的意愿强行将女儿嫁给一个她从没有见过的人。剧中是这样描写丁葆元态度的转变：

（……葆元接电话李氏不答应。葆元频频摇手，使勿作声。）

李氏　你要打我，使劲打罢。反正我也不打算活啦。

葆元　喂！你是那里？（李氏声登高）唉——唉——唉，太太。（屡屡摇手作势）吓？我听不清，你爱闹，请你待一回儿再闹。

李氏　好吗！你真敢打我啦！

葆元　噢，您是亲家吗？（做出肃然起敬的样子）是吓。

不错，不错，不错。我本来就要叫您的电话。可巧您也叫过来啦。我说……(向李氏瞪目，跺脚，摇手，由压迫而央告。以右手按住右耳。)

李氏　打吓，你干嘛不打啦？我就等你打死了也好。

葆元　(用高声作抵御)您说的话还有不对的吗？我本来要找您谈话。哈哈哈哈！巧极啦。小女现在没进学校，在家里补习国文。对对，就照这样办罢。我这儿是无可无不可的。就是有一层，要言明在先。好妆奁我可赔不起。这是实话。哈哈哈哈哈哈！好说好说，那儿的话？吓？庚帖吗？明天一早一准送您公馆去。也好也好。哈哈哈哈哈哈！您的令郎，我虽然没见过面，可是久已闻名，这还错的了吗？真是少年英俊、精明强干！我已经得到好几方面的报告啦。是，是，是，一定遵命。咱们老哥儿俩还用客气吗？马上就来，回头见。(挂上耳机)来吓！(按唤人的电话)张升又滚那儿去啦？这班东西！[①]

这短短的几句对话将丁葆元、丁李氏的形象塑造得丰满而有趣味。丁葆元本来正在与丁李氏起争执，结果接到有权势的亲家的电话，态度立马转变，并对从未见过面的未来女婿大加夸奖。而丁李氏毫无素养和礼仪了，她只关心钱财和家产。相对于对亲家的谄媚，对于普通做工的仆人张升，丁葆元则是用了“滚”这个词，在两相对比的描写中，在丁葆元与李氏的争论中，丁葆元这样一位虚伪的“北京阔人”形象活灵活现。

《幽兰女士》中的语言是京味十足的北京话，一方面为揭露丁葆元之流的丑恶嘴脸增添了讽刺性的喜剧意味，另一方面为塑造人物形象提供帮助。比如丁葆元打着办赈灾会的幌子，和一群狐朋狗友用赈灾款子大吃大喝，并得意忘形地对督办说“灾还没有去赈，可把我们

① 陈大悲：《幽兰女士》，现代书局，1928年，第21页。

的肚子都吃坏啦”[①]；再如，丁葆元和“直鲁急赈会”“道德维持会”，还有警察厅的一帮人去韩家潭逛妓院时，恰好和自己的假儿子不期而遇，事后他向继室丁李氏讲述当时情景的话，更是绝妙的讽刺之笔：

> 丁葆元　进了门，知道没有空屋子。我们原本就打算退出去啦。掌班的死乞白赖的不肯放，说是东屋里一帮客就快走啦。我们也无可无不可的站了回儿。谁知道东屋里的客不答应了，混账王八蛋的骂街。你知道朱季云是有名的坏脾气。当时就掏出枪来，要往屋里去打人，玉芳那时候也喝醉啦，在院里撇着山东腔大骂而特骂。屋子里的人也打开帘子，冲出来骂。太太，你猜猜，那为首的是谁？就是咱们家的这位大少爷。你教我把脸面往那儿去搁？我今天非治死他不可！他不死，我也不能活啦！我还有脸出去教训人吗？季云、玉芳，他们都是道德维持会里的主要人物。道德维持会里这班朋友里面，大家顶佩服的就是我！他们素来佩服我的家庭教育。老前辈的留学生里面能够保存国粹，提倡精神文明的，就是我！如今好！太太，你替我想想，我还有什么脸面去上讲堂，上衡说台？唉，我的家庭教育竟收到这样的结果！我今天非要他的命不可！[②]

“道德维持会”的人去逛窑子，没有道德的人却在“提倡精神文明”，且被人尊奉为“家庭教育有方”者，却有如此德与行的儿子，在这里，那些“有头有脸”的北京阔人们的丑恶嘴脸被揭露得入木三分。

20世纪20年代以北京生活为题材的剧作，其语言大都带有一些书卷气，表现出那个时代固有的时代特点和文人气息。但是因为它们

---

① 陈大悲：《幽兰女士》，现代书局，1928年，第14页。

② 陈大悲：《幽兰女士》，现代书局，1928年，第19页。

毕竟写的是北京的人和事，作品中或表现出北京式的机智幽默，或切入北京土语方言，或写出了某些北京人的特有气质，或描画出了北京独特的生活环境和浓郁的生活气息，都不同程度地具有京味特点。《幽兰女士》中，女仆刘妈和男仆张升的对话，就极富北京市井味：

刘妈　你这混账东西！我问你，你是什么时候滚回来的？

张升　（把鸡毛帚向桌上一拍，一跃而起）怎么着？我刚回来！你怎么啦？

刘妈　哼！你倒好！昨晚上，老爷肚子疼得要死，找你去请德国大夫狄博尔，嗤！门房里，号房里，全都闹翻啦。这么些人上大街去找你，东城，西城，哪儿都没你这死鬼的彩儿。老爷气得什么似的。今日我非叫你滚蛋不可。

张升　叫我滚蛋？那还不好办吗？咱们把账算清了，马上就卷铺盖给你们看，还不好吗？什么大人！什么老爷！还不是他妈的人抬举人！（解开襟边纽扣，一手拍胸）叫他们把衣裳剥下来，还不是他妈的一身骨头！跟我们当差的比一比，瞧瞧有什么两样的？①

这里用的完全是北京的市井话，把这两个人物的身份、性格、气质活脱脱地呈现了出来。比如北京话中常用的儿化音，也多次在剧里出现，如：

刘妈　太太，您不知道，他们那些赌钱的朋友，哪儿像太太老爷们那打牌取乐儿？他们哪儿有好人？赌棍就是背皮流氓混混儿。输了钱不还清，不剥衣裳，让他回家来，还不是瞧着咱们这宅门儿的面子？太太，您瞧他，还要对我蹬腿

① 陈大悲：《幽兰女士》，现代书局，1928年，第5页。

发恨呢！[1]

在这部剧中北京话的运用，一方面使作品语言更加活泼生动，另一方面使人物性格更加鲜明。儿化音的运用显示出一种小市民的姿态，作品的整体风格变得鲜明而特殊。

---

① 陈大悲：《幽兰女士》，现代书局，1928年，第9页。

第三节　通俗视角的北京体验

在现代文学史上书写北京的作家很多，其中张恨水是较为出名的一位。张恨水虽不是生于北京，也并非长于北京，但对于北京却十分向往与热爱，他一生中在北京的日子长达数十年之久，对北京的文化氛围、市井生活、自然景观等各方面几乎都了然于胸，其创作的许多小说也和北京的人、事、物息息相关。但在对北京的书写上，相较于老舍这位地道的老北京而言，张恨水还是有着明显的区别。进入老舍的京味世界，能够感觉到老舍与北京之间自然而然的亲近，仿佛老舍与北京已经浑然一体，而且老舍更能以这种特有的姿态跳出来观照北京。反观张恨水，他对于北京的体察是有一定距离感的，他的小说中北京只是作为故事发生的背景，很大程度上是描绘北京的一切，并没有真正实现场景空间的真实。即使如此，张恨水的北京叙事有着自身独特的魅力与价值，当观察与认知北京这座城时，张恨水总是带有浓厚的兴趣与强烈的好奇心，擅于捕捉现代都市生活中节奏的变化，并且在对北京的体验与世俗百态的呈现上，张恨水也有着自己鲜明的特点。

一、北京市民文化的“雅”与“俗”

张恨水在书写北京时，对市民文化中“雅”与“俗”的掌控十分到位。他的很多小说都是雅中有俗、俗中带雅，雅俗共赏使得小说具有很高的艺术性与趣味性，例如在《春明外史》中，张恨水常常嵌入一些诗词古语，使得原本通俗易懂的语言中增添了一丝丝文雅的美感。其实，张恨水对于雅俗的利用，不仅反映在小说的技巧上，在刻画北京上流社会与平民阶层的文化特性时，同样是通过在雅俗之间的转换得以生动呈现，这也是张恨水在展示北京市民文化上颇具匠心的一点。

对于北京上流社会的真实现状，张恨水有着深入的了解。当时所谓的上流社会其实有着那么一群虚有其表的上流人士，在社会地位的匹配与物质财富的拥有上，他们能达到上流的水准，但在精神文化层面上，他们所能达到的高度却远远滞后于外在的物质层面，与其说他们是上流人士，不如说是一群任性的暴发户。在上流社会貌似繁华的表面下实则暗流涌动，潜藏着巨大的即将坍塌的危机。张恨水的一系列小说都包含了对北京上流社会的描绘，并通过雅中藏俗的方式揭示了上流社会光鲜亮丽的背面隐藏着的种种丑态。《金粉世家》中的男主人公金燕西自小长于富贵之家，父亲金铨是国务总理，还是一家银行的总董，其他家族成员或是出国留学受过良好的教育，或是在机关担任要职。显而易见，金燕西绝对属于上流社会中的一员。与他的身份地位相契合的是，金燕西外表上有着比平民阶层“高”的文化品位，然而在他看似高雅的文化品位背后却充斥着庸俗和虚伪，令人大跌眼镜。小说第二回中，金燕西的两位女性友人到他的屋子里参观，并向他借阅杂志，于是金燕西带她们到了自己的书房。对于金燕西书房的情况，张恨水是这样描述的：

> 乌二小姐和邱惜珍走到里面去，见里面除了一案一椅一榻之外，便全是书。看那些书，一大部分是中外小说，其次是中外杂志，也略微有些传奇和词章书。大概这个屋子，是燕西专为消遣而设的，并不是像旁人的书房，是用功之地。邱惜珍翻一翻那外国杂志，名目很多，不但有电影杂志，就是什么建筑杂志，无线电杂志都有。邱惜珍道：“七爷很用功，还研究科学？”燕西笑道：“哪里，我因为那些杂志上有许多好看的图画，所以也订一份。好在外国的杂志，他们是以广告为后盾，定价都很廉的，并不值什么。”①

可以看出金燕西所设置的书房只是个有钱人的摆设，并不是为

① 张恨水：《金粉世家》（上），《张恨水全集》，北岳文艺出版社，2019年，第26页。

了增强自身的文化修养，书房里所存放的书籍并无太多实际价值，仅是供他平日的消遣之用，即使是一些科学杂志，他也只是略览图片，不做深究，做派如此这般，金燕西本人的文化品位也就可想而知了。

类似的例子还有不少，《金粉世家》的第八回中，金燕西在冷清秋家无意瞥见她的字非常秀媚，于是灵机一动，一开始拿了一把扇子请冷清秋题字，之后又希望她将所抄写的《金刚经》赠予他，美其名曰放在家中收藏。其实金燕西是醉翁之意不在酒，目的是通过多次请冷清秋题字从而拉近两人之间的距离，为自己能够追求到她增加机会。当冷清秋特意去买了绢子并认真地写好了庾信的《春赋》送给他后，“燕西得着，非常地欢喜。他的欢喜，并不在这一张字上，心想，他从来未见清秋对他有这样恳切的表示”[①]。显然，金燕西真正的心态并非为了在文化上的欣赏。接着为了向冷清秋表达感谢与钦佩，金燕西又想作一首诗给她，可惜自己已经久久不曾动笔写过文字，想找一些文章拼凑成一首诗，可是却不太了解典故的含义，无法下手，真正体会到书到用时方恨少。最后只好采取最笨的法子：将可能会用到的句子摘录下来，再慢慢通过词典对这些典故追本溯源，查询是否可用。对于金燕西的行为，小说中这样幽默地描写道：“伺候的几个听差，未免大加诧异。心想，从来也没有看过我们七爷这样用功的，莫非他金氏门中快要转运了？”[②]张恨水在让读者会心一笑的同时，也表现出了极大的讽刺。金燕西的附庸风雅还远不止这一点，为了能够更进一步俘获喜好诗词的才女冷清秋的芳心，他还煞费苦心地将自己伪装成一个热爱诗词歌赋、有着较高文化修养的人，不惜花费巨额资金组织了诗社，邀请了一些看样子像诗人，实际上都是一群阿谀奉承和闲散之流前来饮茶作诗，这些诗作的质量如何可想而知，甚至还有令人哭笑不得的“大作”：“油油绿叶去扶持，白白红红万万枝，何

① 张恨水：《金粉世家》（上），《张恨水全集》，北岳文艺出版社，2019年，第86页。

② 张恨水：《金粉世家》（上），《张恨水全集》，北岳文艺出版社，2019年，第87页。

物对他能譬得？美人脸上点胭脂。”[①]金燕西做的这些雅事，所反映的都是当时的社会名流们如何以文化活动为幌子去满足他们个人的私欲，真可谓是雅中藏俗。

相对于上流社会，当时北京的平民阶层，特别是社会最底层的大众，由于所能拥有的社会资源十分有限，能够接受中高等教育的机会也不多，因而他们给予大众的印象一般是粗鄙的言行举止与封建保守的文化观念。张恨水对这一阶层的描绘中同样也体现了人们固有的这种看法，但是在普通百姓这种凡庸特性的背后，张恨水却能挖掘出他们难能可贵的一面，展示他们俗中的雅致以及对于雅的向往。《京尘幻影录》中的陈斯人，虽然生活并不如意，但他却能“将院子拾落拾落，添种了一株桃树，一株枣树。到了二三月里，院子里的土都松了，又种些瓜豆花草之类，虽然不花什么钱，等到叶绿成荫，却也有一种清趣”[②]。

张恨水在《夜深沉》中介绍了一群夏夜在北京大杂院纳凉的人们，这些人的职业五花八门，有卖唱的、挑担子的、修鞋子的，还有赶马车的。显而易见，这群人所居住的环境和所从事的职业都表明他们是平民世界中的成员，他们所能够获取的社会资源不多，但是他们在精神上却并不贫瘠，他们同样有着自己的追求，用简单却有效的方式享受着生活赋予的点滴乐趣，从而给自己在平日工作时忙碌奔波的身心带来些许慰藉。

> 满天的星斗，发着混沌的光，照着地上许多人影子，有坐的，有躺着的，其间还有几点小小的火星，在暗地里亮着，那是有人在抽烟。抬头看看天上，银河是很明显地横拦着天空，偶然一颗流星飞动，拖了一条很长的白尾子，射入了暗空，在流星消减了之后，暗空一切归于沉寂，只有微微

---

① 张恨水:《金粉世家》(上),《张恨水全集》，北岳文艺出版社，2019年，第99页。

② 张恨水:《京尘幻影录》(上),《张恨水全集》，北岳文艺出版社，2019年，第2页。

的南风，飞送着凉气到人身上。院子的东角，有人将小木棍子撑了一个小木头架子，架子上爬着倭瓜的粗藤同牵牛花的细藤，风穿了那瓜架子，吹得瓜叶子瑟瑟作响，在乘凉的环境里，倒是添了许多情趣。①

张恨水的北京社会图景之中甚至连烟花之地也能从俗中窥见一丝雅趣。《春明外史》中有杨杏园和友人逛妓院的场景，小说是这样描写杨杏园的所见所感的：

杨杏园在这个所在，还是破题儿第一遭，进得屋来，少不得四围观察一番。这屋子是两间打通的，那边放了一张铜床，上面挂着湖水色湖绉帐子，帐子顶篷底下，安了一盏垂瓔珞的电灯，锦被卷得齐齐整整，却又用一幅白纱把它盖上。床的下手，一套小桌椅，略摆了几样古董。窗子下，一张小梳头桌，完全是白漆漆的，电灯底下，十分亮。小桌上面，一轴海棠春睡图，旁边一副集唐对联，上“有花堪折直须折，君问归期未有期”，上衔写着“花君校书一粲”，下衔是“书剑飘零客戏题”。杨杏园想道：“原来这位姑娘叫花君。这副对联，却是集得有意思。”再看那边，三面三张沙发椅，中间也是一套白漆桌椅，窗子边一张小条桌，上面也有笔砚文玩之类，一个小铁丝盘，里面乱堆着上海流行的几本杂志。右角上一架穿衣镜，镜子边一架玻璃橱，桌后头斜叠着一架绣屏。壁上除挂了四条绣花屏外，还有一副集唐的对联，是“却嫌脂粉污颜色，遥指红楼是妾家”②。

妓院是世俗层面中人性欲望的一种体现，一般都被认为是藏污纳

① 张恨水：《夜深沉》，《张恨水全集》，北岳文艺出版社，2019年，第1页。

② 张恨水：《春明外史》（上），《张恨水全集》，北岳文艺出版社，2019年，第5页。

垢之所，是低俗下流的地方，而在妓院中靠卖色相谋生的妓女则更是为大众所不齿。但从某种程度上来讲，这种世俗之地也具有一些雅的情调，即使是低贱的妓女也有着对于雅的向往。

在雅与俗的转换下，张恨水巧妙地展示了他体验北京后对于北京市民文化的认知与想象。张恨水能够以此种方式来进行表达，其娴熟高超的艺术表现手法固然是一个重要方面，但张恨水自身经历也是不可忽视的重要因素，那就是张恨水有着传统文人和现代报人这样的双重身份。从一方面来说，作为一个传统文人，张恨水自小大部分时间接受的都是传统的旧式教育，深受封建伦理思想的影响。在家庭方面，父亲对他的管教严格，而且父亲和祖父都是传统意义上非常正派的人物。在这样的环境中形成了张恨水传统文人的品格，他为人友善，待人热情，同情弱者；有着文人的傲骨，始终与权贵保持一定距离；厌恶社会上为富不仁的丑相，坚持靠自己的辛勤劳动而过生活，绝不取不义之财。另一方面来说，作为一个现代报人，张恨水具有得天独厚的条件，能够深入北京社会的各个阶层，与各阶层的人物打交道，这是使他具有源源不断丰富素材的重要保障。在底层搜集素材的过程中，张恨水忙碌于街头巷尾，真正做到了对平民阶层几乎零距离的体察，尤其是对社会最底层百姓的生存现状的调查。这一庞大群体谋生的艰辛与生活中各式各样的苦难使得张恨水深受震撼，感触颇多。在与北京社会上层阶级的接触中，张恨水可以通过新闻传媒从业者的特殊渠道获取达官贵人的那些普通人难以了解的信息，而这些信息中很多都是所谓的上层人士难以启齿的行径，有达官贵人骄奢淫逸的生活，有官员之间的争权夺利、以权谋私，还有军阀对百姓的欺压等，不一而足。这一桩桩丑闻无一不是揭露着表面上看似风光的上层社会内里的诸多黑暗面。上层社会的横征暴敛、作威作福、奢侈无度与下层社会的苦难形成鲜明的对比，使得张恨水从个人情感和理智上都偏向于平民百姓，在小说的创作中自然有意识地通过雅与俗的对比来呈现出对于两个阶层不同的态度。

二、北京城的“新”与“旧”

张恨水的一系列小说都与北京密不可分，为读者展示了一幅又一幅近代北京市民生活的画卷。《春明外史》以主人公杨杏园为中心，向四周辐射，通过杨杏园的所见所闻所想以及和他相关联的人物活动的情况来对北京的整个市民社会进行全方位的展示；《金粉世家》则重点描绘了北京上流社会的生活场景。这些关于北京市民世界的刻画，不仅展现了北京社会各阶层的文化特征，更是近代北京社会变迁的真实重现，集中反映了近代北京在社会转型过程中所出现的“新”与“旧”的融合与冲突。这里所说的“新”指的是在社会发展中而呈现出的新态势，比如衣食住行上呈现出的新风貌、思想观念上出现的新变化、行为举止上的新动态等。与此相对应的是“旧”，指的是传统的文化习俗、文化观念等。

在中国近代时期，北京一直是中国北方极其重要的行政、经济与文化中心，正因如此，北京成为西方资本重点攻略的城市之一。伴随着强势入侵的西方资本而来的，是西方先进的生产方式、先进的文化观念和先进的行政管理制度，使北京原有的封建社会模式受到了极大的冲击，西方文明也是从这一时期开始对北京产生重要的影响，并渗透到北京社会的各个领域。然而，北京作为一个典型的内陆城市，相较于具有较高开放性的上海等沿海大城市，其所固有的自给自足的封建经济模式相对更加强大，因而也显得更为保守，这注定了近代北京社会在转型过程中的漫长与艰辛，但是，也正是因为这一点，使得北京的“新”与“旧”较为突出。张恨水在进行以北京为背景的小说创作时，也正是抓住了近代北京的这一特点，从而细致勾勒出了近代北京社会在时代变迁中的图景。

西方文明影响下，近代社会北京人日常生活中的衣食住行用各方面都有着明显的新变。《啼笑因缘》的第二回中，樊家树与他的表兄陶伯和、表嫂陶太太一同去北京饭店跳舞，陶太太的穿着打扮就较为西化，她大腿上裹着白色的长筒丝袜，脚上也穿着十分精致的跳舞鞋，临走之时还不忘在自己头上喷香水，一副西方女子的做派。到了舞厅后，樊家树邂逅的时髦女郎何丽娜，更是深受西方文化浸染，在打扮上注重西式的美感。她穿着绿色的西式舞衣，将两只胳膊露了出来，前胸与后背也都露出一大片，显现出女性曲线的柔美，大腿上套着性感的肉色的丝袜，将两条玉腿都暴露在外。在中国传统的文化观念中女子的着装较为含蓄，对于双腿更是异常重视，生怕被旁人瞧见，而以何丽娜和陶太太为代表的崇尚西式情调的女子，对此却不以为意，反而以露为美，由此可见当时穿衣风尚的变化。不只是较为富裕的阶层服饰开始西化，普通平民的衣着打扮同样发生着变化，如《春明外史》里穿白帆布高跟鞋的花君；《啼笑因缘》中医院里戴一副眼镜的看护妇等。

在交通出行方面，汽车已经成为上流社会成员较为常见的交通工具，并且是显示他们的社会地位与物质财富的象征。《啼笑因缘》中樊家树的表兄家境殷实，自己也在外交部当差，他带樊家树去跳舞便是乘坐自家的汽车；关寿峰得了重病身体弱不禁风，也是通过樊家树联络了汽车将他送去了医院治疗；在小说第十回中，尚师长为了讨好军阀刘德柱而派人去接刘德柱看上的沈凤喜时，也是直接从自家宅子里派出了汽车；在《金粉世家》里，金燕西多次用自家的车接送冷清秋，两人去西山游玩时所使用的出行工具也是汽车。

西方的器物也深得北京市民的青睐，《啼笑因缘》里就连出身低微的沈凤喜也是争着嚷着希望樊家树给她配上一块手表、一双高跟皮鞋和一条围巾，之后又提出需要自来水笔和玳瑁边眼镜，即使她认不全英文字母也并不近视。索要这些东西时沈凤喜给樊家树的理由是班上的其他同学大都配备了，由此可见西方器物在当时北京社会的风靡程度。

西方文明还改变了近代北京社会市民的娱乐方式。在张恨水的许多小说中，北京市民看电影、跳舞、欣赏戏剧等活动已经成为生活的常态。女子的娱乐活动也一反之前中国传统的好静不好动的低调风格，开始变得更加的活泼，《金粉世家》中金燕西的姐姐和妹妹们在闲暇时都喜欢打网球来消遣，这在之前是很罕见的。

值得注意的是，西方文明对北京社会的影响远不止外在的物质层面，在精神文化层面上同样产生着一定影响。《春明外史》里的江止波在男女问题的思想观念上就已经和中国传统社会的男尊女卑的观念有所不同。她认为男女在修饰方面应该做到对等，比如在理发上，女子并不一定要为了区分自己的性别而留一头的长发，而是要遵循自己内心真实的想法。江止波所提出的观点，其实正是西方文化观念中关于男女平等问题的一个具体的点。中国传统的婚丧嫁娶观念也在西方文明的冲击下出现了一定的变化。新式的婚礼在北京社会中开始出现，如《金粉世家》第一十五回里，梅丽作为傧相去参加夏家的婚礼，整个婚礼的仪式也近乎全盘西化的。

> 正在这个时候，隐隐听见一阵悠扬鼓乐之声。于是外面的人纷纷往里喧嚷，说是“新娘子到了，新娘子到了”。傧相和那几个女孩子、女招待员等，都起身到前门去迎接。小怜因为梅丽说了，叫她站在身边，壮壮胆子，所以小怜始终跟着梅丽走。这个时候，屋里男宾女宾和外边看热闹的人，纷纷攘攘，那一种热闹，难以形容。夏家由礼堂里起，到大门为止，一路都铺着地毯。新人一下马车，踏上地毯，四个活泼的小女孩子，便上前牵着新人身后的水红喜纱，临时夏家又添四个小姑娘，捧着花篮在前引导，两个艳若蝴蝶的女傧相，紧紧地夹着新人，向里走来。于是男女来宾，两边一让，闪出一条人巷。十几个男女招待员，都满脸带着笑容，站在人前维持秩序。新人先在休息室里休息了片刻，然后就上大礼堂来举行婚礼。那新郎穿着西式大礼服，左右两个白面书生的男傧相依傍着，身后一带，也尽是些俊秀少年。①

① 张恨水：《金粉世家》(上)，《张恨水全集》，北岳文艺出版社，2019年，第149页。

甚至在中国传统的丧葬礼仪中也在一定程度上受到了西方文化的影响。《金粉世家》里金家的大家主金铨逝世，金家给他举行的葬礼并没有完全按照传统的中式习俗来进行，因为“金家是受了西方文明洗礼的，金铨向来反对僧道闹丧的举动。加之主持丧仪的刘守华，又是耶稣教徒，因之，并未有平常人家丧事锣鼓喇叭那种热闹景象”[①]。

可以看出在西方文明的强势入侵之下，北京社会、北京人的精神面貌都发生了许多变化。但是中国数千年积淀的传统文化并不是那么容易被抹去的，仍然深深扎根于北京人的血脉之中。《金粉世家》中，即使是以文明之家自诩的金家，虽然受到了西方文明的洗礼，但是封建传统的观念依然根深蒂固，世袭的旧式家庭管理模式一直沿用下来，家庭成员都要受到传统家规约束，如果有成员触犯了家规便会受到严厉的惩罚，这也是金燕西见到父亲时有几分惧怕的缘由。再者，金燕西受西方文明影响较深，但是一些观念上还是有着传统的一面，比如在择偶观的问题上，他这样认为：“若说交女朋友，自然是交际场中新式的女子好，但是要结为百年的伴侣，主持家事，又是朴实些的好。”[②]《啼笑因缘》中，接受过新式教育的樊家树虽然有着平民思想，不以自己的阶级而看低别人，和关寿峰成了忘年交不说，还主动追求“门不当户不对”的底层女子沈凤喜，但是在初遇性感、热情的西式女子何丽娜时，他自身固有的封建传统思想便又显露了出来。小说第二回在北京饭店里，身着性感西洋舞衣的何丽娜看见有椅子空着便毫不犹豫地直接坐下了，身上的脂粉味芬芳馥郁，而这给樊家树的印象却极其不佳，甚至这样评价道：“这人美丽是美丽，放荡也就太放荡了……”[③]诸如此类的例子还有很多，不胜枚举。

---

① 张恨水：《金粉世家》（下），《张恨水全集》，北岳文艺出版社，2019年，第784—785页。

② 张恨水：《金粉世家》（上），《张恨水全集》，北岳文艺出版社，2019年，第30页。

③ 张恨水：《啼笑因缘》，《张恨水全集》，北岳文艺出版社，2019年，第19页。

张恨水（1895—1967 年）

此外，还值得说明的是在呈现北京社会的“新”与“旧”上，张恨水十分注重公共空间的运用。所谓公共空间，指的是城市中各类人群聚集、交流信息、制造话题的场所。张恨水的作品中出现了大量的公共空间，几乎涵盖了所有的空间类型，比如报馆、烟馆、茶馆、餐馆、旅社、妓院、戏院、舞厅、广场、公园、电影院等，不一而足。一方面，公共空间为小说情节的发展起到了重要的推动作用；另一方面，公共空间也是展示社会时代变迁的重要窗口，对于我们了解当时北京社会大众的行为规范、当时北京社会结构的发展态势等，具有重要的现实意义。因而以公共空间的视角进行切入，北京社会发展的现代性程度如何，便一目了然了。

三、北京人的“侠”与“礼”

张恨水笔下的北京是一座社会风气逐渐开化、现代性程度不断提高的城市，同时也是一座充满了浓浓人情味的城市。对于北京人情味的刻画，张恨水是用北京人的“侠”与“礼”这两个突出的特质进行诠释的。

北京人的侠文化传统历史悠久，自古以来便有着燕赵之地多慷慨悲歌之士的说法。北宋文豪苏轼也曾感叹：“幽燕之地，自古号多豪杰，名于图史者往往而是。”燕赵之地物产富饶、人才济济，在历史上这块人杰地灵的土地出现过一大批享誉天下的豪杰人物，从古代来看，有“千场纵博家仍富，几处报仇身不死”的邯郸游侠；有“风萧萧兮易水寒，壮士一去兮不复还”的燕国刺客；有“当阳桥头一声吼，喝断了桥梁水倒流”的涿郡猛张飞。[①]在近代，燕赵之地曾活跃着保家卫国的义和团组织。这历经千年的侠文化积淀，以潜移默化的方式孕育着北京人的侠义精神。此外，20世纪初时的北京天桥是北京著名的平民游乐区，同时也是三教九流会聚之地，许多混江湖的练家子、杂耍艺人等都在这一带活动。这些人常有的江湖习气也在一定程度上转换为侠的文化内涵。

除去北京本身固有的侠文化外，张恨水的北京书写中对北京人的“侠”刻画笔墨甚多与他自身对侠文化的着迷与向往不无关系。其实，张恨水自己便是一个骨子中有侠气的人。虽然张恨水是靠着一根笔杆子为天下人所知，但他却出身于将门之家，父亲和祖父都是武艺超绝的练家子。《啼笑因缘》中有一段是关于关寿峰“妙手夹蝇”的表演，文中的描述生动精彩：

> 他将桌上的筷子取了一双，倒拿在手里，依然坐下了。等到苍蝇飞过来，他随随便便地将筷子在空中一夹……只见那筷子头不偏不倚，正正当当，夹住一个小苍蝇。……关寿峰将筷子一松，一个苍蝇落了地，筷子一伸，接上一夹，又来了一个苍蝇。他就是如此一伸一夹，不多久的工夫，脚下竟有一二十头苍蝇之多，一个个都折了翅膀横倒在地上。
>
> ……
>
> 家树道：“我不是奇怪苍蝇夹死了，我只奇怪苍蝇的身体依然完整，不是像平常一巴掌扑了下去，打得血肉模糊的样子。”[②]

在张恨水绘声绘色的叙述下，折射出的是关寿峰自身武艺的精妙

① 何乃佳：《中国才子地图》，西苑出版社，2005年，第125页。

② 张恨水：《啼笑因缘》，《张恨水全集》，北岳文艺出版社，2019年，第65页。

绝伦，而关寿峰的这手夹苍蝇的绝活，正是张恨水祖父的拿手好戏，张恨水曾亲眼得见。他年幼时，在炎热的夏天里和祖父在家中吃饭，苍蝇甚多，祖父便展示了夹苍蝇的本领，令张恨水记忆犹新，《啼笑因缘》中这段夹苍蝇的描写不得不说是其祖父给予的灵感。不仅是祖父，张恨水的父亲同样也是位功夫行家，还随军打击过土匪并获得了军功。如同古时的侠义之士一样，张恨水的祖父和父亲也为人正直且乐于助人。除了世代将门的这种家庭环境，张恨水所生活的潜山地区也是尚武之地，自古以来民风彪悍，习武之人很多。在太平天国时期，潜山的乡民们时常聚集起来组成自卫团抵抗流寇土匪的侵扰，保护自己的家园。正是从小在这样的家庭环境与自然环境的熏陶之下，张恨水久而久之自己也有着一股侠义之气，对侠文化充满着崇拜与向往。此外，张恨水幼年时所喜爱的书籍有一些便是与侠文化相关的，例如《七剑十三侠》《水浒传》《七侠五义》等，不一而足。

张恨水在北京人的侠文化叙事中，以《啼笑因缘》《春明外史》等几部小说较为典型。1929年连载的小说《啼笑因缘》中，张恨水特意塑造了常年浪迹江湖的关寿峰与关秀姑父女二人的形象。《春明外史》中的袁经武同样拥有一副好身手。

如果单单认为北京人的“侠”只存在于习武之人身上，这种理解绝对是片面、狭隘的。张恨水在《写作生涯回忆》中指出了自己对于武侠的看法：“我对武侠小说的主张……还是不超现实的社会小说。”①张恨水所认知的侠文化观中，尚武固然是侠的一个重要体现，但并不是一个必要条件，除了外在的武功修养外，内在的品德修养更为重要。即使是没有功夫的人同样有成为侠的可能，只要他具备了侠义之心、古道热肠，并勇于担当、坚持正义、敢与世间的丑恶相抗争，这样的人也可谓之“侠”。《啼笑因缘》中，何丽娜虽然手无缚鸡之力，而且是位娇生惯养的富家千金，但性格却豪爽、大方，乐于助人，侠义在她的身上是隐性地存在着。在小说续集第十回中，何丽娜吵闹着

① 张恨水：《写作生涯回忆》，《张恨水全集》，北岳文艺出版社，2019年，第59页。

《春明外史》（世界书局，1931年）

请求父亲从一百一二十万的财产中拿出八十万，建立战地医院和开办化学军用品制造厂，无偿为国家抗击日本帝国主义的入侵而做贡献。当父亲不同意她的这种“糟蹋家财”的行为时，她甚至以自尽来逼迫父亲捐款。何丽娜这种为国为民的义举，所反映的正是一种侠者的仁义。

在北京人的“侠”中，重情重义也是侠文化的一个重要体现。《啼笑因缘》里的樊家树看见关寿峰得了重病躺在床上奄奄一息而没有钱治病时，毫不犹豫地慷慨相助，不仅给关寿峰联系了治疗水平更高的西式医院，帮忙安排了可以家人陪护入住的二等病房，还解囊相助，掏出两张五元票子给他零花，之后住院的一切花销也是樊家树承担。滴水之恩当涌泉相报，当樊家树遇到了困境时，关寿峰父女同样挺身而出，多次帮助樊家树。当得知樊家树心爱的女子沈凤喜被刘将军给软禁的消息，关寿峰先是一顿恼怒，接着二话没说，立马筹划好了营救沈凤喜的计划，并在当晚不顾生命危险和徒弟们偷偷闯进刘将军家救人。小说的后半部分里樊家树因沈凤喜的事而得了心病，为了使樊家树得以好转，关秀姑特意假扮成应聘的用人，混入了刘将军家去打探沈凤喜的消息，最后还帮助樊家树亲手杀死了恶贯满盈的坏人。关寿峰的三个徒弟快刀周、江老海、王二秃子同样是重情义的汉子，关寿峰这样形容他们的义气：“只要答应帮忙，掉下脑袋来，不能说上一个不字。我这徒弟他就住在大王庄，家里还种地，凭我的面子，在他家里吃上周年半载的窝窝头，绝不会推辞的。”[①]《啼笑因缘》续作中，关秀姑参加了义勇军，在向沈国英统

① 张恨水：《啼笑因缘》，《张恨水全集》，北岳文艺出版社，2019年，第147页。

制请求弹药的接济时，特意亮出自己在对敌作战时的伤疤，以证明自己抗战是真实的。在关秀姑的手臂上、腿肚上一个个大的伤疤触目惊心。这些伤疤的背后所体现的，是以关秀姑为代表的侠者的大义。在这里，重义已经远远超出了兄弟情义的范畴，而上升到了国家大义、民族大义，为了国家和民族，这些侠士甘愿抛头颅、洒热血，牺牲自己的一切。

张恨水笔下的北京人，既有着“侠”的特质，也有着尚礼的传统。注重礼节是老北京人固有的传统，老舍曾在多部小说中都有过叙述，如《四世同堂》中的祁老太爷，甚至是在国家存亡的危急关头都想着如何体面地给自己办一个八十大寿，期盼着亲朋好友前来拜寿。张恨水在描绘北京人时，同样突出了其重礼的文化态度，经常出现对北京人见面时行礼的描写，如熟人之间见面时的寒暄、女学生遇见老师时的鞠躬礼、晚辈拜访长辈时的请安、在官场上下属给上司所行的礼等，不一而足。在张恨水看来，讲究礼数是北京人天生的，是骨子里便具有的，也是北京人的人生哲学。正宗的北京人大都豪爽、热情、待人接客更是要保证礼数上的周全。当北京人将一个朋友视为真正的知己的时候，那在礼数上则更加隆重。《啼笑因缘》中，樊家树去关寿峰家拜访他，并发自内心地称赞关寿峰虽然人穷但不志短的可贵精神，使关寿峰将樊家树视为一个真心的忘年交，即使是自己家里捉襟见肘，也还是让女儿关秀姑拿出自己所存不多的钱邀请樊家树喝酒。而关秀姑更是将自己当天在外做工赚的钱也一并给了关寿峰，让他好好招待樊家树。在婚庆节日等重大事件上，北京人的礼也是做得足够充分，《金粉世家》中金燕西和冷清秋筹备婚礼时的场景很好地体现了这一点。小说中虽然提到金家门面大，对于儿女的婚事较为低调，但是该有的礼仪、礼数却绝对不少，特别是对于金家这种豪门家族，即使是婚事不铺张，但在礼数上却仍然规格颇高。在婚礼的前二日，金家由里而外门户洞开，仆役全都忙上忙下进行筹备。金燕西的父亲金铨特意请了曾当过教育总长，现在的北方大学校校长担当证婚人。在婚礼前一日所安排的场景则更是不一般，总统府的官员亲自带来了专职的音乐队，而步军衙门更是派遣了一连全副武装的步兵助理司仪。在婚礼当日，金家更是安排了四架花车随着乐队去冷宅接亲。

可以看出，张恨水笔下北京是复杂的、变化的，同样也是传统的，他以自身独特的认知为我们展现了一个绚丽多彩的北京社会，为京味的世界增添了一抹色彩。

第三章

老舍建构的京味世界

随着社会发展的日新月异与信息技术的推陈出新，人们获取信息的速度越来越快，面临的文化选择也越来越多元，但是我们永远忘不掉老舍的作品，忘不掉这些作品带给我们永恒的亲切记忆和感动。2006年北京地区高考作文要求以“北京的符号”为题写一篇文章。有的人写烤鸭，有的人写长城，不一而足，而有一位考生将老舍作为北京的文化符号写作，得了满分。为什么写烤鸭不能得满分，写长城不能得满分，而写老舍得了满分？这不仅仅是因为文学的魅力所在，更加因为老舍所建构的京味世界是北京文化最有价值的符号之一，毋庸置疑。

老舍是京味文学最具代表性的作家，是北京文化精神的守望者。说起老舍，我们就能联想到老北京的方方面面，丰富多彩的市民群像、平民世界的大杂院、京腔十足的吆喝声、精致讲究的饭馆酒肆、四通八达的胡同巷道、极富京韵的民俗风情以及热闹非凡的集市活动。生于北京、长于北京的老舍以其得天独厚的条件，体察着这座辉煌古都的一草一木，通过与人之道、满人秉性、市民精神等众多层面来展现北京文化丰富而又深远的内涵，并以此建构一个绚丽多姿的京味世界。老舍与北京，是一个人与一座城、与一种文化的关系，而老舍的京味世界更是与他融为一体，京味世界孕育了老舍，老舍同样反哺了这个世界，将这个世界的精彩展现给世人，可以说老舍也是京味世界的一个有机组成部分。在老舍的京味世界中，既有自然风光的描绘，也有习俗风尚的叙述，人情世故的刻画同样掺杂其中。老舍以其高超的表现手法与高度凝练的语言文字诠释了京味文学的价值所在，同样反映出北京文化及其发展对于他的创作和京味文学的影响与浸润。

在特别强调文化自信、弘扬优秀传统文化的当下，老舍与其京味世界的价值更加凸显。老舍对北京历史文化和优秀民间传统的真挚热爱以及对其中文化糟粕的深刻反思，是其京味世界中的重要底色，这一思想基调在老舍之后的许多京味作家身上同样影响深远。

第一节 “我真爱北平”

“我真爱北平。”老舍对北京的这句情感抒发平实质朴，但却发自肺腑。老舍爱北京、想北京、写北京，他与北京之间保持着一种默契的互动。一方面，这座城市开辟了老舍的创作之路，给予了老舍取之不尽的生活素材，拓展了老舍丰富多样的想象空间，纵观老舍的文学创作生涯，他最富特色的和艺术成就最高的文学作品都与北京息息相关。另一方面，老舍也通过他所构建的京味世界生动形象地展现了北京的人文景观，对北京的京城京貌、市民生活中的风土人情、北京社会的芸芸众生都有细致的刻画，向世人传递出了独具魅力的京味气象。

老舍对于北京的热爱都深深地融进了文学创作中。在他的京味世界中，北海、西山、护国寺等景点都是令人赏心悦目的，北京的街头小巷透露出来的也是别样的风情。《四世同堂》中对于中秋时节前后北京景色的描述是惬意的，沁人心脾的。正值北京秋高气爽，天是那么的亮那么的蓝，西山和北山的蓝颜色还要更深一些，到了傍晚还可以看见两座山上各自披着各色的霞帔。在老舍的心中，北京的秋季有着说不尽的魅力，就如同天堂一般令人向往，他认为到了秋季住在北京是个不二的选择。老舍在《“住”的梦》中有这样的讲述：

> 天堂是什么样子，我不晓得，但是从我的生活经验去判断，北平之秋便是天堂。论天气，不冷不热。论吃食，苹果，梨，柿，枣，葡萄，都每样有若干种。至于北平特产的小白梨与大白海棠，恐怕就是乐园中的禁果吧，连亚当与夏娃见了，也必滴下口水来！果子而外，羊肉正肥，高粱红的螃蟹刚好下市，而良乡的栗子也香闻十里。论花草，菊花种类之多，花式之奇，可以甲天下。西山有红叶可见，北海可以划船——虽然荷花已残，荷叶可还有一片清香。衣食住

行，在北平的秋天，是没有一项不使人满意的。即使没有余钱买菊吃蟹，一两毛钱还可以爆二两羊肉，弄一小壶佛手露啊！[①]

老舍不但爱北京的秋，对于北京的冬也一样着迷，在《骆驼祥子》里对北京冬夜雪景的描述是这样的：

坦平的柏油马路上铺着一层薄雪，被街灯照得有点闪眼。偶尔过来辆汽车，灯火远射，小雪粒在灯光里带着点黄亮，像撒着万颗金砂。快到新华门那一带，路本来极宽，加上薄雪，更教人眼宽神爽，而且一切都仿佛更严肃了些。“长安牌楼”，新华门的门楼，南海的红墙，都戴上了素冠，配着朱柱红墙，静静的在灯光下展示着故都的尊严。此时此地，令人感到北平仿佛并没有居民，直是一片琼宫玉宇，只有些老松默默的接着雪花。[②]

在北京，胡同不仅是重要的文化空间，公共交通的便利要道，更是北京大众生活的必备场所，城市历史文化发展变迁的重要舞台。在老舍的京味世界中，胡同同样是必不可少的原料。老舍在小羊圈胡同中度过了他的童年，对于这条胡同的感情是刻骨铭心的，因而小羊圈胡同成为他笔下一些作品中的活动舞台和地理坐标。《四世同堂》里对这条胡同的描写颇为细腻，“说不定，这个地方在当初或者真是个羊圈，因为它不像一般的北平的胡同那样直直的，或略微有一两个弯儿，而是颇像一个葫芦。通到西大街去的是葫芦的嘴和脖子，很细很长，而且很脏……穿过‘腰’又是一块空地，比‘胸’大着两三倍，

① 老舍：《“住”的梦》，《老舍全集》（第十五卷），人民文学出版社，2008年，第396页。

② 老舍：《骆驼祥子》，《老舍全集》（第三卷），人民文学出版社，2008年，第90页。

这便是葫芦肚儿了。‘胸’和‘肚’大概就是羊圈吧？”[①]《老张的哲学》中老舍对于百花深处胡同也有着细致的展示：“那条胡同是狭而长的。两旁都是用碎砖砌的墙。南墙少见日光，薄薄的长着一层绿苔，高处有隐隐的几条蜗牛爬过的银轨。往里走略觉宽敞一些，可是两旁的墙更破碎一些。”[②]

与胡同联系密切的是北京的另一个文化景观——四合院，这种北京传统的建筑也是北京重要的文化符号之一。在《老张的哲学》中，老张的学堂就是一个典型的四合院，老舍是这样来描写它的：

> 他的学堂坐落在北京北城外，离德胜门比离安定门近的一个小镇上。坐北朝南的一所小四合房，包着东西长南北短的一个小院子。临街三间是老张的杂货铺，上自鸦片，下至葱蒜，一应俱全。东西配房是他和他夫人的卧房；夏天上午住东房，下午住西房；冬天反之；春秋视天气冷暖以为转移。既省凉棚及煤火之费，长迁动着于身体也有益。[③]

在特色民俗风情方面，老舍的京味世界中同样留下了不少印记，这些也成为北京文化一道别样的景致。老舍在《四世同堂》中客观、详细地描述了老北京端午节的风俗。到了端午节这一天，家家户户用“蒲子、艾子插在门前”，还“要买几张神符贴在门楣上”，这些“神符”有的是在黄纸上“印着红的钟馗，与五个蝙蝠的，贴在大门口”；有的是“买几张粘在白纸上的剪刻的红色‘五毒儿’图案，分贴在各屋的门框上”[④]。《骆驼祥子》第十五节中，虎妞为了跟祥子结婚亲

① 老舍：《四世同堂》，《老舍全集》（第四卷），人民文学出版社，2008年，第9页。

② 老舍：《老张的哲学》，《老舍全集》（第一卷），人民文学出版社，2008年，第51页。

③ 老舍：《老张的哲学》，《老舍全集》（第一卷），人民文学出版社，2008年，第4页。

④ 老舍：《四世同堂》，《老舍全集》（第四卷），人民文学出版社，2008年，第446页。

自筹备婚礼，找人写喜字、自己去定喜日、张罗衣服、找轿子，还有关于刘四爷过寿、祭灶和后文中所描绘的出殡场景，都反映出浓浓的民间习俗。

关于老北京的特色风情，老舍在其一系列小说中着墨甚多，从他的字里行间，我们仿佛能够感受到老舍讲述时的滔滔不绝、如数家珍。如《四世同堂》中对于“窝脖儿”的描述：北京在二三十年前便有着这样一种靠着出卖体力给人充当搬运工的特殊工种。在搬运时他们将雇主较为贵重的货物捆好，仅靠垫在脖子上的一片小木板来将之扛起，这就要求做这行的人要有结实且有力的脖子，而且步伐也必须稳重，才能保证货物毫发无损地顺利运输。日积月累地干这种苦力活，造成了他们的背比常人要弯一些，脖子上逐渐形成了一个大肉包，这也成为他们职业的标志。《骆驼祥子》也多有风土人情的描述，小说的开头便介绍了具有北京特色的洋车夫派别：

> 年轻力壮，腿脚灵利的，讲究赁漂亮的车，拉“整天儿”，爱什么时候出车与收车都有自由；拉出车来，在固定的“车口”或宅门一放，专等坐快车的主儿；弄好了，也许一下子弄个一块两块的；碰巧了，也许白耗一天，连“车份儿”也没着落，但也不在乎。这一派哥儿们的希望大概有两个：或是拉包车；或是自己买上辆车，有了自己的车，再去拉包月或散座就没大关系了，反正车是自己的。
>
> 比这一派岁数稍大的，或因身体的关系而跑得稍差点劲的，或因家庭的关系而不敢白耗一天的，大概就多数的拉八成新的车；人与车都有相当的漂亮，所以在要价儿的时候也还能保持住相当的尊严。这派的车夫，也许拉“整天”，也许拉“半天”。在后者的情形下，因为还有相当的精气神，所以无论冬天夏天总是“拉晚儿”。夜间，当然比白天需要更多的留神与本事；钱自然也多挣一些。
>
> 年纪在四十以上，二十以下的，恐怕就不易在前两派里

有个地位了。他们的车破，又不敢“拉晚儿”，所以只能早早的出车，希望能从清晨转到午后三四点钟，拉出“车份儿”和自己的嚼谷。他们的车破，跑得慢，所以得多走路，少要钱。到瓜市，果市，菜市，去拉货物，都是他们；钱少，可是无须快跑呢。

……

此外，因环境与知识的特异，又使一部分车夫另成派别。生于西苑海甸的自然以走西山，燕京，清华，比较方便；同样，在安定门外的走清河，北苑；在永定门外的走南苑……这是跑长趟的，不愿拉零座；因为拉一趟便是一趟，不屑于三五个铜子的穷凑了。①

除了对于洋车夫的派别有着详细的介绍，对于这个行当自身的一些特点老舍同样是了如指掌，比如从事洋车夫的年龄层次如果较低，十岁出头便开始干这行，很难在成年之后成为行业的佼佼者，因为幼年时拉车所带来的伤病会影响身体的健壮程度。通过老舍的叙述，一方面我们感叹于老舍对洋车夫这一北京社会底层群体细致入微的体察、对北京底层百姓生活艰辛的感受；另一方面也让我们体会到了北京地道的城市风情。

老舍对于北京的爱，还表现在对于北京的熟知。值得注意的是，老舍京味世界中的许多地名都是北京真实存在的。《骆驼祥子》第二节中，祥子被当兵的抓去没收了财物还被迫做苦力，受尽了磨难。通过对北京地况的熟悉与士兵们所养的骆驼，祥子冷静地确定了自己的方位——磨石口，然后在脑海中摸索出了一条线路：“他往东北拐，过金顶山，礼王坟，就是八大处；从四平台往东奔杏子口，就到了南辛庄。为是有些遮隐，他顶好还顺着山走，从北辛庄，往北，过魏家

① 老舍:《骆驼祥子》,《老舍全集》(第三卷)，人民文学出版社，2008年，第3—4页。

村；往北，过南河滩；再往北，到红山头，杰王府；静宜园了！”[①] 还有在《四世同堂》中祁瑞宣给钱家大少爷出殡一直到了鼓楼西后自己规划的回家路线：“最好的是坐电车到太平仓；其次，是走烟袋斜街、什刹海、定王府大街，便到了护国寺。”[②]在《老张的哲学》里也有类似的片段：“李应的姑母住在护国寺街上，王德出了护国寺西口，又犹豫了：往南呢，还是往北？往南？是西四牌楼，除了路旁拿大刀杀活羊的，没有什么鲜明光彩的事。往北？是新街口，西直门。那里是穷人的住处，那能找得到事情。”[③]这些真实的北京地名、场景是京味世界情节发生、发展的典型环境，不仅使得京味世界更加逼真，更是融入叙述之中，成为京味故事里隐形的一员。

老舍曾说过：“我生在北平，那里的人、事、风景、味道，和卖酸梅汤、杏儿茶的吆喝的声音，我全熟悉。一闭眼我的北平就是完整的，像一张彩色鲜明的图画浮立在我的心中。我敢放胆描画它。它是条清溪，我每一探手，就摸上条活泼泼的鱼儿来。”[④]在老舍笔下，北京的民俗风情、北京的京城京貌、北京社会的芸芸众生一一绘声绘色地再现出来。这些北京的人、事、物在老舍的描绘下形成了独具魅力的京味气象，渗透着老舍对北京的深厚情感。

---

① 老舍：《骆驼祥子》，《老舍全集》（第三卷），人民文学出版社，2008年，第17页。

② 老舍：《四世同堂》，《老舍全集》（第四卷），人民文学出版社，2008年，第187页。

③ 老舍：《老张的哲学》，《老舍全集》（第一卷），人民文学出版社，2008年，第50页。

④ 老舍：《三年写作自述》，《老舍全集》（第十七卷），人民文学出版社，2008年，第273—274页。

第二节　异域对视中的北京

老舍是地地道道的北京人，他的作品与北京有着极为密切的联系，如充满人情味的大杂院、令人垂涎欲滴的京城特产、风情十足的民间习俗等。但是，老舍之所以能构建起自己丰富多元的京味世界，不仅仅因为他是北京人，更加因为他曾是“京外人”，他去过英国、新加坡，后来又去过美国，真正做到了跳出北京看北京。从某种意义上说，老舍正是因为有海外视角，有世界视野，才能把北京看得如此清楚、如此透彻。

在老舍构建的京味世界中，以自身的异域体验对北京形象进行回溯式的观照是老舍创作的一抹亮色。1924年秋，年轻的老舍受到伦敦大学东方学院的华语讲师聘用邀请，独自一人踏上了西去的客轮远渡英国，开始了自己一段特殊的留洋经历。这段不同寻常的异域体验对老舍影响深远，不仅极大地丰富了他的人生阅历、开阔了他的文化视野，还推动他在文坛上崭露头角，使得他的人生轨迹发生了重大转变。异质文化经历无疑是探寻与颠覆相结合的过程，一方面外来文化带给了事物更多的可能性，另一方面却对体验者自身固有的文化信仰与习俗进行渗透，对思想认知造成巨大冲击与颠覆。作为弱国子民中的一员，老舍踏入这个当时可以称之为西方文明代表的资本主义强国，在受到西方文明洗礼的同时，随即而来的便是先进文明给予的强烈文化震撼与油然而生的民族忧虑。正是在中西方激烈碰撞的语境中，身处异域的老舍以“局外人”心态对国人的性格特征与本民族的传统文化进行审视，有关京味的书写便具有独特的味道。

在英国期间，老舍创作了《老张的哲学》《赵子曰》《二马》这三部影响较大的小说。前两部小说是身处英国的老舍以北京为题材进行创作的，而后者则是在英国的老舍描绘着一些同样身在英国的国人的真实现状，虽然写的并不是北京，但是小说中最为出彩的部分还是对国人的细致刻画，尤其是对地地道道的北京人老马的书写。这三部小说既包含了身在异域的老舍对于故乡北京深情的思念，更体现出在中西文化的比较之下，老舍通过对北京人文化性格与北京文化的反思来观照整个民族的积弊。

老舍（1899—1966 年）

即使身处异国他乡，老舍的作品依然和北京分不开。北京是老舍的精神支柱，是给予老舍丰富灵感和素材的创作之源。老舍曾经谈及他在英国期间创作小说的初衷："二十七岁出国。为学英文，所以念小说，可是还没想起来写作。到异乡的新鲜劲儿渐渐消失，半年后开始感觉寂寞，也就常常想家。从十四岁就不住在家里，此处所谓'想家'实在是想在国内所知道的一切，那些事既都是过去的，想起来便像一些图画，大概那色彩不甚浓厚的根本就想不起来了。这些图画常在心中来往，每每在读小说的时候使我忘了读的是什么，而呆呆的忆及自己的过去。小说中是些图画，记忆中也是些图画，为什么不可以把自己的图画用文字画下来呢？我想拿笔了。”[①]老舍的这段自我剖白生动表现了他由于在异域的“寂寞”而燃起强烈的对故乡北京的思念，从而激发了他的创作渴望。此外，老舍在英国的日子其实过得并不滋润，甚至可以用清苦来形容。在伦敦大学当华语讲师期间，老舍所面对的是繁杂而又乏味的教学任务，但是所获得的薪水却微不足道，与自己的付出不成比例。一方面老舍自己的日常开销需要花钱；另一方面赡养在国内生活的母亲同样是一笔不小的开支。经济上的压力使得老舍常常捉襟见肘，不得不省吃俭用。在英国期间，老舍很少去外地游玩，对他来说英国往返的火车票与旅馆住宿的费用都是一笔不小的开支。穿着打扮上老舍也是异常节省，他的好友宁恩承对老舍当时形象的描述令人印象深刻：“一套哔叽青色洋服长年不替，屁股上磨得发亮，两袖头发光，胳膊肘上更亮闪闪的，四季无论寒暑只此一套，并无夹带。幸而英国天气四季阴冷，冬天阴冷时加上一件毛衣，夏季阴冷时脱掉一件毛衣也就将就着过去了。”[②]囊中羞涩带给老舍的影响远不止这些，还有在精神上受到的创伤。在英国公寓居住时，老舍还因为贫穷受到势利的下女冷眼以待。在英国这种困窘的生活也使他怀念北京的亲切。正是基于以上因素，再加上老舍本身对北京发自内心的爱，他在英国创作的小说中经常能看到对北京的真挚情感也就不足为奇了，例如在《赵子曰》中对于北京人新春逛庙会的描述：

白云观有白云观的历史与特色，大钟寺有大钟寺的古迹和奇趣。可是逛的人们永远是喝豆汁，赌糖，押洋烟。大钟寺和白云观的热闹与拥挤是逛的目的，什么古迹不古迹的倒不成问题。白云观的茶棚里和海王村的一样喊着：“这边您

---

① 老舍：《我怎样写〈老张的哲学〉》，《老舍全集》（第十六卷），人民文学出版社，2008年，第162页。

② 宁恩承：《老舍在英国》，《老舍研究资料》（上），北京十月文艺出版社，1985年，第273页。

哪！高飕眼亮，得瞧得看！”瞧什么？看什么？这个问题要这样证明：设若有一家茶棚的茶役这样喊：“这边得看西山！这边清静！”我准保这个茶棚里一位照顾主儿也没有。所以形容北京的庙会，不必一一的描写。只要说：“人很多，把妇女的鞋挤掉了不少。”就够了。虽然这样形容有些千篇一律的毛病，可是事实如此，非这样写不可。赵子曰和莫大年到了“很热闹”的白云观。①

小说中还有这样一段的描写：

满天的星斗，时时空中射起一星星的烟火，和散碎的星光联成一片。烟火散落，空中的黑暗看着有无限的惨淡！街上的人喧马叫闹闹吵吵的混成一片。邻近的人家，呱哒呱哒的切煮饽饽馅子。雍和宫的号筒时时随着北风吹来。门外不时的几个要饭的小孩子喊：“送财神爷来啦！”惹得四邻的小狗不住的汪汪的叫。……这些个声音，叫旅居的人们不由得想家。北京的夜里，差不多只有大年三十的晚上有这么热闹。这种异常的喧嚣叫人们不能不起一种特别的感想。……②

老舍在写这一段的时候，或许自己在异国他乡的思乡之情早已涌上了心头。

在异域对视中，对北京文化的批判与反思是老舍描绘的重点之一，老舍擅于通过北京文化的特性、北京人的文化心态来揭示民族特性，进而观照整个民族文化以及国民的劣根性。北京长期作为政治的中心、作为皇城，受这座城市的辉煌都城史熏染多年的北京人久而久

① 老舍：《赵子曰》，《老舍全集》（第一卷），人民文学出版社，2008年，第257—258页。

② 老舍：《赵子曰》，《老舍全集》（第一卷），人民文学出版社，2008年，第251页。

之形成了一种特有的文化心态，这种文化心态可以形象地称为“官样文化”，而它的集中体现便是“崇官”。对于北京人这样的文化性格的形成与表现，老舍在理性的文化批判之中有着极其深刻的揭示。“崇官”，顾名思义，便是崇尚做官，表现了个人的强烈权力欲望。北京因其长期的政治中心地位使得崇官的风气显得尤为浓厚。老舍的京味世界中便有一群人把“崇官”当作自己毕生追求的目标。

《老张的哲学》里老舍刻画的北京正是一个官样文化浓厚的故都形象。小说开篇第一句话便是“老张的哲学是‘钱本位而三位一体的’”。而之后老张将这一思想进行延伸便是应该做官，他认为：“作买卖只能得一点臭钱，做官就名利兼收了！比如说，商人有钱要娶小老婆，就许有人看不起他。但是人一做官，不娶小老婆，就没人看得起。同是有钱，身份可就差多了！”[①]《二马》里无能的老马（马则仁）又是一个典型的官迷。老马虽然没当过官，但是却有强烈的当官欲望。他认为当了官才是光宗耀祖的事情。对儿子也是“望子成龙”，希望他在英国能够攻读政治，回国之后走上仕途，做个官。妻子去世后，他遗憾的也是没能在妻子在世的时候有个一官半职，给她一点官太太的荣耀。甚至他自己续弦的时候都想过娶个官家的女子，这样可以靠他们家的背景为自己弄一份差事。老马时常将一句话挂在嘴边：“假如我能娶个总长的女儿，至小咱还不弄个主事。”[②]

官样文化的体现不仅是那些执着于当官的官迷，寻常百姓根植于心中的官本位思想更是不容忽视的。《赵子曰》中有这样一个小细节值得人们深思：欧阳天风坐车少给了洋车夫十二个铜子，跟洋车夫起了争执，差点大打出手。李景纯跑来拿出二十铜子的票子塞给车夫帮欧阳天风解围。补给车夫的钱不仅不少，反而还有富余，车夫当然十分乐意，于是对李景纯说“谢谢先生！这是升官发财的先生！”[③]车

① 老舍：《老张的哲学》，《老舍全集》（第一卷），人民文学出版社，2008年，第67页。

② 老舍：《二马》，《老舍全集》（第一卷），人民文学出版社，2008年，第398页。

③ 老舍：《赵子曰》，《老舍全集》（第一卷），人民文学出版社，2008年，第251页。

夫在先生这个称呼之前还加了“升官发财”这个四个字以表达“祝愿”。车夫作为普通百姓中的一位，都知道做官的“好处”，还以此来恭维他人，更别提那些痴迷于当官的人了，由此可见官样文化对中国社会各个层面的渗透有多么的深入。

近代以来，随着通商口岸的繁荣与对外交流的增加，中国沿海的大城市如上海、广州等因工业的兴起已开始有现代都市的样貌，相较于这些城市，作为内陆城市的北京，工业化程度较为低下，仍然徘徊于传统与现代的过渡阶段之中。封建经济模式在北京占据着重要地位，而衡量现代城市文明的重要指标的现代化大工业在北京显得非常滞后。根据1915年北洋政府关于北京工业发展的数据资料，当时全北京的222座工厂中，大部分的工厂规模都十分小，工业生产主要依靠的还是手工业作坊或者简单的人工机械作业，技术含量极其低端。仅仅只有6座工厂采取的是较为先进的动力设备。[①]老舍在《四世同堂》中对于北京近郊的情形有过一段这样的描述，从一个侧面反映了当时北京工业上的落后：“北平虽然作了几百年的‘帝王之都’，它的四郊却并没有受过多少好处。一出城，都市立刻变成了田野。城外几乎没有什么好的道路，更没有什么工厂，而只有些菜园与不十分肥美的田；田亩中夹着许多没有树木的坟地。”[②]自然经济与手工业经济仍然以其强劲的姿态与巨大的力量深深地浸润着这座都城，使得北京即使在较为封闭的环境中仍然能够自给自足。正是在封建经济的影响之下，加之北京作为古都本就具有的较为封闭的人文环境，逐步形成了北京文化中保守、封闭的一面，从而导致了北京人也具有了保守、封闭的时间观与空间观。

《二马》中的老马便是北京人乃至中国人这种特性典型的代表。他凝滞、怠惰，是伦敦的一个闲人。虽然在英国经营着古玩店，却一点都不上心，即使是在英国这种极其重视商业的环境之下，也没受到

---

① 北京大学历史系：《北京史》，北京出版社，1985年，第350—351页。

② 老舍：《四世同堂》，《老舍全集》（第四卷），人民文学出版社，2008年，第131页。

丝毫的影响，仍然是墨守成规。而在伦敦这个工商业极其发达的大都市，人们的生活节奏和悠闲的老马形成强烈的反差，在伦敦时间就是金钱，“时间是拿金子计算的”，“在极忙极乱极吵的社会背后，站着个极冷酷极有规律的小东西——钟摆！人们的交际来往叫‘时间经济’给减去好大一些”。[①]

和保守的时间观相对应的是保守陈腐的空间观。以老马为代表的国人还是具有高傲自大且闭塞狭隘的思想观念，认为“我们的文明比你们的，先生，老得多呀，再说四万万人民，大国！大国！”[②]正是在这些迂腐的认识与天真的心态下，许多北京人因此停滞不前，甚至倒退，而这正是当时整个国民劣根性的一个体现。

古语有云：“当局者迷，旁观者清。”身处异域的老舍较之于一直在国内生活的作家来说在观察本国社会发展现状时具备一定的优势，能够以更独特的视角来审视社会发展中的局限，也更易以清醒的头脑对国家社会中诸多的问题进行理性的思考与缜密的分析，然后再以老舍独有的幽默表达方式将之表现在字里行间之中，最终形成了一部部经典的文学著作。

---

① 老舍:《二马》,《老舍全集》(第一卷)，人民文学出版社，2008年，第486页。

② 老舍:《二马》,《老舍全集》(第一卷)，人民文学出版社，2008年，第420页。

第三节　原汁原味的京腔京韵

高尔基曾经说过："文学就是用语言来创作形象、典型和性格，用语言来反映现实事件、自然景象和思维过程。"[①]在老舍构建的京味世界中，其独具一格的语言特色毫无疑问占据着重要地位。老舍自小成长生活于北京的大杂院中，他对北京底层百姓有着深入的接触，并热爱京城的戏剧与街头巷尾流行的民间艺术，加之自身的语言天赋和勤奋努力的学习，造就了他对于北京方言有着极强的领悟与驾驭能力，从而使得原汁原味的地道北京话能在其文学作品之中完美呈现。细细品读老舍的京味小说，就会发现他处理语言的方式就如同煮茶一般，凭借炉火纯青的技法将语言中粗劣、琐碎的部分一一滤去，最终形成的语言是那样的凝练、直白、风趣，使得读者闻到一股股富有北京韵味的芳香气息。

老舍独具特色的京味语言首先表现在其语言的俗白、简练上，而这种对现代汉语游刃有余的驾驭，也充分体现出老舍对文学审美性的独特体认与追求。老舍早年曾旅居英国，有机会接触到以英语为代表的西方语言。在与外国语言的对比中，老舍发现汉语是世上最为简练的语言，如汉语中一个单纯的语音往往承载着丰富的语义，同一个字也往往有多种读音，汉语以其形式简约却内涵丰厚的文化品格深深吸引了老舍。因而，老舍认为汉语的语言特色之一便是简练，并将此种审美判断自觉地贯彻到其京味小说的创作实践之中。

老舍的经典作品《骆驼祥子》全书共计约15.7万字，但是其所使用的汉字才不到2500个，更重要的是其中出现频率高的汉字全部都是常用字，只要认识621个汉字，基本上小学高年级水平的受众便可以通读。[②]这样精心的处理，使得作品语言更加纯净、通俗、利落。

① 高尔基：《文学论文选》，人民文学出版社，1958年，第294页。

② 樊林：《〈骆驼祥子〉全新解读》，东北大学出版社，2014年，第70页。

例如，小说中祥子在受孙侦探勒索要钱时，祥子问："得多少？"孙侦探回答："有多少拿多少，没准价儿！"听到这句话祥子立刻来了句："我等着坐狱得了！"[①]在短短几句简洁的对话中，祥子的憨厚质朴顿时显现无疑。还有在祥子第一次买车时的场景，祥子因为内心的激动，嘴里就一句："我要这辆车！"而卖车的人为了抬高点价格夸赞自己的车好时，祥子仍然嘴里只说这一句话："我要这辆车！"[②]祥子的语言虽然简单而朴拙，但足以鲜活地表现其憨厚本性。

又如老舍的经典剧作《茶馆》，老舍仅用了3万多字便将旧中国长达50余年的历史画卷徐徐展开，将70多个呼之欲出的人物形象浓缩在其笔端，并自觉地将地道的北京方言与现代白话进行融合，形成了一种辞约义丰又充满生活气息的语言美学，让人无不叹服于其高超的语言艺术。这种独具一格的语言特色贯穿了老舍毕生的创作，几乎在其任何作品中都可随处采撷。如《老张的哲学》第一节中对老张的叙述是这样的：

> 老张的哲学是"钱本位而三位一体"的。他的宗教是三种：回，耶，佛；职业是三种：兵，学，商。言语是三种：官话，奉天话，山东话。他的……三种；他的……三种；甚至于洗澡生平也只有三次。[③]

在这段描述中，老舍摒弃了连篇累牍的叙述模式，而是用寥寥数词就将老张的整体性格勾勒了出来，达到了一种"繁冗削尽留清瘦"的东方式的美学效果。"回、耶、佛""兵、学、商"六个单音节词的连续使用，不仅为作品营造出一种鼓点式的节奏，体现出京味语言明快爽利的特点，同时也隐喻着老张速食速朽的市侩哲学。这种罗列

① 老舍：《骆驼祥子》，《老舍全集》（第三卷），人民文学出版社，2008年，第95页。

② 老舍：《骆驼祥子》，《老舍全集》（第三卷），人民文学出版社，2008年，第10页。

③ 老舍：《老张的哲学》，《老舍全集》（第一卷），人民文学出版社，2008年，第3页。

式的句式结构，让人很自然地联想到“贯口”等曲艺表演形式，深切地体味到京式话语的美学风貌。舒乙在其《我的父亲老舍》中回忆道：“父亲是个戏迷，对京戏和昆曲有很深的了解。像多数北京的满族人一样，他自己还会唱，偶尔放喉高唱一曲，也能震惊四座。”①因而，我们在读老舍的文字时，能深切地体味到这种由文字与曲艺交融所产生的美感，同时也能感受到其作品所散发出的馥郁的生活气息。如《二马》第三段中对酩酊状态的老马的叙述：

> 他看看灯杆子笑开了！笑完了，从栏杆上搬下一只手来，往前一抡，嘴一咧：“那边是家！慢慢的走，不忙！忙什么？有什么可忙的呀？喊！”②

在这段叙述中，老舍同样遵循了语言的“经济性原则”，力求语言的俗白与纯净。因而在小说中，老舍没有对环境大肆渲染，也没有运用丰富的辞藻进行修饰，而仅用“笑、搬、抡、咧”四个极为简单的动词，便使老马醉后的形态跃然纸上，不仅将现代白话锻造得炉火纯青、干净利落，又融入了北京方言明快诙谐的质地，彰显出其作为语言大师的艺术功力。

但是在语言凝练的基础上，还要尽可能使其变得有力道，就如同老舍所说的“英国人烹调术的主旨是不假其他材料的帮助，而是把肉与蔬菜的原味，真正的香味，烧出来。我以为，用白话著作倒须用这个方法，把白话的真正香味烧出来”。③那么如何“烧”出本味，老舍也有着自己的心得：“我的方法是在下笔之前，不只想一句，而是想好了好几句；这几句要是顺当，便留着；否则重新写过。我不多推敲一句里的字眼，而注意一段一节的气势与声音，和这一段一节所

---

① 舒乙：《我的父亲老舍》，辽宁人民出版社，2004年，第201页。

② 老舍：《二马》，《老舍全集》（第一卷），人民文学出版社，2008年，第472页。

③ 老舍：《我怎样写〈二马〉》，《老舍全集》（第十六卷），人民文学出版社，2008年，第172页。

要表现的意思是否由句子的排列而正确显明，这样，文字的雅不雅已不成问题；我要的是言语的自然之美。写完一大段，我读一遍，给自己或别人听。修改，差不多都在音节与意思上，不专为一半个字费心血。”①可以看出老舍十分注重语言的纯粹，尽可能明快、简洁地达到语言自然的美感，接着再进一步地从语言的气势与声音上下功夫，最后达到语言本身和内容之间的完美融合。《骆驼祥子》第十八节中对暴雨来临之前的叙述是这样的：

> 云还没铺满了天，地上已经很黑，极亮极热的晴午忽然变成了黑夜似的。风带着雨星，像在地上寻找什么似的，东一头西一头的乱撞。北边远处一个红闪，像把黑云掀开一块，露出一大片血似的。风小了，可是利飕有劲，使人颤抖。一阵这样的风过去，一切都不知怎好似的，连柳树都惊疑不定的等着点什么。又一个闪，正在头上，白亮亮的雨点紧跟着落下来，极硬的砸起许多尘土……尘土往四下里走，雨道往下落；风，土，雨，混在一处，联成一片，横着竖着都灰茫茫，冷飕飕，一切的东西都被裹在里面，辨不清哪是树，哪是地，哪是云，四面八方全乱，全响，全迷糊。②

在这段描述中，老舍所用的词汇是那么的简单明了，大部分的句式也都是由数个极简的短句而组成的长句。但是老舍通过长短句间的精妙搭配组合，再结合当时变幻多端的气候环境，完成了一次成功精彩的语言表演。这段话开头，老舍先采用一连串较长的句子来反映天气的异常，首先便给人一种紧张的压迫的感觉。紧接着，风、土、雨所构成的句式很好地表现了从急促中而来的节奏感。最后由三个“哪”和三个“全”所构成的排比句式使得早已被阴沉天气压抑至极

① 叶圣陶：《文章例话》，生活·读书·新知三联书店，2014年，第90—91页。

② 老舍：《骆驼祥子》，《老舍全集》（第三卷），人民文学出版社，2008年，第159—160页。

的读者突然有了一种酣畅淋漓的宣泄快感，就如同这倾盆大雨一般。强烈的节奏感与画面感就此成功地被营造了出来。

还有在小说第八节中，老舍对于狂风的描述：

> 风吹弯了路旁的树木，撕碎了店户的布幌，揭净了墙上的报单，遮昏了太阳，唱着，叫着，吼着，回荡着；忽然直驰，像惊狂了的大精灵，扯天扯地的疾走；忽然慌乱，四面八方的乱卷，像不知怎好而决定乱撞的恶魔；忽然横扫，乘其不备的袭击着地上的一切，扭折了树枝，吹掀了屋瓦，撞断了电线。①

在这段话中，老舍首先是一口气运用四个简洁的排比"唱着，叫着，吼着，回荡着"，瞬间给人一种紧迫感与强烈的节奏感，后面紧跟着的是"忽然直驰……忽然慌乱……忽然横扫"三个稍长的排比句式，将风的暴虐无情体现得淋漓尽致。这种处理，使得作品语言在明白晓畅之余，也无不透露着一种简劲之美。正如老舍所言："世界上最好的著作差不多也就是文字清浅简练的著作。初学写作的人，往往以为用上许多形容词，新名词，典故，才能成为好文章。其实，真正的好文章是不随便用，甚至于干脆不用形容词和典故的。用些陈腐的形容词和典故是最易流于庸俗的。我们要自己去深思，不要借用偷用滥用一种词汇。真正美丽的人是不多施脂粉，不乱穿衣服的。明白这个道理以后，我不单不轻易用个形容词，就是'然而'与'所以'什么的也能少用就少用，为的是教文字结实有力。"②又如《二马》第一段中对日落场景的叙述：

> 西边的红云彩慢慢的把太阳的余光散尽了。先是一层一

① 老舍：《骆驼祥子》，《老舍全集》（第三卷），人民文学出版社，2008年，第69页。

② 老舍：《老舍全集》（第十六卷），人民文学出版社，2008年，第575页。

层的蒙上浅葡萄灰色，借着太阳最后的那点反照，好像野鸽脖子上的那层灰里透蓝的霜儿。这个灰色越来越深，无形的和地上的雾圈儿联成一片，把地上一切颜色，全吞进黑暗里去了。工人的红旗也跟着变成一个黑点儿。远处的大树悄悄的把这层黑影儿抱住，一同往夜里走了去。①

这段对夕阳落山的环境描写，比较典型地体现出老舍对简劲美的自觉追求。在对环境的叙述中，老舍避免了陈腐形容词的滥用，而是使用浅易晓畅的语言，选取鲜活新颖的喻体，并通过点染、勾勒的方式，将景象画卷徐徐展开。“红、浅葡萄灰、灰里透蓝、黑”等颜色词的连续使用，既使得画面富于色彩感与形象性，在某种程度上又能产生一种“陌生化”的美学效果；“吞、抱、走”连续三个动词的运用，使得整个语篇的动感性增强，达到了形象生动的艺术效果。因此，与佶屈聱牙的复杂句式相比，老舍更倾向于选用最为精炼的白话；与华而不实的修饰辞藻相比，老舍则倾向于通过其独具匠心的遣词来进行叙述。这种文学语言的审美判断，实质上也折射出老舍对待文艺创作的基本态度。

无论是书斋时期的自由主义文艺观，抗日战争时期的宣传服务的文艺观，还是为新中国服务的文艺观，我们发现，老舍的创作和研究始终坚持着人民本位的基本立场，摒弃了故作深沉的艺术姿态，而力求以最明白晓畅的语言和最“接地气”的表达，来反映生活与表现人生。因此，透过老舍俗白、简练的文字，我们总能深切地体味到其中浓浓的生活气息与京味风情。《老张的哲学》第一节中对老张学堂的叙述是这样的：

他的学堂坐落在北京北城外，离德胜门比离安定门近的一个小镇上。坐北朝南的一所小四合房，包着东西长南北短

① 老舍：《二马》，《老舍全集》（第一卷），人民文学出版社，2008年，第386页。

的一个小院子。临街三间是老张的杂货铺，上自鸦片，下至葱蒜，一应俱全……门口高悬着一块白地黑字的匾，匾上写着“京师德胜汛公私立官商小学堂”。[①]

在这段话中，老舍用直白精炼的语言交代了老张学堂所处的位置，并且我们不难发现“德胜门、安定门”都是北京真实的地名，“四合房、小院子”则是老北京院落建筑的典型代表，因而字里行间均散发出一种京味语言所特有的生活气息。据统计，老舍作品中出现的真实地名共有240多个，其中包括北京的山名、水名、胡同名、店铺名等。对此，舒乙也曾谈道：“在父亲的作品里，故事是编造的，人物是塑造的，但人物活动的地点和故事展开的环境却基本上是真实的。父亲毫不费力地把真实的北京城搬进了自己的小说和话剧。”[②]

这种北京城市的烙印在老舍的作品中随处可见，如《骆驼祥子》以北京的西安门大街、西山、毛家湾为人物的主要活动地点；《四世同堂》以护国寺小羊圈、北京西直门外护城河为主要活动地点；《正红旗下》以护国寺小羊圈胡同、积水潭为主要活动地点等。可以说，老舍的作品实质上呈现出北京文化的一幕幕剪影，他用其经过提炼的北京白话，既书写北京城，又不遗余力地书写着北京人的遭遇和命运，真正将这座城市的精神气质注入自身的创作血脉之中。甚至从某种意义上说，北京之于老舍就如同母亲之于孩子，老舍的语言习惯也自然而然地受到了北京城市文化的熏陶。

老舍小说中的京味语言不仅通过较为直白的口语来表达，还包括特意镶嵌其中的各式各样特色的俗语、歇后语、惯用语以及谚语的运用。在《骆驼祥子》中，祥子受到了虎妞的勾引而与之发生了关系，在激烈的思想活动中，老舍特意用了俗语“当王八的吃俩炒肉”来形容祥子的状态，生动地体现了他极其不愿意依附人势，但却又身不

① 老舍：《老张的哲学》，《老舍全集》（第一卷），人民文学出版社，2008年，第4—5页。

② 舒乙：《我的父亲老舍》，辽宁人民出版社，2004年，第183页。

由己，不得不委曲求全谋求一条出路那种万般无奈的情感，也从侧面折射出现实的悲哀。还有《正红旗下》中的“舍命陪君子”；《茶馆》中的“好死不如赖活着”；《四世同堂》中的“嘴上无毛，办事不牢”“没打到狐狸而弄到一屁股臊”“横草不动、竖草不拿”“胳臂拧不过大腿”等，不一而足。惯用语也是老舍小说时常出现的，如《骆驼祥子》中孙侦探吓唬祥子用的“吃黑枣”；《茶馆》里的“拍老腔”“甩闲话”；《四世同堂》中的“递包袱”“卖面子”“榨取油水”“一路货”“戴绿帽子”“打水漂”等。还有歇后语的运用，如《骆驼祥子》中虎妞与祥子对话时说的“肉包子打狗，一去不回头啊”[①]谚语的运用，如《正红旗下》的“七九河开，八九雁来”“春捂秋冻”等。

此类语言的运用不仅使作品的叙述更加灵动，避免了平铺直叙所造成的单调、乏味，同时也以插科打诨的方式为文本增添了许多幽默色彩，增强了文章的可读性。正如老舍所说：“干燥，晦涩，无趣，是文艺的致命伤；幽默便有了很大的重要。”[②]读老舍的文字，就仿佛在品一杯香茗，初入口时尚觉味淡，但总是越品越香，且回甘久久不散。如《赵子曰》第十五节中对赵子曰和李顺对话的叙述是这样的：

> “你听的那出，王佐的纱帽上可有电灯？”赵子曰撇着嘴问。
>
> “没有！”
>
> “完了，咱有！”
>
> “我还没说完哪，我正要说那一出要是帽子上有了电灯可就‘小车子不拉，推好了！’就是差个电灯！——”[③]

---

① 老舍：《骆驼祥子》，《老舍全集》（第三卷），人民文学出版社，2008年，第72页。

② 老舍：《谈幽默》，《老舍全集》（第十六卷），人民文学出版社，2008年，第202页。

③ 老舍：《赵子曰》，《老舍全集》（第一卷），人民文学出版社，2008年，第313页。

这段赵子曰和李顺的对话描写，充分体现出老舍语言的幽默色调与京味特征。“推”字与北京方言“忒”字谐音，意义相当于“太”，因而“推好了”意指“忒好了”，这种表达既利用了歇后语俗白的口语化特征，读来亲切自然，又无不渗透着京味语言所特有的幽默诙谐的气质。老舍在其创作中坚持使用俗语、歇后语、惯用语等熟语，一则是出于人物形象塑造的要求，凭借语言让人物的形象更为饱满生动；二则是出于对家乡语言文化的热爱，而这类语言的使用，又使得老舍的作品带有浓厚的地域色彩与民间气息。

老舍的京味小说中语言能产生浓浓的京味其中一个重要因素还在于语音上的儿化。单单以《骆驼祥子》为例，小说里使用汉字不到2500个，但里面儿化词就高达将近800个之多！[①]作为北京话中极富特色的一种特有的合音现象，儿化被老舍运用在其作品之中使得语言文字增添了小巧、活泼和轻快的感觉。《茶馆》里小刘麻子的一句“老头儿，你都甭管，全听我的”，在“老头”这个词后面进行儿化，既没改变原词的含义，又使人听得更加生动、亲切，京味的口语风格也立刻显露了出来。《二马》第二段中对温都太太女儿的肖像描写是这样的：

> 她的脸是圆圆的，胖胖的。两个笑涡儿，不笑的时候也老有两个像水泡儿将散了的小坑儿。黄头发剪得像男人一样。蓝眼珠儿的光彩真足，把她全身的淘气，和天真烂漫，都由这两个蓝点儿射发出来。笑涡四围的红润，只有刚下树儿的嫩红苹果敢跟她比一比。嘴唇儿往上兜着一点，而且是永远微微的动着。[②]

在这段叙述中，老舍依旧保持着俗白、简练的语言风格，言简意

---

① 陈秋露：《从〈骆驼祥子〉看老舍语言的京味特色》，《文学界：理论版》，2012年第1期。

② 老舍：《二马》，《老舍全集》（第一卷），人民文学出版社，2008年，第407页。

赅地便描摹出了温都太太女儿的外貌特征。此外，前后七次儿化词的运用，更使得文章既富于生活气息，又散发着独特的地域魅力。

老舍不仅是位地道的老北京人，是个作家，还是一位京味语言艺术运用的大家，他以独具魅力的京腔京韵，将现代文学的语言艺术表现得淋漓尽致。在他俗白简练又灵动幽默的京味文字里，我们不仅读到了世间百态和人情冷暖，更为其超凡的语言艺术所震撼与折服。

第四节 “含泪的笑”

当提到老舍文学作品的艺术特点，总能让人联想到“幽默”二字。在老舍的京味世界里经常能看见他的插科打诨、诙谐幽默，老舍擅长以幽默或戏谑讽刺，或调节氛围，或自娱自嘲。值得一提的是，与一般幽默所带给人的轻松愉悦不同，老舍的幽默是有着自身独特特质的，它具有悲伤深沉的独特风格，带给读者的往往是“含泪的笑”。当读完老舍幽默的话语后，经常能使人在笑中带泪，而后发人深省。

老舍独特幽默艺术的形成和老舍自身的经历密不可分，有着深厚的历史渊源，主要体现在以下几方面：

第一，老舍所具有的幽默特质与他的满族背景息息相关。清末民初之际，老舍出身于一个满族家庭。清朝是由满族贵族进行统治的封建王朝，因而满族在当时的中国社会地位较为特殊，满族人在经济、文化等各层面拥有其他一些民族无法获得的特权。清朝的八旗制度对于满族人有着严格的束缚，他们的唯一职业便是当兵做官保社稷，并没有多样化的职业选择，其他人所能够从事的手工业、经商、农桑等职业对于他们都无法实现。许多满族人为了摆脱单一的生活模式，都走上了一条文化艺术化的人生之路。[①]再加上满族人天生具有乐观、诙谐、刚强的心理气质，使得他们在日常的文化生活中不仅艺术气息浓厚，还透露出鲜明的幽默特质。满族文化中的这些特性对于老舍的影响是点点滴滴积累而成的。

第二，老舍的家庭环境对他的成长有着不可估量的影响。老舍的父亲很早便去世了，老舍从小便和母亲相依为命，因而母亲对他的教育以及母亲自身的品格无疑对老舍幽默的性格特点的形成起到了重要的作用。老舍在《我怎样写〈老张的哲学〉》中表明了他写作中时常

① 关纪新：《老舍幽默的满族文化调式》，《多元背景下的一种阅读：满族文学与文化论稿》，辽宁民族出版社，2013年，第364页。

老舍在英国（1928 年）

伴随着幽默的一大成因：“我自幼便是个穷人，在性格上又深受我母亲的影响——她是个愣挨饿也不肯求人的，同时对别人又是很义气的女人。穷，使我好骂世；刚强，使我容易以个人的感情与主张去判断别人；义气，使我对别人有点同情心。有了这点分析，就很容易明白为什么我要笑骂，而又不赶尽杀绝。我失了讽刺，而得到幽默。”[①]可以看出，老舍有一位坚强且热心的母亲，也正是这位伟大的母亲教会了老舍乐观向上的生活方式、知足常乐的文化心态和温和中庸的处世之道。因而，老舍自己在生活中所遭遇的辛酸、在社会中经历的腐朽阴暗、在异域中体会的文化差距，都会以“笑”的形式来呈现自己的思想情感。

第三，中国古代文学的趣味对老舍幽默文风的形成有着推动作用。“幽默”这个美学词汇是舶来品，并非古已有之。但是幽默这种文学现象却时常出现在中国悠久的文学长河之中，早在西周时期，中国的文学作品中就蕴含了幽默的元素。而老舍自幼便对中国古代文学

① 老舍：《我怎样写〈老张的哲学〉》，《老舍全集》（第十六卷），人民文学出版社，2008年，第163页。

有着浓厚的兴趣，还特别喜欢听老北京的说书，在闲暇之余经常游走于酒楼茶馆听人说书，并大有依依不舍之意。在浏览这些幽默作品的同时，作品中精心构筑的幽默素材、生动形象的幽默表达、幽默中折射的丰富内涵使得老舍大开眼界。老舍自身创作中幽默风格的形成不得不说和古代文学有着一定的关联。

第四，英国文学的幽默风格对老舍幽默特质形成的影响。老舍在旅居英国期间曾阅读过许多狄更斯、康拉德、威尔斯等英国作家的作品，尤其是英国的幽默大师狄更斯给老舍的幽默创作带来了较深的影响。狄更斯的作品中注重把握人物间的关系，在对这些错综复杂关系的梳理中人道主义的内涵也得以展露。对于人性的探索也是狄更斯作品中的重要一环，狄更斯能以其敏锐的洞察力在日常普通的生活中捕捉到丰富的人性。对于这些内容，狄更斯总是以幽默的口吻将之表达出来，老舍则对狄更斯的这种幽默风格进行了一定程度的借鉴，并形成了自己独特的幽默格调。

老舍自身的背景条件与多彩的人生阅历促成了他“含泪的笑”式幽默的形成，同样也丰富着这种幽默所涵盖的内质。具体来说，“含泪的笑”有着三层内涵。

一、忧郁严肃的愤慨之情

“含泪的笑”所反映的是老舍愤慨的批判态度。老舍的性格是温和的，在幽默的运用上有着婉而多讽的一面，但这并不意味着老舍的幽默呈现出的都是温婉平和。老舍是个有着强烈正义感与民族忧虑感的有识之士，在幽默的运用上不可能仅是让人一笑了之，而是包含着对于丑恶现状的愤慨批判。有人曾给予幽默家的定义是：“真正杰出的幽默家的戏谑中永远可以听到的是忧郁与严肃的声调！”[①]老舍正是这类幽默家中的典型代表，在他那令人会心一笑的幽默外衣之下隐藏着一颗严肃地痛斥腐朽、批判丑恶的内核。对于那些卖国求荣、卖

① 陶长坤：《老舍幽默探源》，《社会科学辑刊》，1985年第2期。

友求荣的汉奸走狗，老舍在幽默风趣的字里行间之中凸显的是他们的卑鄙、无耻、虚伪、贪婪、狡诈、自私等卑劣的人格特征，流露出来的是老舍强烈的谴责之意与满腔的愤慨之情。《四世同堂》中的冠晓荷是个典型的汉奸叛徒，为了自己能够做官得利，真可谓是无所不用其极。老舍以幽默的口吻对他人物特点的叙述十分的生动形象：

> 虽然在官场与社会中混了二三十年，他可是始终没留过心去观察和分析他的环境。他是个很体面的苍蝇，哪里有粪，他便与其他的蝇子挤在一处去凑热闹；在找不到粪的时候，他会用腿儿玩弄自己的翅膀，或用头轻轻的撞窗户纸玩，好像表示自己是普天下第一号的苍蝇。他永远不用他的心，而只凭喝酒打牌等等的技巧去凑热闹。从凑热闹中，他以为他就会把油水捞到自己的碗中来。①

老舍以其敏锐的洞察力观察身边的一切，并善于从平常的事物之中捕捉幽默的灵感。冠晓荷正如同苍蝇这样渺小但却惹人厌烦的害虫一样，做着令人作呕的龌龊行径。

在《四世同堂》的后半部分一段关于汉奸蓝东阳的叙述十分诙谐，但却引人深思，让人“笑得沉重”“笑得悲痛”。日本即将完蛋，连国土都遭受轰炸，许多之前争着抢着想去日本的北京人现在如果有了去日本的机会都唯恐避之不及，但是蓝东阳却仍然有着一颗热爱日本的“忠心”，在发烧说胡话时嘴里念叨的都是“天皇万岁”，连在场的日本大夫和护士都因蓝东阳的“忠君”行为而深受感动，尽全力医好他，并且还给他身体的每个部位都照了X光，以便将片子带回日本去做科学研究，彻底分析他的脑子、心、肝、肺到底是怎样的构造，为何能对日本如此地肝脑涂地。这段幽默的叙述写到最后已经是有了很大程度上的夸张，但这也正是老舍的用意所在，通过夸张幽默

---

① 老舍：《四世同堂》，《老舍全集》（第四卷），2008年，第233页。

的笔法而展开辛辣的讽刺，毫不留情地批判蓝东阳这样骨子里透露出奴性、不思进取、苟且偷安、毫无节操的丑恶嘴脸。而且，在当时的环境中像蓝东阳这样的汉奸走狗数量绝对不少，为什么会出现这样卑劣的人性，确实发人深省。

关于蓝东阳可耻可笑的丑态，老舍还有另一段幽默的叙述：

> 蓝东阳与他的“同志”们，这时候已分头在各冲要的地方站好，以便“领导”学生。他们拼命的鼓掌，可是在天安门前，他们的掌声直好像大沙漠上一只小麻雀在拍动翅膀。他们也示意教学生们鼓掌，学生们都低着头，没有任何动作，台上又发出了那种像小猫打呼噜的声音，那个日本武官是用中国话说明日本兵的英勇无敌，可是他完全白费了力，台下的人听不见，也不想听。他的力气白费了，而且他自己似乎也感到没法使天安门投降；天安门是那么大，他自己是那么小，好像一个猴向峨嵋山示威呢。
>
> 一个接着一个，台上的东洋小木人们都向天安门发出嗡嗡的蚊鸣，都感到不如一阵机关枪把台下的人扫射干净倒还痛快。他们也都感到仿佛受了谁的愚弄。那些学生的一声不出，天安门的庄严肃静，好像都强迫着他们承认自己是几个猴子，耍着猴子戏。①

以蓝东阳为首的这一群斯文败类就如同跳梁小丑一般，老舍独具匠心地将他们在大众前的任何举动都幽默地比喻成小昆虫、小动物一般的动静，一方面，表达了他对于这些人渣的不屑以及这些人渺小得令人微不足道；另一方面，通过他们的小打小闹也从侧面折射出汉奸走狗的不得人心、人神共愤和中国大众对日本帝国主义在中国肆虐的强烈的抗议。此外，在蓝东阳等人与广大群众声势之间的鲜明对比之

① 老舍：《四世同堂》，《老舍全集》（第四卷），2008年，第276页。

中体现了这些人竟是如此地倒行逆施！老舍在幽默中所蕴含的愤慨之情也随之涌出笔端。

《老张的哲学》里的老张同样是个毫无人性可言的人渣，小说开篇便提到他的“哲学”——“钱本位而三位一体”。在小说第十九回中，老张在讨债的途中被人劝着给粥厂捐款，老张自然百般推托，但是最后还是迫于脸面咬着牙给了五毛钱，而且这五毛钱是捐册中最低的金额。捐款本是一件善举，可是老张却不这么看，在捐完钱之后把它当成“奇耻大辱”，“债没讨成，亲事没说定，倒叫洋人诈去五毛钱，老张平生那受过这样的苦子！计无可出，掏出小账本写上了一句：‘十一月九日，老张一个人的国耻纪念日。’”[①]在幽默戏谑的语句之中老张人性的沦丧与道德的败坏已经到达了不可救药的地步了。

老舍笔下诸如冠晓荷、蓝东阳、老张等卑劣之人的丑态在他幽默的呈现中令人发笑，而正是这样的“笑”更加鲜明地揭露了他们的罪状，正是这样的“笑”更加有力地鞭挞了低劣的人格，正是这样的笑表明了老舍的愤慨与忧虑。

二、温情哀婉的怜悯之意

老舍的情感因幽默叙述对象上的不同而有着鲜明的差别，面对十恶不赦的道德败类时，老舍的幽默刻画中让人体会到的是他强烈的愤慨与严厉的控诉，但面对大多数小市民群体的幽默书写中，他多采取的是婉而多讽的形式。老舍非常赞同这样一句话：“幽默的写家是要唤醒与指导你的爱心、怜悯，善意——你的恨恶不实在，假装，作伪——你的同情与弱者，穷者，被压迫者，不快乐者。”[②]显而易见，老舍的幽默中是有同情的，这与老舍出身底层的经历不无关系，对于底层的百姓老舍有着天然的亲近，在以幽默的方式讽刺他们的贪、

① 老舍：《老张的哲学》，《老舍全集》（第一卷），人民文学出版社，2008年，第87页。

② 老舍：《谈幽默》，《老舍全集》（第十六卷），人民文学出版社，2008年，第201页。

愚、弱、私同时，兼具着怜悯之意。

《骆驼祥子》开头介绍祥子的样貌时，是这样描述的："头不很大，圆眼，肉鼻子，两条眉很短很粗，头上永远剃得发亮。腮上没有多余的肉，脖子可是几乎与头一边儿粗；脸上永远红扑扑的，特别亮的是颧骨与右耳之间一块不小的疤——小时候在树下睡觉，被驴啃了一口。"[①]在这里老舍以一种俏皮、诙谐的口吻进行叙述，尤其是最后的一句中的"被驴啃了一口"令人忍俊不禁。这段描述反映出祥子幼年时期承受过的苦难，但同时折射出他朝气蓬勃的精神姿态。老舍独具匠心地将祥子外表的丑与内心的美相结合，赋予了这个疤痕以美的特质，让人在笑话祥子奇怪长相的同时也有着一丝丝淡淡的同情。

再如祥子和虎妞新婚之后祥子的状态：

> 一切任人摆布，他自己既像个旧的，又像是个新的，一个什么摆设，什么奇怪的东西；他不认识了自己。他想不起哭，他想不起笑，他的大手大脚在这小而暖的屋中活动着，像小木笼里一只大兔子，眼睛红红的看着外边，看着里边，空有能飞跑的腿，跑不出去！虎妞穿着红袄，脸上抹着白粉与胭脂，眼睛溜着他。他不敢正眼看她。她也是既旧又新的一个什么奇怪的东西，是姑娘，也是娘们；像女的，又像男的；像人，又像什么凶恶的走兽！这个走兽，穿着红袄，已经捉到他，还预备着细细的收拾他。谁都能收拾他，这个走兽特别的厉害，要一刻不离的守着他，向他瞪眼，向他发笑，而且能紧紧的抱住他，把他所有的力量吸尽。他没法脱逃。他摘了那顶缎小帽，呆呆的看着帽上的红结子，直到看得眼花——一转脸，墙上全是一颗颗的红点，飞旋着，跳动着，中间有一块更大的，红的，脸上发着丑笑的虎妞！[②]

① 老舍：《骆驼祥子》，《老舍全集》（第三卷），人民文学出版社，2008年，第7页。

② 老舍：《骆驼祥子》，《老舍全集》（第三卷），人民文学出版社，2008年，第127页。

兔子本身便是活泼可爱、令人心生怜悯的小动物，而将祥子比喻成眼睛红红却无法逃避命运掌控的兔子，更加凸显出祥子极度不甘但又无可奈何的窘境。而在提起虎妞时，老舍对她的比喻则更是可笑，几乎成为一个“四不像”的妖怪。这样一个令人心悸的怪物盯上了她的猎物祥子，也进一步体现了祥子的不幸。当读者读到这里时，一方面为祥子这样的滑稽感到好笑，但另一方面又对祥子如此悲惨的遭遇产生了强烈的同情，这种笑与怜的结合往往令人啼笑皆非。

在谈及幽默这个话题时，老舍认为幽默的人能认识到人类的缺陷，“于是人人有可笑之处，他自己也非例外”[①]。对于北京市民阶层一些“不大不小”的民族文化上的劣根性在强烈批判的同时兼具着一种善意的揶揄，在浓浓的讽刺氛围中流露出来的是对“有着一定缺陷”的小市民的深切忧虑与有限的同情。

《四世同堂》中的祁老太爷便是老舍刻画的一个典型。祁老太爷与孙媳妇韵梅在一起闲聊起日本人入侵中国的话题时，肤浅地认为日本人想把事情闹大，可能就是因为想要贪点儿小便宜，想要霸占卢沟桥。当韵梅随即表示不解时，祁老太爷自以为很了解中日间的矛盾，天真地给出了自己的“办法”：“桥上有狮子呀！这件事要搁着我办，我就把那些狮子送给他们，反正摆在那里也没什么用！”[②]

金三爷同样是愚昧无知的。金三爷的生意是靠房屋中介而赚钱的，在日本人攻陷了北京之后，他居然天真地认为对自己的生意波动有限，因而并不需要特地在意些什么。在金三爷的眼中北京犹如一个巨型的瓦片厂，他站在高处望着北京却无视北京的西山北山、无视北京的雄伟宫殿，而单单只留心于每家每户屋顶上灰色的瓦片，只要日本的飞机没有摧毁北京的“瓦片”，那他的房屋中介活动可以照样进行，他的“庄稼”便依然存在。

更让人气得牙痒痒的是《四世同堂》中方六这样的人。他原本只

---

① 老舍：《谈幽默》，《老舍全集》（第十六卷），人民文学出版社，2008年，第201页。

② 老舍：《四世同堂》，《老舍全集》（第四卷），人民文学出版社，2008年，第20页。

是个不入流的靠说相声糊口的小市民，当他从友人那里获得了做广播的机会并得知日本人信“四书”，喜欢“老东西”，靠在相声中加入“四书”的句子便能够获得日本人的永久雇用，他便毫不犹豫地开始“钻研”起了“四书”与相声的结合，即使大众对“四书”并不感兴趣。虽然每当他的相声中引用了一些“四书”的句子都会造成大众的冷场，但是他却丝毫不以为意。在他心中这些相声听众早已不是自己的主子，不是自己的饭碗，这是日本人的天下，日本人才是自己真正的主子，才能真正给自己饭碗。在念广播时他的讲题里永远夹着生硬的“子曰学而”之类的“四书”语句，但确实获得日本人的青睐，自己的业务也越来越多，最后还参加了许多文化集会，成为一位“文化红人”。对于方六这类人的批判主要体现在他的愚昧无知，是非不明，居然天真地认为日本人真的喜欢中国的这些如“四书”一般的“老东西”，希望这些“老东西”能够重新流传。殊不知，日本人真实的目的是借这种“老东西”使得中国人都沉迷于过去的老观念，墨守成规，远离新事物的接触，由此陷入全民愚昧、麻木不仁、任人摆布的态势，这样才更有利于日本帝国主义对国人的奴役以及更彻底地霸占中国。

诸如祁老太爷、金三爷、方六这样一群小市民无疑是愚不可及、自以为是、坐井观天，但他们这种“天真无知”的背后又与封建文化中的保守部分、当时积贫积弱的大环境有着一定关联，也令人产生一丝怜悯。

三、深沉忧虑的悲哀之感

在老舍嬉笑怒骂的幽默中既包含了他的愤慨、他的怜悯，同样也有因悲观的认知而产生的悲哀之感，并且这种悲的情绪是无法用幽默来进行掩盖与调和的，这是由老舍个人艰辛的人生体验与内忧外患的时代环境所共同造就的。在他一些辛辣的幽默调侃中我们时常能嗅出其中的悲哀之感。例如《骆驼祥子》第二节中描写战争到来时富人们的反应是有趣的。长期过惯了养尊处优日子的富人们早已在腐朽中堕落，生活不能自理，确实“腿脚被钱赘得太沉重”，所以当战争一来“他们得雇许多人作他们的腿，箱子得有人抬，老幼男女得有车拉；在这个时候，专卖手脚的哥儿们的手与脚就一律贵起来”。[①]一幅形象生动的“手脚买卖”图就这样在老舍诙谐幽默的语言中给展现了出来，而同时我们也能感受到老舍对于当时所谓上流社会所透露出的悲哀。

对于唯利是图一切“向钱看”的小市民，老舍同样在幽默的挖苦中发出一声哀叹。《四世同堂》中的金三爷是老舍描绘较为突出的一位财迷，“他的眼睛看着出来进去的人，耳中听着四下里的话语，心中盘算着自己的钱。看到一个合适的人，或听到一句有灵感的话，他便一个木楔子似的挤到生意中去。他说媒，拉纤，放账！他的脑子里没有一个方块字，而有排列得非常整齐的一片数目字。他非常的爱钱，钱就是他的‘四书’或‘四叔’——他分不清‘书’与‘叔’有多少不同之处”[②]。金三爷的交友方式也十分“特别”，他和钱默吟能够成为好友主要是因为钱默吟不仅不找他借钱，更是经常拿点酒给他喝，这种不需要自己花钱而且还能得一些蝇头小利的朋友对金三爷来说绝对是划算极了！即使是在她女儿的嫁人的事情上，金三爷同样也掺杂着利益的考量，在女儿嫁入了经济条件非常一般的钱家时曾一度心有不甘，后来在很大程度上也是看在钱的分上（钱家从来不向他借钱；钱默吟还是时常赠酒给他白喝），他才“迫不得已”地收回了自己的后悔。

从上文可以看出，老舍这种“含泪的笑”并非为了笑而笑，也并非让人一笑了之，而是有着多重的内涵，包含了老舍对于当时整个民族与国家的深度思考与忧虑，最终引人深思、发人深省。

---

① 老舍：《骆驼祥子》，《老舍全集》（第三卷），人民文学出版社，2008年，第14页。

② 老舍：《四世同堂》，《老舍全集》（第四卷），人民文学出版社，2008年，第174页。

第五节　巅峰在上，何以为继？

谈起京味文学则必定绕不开老舍，老舍是京味文学的集大成者，是京味文学永恒的符号。老舍对于京味文学的贡献是开拓性的，几乎无人能出其之右，因而其在京味文学中的地位是当之无愧的第一，且基本没有争议。作为历代京味书写的集大成者，老舍的京味作品中既涵盖了前人刻画北京、想象北京的所有优秀特质，如北京悠久厚重的文化积淀、地域味浓郁的京城京貌、风格鲜明的京腔京韵、各具特色的故都题材、丰富多彩的市民世界等，同样有着老舍自身浸淫于北京文化数十年而对于北京产生的切身的体悟。

纵观老舍的小说创作，他的《离婚》《四世同堂》《骆驼祥子》《正红旗下》等一系列作品都可被誉为京味文学的典范之作。这些作品中朴实雅致、浓郁纯正的京味语言都是老舍以其独到的见解、敏锐的洞察力和精益求精的匠心依据北京口语进行反复推敲、细心打磨最终精炼而成，这不仅反映了老舍以其深厚的北京情结而对北京味的不懈探索与追求，更展现了老舍对于京味语言的建构与运用和京味审美艺术风格的发展都已经达到了炉火纯青的水准。不仅是京味小说，老舍的京味话剧同样登峰造极，它对于后世的影视戏剧创作与演绎有着极其深远的影响。例如老舍话剧的杰出之作《茶馆》，不仅紧扣时代脉搏，有着极其丰富深刻的思想内涵，更是在结构上有所突破，以对人物角色的逼真刻画和生活的精彩呈现，取代一般话剧以中心情节为支撑的特性；在语言上用词千锤百炼、精雕细琢，从精炼传神的字里行间中透露出强烈的个性。

老舍所取得的成就是举世瞩目的，许多作家都对他有着极高的赞誉，一些京味作家更是对他推崇备至，无疑体现了老舍及其京味文学举足轻重的影响力。汪曾祺毫不吝啬对老舍的欣赏：“老舍在北京话的基础上创造了老舍独有的艺术语言。我希望将来老舍研究不单要成为一门学科，还要编一部老舍文学字典。”[①]陈建功也曾有过类似的评价：“老舍先生的高明在于他的民族化是中西方文化撞击下的民族化。我分析了老舍先生笔下几个有代表性的人物，发现写的都是老北京人哲学的破产，比如王利发、祥子等。老舍先生的北京味儿不光体现在语言上，他对北京人的思维方式、思考样式全都体味透了。”[②]苏叔阳的评价则更加充满感慨：“老舍之后，不会再有第二个老舍。”[③]王朔评价老舍时曾这样说道：“真正使我对老舍这个人作为作家感到佩服的是话剧《茶馆》。这部戏我连舞台带电影看了大概有五六遍，真是好。那个北京话的魅力在这部戏充分得到了展示，直到现在，我们遇到和《茶馆》里某句台词相似的情景还会干脆就用这句台词说话，好像没有比这么说更贴的。”[④]

正如之前所言，老舍对北京城与人的描写、文化的展示、语言的表达都已到达了巅峰的状态，给后人以巨大的影响。这种影响突出地表现在继老舍之后的一些京味小说、京味话剧中，尤其是后来的京味话剧，很多都明显地带着以《茶馆》为代表的老舍话剧的影子。《茶馆》已然成为京味话剧的一面旗帜、一个标杆，对后世的话剧起到了鲜明的示范作用。改革开放后，中国话剧界涌现出一批优秀的剧作家和编导，他们肯定并极其看重《茶馆》所蕴含的京味价值，自发地紧跟老舍、认真地学习老舍，因此他们的艺术风格与美学追求有着和《茶馆》的一些相似之处，并从而促成了特征明显的“茶馆派”、“茶馆现象”或“茶馆模式”。《茶馆》对这些京味话剧作家的影响主要体现在以下几个层面：

首先，在话剧描写对象的选取上京味剧作家们以北京中下层市民为主体。老舍的《茶馆》等剧作里一个鲜明特征是，其与平民世界保持着紧密的联系而自然地使剧作中充盈着大众日常生活的气息。老

① 《北京文学》编辑部：《老舍创作讨论会》，《北京文学》，1986年第10期。

② 《北京文学》编辑部：《老舍创作讨论会》，《北京文学》，1986年第10期。

③ 苏叔阳：《秋风也让人快乐》，百花文艺出版社，2003年，第23页。

④ 王朔：《我看老舍》，《无知者无畏》，春风文艺出版社，2000年，第65—66页。

舍十分关注北京底层市民社会的运转，善于用其敏锐、老辣的眼光从底层平民日常生活的点滴中筛选出看似稀松平常但却极富典型性的一面，并以此反映底层市民的命运乃至折射出整个社会发展中的问题与特点。当代剧作家何冀平的《天下第一楼》、李龙云的《小井胡同》、苏叔阳的《左邻右舍》等话剧同样是以北京平民世界为书写对象，并力图以平民世界中“小人物”日常的变化来呈现时代社会的演变、展现历史认知与民族情感。以《小井胡同》为例，它通过北京一条小胡同中一个小院里5家人家从北平解放前夕到1980年夏30来年中命运的变迁，反映我们民族近30年来的历史。①

其次，在人物刻画上京味剧作家们对于《茶馆》风格的承继。老舍的京味话剧中人是核心，老舍也擅长写人，其话剧中最成功的部分便是对北京社会底层的市民群像进行淋漓尽致的展示。值得留心的是，老舍的匠心之处在于注重市民整体群像的同时兼具着个体间的鲜活，每位小市民并不是扁平化、标签化的，老舍以其对这一群体独特的见解赋予了他们鲜明的个性。《茶馆》中出场的人物众多，有很多属于帮闲式的人物，较为次要，出场的次数屈指可数，而他们的台词更是只有三言两语，但即使如此，这些人的声音容貌仍令观众印象较深、清晰可辨。对于剧中的主要人物诸如王利发、秦仲义、常四爷，老舍则更是将他们刻画得生动鲜活，使读者难以忘怀。老舍之后的剧作家不约而同地秉承并发扬了老舍在人物刻画上的这一特质。这些剧作家越来越意识到对于平民世界关注程度的强弱直接影响着他们自身对于社会时代脉搏的把控以及社会大众对话剧艺术的认知与认可，因而北京的平民世界仍然是他们着力书写的对象。《茶馆》里的王利发是旧社会中的小商人，而《古玩》里的隆桂臣、《天下第一楼》里的卢孟实也被剧作家们设定为与王利发相同的职业；《北街南院》《万家灯火》《左邻右舍》《旮旯胡同》《小井胡同》等话剧中有着如同《茶馆》注重于小人物群像的塑造这种表现形式，运用生动、流畅的

① 陈白尘：《重读〈小井胡同〉》，《钟山》，1984年第2期。

语言来表现北京社会中那些小人物生活中的喜怒哀乐。

最后，京味剧作家们对《茶馆》语言风格的延续。老舍在话剧创作中十分注重白话与口语化的运用，他曾这样表态："我无论是写什么，我总希望能够充分的信赖大白话""用顶通俗的话语去说很深的道理。"①相较于一些戏剧作家喜欢凸显台词的"舞台性"，老舍则更倾向于通俗化、个性化的人物语言，因为这种语言风格才是话剧人物个性与情感切合的流露。《茶馆》里的语言风格正是老舍这一观点的明确实践，例如剧中第一幕的场景：

> 二德子：（凑过去）你这是对谁甩闲话呢？
>
> 常四爷：（不肯示弱）你问我哪？花钱喝茶，难道还教谁管着吗？
>
> 松二爷：（打量了二德子一番）我说这位爷，您是营里当差的吧？来，坐下喝一碗，我们也都是外场人。
>
> 二德子：你管我当差不当差呢！
>
> 常四爷：要抖威风，跟洋人干去，洋人厉害！英法联军烧圆明园，尊家吃着官饷，可没见您去冲锋打仗！
>
> 二德子：甭说打洋人不打，我先管教管教你！（要动手）
>
> （别的茶客依旧进行他们自己的事，王利发急忙跑过来。）
>
> 王利发：哥儿们，都是街面上的朋友，有话好说。德爷，您后边坐！
>
> （二德子不听王利发的话，一下子把一盖碗搂下桌去，摔碎。翻手要抓常四爷的脖领。）
>
> 常四爷：（闪过）你要怎么着？

---

① 老舍：《我怎样学习语言》，《老舍全集》（第十七卷），人民文学出版社，2008年，第574页。

二德子：怎么着？我碰不了洋人，还碰不了你吗？[①]

作为语言艺术大师的老舍擅长以俗白的话语勾勒出作品中每个人物鲜活的性格特征，甚至人物的台词即使只有寥寥数句也能迅速让读者感受到人物丰满的个性。在这个场景中仅通过几句话的交代，老舍便传递出了二德子这个人诸多的信息：倚靠着腐朽清廷的小爪牙，作威作福、蛮横无理、欺善怕恶的卑劣品性。常四爷在面对恶势力时不屈不挠、耿直硬气的作风以及对于国家内忧外患局面的不满态度也在和二德子的几回合交锋之中有着生动的展露。值得注意的是，松二爷和王利发在场景中各仅有一句台词，但再配合上两位人物的行为举止，王利发的顾忌、怕惹事，松二爷的谨慎小心、和事佬的特征跃然纸上！可以看出，老舍话剧中一类人有一类人的语言，语言与人物性格、行为的搭配是如此的契合，如同行云流水一般，丝毫没有“生硬感”与“舞台腔”，这就是老舍话剧语言风格特有的魅力之所在。

《茶馆》语言风格的这一突出特质在当代剧作家、影视家的学习下同样得到了充分的践行与有效的延续。例如剧作家李龙云便受到《茶馆》较深的影响，他戏剧中的语言也如同老舍一样从人们日常的口语交际中精炼而出，带有令人亲切的生活之感，语言风格的俗白是他戏剧的突出特质。李龙云独幕剧《洗三》里的刘嫂是北京下层社会中的一员，作为中国传统观念中的劳动妇女形象，她有着善良质朴的一面，也有着缺乏见识的局限，她遇见丈夫和旁人谈到八路军进城的事时，因不爱听丈夫的神哨，于是说“……八路军能耐再大，可还没腾出功夫来拾掇拍花子的”[②]。这种生活中俗白的词汇正好契合了刘嫂的身份，令人印象深刻。

老舍的京味文学对之后的京味话剧影响是长远而明显的，正因如此，巅峰背面隐含的忧虑也是突出的。隐忧之一：巅峰在前，难以逾

① 老舍：《茶馆》，《老舍全集》（第十一卷），人民文学出版社，2008年，第266—267页。

② 李龙云：《洗三》，《小井风波录》，黑龙江人民出版社，1987年，第287页。

越。要想跳出老舍的影子具有相当的难度，继老舍之后的京味小说、京味话剧囿于老舍的风格中而无法自拔。其中一个重要的原因是老舍的经历是其他作家无法复制的。舒乙曾用五句话精炼、透彻地概括了老舍的特质：他是北京人。他是满族人。他是穷人。他有近十年生活在国外的经历。老舍诞生于19世纪末，死于20世纪中期。这五句话同样适用于老舍的京味文学的形成，换句话说，老舍的京味文学创作能达到如此高的水平正是多重复杂因素合力的结果。因而，要超越老舍的京味风格其难度可想而知。隐忧之二：模式固化、模仿明显。老舍的京味文学为后来的京味作家提供了一个成熟、成功的范式，在一些作家学习、借鉴的同时所带来的是创作模式逐渐地趋同与自身创作创新的受限。

王朔的京味小说便是在京味语言的探索上另辟蹊径取得了较大的突破。林斤澜曾对王朔和老舍的京味小说有过这样一番评价：

> 老舍写北京，王朔也写北京。老舍写北京市井市民，王朔也写北京市井市民。老舍笔下全没有王朔小说中的人物，王朔笔下也和老舍的人物不沾。两个人“写”的“字”，都是出色的北京语言。老舍把北京语言写到家了，王朔的北京语言也独创一格。两人的锤字炼句，又仿佛南辕北辙。其实都是“北京人、北京事、北京话”——北京味儿的一种解释，偏偏二位没有“共同语言”。①

相较于一些作家对于老舍风格的借鉴甚至刻意的模仿，王朔并没有盲从地跟随，而是如同老舍一样把握时代与社会发展中最鲜活的事物，以通俗、平民的话语尽可能惟妙惟肖地还原普通大众生活的现状。在老舍俗白的字里行间读者能感受到京腔京韵中的雅致与精妙，

---

① 林斤澜：《北京语言不共同》，《山外青山》，中国华侨出版社，1993年，第117—118页。

而在王朔这里，他引入了许多北京地道的街头口语，以朴拙、恶俗的形式充斥在文本之中从而反映出北京市民社会原生态的一面。可以说，王朔式的京味语言带给受众的是清快感与新鲜感，而这样一种京味语言何尝不是北京市民社会一种鲜明的文化符号。

作为京味文学的经典代表，老舍以生动雅致的文字记录着北京的丝丝缕缕、点点滴滴，最终构建起一个丰富多彩的京味世界。徜徉在这个世界之中，我们仿佛在品味一壶馥郁芬芳的醇厚香茗，其味无穷；我们又仿佛在聆听一段铿锵有力的京胡弦语，耐人寻味，这正是老舍京味之极致的境界所赋予我们的享受。同时我们还应看到，随着时代的变迁与社会的发展，京味文学的特色和意蕴的发展也是源源不断的。老舍之后的京味作家还在继续用自己的方式来感受北京、想象北京、书写北京，京味文学依然有着广阔的发展前景和充满活力的未来。

第四章

新时期京味文学的复兴与新变

20世纪80年代以前，京味文学的文学内涵、文化底蕴与审美体系具有一定的稳定性，具体而言，京味文学以它浓郁的北京地域文化特色和老北京的艺术范型在北京乃至全国红火了一阵子。进入20世纪八九十年代的转型期，它的稳定性受到了挑战。就这一时期的京味文学而言，虽然说“有头有尾地讲述一个北京人的故事”模式的传统京味小说还时有露面，然而京味文学本身出现了一定的变化，甚至是这段转型期内的文学作品都有明显的不同，它们无论是在文化内涵上还是在文体上都表现出了一些明显的不同。例如就拿问世于20世纪80年代初期，堪称京味小说经典的邓友梅的《那五》《烟壶》等作品与20世纪90年代的京味小说，特别是与陈建功的一些京味小说相比，或是就拿陈建功自己20世纪80年代与20世纪90年代的作品相比，都让人感受到了巨大的差异。

为什么会出现这样的差异呢？新时期的京味文学是在20世纪80年代初期风靡于文学创作界的文化寻根思潮及改革开放的影响下发轫的。随着地域文化的本土坚守与改革开放的开放追求，京味作家们主要是从北京文化的角度，从3000多年北京城市的文化历史积淀中去观照今日的北京，寻觅发掘着它与古老北京文化的历史渊源关系，洞幽烛微地捕捉着传统北京文化的积极、消极因素，及这些因素在当代北京人文化性格与文化心理中遗传与变异的轨迹。这些作家或钟情于古老北京文化的当代价值，并在作品中流露出浓郁的恋旧情怀；或着力于发掘传统北京文化的消极因素，表现出深沉的文化批判色彩。如今，正值改革开放40周年之际，中国文化再次面临着新一轮的变革与转型，新时期京味小说所特有的历史积淀和审美形态也为当下的文学创作发展提供了重要借鉴。

第一节　京味文学的“清明上河图”

邓友梅曾经说过：“我向往一种《清明上河图》式的作品。”他说他的近作“都是我探讨民俗学风味的小说的一点试验。”于是，他致力于这样的美学追求：“文学艺术本身，它也有它自己的任务，反映生活，塑造人物。从你的文学塑造中，使得读者在欣赏的同时，对生活对社会对世界有新的认识、新的感受；得出正确的结论。”[①]正是基于这样的认识，在新时期文学复兴的浪潮中，包括邓友梅在内的众多京味文学作家从丰富的生活经验积累中，找到了“自己的人格”“自己的角度”“自己的语言”，从而形成了作家书写京味文学时独特的艺术风格。这个风格就是，用中华民族传统的艺术表现形式（例如《清明上河图》），绘制一种风俗画式的小说作品，来表现老北京的人物、民俗和社会环境。

一、“风俗画”的记录

“民俗学风味的小说”所谓的民俗美究竟有哪些内涵？首先，它与通常的现实主义作品有着共同性，注意各种各样真实的细节，注重再现典型环境中的典型性格，但它又有自身的特点：风俗画小说，顾名思义，它要写出民族风俗的内涵、习俗的特色。

因而，构成京味作家小说民俗美的一个重要因素是：他们以多彩的画笔来描写北京这座文明都城特有的习俗风貌，从而构筑了一个充溢民俗味的老北京城。在风俗画小说发展过程中，不仅有单纯的习俗的记录，还有民间习俗与地方色彩、各种其他知识的融合，这就凸显出了民族风俗的地方性与丰富性。

邓友梅《烟壶》的民俗描写方式便是一个很好的例子。《烟壶》开篇所写的中国和世界的烟壶史，那精确的史料、科学的论证和民俗

① 邓友梅：《关于现阶段的文学》，《当代文艺思潮》，1983年第1期。

味相融合，一下子就吸引了读者的目光。这与邓友梅以往的作品有一定的差异。在以往的作品中，邓友梅经常书写北京人常常出入的茶楼、书馆、戏院和文物店，这些都是他擅长描写的环境。而《烟壶》又增添了新因素，它将风物志与地方志、历史学与经济学等各种知识和风土人情融为一体，这就比一般的单纯风俗画显得更加绚丽多彩，也更见深度和力度了。皇室的内城和市人杂居的外城，八旗的分布区和匠人集居的花市，朝阳门外的粮车大道和东直门外的偏僻小店，把这些街景市貌的玲珑剔透的描写结缀在一个画框里，在读者眼前就会清晰地浮现一个方位精确而又饶有空间感、立体感和历史感的老北京的风貌。通过细致的观察，作者还描写了德胜门外的“人市”和“鬼市”，这是以往的作家较少涉猎的角落，但透过那民间交易的色彩和喧闹的市声，我们从中领略到在学者专著中几乎无法得到的经济细节和活灵灵的知识。还有崇文门外磁器口蒜市口一带的“盂兰盆会”，真可谓场面宏大，蔚然壮观。

邓友梅这些细致的观察，与地方志、历史学等其他知识的融合，都使得邓友梅的风俗描写显得特别老到。这些丰富的诠释与相对全面的描写，使得读者对北京风俗的理解更为深入，同时也使得风俗的描写体现出了丰富性和深刻性。

刘心武的风俗画描写则以北京的小胡同和四合院为依托，描写了居住在古城灰瓦白墙的小胡同、四合院中的普通市民生活。小胡同、四合院是老北京人生活的主要场所，也是北京习俗体现得最为直接的地方。因而，刘心武的创作方式实际上就自然而然地把读者引入了北京社会的“心腹地带”，带领读者洞察那里的人情世故。

可以说，正是北京独有的民俗文化给刘心武的创作充实了“血肉”；与此同时，刘心武的创作又将北京胡同的民俗风情提高到一个新的文化境界，使其更具“灵魂”。

胡同和四合院是北京的一大地域特色，曾经有人称北京文化为“胡同文化”和“四合院文化”，这一点也不为过。北京的胡同实在多得数不胜数，大的小的，有名的无名的，于是就有了俗语：“有名的胡同三千六，没名的胡同赛牛毛。”基于北京胡同和四合院的浓厚文化底蕴，20世纪80年代初，刘心武突破了社会问题小说的创作模式，由反映重大社会问题转向深入北京胡同、四合院中去描写普普通通的北京市民，使其创作进入了“小巷文学”的领地。刘心武说：“一个作者进入创作状态的时候，不可能社会生活的每个部分对他均等地起一种创作刺激作用，他的创作愿望的产生往往取决于他对社会生活的某些部分特别敏感。而这个东西是超行业的，超职业的。”[①]他的“生活敏感区”指的便是北京的胡同和四合院。

《钟鼓楼》中绝大部分情节是“巷中人—巷中事”。作品在开头的“引子”部分交代：“在钟鼓楼的一条胡同里有个四合院，四合院中有一个薛大娘——请看，请看……”[②]小说以薛家婚宴为主轴，对小院九户人家做了轮转式描写。薛家婚宴犹如一棵树的主干，朝四周伸出枝丫相互重叠交错，演绎着四合院的各种复杂的人际社会关系，展示了形形色色的小市民世态和文化心理以及民俗风情。薛家婚宴是作品的一个支点，也是具有深刻文化意蕴的风俗。结婚自古以来就是一项很隆重的事情，有许多的讲究。如老北京对迎娶新人的女人要求，一是“全可人”，“全可人”又称“全福人”。“全福人”即上有丈夫，下有孙男娣女；二要懂得迎娶礼节，会应酬；三是属相不准与新郎和新娘相克。[③]这是古老民族对后代繁衍的追求与对幸福生活的理解，也无疑是民族传统的沿袭和古老民族民俗禁忌的表现。在《钟鼓楼》中，符合以上三个条件的是澹台智珠与薛大娘的大儿媳孟昭英，但由于意外，澹台智珠缺席，因此所谓非“全可人”的詹丽颖的热心过度使薛大娘心里不是滋味。另外，作品中写到在女方的“送亲太太”中要有“挑眼”角色。这也是北京市民婚嫁风俗中不可缺少的，她要对男方的不足之处进行挑剔。此外，婚礼上的

① 刘心武：《小说创作中的几个内部规律问题——在昆明一次座谈会上的发言》，《滇池》，1983年第2期。

② 刘心武：《钟鼓楼》，作家出版社，2015年，第21页。

③ 常人春：《老北京的风俗》，北京燕山出版社，1996年，第23页。

禁忌也特别多，如忌“死”“离”等字，詹丽颖迎亲时破口而出的“死胡同”“拐跑”等词就让七姑颇为反感。因忌讳“离”字，其同音字“梨”也被波及，《钟鼓楼》中婚礼上梨和苹果的混杂是不允许的，因其暗含“离分”（梨分）之凶兆。所有这些，使老北京的婚俗在《钟鼓楼》的字里行间得到了充分展示。

与其他风俗画描写不同的是，在这部小说中，刘心武把北京小胡同和四合院文化放到一个漫长的历史流程中去展示，从而使作品和民俗具有了浓厚的历史感。刘心武的历史意识在卷首语中就表现得十分明显：“谨将此作呈献：在流逝的时间中，已经和即将产生历史感的人们。”①而既是小说的题目又是北京重要历史建筑的钟鼓楼便是历史流逝的见证。钟楼和鼓楼是北京古代的报时中心，位于北京中轴线的北部极点，是一前一后的两座高耸的建筑物，体现了古代建筑设计的对称性与和谐色彩，古代鼓楼击鼓定时，钟楼撞钟报时，于是就称“暮鼓晨钟”。虽然历史流逝，钟鼓楼的响声也已成为历史，但它仍然存在，是无形时间的依附物。它见证着从清光绪年间的恐怖的贝子府，到现代四合院中喜庆的婚宴的历史流程，表现着民族风俗在时代更迭中的演变，特别是北京胡同四合院中婚俗的流变，展示了民俗风情的光彩。

汪曾祺对京味文化的解读，也有他自己的特色，他将下里巴人的市民生活与相对阳春白雪的士大夫文化相互结合，从市民生活入手进行他的士大夫文化世界建构，既有浓郁的市井风味又有舒缓散淡的风格特色。这与汪曾祺的生活经历相关，汪曾祺的故乡是江苏高邮，在成年之后长期定居北京，从江南到北京，汪曾祺对地域文化的概括由潜意识的认知走向文化信息的收集。“京味”对汪曾祺而言，不仅仅是作为地域上的概念，更重要的是文化上的意义。这种对文化的深入理解，使得汪曾祺的散文曾被研究者冠以“继30年代沈从文之后再

① 刘心武：《钟鼓楼》，作家出版社，2015年，第6页。

度辉煌的正宗京派散文”[①]称号。

汪曾祺的职业为其深入理解北京文化提供了契机。在《自报家门》一文中，他曾经谈到自己从28岁来到北京，第一份工作便是在北京午门的历史博物馆任职。从1950年至1958年，先后在《北京文艺》《说说唱唱》《民间文学》当编辑，这段经历使其对民俗活动、民间故事产生了浓厚的兴趣和感情，“民间故事丰富的想象和农民式的幽默，民歌的比喻新鲜和韵律的精巧使我惊奇不已”[②]。所以，汪曾祺的诸多创作都关注老北京的文化民俗：“我写作，强调真实，大都有过亲身感受，我不能靠材料写作，我只能写我所熟悉的平平常常的人和事，或者如姜白石所说‘世间小儿女’。”[③]所以，他的“胡同”里没有达官贵人、纨绔子弟，平日里往来的不过是一些剃头师傅、磨刀匠、邻里大妈、踢毽老人、养鸟邻居等，还有老字号饭庄里的各式美味，街道上悠悠的驼铃，三月天空下飞翔的风筝，夜闲人静时走街串巷的吆喝声。《大妈们》把北京大妈有滋有味的生活表现得极富生气，《闹市闲民》中平平静静每天都吃炸酱面的活庄子，《晚年》中只要不是刮风下雨就提了马扎闲坐一天的三个退休老头，《北京人的遛鸟》《录音压鸟》表现出北京人的养鸟文化，《寻常茶话》本来是讲自己的饮茶历史和各地茶趣，最后也忘不了提及爱喝花茶把茶喝通才舒服的老北京。正是这些乐天知命的普通人的日常生活，构成了汪曾祺独特的北京“世俗百态图”。

正如汪曾祺在其《蒲桥集》封面处所题：“记人事、写风景、谈文化、述掌故，兼及草木虫鱼、瓜果食物，皆有情致。间或小考证，亦可喜。娓娓而谈，态度亲切，不矜持作态。文求雅洁，少雕饰，如行云流水，春初新韭，秋末晚菘，滋味近似。”[④]这段话很能概括汪曾祺京味散文的题材及舒缓的创作特色。

---

① 范培松、徐卓人编：《汪曾祺散文选集》，百花文艺出版社，1996年，第14页。

② 汪曾祺：《汪曾祺全集》（第四卷），北京师范大学出版社，1998年，第289页。

③ 汪曾祺：《汪曾祺全集》（第四卷），北京师范大学出版社，1998年，第289页。

④ 汪曾祺：《汪曾祺全集》（第四卷），北京师范大学出版社，1998年，第272页。

读汪曾祺这些舒缓散淡的京味散文，总会想起京味散文大家——梁实秋。梁实秋从日常生活出发进行自己的创作，起居饮食、四季变化、花鸟虫鱼、民风民俗，也有大量关于北京胡同生活的描述，但在文章的风格气息上则完全没有汪曾祺散文浓郁的市井味道。他透过其“善戏谑而不为虐”式的调侃和讽喻，更多的是月夜清幽、细雨迷蒙中随缘赏玩、豁达自由的审美心态，“坐看云起时”的从容达观，或者说这是已到中年的“雅舍主人”所追求的绚烂至极趋于平淡的一种境界——简单。汪曾祺的“淡雅”不同于“苦雨斋”的深刻，也有别于“雅舍”的简单，从其深层次的审美意蕴来看，汪曾祺的京味散文充满了和谐乐感的市井味。

京味散文值得一提的作家还有韩少华。韩少华的文学创作以散文、报告文学为主，兼及小说创作，他在20世纪60年代初发表《序曲》这一成名作，开启了他的文学道路，确立了他在散文领域的创作路线，作品结集有《韩少华散文选》《暖晴》《碧水悠悠》《遛弯儿》等，比较有代表性的作品《红点颏儿》《闲话“遛弯儿”》等带有比较浓郁的北京色彩，属于京味文学的创作实践。韩少华的散文语言质朴自然，往往能给人一种清新、妥帖之感。韩少华尤其在取材上面下功夫，他往往能够以小见大，通过一些日常生活中的常见事物、常见情景开辟一篇富有意味的散文，无论是山川风光还是花草虫鱼，抑或是人间百态都是韩少华散文的素材来源，以他所写的花草木植为例，他看到春天破土的小芽会联想到春意盎然，想到人生（《寻春记》）；他写君子兰着重突出君子品质（《君子兰》）；写合欢树则抓住两情合欢来写（《合欢树》）。他对散文文体的特质有相当的把握，通过各种角度，调度篇幅，任意开合，展示出一位散文家长于联想的创作优势。在他的文字中充满联想的自然和文笔的细腻之感，常常给人以通晓明白、新鲜清新的品读余味。

从审美体验的角度来看不同作家的风俗画描写，还有许多细微而重要的区别。再以北京作家而论，邓友梅与刘绍棠之间，不仅在选材上有着城与乡、市民与农民的区别，而且在风俗画的结构因素方面也有明显的差异。刘绍棠在《蒲柳人家》里写七月七日的“拜月乞巧”的传统民俗，相比邓友梅老北京胡同的市井书写，他的画框里的主要色调是京东运河的水乡风物和秀美的自然景色，抒发了田园牧歌式的情调。邓友梅写北京城的天然风光，相比刘绍棠的水乡风景，他笔触的重点还是写古城帝都的文物书画和风俗习尚。《寻访“画儿韩”》里的一幅“寒食图”，淋漓尽致地把几个人物性格全画出来了。一个“小则如拇指”的烟壶，上上下下竟然牵动了不同的阶级、阶层和各色人等，它把历史性、真实性、传奇性和民俗色彩天衣无缝地融而为一了。

如果说，邓友梅、刘绍棠的作品在取材上还有城市与乡村的差别，那么，邓友梅和苏叔阳都是将北京市民作为他们描写的主要对象。苏叔阳的《左邻右舍》和《夕照街》侧重于从一个大杂院、一条胡同来写人与人之间、邻居之间的关系。作者的确是把北京市民味儿写透了，但这“味儿”主要是从现实生活中的你我他之间的交往方式和人物对话中渗透出来的。邓友梅也写北京的胡同小院，但他的笔触往往伸展到北京的昨天和前天，写北京的历史烟尘。他也注意写人物对话，但很少有苏叔阳那种话剧式的笔法。邓友梅真正见功夫的，却是他通过赏玩书画和传统的礼仪风俗的描写，来揭示人物的心灵世界。邓友梅和汪曾祺都是历史风俗画的高手，但他们也有不同点。汪曾祺的名篇《受戒》，只写小和尚的爱情，写佛门的规矩和出家人的礼尚。他是以“信马由缰，为文无法”的散文笔法来写风俗画的，而且是纯粹意义的风俗画。邓友梅则不然，他也写寺庙风光（作者有一篇小说题名即《荒寺》），写风物民俗，但他的目光焦点是透过风俗而落在生活的底蕴，在风俗画中熔铸了时代的风雨和历史的启示。

二、“民俗味”的京腔

别有韵味的语言是构成京味小说民俗美的另一重要的成分。小说是语言的艺术。在新时期的文学复兴运动中迅疾走上战场的中青年作家，有自己的语言特色，体现着他们激昂的思想光辉和特殊的文学才华，他们的语言奥秘在哪里？重要因素之一是，作者对不同时代、不同行业、不同个性的人物语言烂熟于心，写来得心应手，毫无斧凿、生涩的痕迹。如邓友梅在《烟壶》中所写的聂小轩、乌世保、库兵三者的狱中对话，聂与其女柳娘商谈婚事，寿明与戏人吴长庆的茶馆对白，以及作者对"人""鬼"二市的概介，乌世保在北半截胡同痛斥"旗奴"徐焕章和对围观市民的夹叙夹议，等等，无论是人物的对话，还是情节描述的语言，都写得十分凝练和精彩，于三言五语之中，不露痕迹地道出了启人神智的历史、经济和艺术方面的精湛见解。那清末时节的历史特点与北京古城的地方味，人物的行话与个性味，作者将诸种因素加以巧妙的糅合，浑然一体，形成邓友梅民俗小说的特殊风味。它宛如陈年老酒，没有烈性的刺激味，而在淡淡之中散发出一种沁人心脾的醇香。但"京味语言"究竟是什么味道的语言？其背后隐藏着怎样的文化意味？这一问题值得我们深入探究，以便由此更好地理解作家独特的文化精神。

邓友梅在京味语言方面所取得的成绩弥足珍贵。对他的小说语言的地方色彩，不少论者都做了很高的评价。邓友梅语言的独特性在于历史性、职业性（或称行业性）和地方性语言一起构成了邓友梅小说的"京味"，最终形成了朴素、淳厚、洗练、爽脆的特点，也使得邓友梅笔下的人物有了自己的神韵：军人（《我们的军长》《追赶队伍的女兵》）、知识分子（《在悬崖上》）、八旗子弟、王爷、艺匠、梨园子弟、狱卒等，都各有自己的风格特色。

此外，汪曾祺小说语言也由于其京腔京韵的特点及对北京梨园的独到记录而被称为"京味语言"：

> 戏班里的事，也挺复杂，三叔二大爷，师兄，师弟，你厚啦，我薄啦，你鼓啦，我瘪啦，仨一群，俩一伙，你踩和我，我挤兑你，又合啦，又"咧"啦……经常闹纠纷。常言

说："宁带千军，不带一班。"这种事，致秋从来不掺和。[1]

这是汪曾祺笔下的梨园世界，五十几个字，二十来个短句，字字句句如从口出，把戏班的"复杂"说得形象生动，把行业特点、地方特色、个性品行都用口语的形式在一句话内表现出来：北京，梨园行，人际关系复杂。这些地方性、行业性的信息和叙述人语言中的信息交相呼应，形成一种贯而通之的文化场。

汪曾祺不仅让人物"自己说自己"，他还能"化"为人物，即人物是什么样的，他的叙述人就是什么样的，人物怎样说话，叙述人就怎样说话，叙述人和人物融为一体，用同样的口吻说同样的语言，从用词到语调再到精神内外协调，构成一个完整的气场，共同烘托出人物的内在的"品"。这就是汪曾祺经常强调的"贴着人物写"的道理。

人物语言是小说表现人物的重要手段，汪曾祺的认识实际上远不止于此。在他看来，人物的语言不仅是作家用来表现人物思想或性格的工具，人物的语言就是人物本身，写语言就是写人物，语言和人物是一回事。汪曾祺所写人物的语言，不是汪曾祺在"说人物"，而是人物在"说自己"。其中的不同在于，作家"说人物"是客观地介绍，是用叙述、描写把人物的基本情况诸如经历、性格等属性"写出来"（即前文所说的叙述人视角）；人物"说自己"，是让人物自己用他独特的说话方式把这些内容"送出来"，例如：

我曾问过致秋："你为什么不自己挑班？"致秋说："有人撺掇过我。我也想过。不成，我就这半碗。唱二路，我有富裕，挑大梁，我不够。不要小鸡吃绿豆，强努。挑班，来钱多，事儿还多哪。挑班，约人，处好了，火炉子，热烘烘的；处不好，'虱子皮袄'，还得穿它，又咬得慌。还得到处

① 汪曾祺：《汪曾祺全集》（第二卷），北京师范大学出版社，1998年，第78页。

请客、应酬、拜门子，我淘不了这份神。这样多好，我一个唱二旦的，不招风，不惹事。黄金荣、杜月笙、袁良、日本宪兵队，都寻不到我头上。得，有碗醋卤面吃就行啦！”①

这是一个京剧演员的语言。小说中的云致秋在剧团中也算得上是个“大人物”，走南闯北，见识多，会戏多，“傍”角多，嗓子好。这才有了上述一段对话。云致秋的这段话不仅传达着字词表面的意思，回答了“我”的提问，而且还在字词背后隐含着许多的内容。从这段话里，我们不仅知道了云致秋不自己挑班的原因，更从这言语中看到了云致秋的天性，还可以想见在戏班这个小小的世界生存的艰辛和困苦。字里行间中，我们可以处处看到这样的信息：云致秋，北京人，梨园行，性格豁达、直率，不喜惹是生非，奉行知足常乐的中国传统的人生哲学等。说话人的这些相关信息不需要作者再专门交代，人物自己就把这些信息在说话的同时传达出来了，而同时，人物也就在自己的语言中呈现出来了。于是，人物活在语言中，语言就是人物的世界。无疑，这是文学语言很高的境界。

在汪曾祺笔下的人物，好像不需要用传统的外貌描写、心理描写、细节描写或是行动、情节等多重手段，只要一开口说话，人物的精神立刻显现出来。人物语言的功力在这里远远超越了其他性格刻画的手法。所以，汪曾祺的这种高超的语言表现力使他不必要再以故事情节或者人物性格吸引读者，只语言这一项，就足以使汪曾祺成为卓越的小说家。这种语言在汪曾祺的文本中并不少见，尤其当写作对象是民间底层的人物时，汪曾祺就更善于使用这种充满神韵的语言。例如他写北京旧扛包人的语言：

“能混饱了？”

“能！那会儿吃得多！早晨起来，半斤猪头肉，一斤烙

---

① 汪曾祺：《汪曾祺全集》（第二卷），北京师范大学出版社，1998年，第85页。

饼。中午，一样。每天每晚半晌吃得少点。半斤饼，喝点稀的，喝一口酒。齐啦。——就怕下雨。赶上连阴天，惨喽：没活儿。怎么办呢，拿着面口袋，到一家熟粮店去：'掌柜的！''来啦！几斤？'告诉他几斤几斤，'接着！'没的说。赶天好了，拿了钱，赶紧给人家送回去。为人在世，讲信用。家里揭不开锅的时候，少！……"[①]

这样的语言之下，一个人内在的精神和灵魂都在自我的语言中展现出来，语言本身即具有了"形象"性，旧北京底层劳动者的神态性格乃至人品都在这样的语句中显现出来。无主语、少联结词、形象化，使得句子简洁并且富有动态感，再加上北京方言词汇，形象背后有形象，现场后面还有现场，自己设问，自己回答；一面行动，一面点评。一种浓浓的韵味从语流中洋溢开来，一个有情义、有担当的老北京人的形象不需要再刻画了，已经生动地神完气足地站在我们眼前了。

此外，汪曾祺还吸取了相声中抖包袱的特点，时常戛然而止，出人意料，在逗人发笑的同时，引人深思。例如《安乐居》的末尾，白薯大爷请客，老王、修秀轩都提上好酒去赴宴。人们总以为会有一顿盛宴款待，所以关心地问：

"昨儿白薯大爷请你们吃什么好的了？"
"荞面条！——自己家里摇的。青椒！蒜！"
老吕、老聂一听：
"嘿！"[②]

这问答都干脆、爽快，意味深长。郑重其事地请客，不是山珍海味，却是荞面条，似乎与人情世故相悖，但细想起来，又颇有理。荞

① 汪曾祺：《汪曾祺全集》（第二卷），北京师范大学出版社，1998年，第220页。
② 汪曾祺：《汪曾祺全集》（第二卷），北京师范大学出版社，1998年，第226页。

面条，过去曾是下层市民喜爱的家常饭食，如今生活提高了，难得吃了，偶然尝尝，自然别有风味。这不仅体现出白薯大爷他们热爱乡土习俗的心理和豪爽豁达的性格，也反映了他们对往昔生活的一种特殊的怀念。所以这“莽面条”三字，理直气壮、镗镗有声，在“青椒”“蒜”后面都加了惊叹号。它丝毫没有一点讥讽、寒碜的意思，反倒充溢着一种自豪、满足。老吕、老聂的一声“嘿！”正是引起的强烈共鸣。这种以少胜多，简而有味的语言，大约同海明威的“电报式语言”可以媲美。这样的语言风格同老北京的语言风格又相当吻合：北京人说话讲分寸，不轻易臧否人物等特性，正是通过这样的语言活脱脱地体现出来。这种韵味同京味是完全一致的。

除了汪曾祺的小说带有浓厚的京味色彩以外，林斤澜也是一位出色的京味作家，他不仅与汪曾祺并称为“文坛双璧”，而且因其在短篇小说方面的成就被誉为“短篇小说圣手”。林斤澜一生创作颇丰，曾在北京市文联工作，自20世纪50年代开始创作，他在小说、戏剧、报告文学等文体皆有不少成果。他的作品有系列小说《门》《去不回门》，小说集《矮凳桥风情》等。孙郁评价林斤澜的小说时说道：“我读他的书，虽常常不知所云，但峰回路转中，好像看到一扇人生之门。我们进去了，但它仿佛不在身边。我们远离着它，但又觉得已入其境。”这足以说明林斤澜小说的魅力所在，林斤澜的小说虚构性强，想象力丰富，常常以诱人深入的细节为小说的切入点，在虚与实之间构筑了小说世界，他认为小说创作要“有话则短，无话则长”，即要处处体现出作者创造的生命力，体现出小说的独特性。林斤澜写小说，也写小说评论，写文论，将文学理论与创作实践紧密结合在一起，他的评论与文论编为《小说说小》《随缘随笔》《短篇短见》等文论集，在《独轮车轮》《舞伎》《流火流年》等文集中，也收录有其谈论短篇小说艺术的篇章。

风俗画般的描写和京味的语言等共同建构了京味小说的民俗美。但这美不只是外向的，更是语言与作品内向的时代精神相交织。国有国魂，民族有民族精神，时代精神是文学之魂。车尔尼雪夫斯基说，优秀文学作品“是时代精神的表达者”。没有时代精神的民俗小说，就像没有上色的图画。例如，邓友梅给《烟壶》的民俗画所赋予的生命，就在于它从烟壶纠葛中折射出璀璨夺目的爱国主义的光辉。

第二节 老北京传统的延续与变革

改革开放所掀起的经济大潮和社会转型使得北京的文化定位发生了位移，市场经济所带来的现代文明急风暴雨般猛烈地冲击着北京人的生活方式。因而，在京味小说及时代社会的转型时期，京味小说家们通过对北京百姓人性的反思，发掘现当代北京人与古老北京文化之间的传承与变革关系，在传统与现代的文化变奏中开拓新的审美空间。

一、时代变革中的“太平”贵族

京味小说中对北京市民的人格魅力描写，首先表现在人物可贵的精神追求上。“北京人最可贵的，是他们的贵族精神。什么是‘贵族精神’？……显然所谓‘贵族精神’，指的是一种高尚的人格理想、高贵的精神气质和高雅的审美情趣。其中，人格又最为重要。”①

汪曾祺在小说中把北京人的贵族精神民间化了，舍弃了关于王朝贵族的标签印记，从凡夫俗子般的生活状态中提炼人物的精神命脉，把贵族精神脱离世俗的一面成功转化为普通市民性格中对人格的理想化向往和抉择，体现平民化的贵族人格追求。

《八月骄阳》里刘宝利的早退休后到太平湖遛鸟、过戏瘾，顾止庵过一天算一天的省心准则，本是种明哲保身的生活理念。他们渴望在太平湖过“太平”的日子，却目睹“好人”老舍的投湖自尽，无限感慨。汪曾祺没有直面老舍在“文化大革命”中的遭遇，只是四次描写他在太平湖边望着湖水的默然思索，从旁观者的角度展现老舍致力于写穷命人的生涯，却在晚年被批挨打被迫以生命的终结来坚守自己的文人气概。士可杀不可辱，不管是选择远离政治中心还是以死明志，汪曾祺都避开了这部分北京人与现实的正面冲突，而是在《八月

① 中国城市活力研究组编：《北京的性格》，中国经济出版社，2005年，第9页。

骄阳》的人物身上都凝聚着对自身人格信仰的执着和追求，以他们言谈举止中透出的感性体验和理性分析为铺垫，在客观的场景再现和故事讲述中深化主题，展现一个时代的悲剧和各阶层人的命运多舛。

旗人是八旗制度的产物，明末努尔哈赤建立了这一制度，原先只有满族八旗，后又增设汉族八旗和蒙古八旗。八旗制度将满族上下连成了一体，是后来的清朝兴起的制度基础。清军入关后，旗人就在北京安了家。经过将近两百年的历史，八旗子弟们早已失去了金戈铁马上阵冲锋的锐气，而衍生出了一种旗人特有的生存方式和文化性格，具体来说就是游手好闲、爱玩、会玩并且重礼好面子。在乌世保的身上，我们不难发现这些文化性格的影子。

乌世保是邓友梅的《烟壶》中贯穿全文的人物，他是火器营正白旗人，祖上因军功受封过“骁骑校”，到乌世保这一代却没落了。他闲散在家，靠祖上留下来的一点地产，几箱珍玩过日子。在他的身上既有旗人传统的生活习俗和文化性格，也有着时代所赋予的新的内容。

乌世保由于闲在家中，每日只是逗逗蛐蛐，遛遛画眉，闻几撮鼻烟，饮几口老酒。北京的上等人有五样必备的招牌，即是“天棚、鱼缸、石榴树、肥狗、胖丫头”。他家除了天棚和胖丫头之外其他三样却还齐备。他爱玩，这个“玩”除了花鸟鱼虫，还包括了一切能给他带来快乐的东西。在端王府唱堂会，为了逗端王开心，现编唱词；八国联军进了北京，第二年和议谈成，他觉得大难不死，应当庆贺庆贺，就约了寿明等几个朋友，趁九月初九，去天宁寺烧香谢佛，顺便去北半截胡同好好吃一顿；出狱落难了，栖身于大车店中画烟壶度日的时候他也能找到乐子——门楣上贴了个横额，墙上挂了个小巧精致的鸟笼，养了只黄雀，甚至开始买回些古玩欣赏。这一切都体现出了乌世保身上爱玩的特点，他的“玩”有时候特别简单，就是为了找个乐子。穷有穷玩法，富有富玩法，总之爱玩、会玩，“倒驴不倒架”。

在乌世保的性格中有老北京人惯有的爱玩、重礼、好面子，但是他并没有一直游手好闲下去，而是走向了觉醒，成为一个自力更生的人，拥有一种仗义和专心的品质，在对待民族大义的问题上毫不含糊，在关键时刻能够努力反抗，这是他身上所表现出的新内容。与小说中的另一个旗人载九爷相比，乌世保的新品质就显得非常难得。载九爷完全是在吃老本，整天沉溺于声色犬马，挥霍无度，暗中与洋人相勾结，千方百计地巴结洋人，钱财和人命在他眼中一文不值，心狠手辣。乌世保则一步步走上了自食其力的道路：在狱中，他答应聂师傅出狱照顾柳娘，为了不使古月轩的手艺断绝而学习聂师傅的手艺，最终成为古月轩的传人；他的一生事事被动，可一旦被推上一股道，他还就顺势往前滚。在画内画时专心致志，搞得自己蓬头垢面而不知，在学习烧制古月轩时也是需要柳娘提醒才知道洗澡剃头，这种专心是他最终成为一代大师的基础。和聂师傅一样，在民族大义这种大是大非的问题上乌世保也不含糊。当他得知九爷要求在烟壶上画八国联军“行乐图”时，他要自己出画稿，想把“行乐图”换下来，并且说：“可我也不能上赶着当亡国奴不是？这点耻辱之心我还有。”表现出来一个中国人应有的气节。这种在是非面前敢于反抗的精神是时代所赋予的新内容。我们知道老北京人其实有种封闭的思想，用汪曾祺在《胡同文化》中的说法就是“北京人爱瞧热闹，但是不爱管闲事。他们总是置身事外，冷眼旁观”①；大部分北京市民的心态是“忍”，就是安分守己、逆来顺受。所以说乌世保表现出来的反抗精神正是时代所赋予的新内容。

在这里，我们不妨将邓友梅的小说《那五》中的那五与乌世保做下比较。那五的祖上是内务府堂官，到了那五这一代已经是坐吃山空了，但是他仍旧不务正业，多次放弃了自食其力的机会，不仅没有仗义的品质，还与贾凤楼合起伙来骗人，在抗日这种大事上虽不去当汉奸，可也不反抗，只是安分守己地过自己的日子。从两人的对比上，我们不难看出乌世保身上具有与传统旗人所不同的性格特征。

---

① 汪曾祺：《汪曾祺全集》（第四卷），北京师范大学出版社，1998年，第89页。

二、市场大潮中的从容消闲

市场经济兴起之后，耸立如林的高楼大厦和四通八达的立交桥、塞满各式汽车的高速公路开始对四合院的封闭与宁静产生一定的影响。然而，在这种情况下，北京胡同、四合院里北京人的从容消闲传统依旧延续了下来。

汪曾祺对北京人精神面貌的勾勒就包含有从容的心态和充满自信的气质。汪曾祺从北京人待人接物的细微之处，找寻着北京胡同文化的表象特征，并由表象掘进内里，对深藏于胡同文化的实质做出了理性的判断："北京胡同文化的精义是'忍'。安分守己，逆来顺受。"这种胡同文化的内在特质渗透到文本中，就是上文也曾谈及的汪曾祺舒展散淡的笔调，亲近平和的态度，近乎随意的聊天的方式，这些写作方式都体现出老北京特有的那种慢条斯理、不温不火、不慌不忙的情致。比如汪曾祺在《大妈们》中这样写道：

> 乔大妈一头银灰色的卷发。天生的卷。气色很好。她活得兴致勃勃。她起得很早，每天到天坛公园"晨练"，打一趟太极拳，练一遍鹤翔功，遛一个大弯。然后顺便到法华寺菜市场买一提兜菜回来。她爱做饭，做北京"吃儿"。①

《胡同文化》又是这样开头的：

> 北京城像一块大豆腐，四方四正。城里有大街，有胡同。大街、胡同都是正南正北，正东正西。②

从字面上看，这两段话都有这样的特点：一句话一个意思，说完转向下个意思，字字句句瘦到骨头，清爽利落，很有画面感，很有老

① 汪曾祺：《汪曾祺全集》（第四卷），北京师范大学出版社，1998年，第110页。

② 汪曾祺：《汪曾祺全集》（第四卷），北京师范大学出版社，1998年，第232页。

北京艺人说书的韵味。而从风格气韵上看，则是极富表现力的京腔京味，舒缓从容的叙述笔调，平淡家常式的聊天方式。作者在尽可能地还原日常生活的交流场景，时时刻刻想到读者“缺席的在场”，从而拉近了作者和读者之间的距离，形成一种平和柔静、沉着淡然的氛围。

汪曾祺先后在北京的国会街五号、甘家口、蒲黄榆等地居住。“我几乎每天要围着玉渊潭散步，和菜农、遛鸟的人闲聊，得到不少知识。”“我熟悉这些属于市民阶层的各色人物的待人接物，言谈话语，他们身上的美德和俗气。这些不仅影响了我的为人，也影响了我的文风。”[①]北京人的生活态度是比较散漫的，不图达官显贵，只求日子过得安安稳稳、踏踏实实，“天棚鱼缸石榴树，肥狗胖丫头”，可以说“和谐乐感精神”是北京胡同居民的重要特征。

因为汪曾祺独特的人生经历，和谐乐感的审美意蕴在汪曾祺京味散文中表现得尤为突出，这不仅体现在他的语言表现中，文章的精神内核也是如此。《胡同文化》一文中的北京人始终安土重迁，舍不得“挪窝儿”，这是北京人追求安逸和谐的表现；有窝头，就知足了，臭豆腐滴几滴香油，可以待姑奶奶，这是自满自足、知足常乐的心态。“睡不着，别烦躁，别起急，眯着。北京人，真有你的！”对于这种带有消极色彩的随遇而安、安分守己的北京胡同文化，汪曾祺虽然有所反思，但是不难看出更多的还是一种深深的留恋和推崇。《闹市闲民》里的那个“活庄子”——“他平平静静，没有大喜大忧，没有烦恼，无欲望亦无追求，天然恬淡，每天只是吃抻面条，拨鱼儿，抱膝闲看，带着笑意，用孩子一样天真的眼睛”。《玉渊潭的传说》里的几位老人顺天知命，恬淡寡欲而长寿，都令汪曾祺颇为欣赏，而这种“不在乎”的恬淡与闲适，很自然地让人联想到北京城的红墙灰瓦，古槐松柏，幽静的胡同，蓝天白云下呼啸而过的鸽群。透过这些自然的、无冲动的有节制有规范的生活秩序，汪曾

---

① 汪曾祺：《汪曾祺全集》（第四卷），北京师范大学出版社，1998年，第67页。

祺对于平淡无奇的市井民俗报以会心一笑，展示出胡同所特有的含蓄平稳的生命本质，和谐乐感的生活情趣。《寻常茶话》中的描述很到位地呈现了这样的生活情绪：

> 老北京早起都要喝茶，得把茶喝“通”，这一天才舒服。无论贫富，皆如此……北京人爱喝花茶，以为只有花茶才算是茶。我不太喜欢花茶，但好的花茶例外，比如老舍先生家的花茶。老舍先生一天离不开茶。[①]

“有趣的是，北京人的某些消闲方式已被作为一种文化姿态，一种特定的文化表达式了。提笼架鸟绝非北京人的专利，却总像是由北京人来提，来架，才恰和身份似的。”这些平常百姓生活的零碎之处，在一个城市不断发展前进的过程中被传承和改进，成为一种标志。汪曾祺从这种日常生活的角度入手，把北京风情细细地铺陈，别有情趣。

北京人的从容消闲特质使得北京市民大都成了“顺民”，为人谦虚谨慎却不失原则，不站在时代的风口上成为争议的焦点，消弭了内心狂热的躁动和占有欲，懂得进退有度，在为人处世上谦让有礼、刚柔相济，正可谓“不自见，故明；不自是，故彰；不自伐，故有功；不自矜，故长”。这种从容的为人处世之道，不仅可以调和人与人之间的利益之争，还可以作为“生命的大智慧”使一个人获得稳定而长久的发展。

但是，汪曾祺自己也知道“在商品经济大潮的席卷之下，胡同和胡同文化总有一天会消失的。也许像西安的虾蟆陵，南京的乌衣巷，还会保留一两个名目，使人怅望低回”[②]，十分不舍地向从容消闲的胡同文化说了“再见”。

---

① 汪曾祺：《汪曾祺全集》（第四卷），北京师范大学出版社，1998年，第156页。

② 汪曾祺：《汪曾祺全集》（第四卷），北京师范大学出版社，1998年，第231页。

三、一以贯之的礼义坚守

北京人讲“礼”。且不说长幼尊卑，不同辈分、身份、地位者，有较严格的区分，就是街坊邻居，萍水过客，在见面称呼，寒暄客套上，也总要照顾周全，彬彬有礼。这种流风余韵，在中下层市民中体现尤为鲜明。

汪曾祺的许多作品都体现了这种一以贯之的礼仪坚守，这在北京可以说是人们约定俗成的一种社会“规矩”。《云致秋行状》中，云致秋夫妇相敬相爱，一辈子“没红过脸”；梨园师徒情深谊长，师父死了，徒弟“披麻戴孝，致礼尽哀”；《安乐居》的酒友、鸟友，相敬如宾，吃一块鸡胸脯要让一让，一点腌香椿也要分给大家尝尝新。北京人还讲自重、自尊，讲“规矩”、讲“体面”。无论是裱字画的、扛大包的，还是卖白薯的，都穿着利落，精神，举止得体。“安乐居喝酒的都很有节制，很少有人喝过量的，也喝得很斯文，没有喝了酒胡咧咧的。”每个人喝酒的时间、质量、座位、姿势都保持不变，甚至一个兔头，先吃哪儿，后吃哪儿也有一定的章法。他们养成了习惯，天天如此。

北京人更重义。“礼”是表，“义”是实。北京人最爱讲的是“德行”，骂人时常用的也是这句“德行”（缺乏德行），或叫“缺德”。燕赵慷慨侠义的遗风依然没有泯绝。他们话语不多，却句句掷地有声。正如安乐居的酒客扛包老王所讲：“为人在世，讲信用。”“信用”二字便是义的重要体现。而北京人的这种传统美德在云致秋身上体现最为集中：“致秋聊天，极少臧否人物。闲谈莫论人非，他从不发人阴私，传播别人一点不大见得人的秘闻，以博大家一笑。有时说到某人某事，也会发一点善意的嘲笑，但都很有分寸，决不流于挖苦刻薄。他的嘴不损。他的语言很生动，但不装腔作势，故弄玄虚。有些话说得很逗，但不是‘膈肢’人，不‘贫’。”“云致秋当了两年排练科长，风平浪静。他排出来的戏码，定下的‘人位’（戏班把分派角色叫作‘定人位’），一碗水端平，谁也挑不出什么来。有人给他家装了一条好烟，提了两瓶酒，几斤苹果，致秋一概婉言拒绝：‘哥们！咱们不兴这个！我要不想抽您那条大中华，喝您那两瓶西凤，我是孙子！可我现在在这个位置上，不能让人戳我的脊梁骨。您拿回去，咱们天知地知，你知我知，就当没有这回事！’”

这就是为人德行，责己严，责人宽。不但见义勇为，拯人危困，还能设身处地，为人着想。谢绝别人的贿赂，还要好言相劝，给人台阶下，不让人难堪。

> 他很有戏德，在台上保管能把主角傍得严严实实，不撒汤，不漏水，叫你唱得舒舒服服。该你得好的地方，也事前给你垫足了，主角略微一使劲，‘好儿’就下来了；主角今天嗓音有点失润，他也能想法帮你‘遮’过去，不特别‘卯上’，存心‘啃’你一下。临时有个演员，或是病了，或是家里出了点事，上不去，戏都开了，后台管事急得乱转：‘云老板，您来一个！’‘求场如救火’，甭管什么大小角色，致秋二话不说，包上头就扮戏。他好说话。后台嘱咐‘马前’，他就可以掐掉几句；‘马后’，他能在台上多‘绷’一会……[①]

这是戏德，即我们今天讲的职业道德。顾全大局，不计较个人利害。

汪曾祺之所以在作品中写出北京人的礼义坚守，与其文学创作观念有关，“我写的是美，是健康的人性”[②]（《关于〈受戒〉》）。但汪曾祺也并未粉饰现实，回避北京市民中的弱点。《云致秋行状》里，作者深刻地披露了剧团中钩心斗角、互相拆台之类的内幕，尤其对“文化大革命”期间人与人关系畸形化的丑闻，做了鞭辟入里的嘲讽，——便是主人公云致秋也远非完美无缺的人物。作者自称这是篇“讽刺小说”，其苦衷也在于此。不过，这是一种带有缺陷的美德，即出于好心不得已采用了一些不正当的手段、方式，这甚至可以说是北

① 汪曾祺：《汪曾祺全集》（第二卷），北京师范大学出版社，1998年，第125页。
② 汪曾祺：《汪曾祺全集》（第四卷），北京师范大学出版社，1998年，第100页。

京人坚守礼义的一种重要方式。

比如，云致秋为了调解演员争剧场、争日子、争配角等难题时，不得不“进门先不说正事，三叔二舅地叫一气，插科打诨，嘻嘻哈哈”，或者干脆“走内线”找“团太”（团长太太），学小丑，逗人乐。正如云致秋所说，“咱不是为把这点事办圆全了吗？”确实，对北京人的传统风习、道德，应当加以具体分析，不可一概而论。这里还应当考虑到时代的发展，社会的变化，给人心灵抹上的新的色彩。汪曾祺小说一向写北平解放前生活多，而这两篇，却主要赞颂解放后的新事物。云致秋入了党，觉得“精神上长了一块，打心眼里痛快”。他有了真正的依傍。他对党忠心耿耿，对工作任劳任怨，体现了老北京人在新的时代背景下对礼义一以贯之的坚守。

如果说《云致秋行状》是以北平解放前后对比为主。《安乐居》则可以看作粉碎“四人帮”后新时期的风情画。社会改革的浪潮在这幽僻的小巷，也可隐约听到回声：裱字画的工人凭着他的双手，可以成为万元户；卖白薯的大爷，居然扯烧鸡、喝酒，都反映了劳动者生活的大幅度提高。安乐居的那种平和、安乐的小康气氛，实际上是整个社会前进的一个侧影，这是一曲对社会改革的淡雅的颂歌。

《安乐居》体现出了新老北京人之所以能够坚守礼义的一个重要原因——北京人从容消闲的特质，这与我们上一部分的内容有所联系，也可见北京人的性格特质都是融合在一起的，彼此之间互相关联与影响。安乐居只是一个小地方，与其说是一个小饭馆，不如说是一个小酒铺，这是一个平民百姓喝酒聊天的聚集地，来的是常客，喝的是普通的“一毛三分一两”的小酒；吃的是平常的小菜：酱兔头、煮花生豆、酱鸭；聊的是街头巷尾的乐闻趣事：用三个鸡蛋打三碗汤，鸡蛋都能成片儿；回忆的是半生的酸甜苦辣：扛包的老王，“走道低着脑袋，上身微微前倾，两腿叉得很开，步子慢而稳，还看得出有当年扛包的痕迹”①。看不惯的是时下年轻人的铺张浪费与喝啤酒、抽

---

① 汪曾祺：《汪曾祺全集》（第二卷），北京师范大学出版社，1998年，第224页。

"万宝路"、骑"雅马哈"的时尚潮流，他们吃喝一阵后满桌狼藉，与安乐居的老酒座们格格不入……整个安乐居，洋溢的是一种小平民的生活乐趣，饮食有风味而不奢侈，酒客个性鲜明却不霸道外露，人文趣事有情节转换却不稀奇神秘失了真实感。汪曾祺把老北京人的那种融入骨子里的在稀松平常的事情中找乐的性格表现得具体细致，从小处入手去折射一种沉浸在民族性格深处的生命态度和文化选择，在日常消遣中消解生活的压迫感，化解来自社会的焦虑，找到平衡自我的一个点，达到内心精神的自由。所以，一个在安乐居里喝酒常喝醉的瘸子管起闲事来也显得特别有人情味，平常说话总是"唔唔唔"，却能对一个要罚买花盆款的市容检查员话说得明快："你干嘛罚他？他一个卖花盆的，又不脏，又没有气味。'污染'，他'污染'什么了？罚了款，你们好多拿奖金？你想钱想疯了！卖花盆的，大老远推一车花盆，不容易！"①

虽然这来自安乐居的平民乐趣终究抵挡不住商业化文化快餐的侵蚀，作家在无限的回味中还是以安乐居的消失结尾小说，极致地表现某些逝去的美好事物的同时，隐约表现出老北京某些内在价值文化取向在现代的多元分化，但是礼义的坚守依旧没有丢失。

可以说，汪曾祺对北京的描述与普通市民对老北京的印象记忆是相通的。他的京味小说，带有这种对地域文化的精神故乡体验，既来源于对生活场景的认知，也是一种来自精神上的文化认同。他以外乡人的身份定位于现代的时间段，却把眼光投向他曾体验到的古都北京的地缘文化，在现代遗存与古典消亡中思索一个城市的魅力，这是汪曾祺小说的"京味"文化，也是在文化的回望中对小说创作文化底蕴的延伸。在对老北京文化中的传统美德展现中寻找传统文化的"根"，是一种生命情调追求，以安贫乐道、乐天知命、超世达观的安身立命心态立足，走向清高而淡远。

---

① 汪曾祺：《汪曾祺全集》（第二卷），北京师范大学出版社，1998年，第221页。

第三节 “新北京人”的人生转型

在改革开放历史转折的影响下，面对市场经济的发展，西方思想的传入等社会现象，北京人的生活有了重要的转变。作家们敏感地捕捉到了这一转变，并塑造出了一个又一个的“新北京人”，展示出了新青年的“新活法”与新知识分子的身份认同问题。

一、卷毛：新青年的“新活法”

陈建功小说《卷毛》中的主人公形象“我”（“卷毛”）曾被研究者看作陈建功小说人物形象行列中的一个“陌生人”，甚至还可以说这是当代中国文学中新出现的一个独特的“陌生”的文学形象。这一人物形象的意义在于，它是当代现实中一种普遍的社会文化价值观的特定形象体现，它向人们传达着中国当代社会历史转折过程中人生轨迹改变的必然过程。社会生活的一切都在发生着变异，无论是政治的、经济的、文化的、道德的、意识形态的还是社会习俗的，所有的一切都处在“变”的过程中，社会环境的变化深刻地指向了人民生活的转变。这之中，最深刻的转变应该是“人”的精神层面的转变，包含人的社会生活观念、价值观念、人格素质等因素。社会人性的转变与社会环境的转变是相互影响的，人性的转变将可能成为整个社会环境进一步发生变化的内在深层动因。由此也可知，我们在探究北京人的物质精神生活及价值观念时，必须具体地深入整个社会环境、深入社会底层无数普通人的人生，才能真正理解他们的人性，理解他们转变的缘由。“卷毛”，正是从这一起点向我们走来的。

显然，这位愣头愣脑的哥们儿，大概只能属于我们通常所说的“庸常小人物”之辈。但其精神、价值观的特别之处，是他在“庸常”的社会生活之中蕴含了异常清醒的生活观念。这种精神气质在“卷毛”身上就体现为他对自身所处生存状况有着一种清醒的反思和自省意识。“活得那叫窝囊”——这是小说中主人公“卷毛”用以评价自己生存状况的一句口头禅。“卷毛”的“活得窝囊”，表面上体现在他由于没考取大学因而在周围世俗人们面前“丢了份儿”，被人们或者小瞧或者同情或者怜悯或者慨叹，又因此成了个似乎不怎么光彩的待业青年，闲居在家靠着父母，“吃他娘”“喝他娘”，还为了拿到一份临时的工作而憋着闷气压抑着欲望与老爷子“妥协”，还有由于一次纯属偶然的“倒霉”遭遇而必须凑齐八十多元现金，在这过程中见识到了人情冷暖、世道艰辛。

然而，在小说的这些表层叙述的后面，实际上蕴藏了作家对当代青年的深入观察，对当代青年社会生活观念、价值观念、人格素质的敏感体察和准确把握。20世纪80年代的社会青年处于特定的社会变革时期，物质生活、社会环境的日新月异使他们在精神素质的深邃层次上产生了一种较为本质的变异：他们面对某些传统的（也包括某些流行的）社会生存方式、价值观念等，在精神上和行为上都显示了一种怀疑的、审视的以至挑战的、桀骜不驯的态度，在关忠文的《青年心理学》中对这一现象有具体的解释：“当青年发现自己一直认为是自己所具有的人生观和价值观等，在实际上不是自己的东西，而是从父母那里延用下来的时，青年便开始摸索真正的自我。”“青年认识到以往的自己是别人造成的自己以后，就开始了自己创造自己的努力。”①

从以上的分析可以看出，“卷毛”之所以称自己活得“窝囊”，根本上是因为他与社会上前一辈人的思想观念，也就是当时社会的主流观念有很大的不同。在社会的转型时期，他可以算是一个“先进”，对于理想的生活有不同的看法，但这种生活观念还没有完全被社会上的大多数人所接受，因而就产生了这种“窝囊”的看法。“卷毛”的概括可以说是对自己生活方式的一种自嘲。

也许“卷毛”这哥们儿本来是可以活得不“窝囊”，反而会滋滋

---

①［日］关忠文：《青年心理学》，黑龙江人民出版社，1982年，第56页。

润润令人羡慕：他本来就是生长在一个“幸福家庭”中，如果他能规规矩矩地给这个“幸福家庭”当个“幸福儿子”，那他生活中的一切就都可以由他的双亲大人为他做好最“惬意”的安排——然而，“卷毛”不想要这种被安排好的“人生”，他为自己选择了做“幸福家庭”的“不幸儿子”的生存方式。为这选择当然需要付出代价，这就使他不得不因此而“活得那叫窝囊”。

然而，在自嘲之外，“卷毛”也对自己的生活方式进行了一定的“辩解”，而这一辩解正体现了这个人物形象的复杂与深刻。小说中几次出现“卷毛”念叨这句话“他（她）有他（她）的活法儿，我有我的活法儿”。小说结尾处的两段独白，应该看作主人公对于自己生存状况和人生信念的真正总结，这是我们不应该忽略的：

> 别看我这副德性，我比他们活得可认真多啦。他娘的甚至太认真了，不然我也不会闹得这么惨。
>
> 我还是活得太认真。尽管这个世界上说不定只有我一个人这么看。①

实际上，他对自己活法儿的“没劲”“窝囊”的判断，也许多少有点悲观意味，但这归根结底正来源于主人公内心深处对于自己人生方式和生存状况的某种过于执着认真的念想，这有点类似《家》中的觉新“反抗旧家庭”的执着，都是一样的年轻而充满激情，也都一样地不为长辈所理解。“卷毛”的整个活法儿是不是够得上“太认真”，在不同的人们当然会有不同的评判，它并不是我们习惯了的传统评价中的“好青年”模式的形象。陈建功在塑造这一形象的时候，也没有进行非黑即白的道德化评价，这也是这部作品的复杂之处，它再次向我们揭示一个现象：大部分人的人性与人格大抵都处于一种灰色地带。

---

① 陈建功：《卷毛》，北京燕山出版社，1997年，第133页。

从陈建功的《卷毛》中，我们很容易想起美国作家塞林格的著名作品《麦田里的守望者》。两部作品都以青年为主人公，都描写了社会转型时期青年成长过程中的迷惘与困惑。然而两部作品主人公的精神归宿却表现出明显的差异。《麦田里的守望者》中的主人公霍尔顿对工业社会中“异化了的人”有了失望、怀疑、惶惑、迷茫的情绪，最终甚至到了愤世嫉俗的程度，将自己定位为一位道德上的救世者，寻找自己理想中的所谓“乐土”。这种与社会脱节的“纯真”，这样一条所谓企图摆脱精神困境的“出路”，在其本质上也是惶惑的。

在《卷毛》中，“卷毛”的人生路径则与霍尔顿有所不同，虽然陈建功也暗示他的主人公要走向精神自新的出路，要“换一种活法儿”，要寻到一种“新的活法”。然而作家终了并没有为主人公安排一个明确的归宿：“卷毛”最后能寻到“新的活法”吗？会寻到什么样的“新的活法”呢？——小说的篇末是将这样一个疑问留给了人们的。笔者以为，这或许不是作家写作的疏忽，而是他作品的意味所在，它带给人们一种启示：相信自己对于人生的选择，这种选择或许现在还未明确，但在生活经历的积累过程中，人生的选择会逐渐明了清晰，而人生就在这样的试错过程中呈现出更加丰富的色彩。

二、倪吾诚：中西文化冲突背景下的身份认同危机

自五四运动以来，西方文化思潮开始较为广泛地传入中国，尤其是改革开放之后，在文化全球化的背景中，各种西方文化蜂拥而至，对中国文化造成了巨大的冲击。王蒙在担任文化部部长后接受采访，提及自己对文化冲突的认识时说：“通过各国之间的文化交流，人类的文化才能不断地丰富发展……我国实行开放政策后，从西方进来的文化艺术，有不少好的东西，当然也有不怎么适合我们人民需要的东西，不适合我们社会发展的东西，甚至消极的东西，这就有一个选择

的问题。”[①]可见，王蒙对中外文化冲突早有自己独特的认识，他认为虽然可能产生各种各样的冲突，但是整体的开放脚步是不能停歇的。基于这样的认识，王蒙在一些作品中表现出了中西文化相互交汇、融合、碰撞、冲突的发展状况，尤其对知识分子在这一复杂处境中的身份认同问题予以关注，他的分析与记录也体现出了其所处时代的整体精神风貌和文化氛围。其《活动变人形》创作于20世纪80年代后期，被誉为“20世纪中国知识分子的心灵历程的缩影”。小说的主人公倪吾诚是文化全球化背景中知识分子的典型，他便是在王蒙所说的“选择的问题”当中体现出了明显的身份认同焦虑。

在这段时期，中国知识分子在两种文化的夹缝中徘徊着，自恋又自卑。《活动变人形》表现了在中西文化交融的背景下，文化保守主义与文化激进主义两种声音的较量和斗争，以及身处其中的尚未成熟的知识分子倪吾诚的矛盾处境。中西文化的撞击冲突是造成倪吾诚人生困境与精神痛苦的最主要的原因。在倪吾诚分裂的生存状态背后，表现的并不仅仅是精神与物质的对立，理想和现实的分裂，更深层次里隐含的是一种文化的冲突——传统的中国文化和现代的西方文化的冲突。

倪吾诚从小就不满足于旧伦理、旧文明的束缚，对于时代气息表现得很敏感。自从九岁上洋学堂之后，他就迷上了梁启超、章太炎、王国维的文章。他无师自通地反对缠足；与佃户们谈说“耕者有其田”；祭祖时跑到梨园观测星星，扬言要砸烂祖宗牌位；他很小就在失眠时思索人生的目的、意义和价值，身上似乎没头没尾地有些个要“革命”的种子。但是，在倪吾诚生长的孟官屯到陶村这片贫瘠的土地上，封建宗法势力和封建思想鬼魂，带着粗野的、原始的、狭小的视野形成了僵硬、固执的封建理念，他所处的封建旧家庭是不能容忍他这种激进思想的，母亲出于爱，为他套上了婚姻的枷锁，这个枷锁

① 方连：《探索中外文化交流的新天地——访文化部长王蒙》，《世界知识》，1986年第16期。

成功地困住了他的一生。他的全部生命和全部精力，只能徒然地虚耗在“家”这个牢笼里。

姜静宜、姜静珍、赵姜氏甚至倪萍都是固守中国传统文化的保守主义者。她们是中国传统文化的捍卫者，对西方文化则持一种反感、排斥、厌恶甚至坚决抵制的态度。倪吾诚在接触了西方的现代文明之后，与整个家庭格格不入。倪吾诚的家庭纷争实际是中西文化冲突渗透到两个由于具有不同的文化观念而形成完全殊异的心理素质和精神状态的人中间去的结果。借倪家的纷争，王蒙将迥然不同的两种文化心态的人必须共同生活所带来的矛盾和痛苦形象化了。

倪吾诚留学欧洲，接受了欧洲文明及其生活方式，这使他有如新生，“睁开了几千年不准睁的眼睛”，发觉“自己的家乡，自己的祖先，自己的妻眷，仍在万丈深渊的黑暗重压之下”①，他决心以西方文明来拯救家人于黑暗之中，让他们过上文明的现代生活。他执着地关注身边的生活细节，并试图改变家人已有的生活习惯，比如吃什么、怎么吃，可是他的做法并没有得到家人的认同与接受，反而引起了无穷无尽的纷争。小说中所描写的倪吾诚与姜静宜、姜静珍等人的矛盾和冲突，实质上是中西方两种异质文化的碰撞与冲突的体现。倪吾诚极度蔑视静宜只关注柴米油盐的粗鄙的“唯物”主义生活方式，他苦口婆心地教导静宜学做一个现代女性，力图使她融入他所认可的现代文明生活之中。但他的努力遭到了静宜针锋相对的反抗，从此二人的矛盾冲突一发不可收。表面上看，静宜的反抗源于对倪吾诚给她安排的社交生活的不适应，以及由经济困窘带来的生活压力，但根本的原因是静宜的生活观念与倪吾诚绝不相同。《活动变人形》正是这种矛盾可怖的国民生活的艺术记录。中西文化的强烈冲突、传统与现代的无法融合给倪吾诚带来了无尽的痛苦，这也是倪吾诚对自身身份产生困惑的重要原因。他到底要怎么做、要站在哪个立场上才能摆脱痛苦？他不知道。

---

① 王蒙：《活动变人形》，人民文学出版社，2000年，第245页。

而倪吾诚产生身份困惑更深层次的原因在于：由于接受了两种不同文化思想的灌输，倪吾诚本身就是一个矛盾体。他有些时候也会被一种氛围——陶村一带的乡音带回到孟官屯，但更多的时候是处于另外一个极端，他对学习欧洲人的文明习惯有一种坚定的热烈的信念，并完全以其为标准来要求自己，并且理所当然地苛求着妻子静宜，这是他顽强的生活逻辑。他认为“女人不挺胸不如死了好”“要跳舞喝咖啡吃冰激凌”，不喝牛奶就是彻头彻尾的野蛮……倪吾诚完全否定了中国传统文化，认为中国已经落后了200年，他们过去的生活，包括他们的婚姻都是非人性的、野蛮的、愚蠢的，甚至是“龌龊”的。在批判中国传统文化的时候，他也不忘使用孟官屯至陶村一带从来无人使用过的“龌龊”一词。

倪吾诚经历了传统文化和现代文化的双重教育，具有双重身份和两种世界观、价值观、思维方式，生活于传统与现代的夹缝中，摇摆不定、进退两难、无所依归，渴望得到自由、理解，却无力挣脱传统的牢笼，可见他“选择的问题”有多么严重。

作为一个现代文明的先觉者，倪吾诚对封建文化、封建伦理深恶痛绝，他试图在家中那块小小的地界实践西方文明，虽有些顽固与极端，却也是值得肯定的。但是，倪吾诚的悲哀就在于他脱离民众、脱离现实，他偏颇的文人情怀使得自己有些孤傲、不切实际，对新思想的传播多停留在口头上，对新文化的追求多表现在幻想中，再加上环境的层层压迫，以及知识分子自身的软弱性和妥协性，使他厌弃旧文化而不能采取行动，认同新文化又无能力去实践，最终一生空忙，一事无成。

徘徊在世俗与文人的两端，倪吾诚在现实和幻想之间翻跟头，他找不到自己，也给不了他人幸福。对这一点，妻子姜静宜看得比他自己要清楚：“要钱没钱，要势没势，要在社会上混的本事和生活的本事没本事，连掉了的扣子都不会钉。那你真有学问也好，又是一肚子说有有点说没全没得学问。高不成，低不就，非驴非马的四不像。”①

① 王蒙：《活动变人形》，人民文学出版社，2000年，第102页。

西方文化符号在转化成适合中国人的文化模式的过程中，很容易产生文化认同的危机感，而知识分子处在这样一种文化语境之下，相应地产生出不知所属的自我认同危机感。倪吾诚在与自己真诚崇拜的一位学贯中西的教授杜慎行交谈时，能够天南海北淋漓尽致地畅言一番，然而却毫无逻辑毫无目的。杜慎行作为知识界的名流，不免感到悲哀，忍不住向倪吾诚提出了一个略犀利而又关键的问题，要他面对中国抗日战争的现实。倪吾诚哑口无言，思绪乱如麻，竟一下子回归到了孟官屯—陶村人的标准的茫然麻木的神情。他有了一种被看穿隐私的紧张感，虽然后来努力借食物的美感稳定了情绪，继续他那纵横九万里的言论，但送走杜公之后倪吾诚感受到的不是与人沟通交流的充实、愉快，反而“就像脑髓脑血筋脉骨骼都被抽空了一般”，“他是谁？他在哪里？他做了什么，正在做什么，将要做什么，需要做什么和喜欢做什么？所有这些问题他都无一言以对。”此刻所有的感觉都不在，唯有迷茫，以及人生的虚空。同样，“中国文化迷”史福冈教授，以及“学了外国本领，保存中国旧习”的赵尚同在各个方面都当仁不让地死死压住了倪吾诚。这些“他者”作为一种压制性的力量否定着“自我”的实现，成为造成尚未成熟的知识分子自我认同危机的外在条件。

当倪吾诚以知识分子的形象自居时，获得的最为恶劣的评价是在家庭生活中。静宜、静珍和赵姜氏火力全开，对倪吾诚致以最恶毒的咒骂。这是两种文化冲突之后引起的尖锐反应，处在某种文化熏染下的人在自身的文化受到隐隐的威胁后，便使用极端的话语来抨击他人，以保护自己。对此，倪吾诚已经司空见惯。在传统的家庭中他受尽了三个传统女人的传统思想的挤压，把希望寄托在下一代人的身上，他认为，孩子们应该出生和生活在文明、科学、健康的环境里边。他给孩子们买鱼肝油，买“活动变人形”，买寒暑表，他希望家中能多一点儿科学，多一点儿西方文明。然而女儿倪萍却“常常那么忧郁，为大人的事而忧郁，像大人一样忧郁”，受静宜的灌输，她认为爸爸不要他们了，要再娶一个坏女人……儿子倪藻本是“从小就生活在绝无争议的无限的温柔和慈爱里”的孩子，却也在母亲、姨姨以及赵姜氏的熏陶下，目光益发不安而且呆木。这样的眼神，像极了静宜，像极了抽鸦片的少年时的倪吾诚。他希望孩子们像小兔子、小麻雀、小山羊一样跑到他身边去搂他、亲他，把他手里的花花绿绿的好看的玩具读物接过去，然而一切却被静宜他们给安排呆滞了。孩子们眼中的父亲形象，已经不是他们所期望的那个样子了，孩子们也接受了母亲关于“你爸爸有神经病”的观点。

在《活动变人形》中，“他者”的目光对倪吾诚施加的是一种压力，一种与自我认知方式完全相反的价值观，这给他造成了自我认同危机。在这个过程中，他仿佛回到了少年时期看到牛被阉割的场面，“感到了疼痛，更感到一种酸麻和空虚，一种巨大的失落”。

倪吾诚给孩子买的“活动变人形”可以组合出很多种不同的人物形象来，但有些组合有点生硬，有点不合模子，有的组合在一起让人觉得可笑、可厌甚至可怕。在某种意义上，倪吾诚本身就是一个变幻不定的“活动变人形”。在中国传统文化的氛围里，倪吾诚有着西方现代文明思想，在中西文化的交会、碰撞之中，作为一个尚未成熟的知识分子，他的性格有如一个光怪陆离的矛盾复合体。在跨文化语境中，倪吾诚有着深深的身份焦灼感，存在着强烈的自我认同危机，成为中西文化碰撞中的一个畸形儿。与古代优秀知识分子相比，倪吾诚既缺乏与专制君主相抗衡的人格自尊，又缺乏他们以天下为己任、修齐治平以实现人生价值的伟大理想。与同时代引领风骚的启蒙知识分子相比，他既缺乏他们学贯中西的睿智与胸怀，亦缺少他们基于对国家民族深沉的忧患意识基础之上的现实关怀与社会关怀。因此，倪吾诚的形象，鲜明地体现了中西文化冲突背景下文化人格的悲剧二重性。

总之，传统的封建主义文化摧残、窒息了倪吾诚的灵魂，使他在彻底否定传统的同时，又丧失了所有的精神资源，而对西方文化表面化的接收又使他失去了立足的土壤，在这两种文化的夹缝里痛苦挣扎的倪吾诚找不到自我，也找不准自己的位置到底在哪里。在快七十岁、双目失明、双腿失去功能的时候，他问自己：“你的黄金时代是什么时候呢？”最后他的结论是：“我的黄金时代还没有开始呢。”这是一个知识分子骇人听闻的一生，然而，也是一个再合理不过的结局了。

王蒙的《活动变人形》虽然以民国时间作为故事的主体时间，却实实在在写的是发生在20世纪80年代的故事。且看西方文明对中国文化的冲击，无论是五四时期，还是改革开放之后，无论是对于倪吾诚而言，还是对于卷毛来说，他们所经历的社会剧变是一致的，他们想要确立自身定位的想法是一样的，他们都是经历了社会巨变与文化冲击的一代“新北京人”。

第四节 “蒲柳人家”的运河风情

刘绍棠的“运河文学”是极富创作个性的，是独树一帜的。他没有像其他有些作家那样，把自己的目光转到吸取西方文学的“精华”上面去，而是立足乡土，立足京东北运河平原，在民族化的道路上阔步前进。这是难能可贵的，其重要意义在于：他激发人们热爱乡土，改造乡土，并为之勇敢献身。

一、“深挖一口井”

刘绍棠写京味乡土小说，用他自己的话说，那就是“深挖一口井”。这是他的创作经历“告诉”他的。他13岁开始文学创作生涯，完全是看主编之脸色，投主编之所好。不管自己有无能力和兴趣，凡是应时当令、容易发表的题材都写。成名很早是一大优势，当他已被承认为新中国文学橱窗里的一个小小展品时，一批跟他同辈而又比他年龄大的青年作家破土而出，蜂拥而上。其中几位写农村题材的青年作家，见识比他广，阅历比他深，生活积累比他厚，同是写农村题材的，他写不过人家；何况还有众多的写农村题材的前辈名家，孙犁、柳青、赵树理等，更是他所望尘莫及。他的前途发生了危机，面对众多擅写农村题材的前辈和同辈作家，只有“知己知彼”，才能“百战不殆”。“知彼”要虚心，“知己”必须冷酷。要想“知己”就得正确认识和估价自己的优缺点与长短处。特别是对自己的缺点和短处，应有正确的认识与估价，敢于把自己的缺点和强手的优点对照，将自己的短处和强手的长处比较。最要不得的是以己之长轻彼之短。急中生智的他从肖洛霍夫的作品中悟出了一个道理，那就是欲进先退，以守为攻，专写乡土和乡亲，便可以在局部上取得最大优势，而在文坛上占据一席之地。文坛不能有皇上，也不能有霸王、盟主、龙头老大，只有各自“割据称雄”才能带来百花齐放，刘绍棠喜欢自称一亩三分地的“地主”。

在与前辈和同辈的强手进行对照与比较之后，面对那些擅写农村题材作家中的强手，刘绍棠明白了自己有多大能量和多少潜力。全面地整体地了解和把握农村与农民，反映农村的社会问题和把握农民的各种典型，比不上这些强手，也赶不上这些强手。因此，只能争取单项突出。刘绍棠从鲁迅、肖洛霍夫和孙犁的小说创作中得到指引：写家乡，写家乡的农民，致力乡土文学创作，才是自己的生路和出路。正如刘绍棠在《我是刘绍棠》一书中所言："从13岁的下半年到15岁的上半年，我发表了20来篇短篇小说习作，都是写农村和农民的。那只不过是编出一个个比较完整的故事，没有刻画出生动形象的人物，也缺乏鲜明的地方色彩。15岁那年夏季，我在家乡儒林村，开始自觉或不自觉地总结自己两年习作的得失，研究前辈作家的创作经验，思考同辈人在创作上的优劣长短。于是，我确定了我今后的创作方向——写农民、写家乡。我从鲁迅先生、孙犁同志和苏联的肖洛霍夫的小说中悟出一个道理，那就是在创作上一定要有个人特色，努力形成独特的艺术风格。"①在中国960万平方公里的土地上耕耘，难度很大，但是"经营"家乡的9.6平方公里的土地，便转弱为强，劣势化为优势；那些比不上、赶不上的强手，反倒比不上、赶不上刘绍棠了。

之后几十年的创作生涯，刘绍棠写的都是运河乡土。从第一本短篇小说集《青枝绿叶》开始，作者便致力于家乡乡土题材的创作。1953年，刘绍棠在《青枝绿叶》的《前记》中写道："这里的五篇小说，都写的是我的家乡——北运河平原上的故事。我出生在这个平原上紧紧靠着河边的一个小村庄里。运河的河水和平原的土地，哺育我长成为一个充满青春活力的17岁的青年。我和我的家乡，有着一缕深深的，就像母子连心那样的情感。"②在乡土文学创作上他起到承上启下的桥梁作用。不但向披荆斩棘的先行者致敬，也向络绎于途的后

① 刘绍棠：《我是刘绍棠》，十月文艺出版社，2018年，第245页。

② 刘绍棠：《蒲柳人家》，十月文艺出版社，2014年，第9页。

来人招手。这条路他走了46年，在长篇小说《十步香草》的后记中写道："我要以我的全部心血和笔墨，描绘京东北运河农村的20世纪风貌……留下一幅20世纪家乡的历史、景观、民俗和社会学的多彩画卷，这便是我今生的最大心愿。我的名字能和大运河血肉相连，不可分割，便不虚度此生。"①

"儒林村就是我的创作源泉"。刘绍棠曾在不同的文章和作品中反复提到过"这个小村，是我的取之不尽，用之不竭的创作源泉，是我以30多年时间打出的一眼生活深井。虽然我已写出12部长篇小说，30部中篇小说，上百个短篇小说，以及更多的散文和回忆录，但只不过是从深井里汲上几筲水"②。他从出生到10岁，在北运河边的儒林村东西南北四框中长大，10岁走出这片狭天窄地，进城读书，但是每年的寒假和暑假，仍回儒林村和乡亲们欢聚。寒假和暑假加起来至少3个月。回村归心似箭，返校热土难离。20岁当上专业作家，回乡挂职担任乡党委副书记。21岁时，被划为"右派"，回乡务农。直到党的十二届三中全会以后，他才重返文坛，离开儒林村。但是，他在1988年8月中风偏瘫以前，每年都回村走一走，住一住。"我这辈子，最引以为自豪的是在中国当代作家中享有两个独一无二：一个是40多年创作生涯，长、中、短篇小说都是写我的家乡父老和家乡风土人情，没有杂样儿；一个是我在我那生身之地的小村——北京通县儒林村，前后生活了30多年。具有30多年农村生活经历的作家不少，但在一个村度过30多年时光的只我一位。因此，我的作品是典型的乡土文学，我是典型的乡土文学作家。"③

刘绍棠始终在深挖儒林村这口井："乡土文学的命根子，还是深入生活，下决心在一村一地打深井；而不要昨日走南，今日闯北，明天东奔，今天西走，云游四方，露天采矿，摘几片浮光掠影，给自己的作品镀一层彩色，那只能生产乡土文学的赝品。"他还说："文学

① 刘绍棠：《蒲柳人家》，十月文艺出版社，2014年，第67页。

② 刘绍棠：《我是刘绍棠》，十月文艺出版社，2018年，第247页。

③ 刘绍棠：《我是刘绍棠》，十月文艺出版社，2018年，第226页。

是人学，写的是人，每一个人都是一口泉，而不是一座矿；矿可采空，泉源无竭。一个作家能有几口泉，就很富有了。”[①]

丁帆曾说：“乡土小说的重要特征就在于‘地方色彩’和‘风俗画描写’。”[②]而刘绍棠从20世纪80年代初就高举乡土文学的旗帜，他的小说就像一幅幅风景画、风俗画，将他家乡北运河一带农村的乡风水色展现在读者面前，读来令人陶醉和向往。这些风景画和风俗画在很大程度上增强了小说的地域色彩，同时也深化了小说的美学意蕴。

有人说，故乡是悠扬的牧歌，如梦幻般美妙动人。而刘绍棠笔下的故乡是一幅瑰丽的油画，宁静动人。他曾在《蒲柳人家》中写道：

> 残阳如火，晚霞似火，给田野、村庄、树林、河流、青纱帐镀上了柔和的金色。荷锄而归的农民，打着鞭花的牧童，归来返去的行人，奔走于途，匆匆赶路。村中炊烟袅袅，河上飘荡着薄雾似的水汽。鸟入林，鸡上窝，牛羊进圈，骡马回棚，蝈蝈在豆丛下和南瓜花上叫起来。月上柳梢头了。[③]

在这段文字中，作者勾勒了一幅油画般绚丽的傍晚乡村图。在画中，残阳、晚霞、河流、轻纱、炊烟、牧童、牛羊等景物共同构成了一个远离俗世尘嚣，充满诗情画意的乡村田园世界，一切都显得瑰丽而温馨，柔美而宁静。刘绍棠在这个如诗如画的乡村里度过了忧思难忘的童年时光。他曾整天在村里野跑、疯玩，从泥棚茅舍到瓜田柳巷，从青青池塘到运河野滩，到处留下了他的足迹。这些美好的过往经历都化为刘绍棠笔下浓郁的情思，助他绘制出一幅幅明洁秀丽、诗意隽永的田园风光。

---

① 刘绍棠：《我是刘绍棠》，十月文艺出版社，2018年，第246—247页。

② 丁帆：《中国乡土小说史论》，江苏文艺出版社，1992年，第10页。

③ 刘绍棠：《蒲柳人家》，十月文艺出版社，2014年，第101页。

《瓜棚柳巷》中，作者细致描写了柳家瓜园内外的景象：瓜园外，绿藤缠腰的老龙河柳上，鸟窝倒挂金钩，泛着叶叶扁舟的小河边，野花竞相开放；瓜园内，柳桩搭起两间瓜棚，红柳编织的棚壁上涂满麦芋熟泥，几垛青柴，捆捆野蒿，袅袅炊烟飘香四溢；离瓜棚不远处的瓜垄里，布满四下蔓延的瓜秧，层层密叶中隐匿着青石磙子般大的西瓜，匀溜个儿的香瓜和憨态可掬的面瓜，南风一吹，瓜香弥漫方圆几里。《花街》中，叶家的农家小院里呈现一番绿意融融、吵吵闹闹的景象：芦根草、牛蒡、香蒿遍地生长，牵牛花开满小院，柴门左右垒起了猪圈、羊栏、鸡窝，公鸡扑翅叫天明，母鸡下蛋“咯咯咯”。《荇水荷风》中，作者简笔勾勒了迷人的池塘夜色，在秋风阵阵的夜晚，形似葫芦的池塘里，荷叶田田，鱼儿戏水，抬头看，一轮橙黄的圆月爬上柳梢，洒下一片迷茫的月光。除了瓜园、农舍、池塘，刘绍棠还多次在小说中描写了运河滩的自然风光。其中，《蒲柳人家》中的这段描写最为精彩：

> 这片河滩方圆七八里，一条条河汊纵横交错，一片片水洼星罗棋布，一道道沙冈连绵起伏……河汊两岸生长着浓荫蔽日的大树，枝枝丫丫搭满了大大小小的鸟窝。水洼里丛生着芦苇、野麻和蒲草，三三五五的红翅膀蜻蜓，在苇尖、麻叶和草片上歇脚；而隐藏深处的红脖儿水鸡，只有蝴蝶大小，啼唱得婉转迷人，它的窝搭在擦着水皮儿的芦苇半腰上，一听见声响，就从窝里钻进水里，十分难捉。沙岗上散布着郁郁葱葱的柳棵子地，柳荫下沙白如雪……①

画家能让你从画中看到“文字”，作家能让你从文字中看到“画”。在以上的文字中，刘绍棠向我们展示了一幅迷人的运河滩风景画。首先，作者采用镜头移动的手法，依次按照从左往右的顺序描

① 刘绍棠：《蒲柳人家》，十月文艺出版社，2014年，第34页。

写了河汊、水洼、沙冈这三大景物，又按照从上往下的顺序描写了树上的鸟窝、水里的芦苇、野麻、蒲草，还注意到纵深远近的层次，先描写近处的红翅膀蜻蜓，再描写隐匿在深处的红脖儿水鸡，从而构成了一幅结构匀称立体的画面；其次，作者采用动静结合的手法，既描写了河汊、水洼等静物，又描写了鸟儿、蜻蜓等动物，将自然风光的静态美和生命的动态美完美结合在一起，从而呈现出一幅闲适而又自由的画面；最后，作者还运用了声色融合的手法。在听觉上，千百只鸟儿在枝头叽叽喳喳地鸣叫，隐匿在水洼深处的水鸡低声婉转地啼唱着，它们的声音高亢温软，此起彼伏，交相辉映；在视觉上，绿色的芦苇、蒲草，红色的蜻蜓、水鸡，还有白色细软的沙滩地，又不禁让人联想到水草旺盛、色彩鲜艳强烈的水洼景象。这是多么鲜活而又充满野味的运河滩图景。

刘绍棠用心捕捉自然的神韵，运用娴熟的技法和优美的笔调描绘了一个人与自然和谐相处的运河水乡，这里有莺啼燕语的野滩，有果香飘溢的瓜园，有幽静葱郁的柳巷，还有成群家禽的农舍……它既不同于孙犁笔下的白洋淀水乡，也有别于汪曾祺笔下的高邮水乡，而是充满了优美独特的蒲柳风味，令人神往。

刘绍棠“深挖一口井”，看起来有些局限，好似题材开拓颇窄，但是他对自己的乡土文学的创作主张确有独到的阐释：“乡土文学作家虽然只写方寸之地，却不能身心作茧自缚，眼界画地为牢。相反，更应胸怀五大洲三大洋，眼观六路而又耳听八方。目光短浅，器量狭窄，孤陋寡闻，只能因小失大，萎缩了乡土文学。中国气派，民族风格和地方特色，主导着我的乡土文学创作。”[①]这段话让我们对他的乡土文学的创作理论有了更深刻的了解，他的“深挖一口井”主张，显示着他对地域文化的自觉倡导和追求。刘绍棠不但创作主张40多年如一日，在实践中更是说到做到。43年创作生涯，长、中、短篇小说写了几百万字，没有一篇不写运河，没有一篇不写通县。从一而终

---

① 刘绍棠：《我是刘绍棠》，十月文艺出版社，2018年，第135页。

“死心眼儿”。

二、运河水边的“浮萍”“蒲苇”

刘绍棠笔下的人物形象十分丰富，有活泼伶俐的孩童“满子”们，满腹经纶、玉树临风的“洛文”们，健壮剽悍的一丈青，善良狡狯的花藕娘、女房东，柔弱可怜的灯草婶子、艾窝窝，性格刚烈的水芹，纯真善良的“望日莲”“花碧莲”们；还有奸刁凶恶的豆叶黄、狗尾巴花、五月鲜儿、锦囊娘子等。他们或笑骂人生，或执着爱情，或利欲熏心，都性格鲜明。他们都生活在运河滩上，是运河的水把他们养活的，无论是从何处来，到何处去，是大运河的流动给他们注入了生命的活力。

“君不见黄河之水天上来，奔流到海不复回”，李太白描写的黄河水气势如虹。运河水虽不及黄河水波澜壮阔，却也是自隋唐以来，绵延千年。三千里的大运河，沿途风光无限。北运河的水从何而来？刘绍棠曾如此描写：“北运河的水是从哪儿来的？天上掉下来的，山里头跑来的。每年一入伏，瓢泼大雨连阴天，鞭杆子雨铺天盖地，竹帘子雨包天裹地，牛毛细雨点点入地，下得大河满了槽。这时，又山洪暴发，冲出燕北的崇山峻岭，直奔平原一泻百里，冲决了堤岸，淹没了田野和村庄。我小时候，年年不是大涝就是小涝，树梢上挂水藻，原野上一片汪洋。男女老幼被大水冲得漂流四散，在水中抱着檩条子，坐着大笸箩，揪着牛尾巴，拼命挣扎想死里求生，还有的坐在被连根拔起的大麦秸垛上，喊哑了嗓子向岸上呼救……”①

同样是水，汪曾祺笔下的水，平静怡人；沈从文笔下的水，漾出迷人悠远的湘西世界，摆渡，赛龙舟，青翠的竹林；刘绍棠的家乡通州，作为京东首邑，属龙头凤尾之地利，风水汇聚，人杰地灵，但水边人家是如此的颠沛流离，生计无着。运河边上的男人，撑船、拉纤，捕鱼、捞虾，汗珠子一摔八瓣，一年到头混不出个温饱，作为运

① 刘绍棠：《蒲柳人家》，十月文艺出版社，2014年，第89页。

河滩上的女人们就更加雪上加霜了，犹如那水上的浮萍，命运难以把握。

就像水一样的流动，柔软，这些从水上漂来的“浮萍”们，有沿河逃生的蓑嫂，落水遇救的伏天儿娘——玉姑，“菱花鱼小划子”上下来的花三春，自买自身的凌蛾眉，朝不保夕的鼓书艺人云遮月，逃灾逃命的荷妞等，这些风飘絮、雨打萍一样的女人们，从不同地方，以各种形式，被水流聚到这运河滩上。

> 赶上一年雨季，运河涨平了两岸；河边上的芦苇只露尖尖角，连一只蜻蜓也站不住；野麻水吞脖儿，圆圆的麻叶漂浮在水面上，远远望去就像大片的青萍，小片的荷叶；大河再添一瓢水，水就出槽了。
>
> 正是挂锄时节，长工有几天官假。叶三车在家里歇伏，可也没闲着。他手持一杆丈八鱼叉，在大河上来来往往扎鲤鱼。他的水性很大，踩水如走平地。
>
> 忽然，一条小船像一只断线的风筝，飘飘摇摇顺流而下，船上翻下两个人：一个老者像狂风中的枯叶，一个女子像急流里的落花。他把丈八鱼叉投到岸上去，顶流浮水急如星火，搭救这两位船翻落水的过客。①

这其中的女子就是后来成为伏天儿的娘的玉姑，就连玉姑这种被封建礼教熏陶的“贞女”，也被运河的宽大胸怀濡染，脱胎换骨，从对叶三车横竖看不上，到临终言善，下辈子还做他妻子。

蓑嫂不是花街的老户。水上的浮萍挂了桩，杨花柳絮落了地，那一年她带着三岁的女儿金瓜，逃出虎口，走投无路才在花街落了脚。蓑嫂，这个沿河逃生到花街的女人，被早起挑水的叶三车救起，这在运河边上，屡见不鲜，叶三车也就不想刨根问底。花街上更没有多少

---

① 刘绍棠：《蒲柳人家》，北京十月文艺出版社，2018年版，第230—231页。

女人，女人都不愿嫁到花街来。花街上的女人大都来路不正，来历不明。不是私奔，就是拐卖，没有一个是明媒正娶、鸣锣响鼓花轿搭来的。刘绍棠的《花街》通过对蓑嫂的寥寥几句的描写，点出了运河滩上女人的悲惨命运，但是就是再怎样时运不济，运河滩上的女人们也乐于生活，不向命运低头，落地而活，没有三媒六证、红烛锣鼓、繁文缛节，蓑嫂很自然地和叶三车搭了伙，做了半路夫妻，相亲相爱、情投意合、心满意足，像嫁了个上天下界的星宿，又好像一条无依无靠的柔藤苦蔓子，千缠百绕在顶天立地的大树上。

花三春，这个帮虎吃食的狐狸精，是从放鹰船上误打误撞，被柳叶眉给扯下的女子，与吴钩凑成夫妻。这一女子的来历，给我们呈现了运河上另一类女子的命运，这一些被坑蒙拐骗来的女子，被受制于人，放在被叫作“黄鱼小划子”的鸡笼小船上，昼伏夜出，专找孤身男子，不管是种田的、走船的、赶脚的、打鱼的，先是极便宜被卖，而后伺机下手，把买主席卷一空，这也是河边人家特有的一景吧。

像蓑嫂、玉姑、花三春等浮萍一样的女人，随风流荡，遇水而生、而安，是运河的水濡染了她们，给了她们新生。贾宝玉曾说过，女人是水做的，柔软流动，但以柔克刚。无论处境多艰难，在运河滩上，大河两岸，开枝散叶，茂盛起来。

刘绍棠生活在水边，小说中的人物自然和水密不可分，除了熟悉的从水上漂来的“浮萍”们，还有土生土长的农家女儿，这些从小生长在运河滩上的“蒲苇”们，名字就透出一股水气：“望日莲”“荷妞”“水芹”“玉藕”“翠菱”“花碧莲”……她们都离不开河水，离不了河滩，浸透出水的濡染。这些土生土长的农家女儿勤劳、善良、赤诚情真、爱憎分明；对爱情忠贞不渝，为正义和真理可以献出一切。她们心灵纯洁如玉，品格高贵似金。如果把她们当中的每个人单独摆出来，似乎还显不出有什么特殊的价值。但是，将她们列起队来整体观瞻，却显得是那样的威武雄壮，引人注目。她们以罕见的聪明才智和真善美的道德力量，组成了一个隽妙无比的女儿国。这个女儿国是中华民族的柱石，这个女儿国是人类文明准则的展览中心。

望日莲，这个奶名儿“可怜儿”的姑娘，19岁，是何家东隔壁杜家的童养媳。7岁被在摆渡口开小店的花鞋杜四买下来，给他那个当时已经17岁的傻儿子当童养媳妇。花鞋杜四是这个小村有名的泥腿，他的老婆豆叶黄，又是这个小村独一无二的破鞋。可怜儿来到杜家，一年到头天蒙蒙亮就起，烧火、做饭、提水、喂猪、纺纱、织布、挖野菜、打青柴，夜晚在月光下，还要织席编篓子，一打盹儿就要挨豆叶黄的笤帚疙瘩，身上常被拧得青一块紫一块。“望日莲就像那死不了花，在饥饿、虐待和劳苦中发育长大，模样儿越来越俊俏，身子越来越秀美。”①

荷妞、翠菱和望日莲一样都是童养媳，但由于投生在不同人家，遭遇却天上地下，“荷妞到婆家，头一顿就一口气吃下三个大贴饼子，老木匠又把半大海碗菜粥倒给她，也吃得溜干二净，不必涮碗”。②荷妞10岁，就给公爹打下手，做木匠活，不会女红，和丈夫两小无猜，青梅竹马，健康成长。翠菱虽然也是逃荒被收留，但是摆渡的公爹对她是亲闺女一样待承，居家过日子，当家主事。她们二人和望日莲虽然名目一样，但命运迥异。

柳叶眉、水芹把命运握在自己手中，她们虽然不是同时代的女性，但是却都表现出燕赵之地的慷慨悲壮之气。柳叶眉虽然生活在新中国成立前，但她身怀绝技，看瓜种地，巾帼不让须眉，同地痞无赖、流氓乡警斗争，喜欢吴钩却不自知，反而和他义结金兰，兄弟相称，并且从放鹰船上给其掠一妻子，捆绑成婚，后又对其孩子施以母亲一样的关怀；水芹这个生活在新社会的姑娘，勤劳朴实，对爱情更是忠贞不渝，为嫁给心上人叫天子，媒人进门时，她竟谎称跟叫天子有了孩子打了胎，用“生米做成熟饭”的办法迫使叫爹娘和天子就范，致使叫天子愤然离去。后叫天子反悔，再度请人说合，她却冷冷拒绝，断然嫁给自己并不爱的人。丈夫死于意外，水芹虽仍钟情于叫

① 刘绍棠：《蒲柳人家》，十月文艺出版社，2014年，第102页。

② 刘绍棠：《蒲柳人家》，十月文艺出版社，2014年，第153页。

天子，却又执意赡养无依无靠的公婆。柳叶眉和水芹在道德伦理上，都表现出一种牺牲精神，一种道德上的义和善。

以上所列举的两种类型的女性仅仅是运河滩上广大妇女中的一小部分，但从她们身上已经体现出北运河文化濡染的印痕。北运河地处燕赵之地，多慷慨悲歌之士。地方民气在历史长河的发展变化中得到继承、发扬和保持，无论男女多表现出多情重义、坚韧达观为人处世不拘小节。所以，“蓑嫂”们与“花三春”们，随遇而安地组成家庭。如果放在其他地方，婚姻大事，岂能如此“草率”、随性。文化是人们齐心协力创造的结晶，一时代有一时代的文化，一地方有一地方的文化，一民族有一民族的文化，各有其特色、特质、特征。燕赵及北运河文化，根植于民族生活的土壤中，在长期的社会实践中积淀成地域文化的特征。

三、“不一个味儿”的“荷花淀”

刘绍棠从13岁起就开始文学创作，最早他“师法”孙犁。据他自己回忆，他受孙犁作品的影响最深，对孙犁艺术风格的追求也是最为执着，“从孙犁同志的作品中吸取了丰富的文学营养”[①]。那么他从孙犁作品吸取了什么营养呢？有两点是肯定的：“人物美、文字美。”[②]

孙犁是“荷花淀”派的创建者，他的作品多是描写白洋淀人民的生活，笔墨的着力点在普通大众的人性美上。他不刻意渲染战争，对于战争通常是简短带过，不做细致的描述，而是着重发掘在普通大众身上所具有的善良、质朴、纯真的人性美。如《芦花荡》讲述的是抗日战争时期，一位撑船老人为被鬼子打伤的小姑娘“报仇”的故事。老人报仇主要集中在故事的后面，但孙犁却淡化过程，“老头子把船

① 刘绍棠：《乡土文学与创作》，吉林人民出版社，1982年，第6页。

② 刘绍棠自己曾说：“孙犁同志的作品唤醒了我对生活强烈的美感，打开了我的美学的眼界，提高了我的审美观点，觉得文学里的美很重要。”刘绍棠：《乡土文学与创作》，吉林人民出版社，1982年，第10—11页。

一撑来到他们的身边，举起篙来砸着鬼子们的脑袋，像敲打着顽固的老玉米”。就这样简单、利落地结束战争，“报仇”的行为也就变得轻松、简单了。孙犁使用了简化情节的写法，隐去了诸多的战争情景，比如：面对敌人的封锁，老人是怎么进进出出还不被发现的，甚至还能给战士送来粮食和盐巴；这些钩住鬼子大腿的钩子是何人何时埋水里的……他对这些做了艺术化的处理，把想象的空间留给读者，着重运用朴实、自然的语言刻画老人的形象，发掘着老人的英雄性格、爱国热情、爱憎分明的情感等，使得作品流淌着一股清新、自然的气息。除此之外，他的作品中也很少有直接、激情、豪迈的宣传式语言，只是用近乎白描的手法塑造了一个个形象，含蓄地把自己的想法告诉读者，这些是刘绍棠在前期创作中学习甚至是模仿的。

到了新时期，刘绍棠开始在母本上融入自己的东西。他在创作上进行了通俗化、民间化的探索，运用传奇性与真实性的笔法，将平常生活和战争描述得又奇又巧；他的作品也毫不保留地表现出自己昂扬奋进的情绪、勇往直前的喜悦、内心深处对于新人新事的炽爱，“并且坚定不移地相信：在党领导下的新中国，生活是美好的，未来是光明的，社会主义道路是宽阔的”。[①]他的小说中不仅有着绚丽雄奇的笔调，更充满着明朗欢快的情调甚至还洋溢着饱满的政治热情。这些风格与“荷花淀”小说风格不同，是“不一个味的荷花淀”，郑恩波形容他的小说是一种“婉约与豪放兼而有之的运河文学”[②]。

刘绍棠在作品中运用了传奇性与真实性相结合的手法，把平常普通的生活写得又奇又巧。如《草莽》中桑木扁担替小红杏赎身的过程，就充满了传奇性，类似唐传奇《十五贯》的笔法。小红杏赎身需要十八块银圆，而刚好从潞河中学放暑假归来的叶雨恰好有十八块大洋的奖学金，桑木扁担夜来扮鬼吓唬白苍狗子意图能够凑齐月圆的赎身费用，巧合的是前来交钱的正是叶雨。《草莽》的传奇

① 郑恩波：《刘绍棠传》，社会科学文献出版社，1995年，第393页。
② 郑恩波：《刘绍棠传》，社会科学文献出版社，1995年，第116页。

还不止这一处，在几年后一个大雨倾盆的晚上，加入共产党的叶雨被政府通缉而四处躲藏时，恰好碰到了在岸边避雨的桑木扁担一家，于是得救。虚虚实实，真真假假，日常生活尚且如此，更不用说战斗生活了。刘绍棠将大运河人的战斗生活描写得富有传奇色彩，使得故事情节兼具偶然、意外，读来合情合理，又奇巧多趣。如《狼烟》讲述了俞菖蒲的抗日活动，但是刘绍棠运用了类似评书的叙述手法，设置悬念。在卢沟桥事变之后，萍水县城岌岌可危，但是身为一县之长的殷崇桂却在夜间偷跑去天津租界了，一时间萍水县城群龙无首。本以为俞菖蒲会领导起大家，俞菖蒲却说："救国于危亡，拯民于水火，只有靠中国共产党。"原以为接下来作者会具体叙述共产党是怎样救国拯民的，但是却笔锋一转，转到了俞菖蒲跑去了萍水湖西岸去了，他去干什么？原来俞菖蒲是去联合萍水湖里割据的袁家军和郑家军去了。此时出现了转折，逃到租界的殷凤钗因为心系俞菖蒲而试图回来说服他放弃抵抗，撤离县城，但是俞菖蒲并没有答应，却不承想原来殷凤钗是借劝说之名，行亡国之策，与她一块儿回来的"轿夫"欲开枪置俞菖蒲于死地。幸好被守夜的柳黄鹂儿发现，俞菖蒲没受伤；殷凤钗凶相毕露开枪射击柳黄鹂儿，并要挟俞菖蒲的母亲。俞菖蒲大义凛然，打死殷凤钗，与柳黄鹂儿联手击毙刺客。就在这天夜里，萍水县城被攻破了，他们被迫逃到山里，历经一番周折之后，夏竞雄指挥八路军挺进了萍水县城，至此，才让读者长舒一口气。情节跌宕起伏，气氛紧张刺激，于延宕中增加故事的神秘性和传奇性。

在刘绍棠的作品中，无论是20世纪30年代的抗日战争，20世纪40年代的解放战争，还是新中国成立后40年党在农村的政策，都得到了生动的体现。如《蒲柳人家》《渔火》等讲述的是大运河儿女抗战的故事；《荇水荷风》《蒲剑》等描写的是农民踊跃支持解放战争的故事。

在这些战争故事中，刘绍棠除了赞颂故乡人民的重情重义、勇于反抗之外，还融合进自己乐观、高昂的基调，塑造了一个个光明的结尾。《含羞草》《碧桃》等的时间跨度较大，从新中国成立前讲到党的十一届三中全会，叙述的是故乡人民接纳和包容蒙冤的知识分子的故事。对于这类型作品，他自己的评价是："没有着重渲染苦难，而是讴歌人民给受难者以爱护、救助和激扬向上……"[①]《鱼菱风景》等写的是党的十一届三中全会后大运河发生的新景象，作品突出的主题是新政策"造福百姓"，闪耀共产主义思想的光辉。在这些作品中，刘绍棠运用了高昂欢快的感情、积极昂扬的笔法、充满激情的叙述语言描述着大运河人的生活与战斗，并将其描写得惊心动魄，刻画了一个个光明的"大团圆"结尾。《蒲柳人家》的最后，虽然运河人在党的领导下成立了民团，保卫家乡，但这是几代人用心血换来的，其中周擒还面临着被通缉、捕杀的危险；《渔火》的结尾，党员阮碧村在经历了被通缉、被捕、被救的一系列危险之后，在春柳嫂子和解连环的帮助下成立了"水路抗日游击队"，带领大家杀敌卫家、卫国；《含羞草》中，谷旸虽然蒙冤但是他坚定地相信党会还给他清白的，故乡的人民也没有嫌弃、抛弃他，反而是一如既往地尊重他；《碧桃》中，也有一位蒙冤的归国知识分子，碧桃并不看低他，相反是帮他带大了孩子。谷旸、戈戈最后都被平反，恢复工作……刘绍棠不管是在创作有关战争还是知识分子蒙冤的题材时，都极力彰显革命精神和光明的"明天"，使得作品具有较强的时代感、风云感，因而他的小说读起来像是一部部时代风云小说。

刘绍棠写小说往往采用"大开大合"的笔法，传奇性与真实性兼具，使得作品符合这一时期人们的审美情趣，成为新中国人民喜闻乐见的一种文学形式。这种独特的写作风格用一位读者读完《地火》后的评价"不是一个味"来总结再恰当不过，他自己总结为"旱甜瓜另个味"[②]。

---

① 刘绍棠：《乡土文学与创作》，吉林人民出版社，1982年，第89页。

② 刘绍棠：《我是刘绍棠》，十月文艺出版社，2018年，第275页。

第五章

世纪之交京味文学的别种风情

哀婉留恋的笔调、浓郁的老北京风味，是新时期京味文学作家营造出的美学风格；对北京的历史风情进行挽歌式书写，对北京的文化传统进行审美性反思，成为新时期文坛中蔚为大观的一派景象。但“京味”并非处于一成不变的静止状态，包容、浑厚、驳杂的京味文学，自有其代际的演变与特色的呈现。20世纪80年代末，王朔步入文坛，可以说是“京味”在新的历史语境下一次“另类”的转向与变异。其后，陈染关于女性孤独者的形象塑造，刘恒聚焦底层群众的人文关怀，刘一达京味系列的博物馆式书写，都在京味文学的舞台上悉数登场，展现了世纪之交的新气象，也为京味文学带来了新的空气与养分。直至今日，当我们再次回顾世纪之交的京味文学时，依然能够感受到其中蕴藏着深厚的内涵和丰富的异质性。这不仅仅是当时改革开放大潮带来的辐射与影响，更是文学内部一次自我更新与转向。这种求新求变、不断进步的文学品格，体现着京味文化的与时俱进，也正是当下的文学创作需要坚守的原则与底线。

第一节 “顽主”的游戏与颠覆

1958年8月23日，王朔出生在南京，小学和中学的成长阶段在北京度过。他没有参加知识青年“上山下乡”活动，高中毕业就直接参军，1977年至1980年在海军北海舰队服役。1980年至1983年在北京医药公司药品批发商店工作，1983年辞职从事自由写作。作家刘震云说：“鲁迅的小说，读来读去，说了两个字，吃人，后来王朔的小说，读来读去，也就说了两个字：别装。”[①]作家野夫说：“王朔笔下那些邪里邪气的小人物，油腔滑调的声口，表达的正是我辈对这个伪善的社会的反动。”[②]可以说，王朔的作品和他的为人，体现的正是“真”的本色。他的世界里充满了丰沛的黑暗与光亮，但他从未想过隐藏或者包装，他把别人不敢说、小声说的，都大声说了出来！至于大声说完之后带来的误读与争议，从来不是他需要考虑的事儿。

王朔的小说给文坛带来了崭新的空气，而他“金牌编剧”的身份更是大众热议的焦点。一方面，他的作品被大量翻拍成为电视剧和电影，在大小荧幕之间都产生着广泛的影响力。比如，曾经一度带来万人空巷效应的电视剧《过把瘾》改编自小说《过把瘾就死》，姜文的处女作影片《阳光灿烂的日子》改编自小说《动物凶猛》等。另一方面，王朔也担任了众多影视作品的编剧和策划，包括《北京人在纽约》《编辑部的故事》《海马歌舞厅》《我爱我家》《顽主》《甲方乙方》《一声叹息》《非诚勿扰2》等令人耳熟能详的经典剧集。“玩的就是心跳”“过把瘾就死”等王朔名言一度成为年度热门话语。

总之，伴随着王朔出现的，总是热点，总是争议，总是关乎大时代与小人物的碰撞与冲突，也总是没有离开“京味文学”的场域。他的人与文正像他塑造的“顽主”形象那样，带着挑战严肃文学的游戏

① 刘震云：《刘震云谈王朔》，梁欢主编：《名人眼中的王朔》，华艺出版社，1993年，第89页。

② 野夫：《闲话王朔》，《尘世·挽歌》，新星出版社，2010年，第212页。

性与撕破一切“假崇高”面具的颠覆性，是世纪之交京味文学的另类体现。

一、游戏性十足的京味的“腔”

王朔的创作语言可以说旱地拔葱，自创了一种新形式。他的作品经常通篇充斥着“王氏幽默”的对话体，一路靠北京方言调侃下去。表面特别不正经，下面全是辛辣的讽刺，讽刺社会乱象，讽刺假道学，讽刺知识分子的端着，讽刺一切假崇高和自以为是的精英主义。

“我在北京，就不特别感到北京的特别。因为这个腔调对我来说是唯一的，所以我也无法改，不管这里有更大的自由还是更大的束缚。”①正如王朔在采访对话中所表达的这样，北京赋予他的是天然的、自觉的语言选择，是一种沉潜在内心深处和意识深处的脉流，在他构思和落笔的时刻，悄然地成为故事与思想的载体。

林斤澜最早肯定王朔的语言，认为他的语言虽然和老舍不同，但都是“北京味儿的一种解释”②，金汕和白公也认为王朔的创作不仅发展了京味文学，而且他创造的新的京味语言“将为京城文化的新生提供一个基础性的物质依托”③。

总之，走进王朔的京味书写，绕不过去他富有游戏性的创作语言。这种语言的特点不在于将一口京片子说得流光溢彩，不在于方言色彩的凸显和口语性的表达，而是在于语言的反讽色彩、解构意味，通过语言上的“侃”将“顽”的精神表示出来。

调侃，是王朔笔下顽主们的话语方式。对于这种调侃，王朔说：“咱们这个圈子，不是你想说真话就能说，也不是你知道某些事就能为了说假话而说假话，我必须面对的是：我的书面语言库中没有一句

① 葛红兵、王朔：《放下读者，看见文体（对话）》，葛红兵、朱立冬编：《王朔研究资料》，天津人民出版社，2005年，第4页。

② 林斤澜：《山外青山·北京语言不相同》，北京华侨出版社，1993年，第118页。

③ 金汕、白公：《京味儿——透视北京人的语言》，中国妇女出版社，1993年，第146页。

真话，你不用有目的地做假，一说就是假的，而你用这种语言库的语言说真话，听着就跟假话似的。就在这种时候，你可以说是一种失语状态吧。要说话，你就非得说假话，你也只会说这种话，但这种话明摆着不是我想的那意思，我要说的事用这种话说不出来，所以我只能用开玩笑的方式、调侃的方式说。我用这种方式是想让对方知道，我说这些不是真的，别往真的里边想，别那么实在地想。”①通过王朔这段自白，或许我们能够发现他笔下尽是调侃的深意：

首先，杂语式的语言形成“众声喧哗”的狂欢化效果。王朔说：“写小说最吸引我的是变幻语言，把词、句子打散，重新组合就呈现出另外的意思。”②可以说，杂语式的语言特色就是王朔将词句打散、重新组合的结果。这种杂语式的语言贯穿在王朔“京味”较浓的小说创作当中，我们仅以《你不是一个俗人》中马青捧小白人的一段话为例：

> 少废话！你就是高就是天才！就是文豪！就是大师！就是他妈的圣人！……你，风华正茂，英姿飒爽，一表人才，加上才华横溢才气逼人才大志疏合成一个才貌双全怎么能不说超群绝伦超凡脱俗超然屹立一万年才出一个！③

在这里，敬语“天才”“文豪”“大师”“圣人”和赞语“风华正茂”“才华横溢”“超群绝伦”等，与骂人话“他妈的”“少废话”和贬人话“才大志疏”纠结在一起，其间夹杂着电影《地道战》中汤司令的话“你就是高”以及“文化大革命”期间林彪称天才的语言

---

① 王朔、老侠：《写作与伪生活》，葛红兵、朱立冬编：《王朔研究资料》，天津人民出版社，2005年，第84页。

② 王朔：《创作谈》，葛红兵、朱立冬编：《王朔研究资料》，天津人民出版社，2005年，第135页。

③ 王朔：《你不是一个俗人》，《王朔文集·顽主》，云南人民出版社，2004年，第178页。

“一万年才出一个”，杂语共陈、众声狂欢，在令人捧腹的喜剧效果中消解了敬语和赞语的庄重性，捧人也就变成了“损人”。

其次，反讽式的语言带来克制的揭露性和批判性。反讽不同于直接的、正面的讽刺，讽刺具有强烈的攻击性和揭露性，反讽更是一种自我解嘲。因而反讽是一种克制的叙述。同“杂语式”的嬉笑怒骂相比，“反讽式”倒显得“一本正经”。比如在小说《许爷》当中有这样一个例子：

> 那时的社会风气已开始追求享受，但姑娘们尚未完全受到金钱的腐蚀，尚未把自己当做金钱出售。还是很讲情调的，一顿饭就可以跟你上床。①

表面上，这句话是对社会风气和姑娘们“讲情调”的赞赏，而暗含的真正深意是对不良社会风气的揭露。作家故意用一种一本正经的态度，轻描淡写地说一句“一顿饭就可以跟你上床”，却在听者的心中留下了更加深刻的痕迹，达到了“但使听者知其重”的批判性效果。实际上叙述者只是客观叙述，未加任何评论，“知其重”是作者隐含的态度所致，也是“反讽”式语言所带来的“委婉的嘲讽”的效果。再如小说《顽主》中的一段话：

> 我不能派人去打那个不让你调走的领导的儿子，那不像话，我们是体面人。我建议你还是去找领导好好谈谈。不要拎点心盒子，那太俗气也不一定管事，带着铺盖卷去，像去自己家一样，吃饭跟着吃，睡觉跟着睡，像戏里说的那样：“在沙家浜扎下来了。”②

① 王朔：《许爷》，《王朔文集·顽主》，云南人民出版社，2004年，第280页。
② 王朔：《顽主》，《王朔文集·顽主》，云南人民出版社，2004年，第151页。

一面说“我们都是体面人”，不能对领导非礼；一面又出馊主意，让对方带着铺盖卷去领导家里要无赖。言说者言说的“内容与形式、现象与本质”之间产生了矛盾和背反，从而形成揭弊性质的委婉反讽。

二、蕴含颠覆性的京味的“调”

王朔笔下诞生了一批“顽主”形象，他们身上明显地烙印着时代与城市的特征，可以说是改革开放初期新北京人的一种集中缩影。王朔在《我是王朔》中回忆道：“这一大段儿东西，就是我们小时候那个院子，老段府、北京军区总医院对面那院。我的许多故事就发生在那儿。我在那里住了十年，仓南胡同5号。《玩的就是心跳》写的也是那个院子。这个院子现在都被扒了，假山没了。我写的环境完全是真实的，我们院有十多个孩子，年龄和我差不多。我们从复兴路刚搬过去特受欺负，因为我们院儿15岁以上的全当兵去了。剩下这帮屁孩子，来不来就挨揍。”[①]从王朔的叙述中，我们看到了激发他创作灵感的空间图景——大院。大院文学是特殊时代政治文化的一种体现，是北京作为政治中心的独特产物。只有在北京的大院里，时事政治、领袖语录、重大事件、社会新典故才能如此蓬勃又兼容地悉数登场，才能带给创作者如此深厚且巨大的心灵冲击。王朔笔下的“顽主”形象，大部分和王朔本人的经历有相似或契合之处，他们大都出身于部队大院，有一定的文化水平，但多无所事事，没有正当职业，全身上下最精彩的地方是嘴皮。他们大多自居为“俗人”，甚至是“流氓”“痞子”，用自己独特的生活方式解构和颠覆着一切“假崇高”“假高雅”“假神圣”，试图在冲破旧有秩序的基础上，重建自我的精神世界。

首先，“顽主”们试图颠覆极左语言与官僚文化。20世纪70年代末80年代初，人们的精神深处陷入了一种极度的迷茫。对于出身自

① 王朔：《我是王朔》，国际文化出版公司，1992年，第57页。

大院部队的王朔来说，身处北京这个政治中心，对于极左语言与官僚文化的体悟之深可以想见。在他创作出的众多“顽主”身上，不能忽略的便是对于这种极左语言与迂腐官僚的颠覆与反对。比如，《浮出海面》中，刘华玲为了获得华侨的身份嫁给了一个和自己没有感情基础的外国人，离婚后得到了一大笔财产。当她一次偶然遇到老同学石邑时，酒后说了以下的话：“那时我真的相信世界要我们去解放。妈的人家根本不需要我们去多管闲事，我倒成了资产阶级。”[①]再如《你不是一个俗人》里的一段描写：一个人力三轮车夫，从小就想当将军，“保卫祖国，打击侵略者维护世界和平，凯旋！会师！总攻——哎哟，想死我了这事！盼了多少年的帝国主义侵略，好容易见着了，来的都是笑嘻嘻的夹着皮包的，打不得骂不得”[②]。“资产阶级”“帝国主义”这些词语都带有强烈的意识形态色彩，改革开放后，那种以阶级划分人群、盲目进行政治批判的风气已经逐渐消散；对外开放、引进外资和人才，自然也不再是帝国主义侵略时的被殖民状态。但是在以上两处文本细节中，作家是想用一种解构的、调侃的姿态来诉说时代的变迁，其中蕴藏着对极左语言的深刻反思。

其次，“顽主”们热衷于撕下知识分子的假面具。王朔对于知识分子和精英群体的批判与颠覆可以说是十分彻底的。他曾在自己的《王朔自白》一文中说过：“像我这种粗人，头上始终压着一座知识分子的大山。他们那无孔不入的优越感，他们控制着全部社会价值系统。以他们的价值观为标准，使我们这些粗人挣扎起来非常困难。只有给他们打掉了，才有我们的翻身之日。而且打别人咱也不敢，雷公打豆腐捡软的捏。我选择的攻击目标，必须是一触即溃，攻必克，战必胜。”[③]这段话尽管带着很强的挑衅与负气的成分，但是其中暗含

① 王朔：《浮出海面》，《王朔文集·过把瘾就死》，云南人民出版社，2004年，第200页。

② 王朔：《你不是一个俗人》，《王朔文集·顽主》，云南人民出版社，2004年，第211页。

③ 王朔：《王朔自白》，《文艺争鸣》，1993年第1期。

着王朔对知识分子群体有一种自觉的解构倾向。在《一点正经没有》中，方言被绑到万人大会上，说到“玩文学”，一位女同学说她们爱和精英玩，方言说应该和老百姓玩，精英“总能找着点自我陶醉的招儿，再不成看洋书解闷去”[①]。这时，女学生慷慨激昂地说：“精英就不惨吗？看了一火车洋书，档次上去下不来了，前不见古人后不见来者，一壁萧索拔剑出门高山流水知音难觅怆然涕下那是轻的，一头撞死那也说不定。”[②]这段话对于古往今来的知识分子或者说精英群体形象进行了饶有意味的调侃，认为他们的知识在很大程度上会成为困住自己的锁链。其实，如果我们从更加宏观的视角对王朔笔下的人物进行审视就会发现，那些无所事事、倒买倒卖、声色犬马的“顽主”们的生活姿态何尝不是对知识分子所倡导的知识型、进取型的人生的一种彻底的颠覆呢？

此外，“顽主”们尝试冲破传统文化的精神压制。20世纪80年代自由思潮的发展以及重估信仰价值的流行，可以说也成为王朔的潜在写作意识。在对极左语言、官僚文化、知识分子群体的明显颠覆之外，他笔下的人物也都流露着一种对封建传统文化的不信任。《顽主》中于观和他的父亲有这样一段对话：

“我是关心你。我怎么不去管大街上那些野小子在干吗？谁让你是我儿子呢。”

“所以呀，我也没说别的，要是换个人给我来这么一下，我非抽歪了他的嘴。”

“你瞧瞧你，照照自己，那副玩世不恭的样儿，哪还有点新一代青年的味道？”

“炖得不到火候。”于观关了电扇转身走，“葱没搁姜也

① 王朔：《一点儿正经没有》，《王朔文集·顽主》，云南人民出版社，2004年，第138页。

② 王朔：《一点儿正经没有》，《王朔文集·顽主》，云南人民出版社，2004年，第138页。

没搁。”[①]

在这段看似简单的对话里，父子二人的代际冲突被展现得淋漓尽致。于观虽然没有明说，可是他对父亲的反叛与对父权的颠覆可以说是一种平静中的呐喊。“换个人”就要“抽歪了他的嘴”，其实正是对父亲的一种挑衅。“炖得不到火候”“葱没搁姜也没搁”其实另有深意，不仅仅指对父亲做的菜色不满，更是对“父亲”这一身份的“火候”表示质疑。

总之，王朔作品中的人物形象看似玩世不恭，看似是中国转型期“垮掉的一代”，但他们内心深处潜藏着对某种既定权力结构的颠覆与反叛意识，对自己身处的时代有严肃的反思与质疑，是新一代年轻人的精神缩影。他们对政治话语、崇高形象的调侃、消解、颠覆，在一定程度上具有荡开风气的革新意义。但另一方面，我们也必须注意到，这些试图通过打破旧秩序来建立新世界的“顽主”们，往往会陷入新一轮的情绪失控当中，刺穿一切假丑恶的同时也经常误伤别人，思考问题的深度也经常无法触及根本，导致有些“颠覆”显得刻意、过分和不理智。

王朔笔下的“顽主”，是在20世纪50年代至80年代的时代巨变下，作为政治文化中心的北京的产物。这样一批人，只有在北京这块特定的土壤上才能生长得出来。

三、“顽主”心态背后的文化内涵

20世纪80年代末到90年代初，以王朔为代表的新京味文学作家接过京味文学的大旗，并且随着“王朔”神话达到顶峰。然而，王朔笔下的“顽主群像”与“写作语言”都有其特定的时代文化背景，王朔的黑色幽默是否会随时代发展而失去以往的神韵？他营造出的美学风格是否会随着社会变化走向式微？这些问题都逐渐进入了学界和

① 王朔：《顽主》，《王朔文集·顽主》，云南人民出版社，2004年，第95页。

社会媒体的视野。要回答这个问题，就要从王朔作品背后的文化内涵入手，去考察其作品的经典意义。王朔的作品常常被贴上“痞子文学”等标签，这种对作家作品简单地以某种类型下判断的方式，其实往往会遮蔽文学发生与发展的复杂性。无论如何，我们不能忽视王朔写作的时代背景和场域，不能忽视北京城赋予他的城市印记，更不能忽视他作品中的京味特色与真诚心态。

2016年，王朔在博客上发布《别嘚瑟，你们也不会年轻很久》一文。文中虽然细数了许多自己已经年老的证明，但是对于当今社会图景的讽刺与年轻人状态的揭示，笔锋依然犀利，语言依然直击要害，字里行间依然透露着其内心的“顽主”心态，彰显着他最深刻也最挥之不去的标签。我们今天重新审视王朔的文与人，除了看到那种独树一帜的京味的“腔”与“调”之外，更应该思考的是其背后充沛的反思力和文化心态上的真诚。尽管王朔在文坛上一度引起关于人文精神的大讨论，也是很多批评者眼中不入流的痞子作家，但他的开创性地位与广泛的影响力却是我们不得不承认的。王朔的“真性情”或许也是这一时期京味文学留给我们的一份宝贵经验，指引着我们重新回望出发的起点，坚持文学创作的心态真诚与心灵自由。

第二节 偌大的城与孤独的人

在新世纪之交，在偌大的北京城中，面对人生的多变和城市的喧嚣，总有一些难掩孤独的人，比如史铁生。腿疾的缘故让他只能困身于轮椅之上，他的孤独不仅是远离人群的孤单，更是心灵上的孤寂。又如陈染，一位特立独行的女作家，一个人寂寞地行走在熙熙攘攘的北京城中。

一、史铁生：一个人的地坛

史铁生，无论是之于京味文学，还是之于中国当代文坛，都是一个特殊的存在。1951年，史铁生生于北京草厂胡同39号，他的人生故事开始于一座普通四合院里。史铁生成长于一个特殊的年代，环境的特殊性让幼年的他就见证了许多难以忘却的黑暗，他在小小年纪就懂得了孤独与背叛的滋味，忧虑成了他童年时光的底色。然而，童年时期的一切苦难都抵不过他此后一生所要遭受到命运的"馈赠"。1971年，史铁生在陕北插队，因腿疾转回北京接受治疗。然而，病魔难缠，1972年，史铁生21岁，他的双腿彻底"背叛"了他。在人生最美的年华，史铁生却再也站不起来了。此后，他的生命范围被局限在小小的一角，家中那间不足六平方米的小屋几乎就是他世界的全部。正如他在散文中回忆的那样："北京很大，不敢说就是我的故乡。我的故乡很小，仅北京城之一角，方圆大约二里，东和北曾经是城墙现在是二环路。其余的北京和其余的地球我都陌生。"[①]被禁锢在轮椅上的史铁生无疑是孤独又无助的，苦难的人生经历激发了他强烈的补偿心理，他在写作中宣泄情感，寻求救赎，将心头的愤懑诉诸笔端。病痛局限了他的身体，却也促使他走上了文学之路。

---

① 史铁生：《史铁生作品全编 第6卷 散文随笔》，人民文学出版社，2017年，第244页。

1979年，史铁生发表了人生中第一篇小说《法学教授及其夫人》，此后又陆续发表中、短篇小说多篇，其中，《爱情的命运》《没有阳光的角落》《午餐半小时》《在一个冬天的晚上》等作品都是他生活的真实写照，在文章中，我们或多或少能看到他的影子。从70年代末到新世纪的第一个十年，在长达四十年的文学生涯中，史铁生笔耕不辍，将写作视为自身生存的支柱与宿命，创作出了大量充满生命哲理与人生体悟的作品。他在文学中思考人的生存问题，从自己和人类内在的精神世界出发，探讨了自身和人类所共同面临的困境。

对于史铁生而言，现实生活是他创作的酵母，他将真实的现实记忆改写，融入作品的创作中，在文字中重新回温过往的记忆。地坛，是史铁生作品中的标志性地标，也是他生命中必不可少的心灵圣地。地坛之于史铁生，不仅是丰富的叙事资源，更是他命运的转折点，在这里，他懂得了生命的真谛，有了活下去的勇气与力量，重新振奋精神，一鼓作气地生活下去。

地坛位于北京市东城区安定门外大街，与天坛遥相对应，和雍和宫、孔庙、国子监隔河相望，是明清两代帝王祭祀的场所，距今已有近五百年的历史。园内视野开阔，参天古柏遮天蔽日，蓊蓊郁郁，许多树木的树龄甚至都超过了四百年，历经沧桑，仍然屹立不倒。在中国经济尚且不发达的时期，人们对于精神文明的需求也远不及物质需求，旅游业十分没落，故而在很多年里，地坛这座古老的园子一度荒芜冷落得如同一片野地，很少有人前来。于是，史铁生和地坛之间似乎成就了一种相互救赎的关系，地坛在等待着一个人，史铁生也需要一个心灵的慰藉之地。冥冥中，注定了地坛与史铁生的不解之缘。

地坛离史铁生家很近，平日里人烟稀少，到处都是苍黑的古柏和承载着厚重历史的古建筑。一年四季，园子里美妙的自然之音不断，春有鸽子的哨音，夏有冗长的蝉歌，秋有古殿檐头的风铃响，冬有啄木鸟随意而空旷的啄木声，声声入耳，灵动悦耳，让史铁生不由得感恩命运牵引他来到此园中。无论是冥想还是散心，地坛都是绝佳的场所，因此也成为史铁生经常光顾的地方。出入园子里，时光仿佛就凝固了，这红尘世上的一切纷繁扰乱都与自己无关。在这里，每一棵树每一株草都是那样宁静沉稳，安详又亲切。对于一个失落的年轻人来说，地坛就像大地母亲一双温暖的手，抚平了他心灵上的创伤。“我常觉得这中间有着宿命的味道：仿佛这古园就是为了等我，而历尽沧桑在那儿等待了四百多年。”[①]四百年来，地坛就坐落在那儿，几十年来，史铁生一家虽几次搬家，搬来搬去不但没有远离它，反而越来越靠近了，这是一种难以言说的缘分。

自从1976年的那个下午，二十五岁的史铁生摇着轮椅艰难地踏进地坛的大门，就再也没有离开过它。这座荒芜的古园在历史中静静地等待了几百年，终于等来了一个人，愿意探寻它尘封的过往，触摸它古老的脉搏。在熙熙攘攘的北京城里，有这样一个宁静的角落来思考，来沉淀，似乎是命运的馈赠。当史铁生处于人生的低谷期时，地坛用它博大的胸怀接纳了史铁生，心疼他的过往，懂得他的悲欢，触发了他悠远的思考，给了他重生的希望。地坛，之于史铁生而言，无异于一个寻魂之地。

在地坛里的十五年中，史铁生也遇到了很多来来往往的人，他们当中，有相互搀扶的老夫妻，有热爱唱歌的小伙子，有热衷于长跑的中年人，有漂亮却弱智的小姑娘，有喜欢饮酒的老头，有耐心捕鸟的汉子，有优雅知性的女工程师。在他们身上，史铁生看到了岁月变迁的痕迹，看到了人生聚散的无常，看到了祸福相倚的无奈，看到了上帝造物的不公，看到了追逐梦想的执着，看到了不因时光褪色的爱情。他渐渐地相信了宿命，接受了命运的差别与不公，正视苦难，尊崇平凡，也治愈自己心灵上的创伤。

史铁生与地坛，在同一时空里再次相遇，相互接纳，见证了对方的转变，成就彼此的辉煌。地坛，作为一个地理意义上的存在空间，同时也是专属于是特生的精神家园；地坛，给了史铁生一个难得的心

---

① 史铁生：《我与地坛》，《史铁生作品全编》（第6卷），人民文学出版社，2017年，第35页。

灵栖息地，在他最无助最难过的时光里，始终没有抛弃他，为他点燃了前行的灯塔；地坛，像一个补给站，源源不断地为他加油鼓气，地坛的存在不仅造就了史铁生思考人生与命运的独特方式，开启了他生命中的另一维度，同时也给予了史铁生智慧与力量，成就了他在文学史上的地位。

而史铁生也是地坛的贵人，他的存在让这座废弃的古园重新焕发了生机。在长年累月的时光里，史铁生用它深邃的思考，让这座本不起眼的古园，逐渐重新回到大众的视野中，也赋予了它精神家园般的意义。如今，随着旅游业的蓬勃发展，文化事业的不断繁荣，知道史铁生的人越来越多，向往地坛的人也持续增长。来地坛旅游的人络绎不绝，人们在地坛里瞻仰古迹，追忆两代王朝曾经的兴衰，拍照、游乐，沿着史铁生当年轮椅压过的路漫步，感悟那一份深沉的生命之思。地坛的意义，对于史铁生而言倍加珍贵，因为他，才是那个第一人，而大多数人，只是看热闹的过客。史铁生是地坛的知音，地坛，是史铁生一个人的地坛。

地坛，更多程度上已经化为一个精神标杆。它不再是一个具体的地点，也不是一个虚无的名词，而是一种信仰，一个永恒的坐标，一个破解人生困境的场域。当年，史铁生在地坛中无数次地追问自己，“我是谁，我在哪里，我要到哪里去，我能干什么？”“我真的存在吗？”“我在地坛吗？”“还是地坛在我呢？”最开始，他还存有怀疑，自己和地坛的关系还没有那么明朗。最终，他明白了地坛所带给他的意义。因此，史铁生说：“我已不在地坛，地坛在我。”的确，他已经不再需要去地坛中寻找宁静了，而是会在安静中寻找地坛，寻找那个曾经带给他感动，带给他希望，带给他智慧的园地。他已然强大到可以在心中构筑一处力量之源，不需要借助外界的力量。史铁生走了，他的文学不会走，史铁生走了，地坛也必将从此孤独。

二、王小波：一个自由而又孤独的神话

王小波的一生有如一个自由而又孤独的神话。1952年，王小波

出生于北京一个革命知识分子家庭，当时国内正处于“三反”运动期间，王小波的父亲被错划为“阶级异己分子”，这一变故对于王小波一家来说无疑是晴天霹雳，他的名字“小波”也取自这次事故，即“小小风波”。但此后，王小波的生活变得顺遂起来。1978年，王小波通过高考顺利进入中国人民大学贸易经济系读书。1980年，王小波与李银河结婚，并于同年在《丑小鸭》杂志上发表处女作《地久天长》。1982年毕业后，王小波进入中国人民大学一分校任教。1984年，王小波赶赴妻子李银河就读的美国匹兹堡大学，在东亚研究中心就读硕士研究生学位。1988年，王小波归国，并在北京大学社会学所担任讲师。1989年，王小波发表出版了第一部小说集《唐人秘传故事》(原拟名《唐人故事》，“秘传”二字为编辑擅自添加，未征得作者同意)。1991年，王小波到中国人民大学会计系担任讲师一职。这样看来，王小波所取得的成就恰切地符合了20世纪八九十年代人们的世俗追求，但这一切对于追求自由洒脱的王小波来说，似乎是无足轻重的。于是，1992年，他断然辞去高校教职，做自由撰稿人，成为自由的专职作家。

“自由”似乎成了王小波的标签。1997年，王小波溘然辞世，在众多的纪念性文字中出现频次最高的词汇之一便是“自由”。然而，王小波真的是“自由”的吗？王小波貌似自由洒脱我行我素，好像规避了世俗生活，游离于社会生活主潮之外，但他从来没有放弃过社会生活的关注与介入。他一直注视着社会的动态发展，思考社会文化的走向，为此写下了大量杂文与随笔，深刻反思当时社会与社会中的人，他对自我的期许是：“现在我是中年人——一个社会里，中年人要负很重的责任：要对社会负责，要对年轻人负责，不能只顾自己。”①

其实，读一读王小波的作品，无论是《黄金时代》《青铜时代》等小说作品，还是《沉默的大多数》《我的精神家园》等散文作品，

① 王小波：《沉默的大多数·序言》，译林出版社，2012版。

我们都能透过那喜剧般的文字背后一窥王小波内心的沉重。面对纷繁的北京城市，处于躁动的20世纪90年代，王小波始终保持着一份清醒的认识，他深知中国文化未来还有很长的路要走。王小波虽是一位自由的知识分子，但他承袭了中国士大夫的精神传统，以入世的态度批判不良的社会状况，可以说，在王小波浪漫越轨的笔调背后，承载了一份充满了痛楚的深思，充满了他对社会的责任感与使命感。

三、陈染："固守着她的城堡"

20世纪80年代初，陈染出现在文学界，在20世纪80年代中期以小说《世纪病》在文学界崭露锋芒。她的重要作品集中在20世纪90年代，如《唇里的阳光》《不可言说》《私人生活》等。特别是小说《私人生活》发表后，在文学界引起了很大震动，甚至由此引起了中国文坛关于"个人化写作"的热议。她以独特的方式和话语敲击着现代人脆弱的心灵，以个性化色彩浓重的笔墨去书写内心深处的挣扎。她以女性的视角书写城市、书写女性，书写城市中女性的生存与成长，为读者创造了一个幽暗神秘却又充满吸引力的空间。陈染曾说过："我孤独是自然而然的，因为十余年来，我一直在中国主流文学之外的小道上艰难行走。"[①]但这份孤独并非极致的颓废或者自我放纵，孤独背后是一种"走在自己的路上"的底气，隐含着一种女性主体性的确认。不妨说，陈染笔下塑造的，正是在北京这座现代化大都市中，在巨大的孤独与迷茫中，苦苦确认自我、寻找未来的女性群体们，由此，陈染也为我们构建了一个完全不同的京味景观。

陈染出生在北京，成长在北京，大学毕业后在北京先做教师，接着在出版社做编辑，最后专职写作。用她自己的话说就是，她喜欢这座城市的繁华与灯红酒绿。她说她是真喜欢和朋友聚会、逛街之类的，尤其不是功名场上的那些朋友，她是特别愿意的。她喜欢挑衣

① 陈染：《我的道路是一条绳索》，《陈染文集》（第四卷），江苏文艺出版社，1996年，第13页。

服，选工艺品，买好吃的，购物欲望非常强。这样一位喜欢都市生活并成功融入城市世俗生活的都市知识女性，在其创作中的都市想象无疑带有鲜明的城市色彩与知识女性的体悟。

北京是一座现代化的大都市，竞争与进步是属于这个城市年轻人群体的主旋律。这个城市承载着太多人的梦想，也盛放着太多人的孤独。在城市中行走、工作、生活，我们看似与许许多多的人相依相伴，但实际上却是与他们不断地擦肩而过。当一个年轻人初到北京时，多半会在热情拼搏后的深夜感到一丝丝落寞，在黄昏的天桥上注视着车水马龙和高楼大厦时感到一瞬间的恍惚。陈染的作品，正是书写在北京这座五光十色的大城市中，那些坚持追求、拥抱孤独、固守着自我的女性们。阅读陈染的作品，会产生一种很直观的阅读体验，那就是属于年轻人的压抑与孤独的气氛弥漫在字里行间。

20世纪80年代，改革开放的战略给中国社会带来了历史转型，城市化进入了一个飞速发展的阶段。与之同时发生的，便是曾经的“乡下人”走进城里，或“城里人”迎来巨变之后该如何自处的问题。经济的发展给人们带来了物质条件的提高，但也同时冲击着人们原始素朴而简单的价值观。拜金主义、个人主义逐渐成为一种流行，对自我的追问与确认成为每一个人价值观形成中重要的部分。人与人之间仿佛变得愈加冷漠，“是否有钱”成为衡量一个人社会地位的标准，于是，人们不自觉地试图用点小技巧、小手段来适应社会的要求，戴上面具来面对日常的交往。在这种社会环境里，陈染笔下的女性群体是如何选择的呢？可以这样总结，她们全部都不是天真的少女，毋宁说她们十分了解这个社会的游戏规则和运转方式，但是她们选择用自己的方式对抗，宁愿陷入孤独也不愿意委屈自己去适应这个社会。

在《无处告别》一书中，主人公黛二在大学里教哲学课，她准备向学院请一年的长假去出国。可她不想对着领导的脸微笑，她觉得那样自己像个小丑。结果她发现单位领导在她的鉴定上只写了“一般”两个字。她工作了好几年，成绩是有目共睹的。黛二觉得很寒心，在国内的手续完结后毫不犹豫地辞了职。尽管她知道，出国以后自己很快就会逃回来，可她不愿意妥协。她不想向这种城市文明弯腰，她身上有着一种文人的骨气。所以即使她没有工作，也不愿意听从墨非的建议，向缪一那个有权有势的公公求助。

在《私人生活》中，倪拗拗的同学总是故意地围住T老师问这问那，甚至模仿T老师的言行，从而保证自己不至于被排挤。然而倪拗拗和他们不同，她不喜欢这样做，她宁愿成为人群中的异类，也不愿勉强自己说出违心的话。在教师工作抽查中，同学们都按照T老师的指导发了言，只有倪拗拗没有参与到这场对于T老师的歌功颂德之中。倪拗拗始终像个外来的人，没有办法和群体融为一体，都市里的她就像是天空中飘浮的一朵形单影只的乌云。

陈染作品中的女性，都在用自己的“孤独”来抵抗外界的“异化”，她们都不约而同地厌恶着喧哗嘈杂的都市，厌恶着虚伪的都市文明。这种自我主体性的觉醒已经不仅仅停留在争取与男性平等的社会参与权层面，而是更进一步，直指女性内心道德底线与价值观的坚守。这一命题，虽然始自女性，却不仅仅停留在女性群体，“人与城市”的关系无疑是全社会需要共同面对和反思的。在陈染的笔下，女性主人公不再是父权、夫权、族权等权力压迫中的符号，也不仅仅是启蒙或者变革唤醒的对象，而是一个个拥有着鲜活姿态、热烈情感的真实的可人儿。她们在女性的生理和心理层面对自己进行着双重确认，在面对大城市的“异化”与“孤独”时努力进行自我的建构。

都市女性接受文明教育，试图打破压制在自己身上那些既定的、迂腐的要求与桎梏，努力寻找自我价值与尊严的栖息之地。虽然一些女性利用现实社会的商业运行机制，谋求自我的生存与发展，不惜付出身体和感情的代价，比如《无处告别》里的缪一，为了留在北京，和一个各方面素质都不如自己的高官儿子结婚，从此不再提及旧日的种种理想，甚至好姐妹之间都有了隔阂。陈染通过黛二求职的艰辛不易，对于缪一的选择报之以理解和宽容。但是在陈染作品中着力刻画的女子形象，往往是更为决绝地希望独立承担自己生存与发展任务的知识女性。这一类都市女性，在追寻自己理想的过程中会遇到种种坎坷与困境，也会有迷茫与失落，于是她们便倾向于选择回归自我内心的封闭空间这样一种方式来舒压和调整。在这种内心的自我博弈与反思之中，她们获得了精神上的成长力量，从而转化为面对现实困境的勇气。

陈染本人也是一位喜欢独处的都市女性，她总是待在自己的房间里，创作、读书、思考。她曾经表达过，孤独或许是保持自我的一种可能性。正是这样的现实体验，让她在创作时也自觉或不自觉地投射了自己的处境。比如她笔下以黛二为代表的女主人公们，总是美丽中带着忧伤，常常沉溺于自己的精神世界之中。外界现实生活里的柴米油盐、工作压力、社会舆论、主流价值观似乎都与他们无关，或者只是处于她们世界的边缘地带。“黛二”们享受着封闭空间里的自我欣赏，享受着孤独带给他们的思想冲击。在这种极致的自我满足式的孤独中，都市女性逐渐获得了精神上的自由与发展。精神的自由与发展，使得她们能够通过自我反思的形式实现自救，实现与生活与命运的和解，也就是心理学所说的“悦纳自己”。女性能有这样的成长，和北京这座城市开放自由、信息丰富的大环境分不开，和她们所受的教育分不开，更和她们坚持在孤独中汲取精神营养分不开。

纵观陈染的作品，我们可以看到她对人类精神世界的探索，对生命与存在的不断追问，对于人际关系的执着思考。正是因为这种坚持，在孤独中“固守着她的城堡”的态度，陈染才显得与众不同。她构建起的精神世界，创造出的“女性求索者”，是一代人的缩影。在北京这座大都市里或求学或工作的我们，不也是在苦苦追寻一份自我认同吗？

第三节 “活着挺来劲”

京味文学的突出特点之一，是对北京社会各阶层人物的关注和对丰富生活图景的勾勒，这显示出京味文学巨大的包容性和深厚的人文关怀。刘恒作为世纪之交京味文学作家代表之一，以写实的笔调，突出人物的语言，集中反映了北京平民的生活特点。在他笔下，那些平凡却不甘于被生活降服的主人公，都在用幽默的京味语调诉说着自己“活着挺来劲”的生存之道。

刘恒，1954年出生于北京斋堂，他从小在北京生活成长，写下了许多关于北京的作品。刘恒的京味书写，不但是在写人生，破碎多难的人生，更是在写人性，坚韧有力的人性。对人性和人生的注视贯穿在他的京味书写之中。他的小说创作大致分为三个阶段。

第一个时期为20世纪70年代末至80年代初，作品基本上是充满生命亮色的理想主义之作。他述说着人生的理想抱负和青春的希望、奋斗与挣扎，展示着爱情迷人的色彩，以及在爱情的光芒照耀下青年们的奋发上进，洋溢着时代激情。第二个时期为20世纪80年代中后期，《狗日的粮食》《白涡》《伏羲伏羲》《虚证》等佳作不断出现，从这时起，刘恒被归入“新写实”一派，开始了自己风格突出的创作。他思考着人的存在，人与社会的关系与张力，人生存的本质力量，人在所处的环境中需要面对的困境和灾难等重要命题。现实生活中并不总是阳光和鲜花，更多的是困难与波折，面对这样的人生，刘恒致力于冷峻地去摹写，甚至着力于挖掘人性中丑恶、偏执、虚伪的部分，使得他这一时期的创作风格显得异常的苍凉沉郁。到了1996年，刘恒的创作进入第三个时期，《天知地知》《拳圣》《贫嘴张大民的幸福生活》等作品在关注底层百姓与真实生活的基础上，更加体现出风趣幽默、戏谑调侃的风格。

1997年，《贫嘴张大民的幸福生活》发表在《北京文学》第10期上，之后又被《小说月报》等数家小说杂志转载。随后根据该小说改编的电影《没事偷着乐》和同名电视剧，更是把“张大民”推向了社会大众的阅读和观看视野中。在一片叫好叫座声中，《贫嘴张大民的幸福生活》成为刘恒书写北京平民生活的代表作。小说讲述了北京大杂院里一个普通工人——张大民的家庭故事。张大民是保温瓶厂的工人，虽然他勤恳老实地对待工作，一丝不苟地认真生活，但物质条件的匮乏依然使他面临着生活拮据的挑战。难得的是，在挑战面前，张大民依旧保持着乐观的心态，通过北京人特有的语言风格，对身边的人和事进行戏谑的调侃，在平凡生活之中努力发现着乐趣与亮点。可以说，刘恒的小说展现出了以张大民为代表的北京底层民众的真实生活景象，让人一边感受到底层生活的艰辛与不易，一边又在幽默轻松的话语氛围中缓解了生存的压力与痛苦。总之，通过这部作品，“张大民”的形象家喻户晓，成为当代中国精神文化变迁的一个典型代表。

一、“贫嘴”语言中的生存智慧

在《贫嘴张大民的幸福生活》中，刘恒创作的语言风格发生了巨大的变化，实现了从压抑、沉重向轻松、幽默的成功转型。小说中独特的京语表达方式，出人意料而又风趣幽默，打破了人们的思维定式和语言习惯，借助不同语体之间的拉近杂糅，引起了观众的心理碰撞，体现了老北京新鲜活泼、妙趣横生的话语风格。这种话语方式更是张大民独特的身份标签，他正是以市井小民的说话方式道出了平凡北京人的家长里短。而这种举重若轻的语言，似乎又给人以无限的回味空间。

张大民身上这种独特的说话方式被概括为“贫嘴”，体现了他在艰难困苦面前发现乐趣、创造乐趣的生活智慧。“贫”也就是“侃”，是一种能说也会说的语言方式，常常表现为语言节奏快，语词数量多，适宜自娱自乐和化解尴尬。从这种语言方式的选择中，我们看到了主人公身上的精神特质：幽默、乐观、看得开。可以说，主人公话语方式的选择正体现着作家的叙述策略。出人意料而又风趣幽默的语言也成为小说的出彩之处。例如，在小说的一开始，张大民就是以这样的语言方式出场的：

> 云芳，我帮你算一笔账。你不吃饭，每天可以省3块钱，现在你已经省了9块钱了。你如果再省9块钱，就可以去火葬场了，你看出来没有？这件事对谁都没有好处，你饿到你姥姥家去，也只能给你妈省下18块钱。你知道一个骨灰盒多少钱吗？我爸爸的骨灰放在一个坛子里，还花了30块钱呢！你那么漂亮，不买一个80块钱的骨灰盒怎么好意思装你！这样差不多就一个月不能吃东西了。你根本坚持不了一个月，这件事就这么算了，你还没挣够盒钱呢！云芳，西院小山他奶奶都98岁了，你才23岁，再活75年才98岁，还有75年的大米饭等着你吃呢，现在就不吃了你不害臊吗？我都替你害臊！我要能替你吃饭我就吃了，可是我吃了有什么用？穿鞋下地，云芳，你吃饭吧。世界上最好的东西就是饭了，吃吧。①

张大民连珠似的一顿乱侃，从一天不吃饭省9块钱调侃到80块钱的骨灰盒，试图劝说李云芳放弃绝食的想法，充满着俏皮耍赖的劲头，但却起到了实际的效用，张大民的聪明劲儿也就跃然纸上。又如小说中这一段：

> 我给您开门。上飞机小心点儿，上礼拜哥伦比亚刚掉下来一架，人都烧焦了，跟木炭儿似的。到了美国多联系，得了艾滋病什么的，你回来找我。我认识个老头儿，用药膏贴肚脐，什么病都治……回纽约上街留点儿神，小心有人用子弹打你耳朵眼儿，上帝保佑你，阿门了。保重！②

① 刘恒：《贫嘴张大民的幸福生活》，华艺出版社，1999年，第8页。

② 刘恒：《贫嘴张大民的幸福生活》，华艺出版社，1999年，第17页。

面对云芳的初恋情人，张大民的感情是复杂的。这段纯属揶揄、讽刺的话可谓把张大民的“贫嘴”功夫发挥到了极致：内容上东拉西扯，用哥伦比亚掉飞机、艾滋病、治安混乱等社会现实不动声色地对技术员进行恶意诅咒，句句都带着强烈的敌意。却又以得了病“回来找我”“上街留点儿神”等看似礼貌、关心的话语把对方噎住，使人面红耳赤、无话可说。

北京人总是能以不紧不慢的语调把紧张重大的事件诉说出来，北京话的腔调总是那么的气定神闲，似乎在这悠闲的语调背后隐藏着千年古都的底气。正如评论家所言：“在小说《贫嘴张大民的幸福生活》中，张大民‘说什么’和‘怎么说’始终处于非常突出的位置。甚至可以说，这部作品主要是由主人公的‘言说’构成的。没有张大民的那张嘴，就没有这部作品……张大民的贫嘴构成了小说最突出的特点，一切都在言说之中，一切都在言说中得到了化解。”[①]在贫嘴张大民的身上，“贫”本身包含着两层含义：一是指物质生活的匮乏，贫穷的生活；二是指老北京土话，絮叨的说话方式与风格。生活的贫困是既定的、不得不面对的现实，但如何面对是可以选择的。正如张大民所说：“咱们这种人不能靠别人，靠别的也靠不上。只能靠东钻钻西钻钻，上钻钻下钻钻。本来没有路也让咱们钻出一条路来了。”[②]“你自己不找死，谁也憋不死你。”[③]面对生活的挑战，张大民选择用“贫嘴”这种看似轻松的语调去尽力化解，体现着世俗的调侃与平民的幽默。张大民是居住在北京杂院中的平民，一家人过着拮据的生活，狭小的住房、家庭的变故都可能成为令人崩溃的原因，而他面对这些琐事与艰难时的幽默，恰好令许多尴尬与落魄在语言中渐渐缓解。

张大民与李云芳只是平凡生活中的一对“贫贱夫妻”，但是在李云芳的眼里，丈夫“耍贫嘴都耍到她的心坎儿和胳肢窝里去，多难的

① 解玺璋：《一个人的阅读史》，重庆大学出版社，2010年，第7页。

② 刘恒：《贫嘴张大民的幸福生活》，华艺出版社，1999年，第29页。

③ 刘恒：《贫嘴张大民的幸福生活》，华艺出版社，1999年，第20页。

事听着也不难了”。张大民的贫嘴使得“他可以化解危机，甚至几次化腐朽为神奇。”“贫嘴”使他解救了李云芳，自己得到了漂亮的老婆；使他激怒了亮子，成功实现盖房；使他打败了妹妹，让张树顺利吃上了奶；使他劝服了妹夫，解决了夫妻间的难题；使他嘲讽了技术员，心里获得了平衡。[①]在生活的波折与艰难面前，张大民没有退缩或消沉，而是选择用他的“贫嘴”一次又一次化解生存的悲凉与无奈。可以说，“贫嘴”伴随着他勇敢地走出生活的重重困境，迎来希望的曙光，是他生存智慧的一种集中体现。

二、小人物“张大民”的生活哲学

世纪之交，京味文学作家的书写对象已从传统的典型人物、特有环境转移到新的社会形势下出现的新型社会空间和新式北京人物。在刘恒的笔下也是这样，主人公张大民的母亲年轻时遭遇丧夫之痛，艰难地把五个孩子拉扯长大。张大民作为长子，在这样普通甚至辛酸的家庭中成长起来，自然需要担负起长子的责任。面对生活的困厄，他拥有乐观的心态、隐忍的精神，绝不向生活的困难低头，在自己设定的人生道路上不断地奋斗着。

张大民身上的悲剧性来得不夸张、不悲痛，但是生活的艰难和生存的压力却时刻萦绕在他和家人身上。张大民一家处在社会的最底层，没有社会地位，没有金钱权力，所有想得到的都要付出超过常人的辛酸，更加残酷的是他们还要时时面对生活中无常的变动：他的父亲被热水烫死；他的弟弟因为自己的媳妇出轨被舆论压得抬不起头来；他的妹妹二民婚后不孕；妹妹四民得绝症去世……可以说，生活的重担几乎把张大民压得变了形，一桩桩、一件件的不幸砸在了他并不巍峨的肩上，看上去琐碎不堪的事情，在他这里都变成了生命中不能承受之重。当我们看到一家八口人挤在十六平方米的房子中时，当张大民最小的弟弟哭着说毕业以后宁愿去新疆种棉花、去西藏种青

---

① 王一川主编：《京味文学第三代》，北京大学出版社，2006年，第161页。

稞，也不想在这个满是床腿的小屋子憋屈下去的时候，这个家庭生存的卑微图景让每一位读者都为之揪心。张大民和云芳结婚后过的也是苦日子，为了节约钱，家里舍不得换烟囱差点导致煤气中毒；孩子上不起幼儿园、买不起新衣服；甚至连云芳想吃鸡腿都买不起。别人唾手可得的生存物资对张大民一家来说是那样的困难重重。这样一个家庭，这样一对夫妻，过的是贫贱日子，但贫贱的日子却并没有笼罩上悲哀的氛围。在这个家庭中，人性的韧劲得到深刻地体现。张大民会去油漆车间，帮师傅焊车架套近乎，只为能多赚一点儿钱给云芳买鸡腿吃，云芳得知后，流着泪责怪他，骂他傻。想吃鸡腿的艰难与张大民的坚韧形成了鲜明的对照，体现出这个小家的幸福是如此得来不易却又如此让人动容。为了围绕石榴树砌墙造屋，他不惜玩命和邻居抢夺那点可怜的地理空间，以致被邻居打破了头，终于用鲜血换来了胜利，围绕石榴树砌起了几平方米的房子，房子再小，也是他和云芳和孩子的家。狭小的个人空间与不认输的生活态度也形成了一种反差与张力，彰显着张大民的精神气质。正是类似这样许许多多的小细节，体现着张大民压不垮的意志，让我们看到了平民生活里的英雄情怀。

在电视剧《贫嘴张大民的幸福生活》的最后一集中，张大民的妈在自己七十大寿生日宴上突然精神错乱，以为自己回到了多年以前，拉着刘道林的手说："老刘，我孩子还小呢。我得把他们拉扯大，我不拖累你了。"刘道林回应道："我明白你的意思，啊。往后家里头有什么难事儿啊，你就招呼我一声儿，啊！"张大民的妈又转身找"老大"，结果把张树当成了大民，摸着树儿的脸，眼睛里透着一种要去迎接风雨的坚定："大民，大民。你都12了。厂里的锅炉爆炸了，你爸爸让开水烫死了。你跟着妈，看看爸爸去。弟弟妹妹小，不让他们去了啊。记着，别哭！……妈站不住了，你扶着妈。大民，往后，妈走到哪儿，你跟到哪儿，你给妈当拐棍儿使……"这时候大民听不下去了，转身往出走，一路走一路抹眼泪，云芳跟大雨追出去，大雨喊着"哥你别这样儿……"大民走了好几个拐弯停住了靠着墙哭了。大雨哭着说："我哥一手拉着大军，一手拉着我，领着我们上学。

我哥他不容易……”云芳说：“我都知道……咱们上学同路，我都知道……”故事在这段泪眼婆娑中达到高潮，也向观众展示了张大民从小到大的坚韧与顽强，生动而又深刻地体现出小人物张大民身上朴素却珍贵的生命韧劲。

生存和生活对于张大民来说是顶重要的。面对“活着”这个重大的命题，张大民说：“我觉得活着挺来劲的啊，甭说别的，光这一天三顿饭就特别来劲，早上弄碗小米粥，来俩油饼，切点细咸菜丝儿，中午来碗炸酱面，拍几瓣蒜搁里头一拌，再弄点醋……”[①]纵观张大民的一生，生活的贫苦和艰难一直围绕着他，而活着的“来劲”却被张大民糅进了一日三餐再普通不过的生活里：在平淡无奇的日子中，和生命较量，保持对生活的热爱，就是这坚韧的“劲儿”。张大民与普通小市民的区别就在于他身上的精神特质，他是那样地热爱生命，热爱家庭，热爱这个充满烟火气的人间。即便生命时常跟他开玩笑，一次次令他险些跌进深渊，但他总是能凭借着自己的韧劲化险为夷，继续前行。对张大民来说，能和家里人好好地一起活下去是生活的最大目标。刘恒将生与死、得与失的重大主题凝聚在一个平凡家庭的平凡人物身上，通过他的选择书写着一种不平凡的生存哲学。

三、世纪之交的真实记录

有人说2000年是“张大民”年，无论是小说《贫嘴张大民的幸福生活》，还是在此基础上改编的电影、电视剧，都在当时家喻户晓，风头无两。不管是小说还是影视，成功的重要因素在于其中体现着北京和北京人的真实境况，是一份带有人文关怀的生活全景记录，能够引起同时代人的集体共鸣。

小说描绘的其实就是我们身边的事情，是改革开放后，个人生存与家庭生存面临的点滴琐事，是一代中国人需要跨过去的一道坎。小说中的家长里短，锅碗瓢盆，是每一个家庭的真实写照。在21世纪

---

① 刘恒：《贫嘴张大民的幸福生活》，华艺出版社，1999年，第12页。

到来的时刻，这样一部反映底层小民日常生活的作品，看似缺少宏大叙事的震撼和深厚历史的气息，却无论在文学上还是影视上，都取得了如此大的成功，正说明了“人”作为文学母题的重要意义。如今，我们透过这部作品似乎还可以窥见世纪之交大部分中国人的生存境遇，面对着宏大的历史转折期和国家新的征程，每一个平凡的小人物都在自己的生活中努力摸索着，毅然前行着，世纪之交的希望与挣扎、转型与犹疑、摸索和坚定在作品中被生动地展现出来。

无论是读完小说还是看完影视作品，若是要问一句“张大民幸福吗”或者“幸福在哪里”，也许回答是令人落寞的。刘恒以一种人道主义的视角对小人物的生活现状和灵魂状态进行了批判性反思，在残酷的现实中，人性的光辉并没有被淹没，甚至因为现实的激发而展现出更深的坚韧。也许宏大历史中每一个平凡小人物努力生存的劲头就是幸福的源泉，这种在严酷现实面前依然保持希望与热情的复杂的人生况味，才是真实值得书写的“幸福”。

刘恒对生活本真面貌的关注成就了这部作品。人民大众、老百姓的真实生活就是我们身边人甚至是我们自己的生活。刘恒没有选择宏大的叙事，他的作品里没有伟大的主题先行。他将目光锁定在北京大杂院里，在大杂院里生活过的一代人身上，他试图在社会生活日新月异、翻天覆地的变化中寻找一些不变的东西。小说中没有普遍意义上的英雄，没有处于社会顶层的精英们，或许精英和英雄是历史上大放光彩的存在，但是历史的本质正是无数平凡渺小的“小人物”的累积。这些小人物身上散发出人格的光芒，在读者对小说人物倾注同情的时候，又往往会被人物身上坚韧的力量所震撼。“张大民”似乎为默默无闻的小人物提供了文学上的注脚，为读者提供了面对生活的勇气与韧劲。张大民的形象浑厚饱满地存在于小说中，也存在于北京的大杂院里，存在于北京各个角落的多样人生里。

刘恒以一种独有的冷静刻写着苍茫大地上的芸芸众生，描述着关于小人物的生存之道。阅读刘恒的小说会带来疼痛、压抑、痛苦，也会在悲剧性的累积中发现希望与感动，被其中蕴藏的人性之美所震撼。刘恒书写了特定时代北京人的生存景观，而这样的景观仿佛具有穿越时空的能力，依然会触发我们心中的某种情愫，那是关于生活的期待，关于生命的思索，关于平凡日子里的挣扎与坚持。在刘恒的京味书写下，我们感受到了撕扯人心的力量，也感受到了荡涤生命的智慧与韧劲。

第四节 “胡同根儿”里的“北京爷”

世纪之交京味文学的另一个代表人物刘一达，继承了邓友梅、韩少华等新时期京味作家的精神，继续挖掘老北京的地理风俗、世故人情。但不同的是，刘一达的职业是《北京晚报》的记者，专栏主持人，他拥有媒体人的实证精神与调查能力，更加致力于京味文化的发掘、保存和整理，把京味文化当作一门学问来追求。

刘一达，1954年生人，他生在北京，也长在北京，对北京城有着与生俱来的深厚情感。他将这份情感倾注于笔下，写下了一系列的京味作品，如长篇小说《故都子民》《胡同根儿》《北京爷》等，纪实文学系列如“北京眼”（《黄天后土》《苍生凡境》《凭市临风》）、“胡同风”（《城根众生》《皇都市井》）、“刘一达京味儿”系列（《老根儿人家》《老铺底子》《有鼻子有眼儿》）等。从作品题目就可以看出，刘一达对京城文化进行了方方面面的探索与开掘，北京特有的人、事、景及礼仪风俗，无不被他详细周到地纳入囊中。他的作品，堪称一部京味文化全书。总的来说，刘一达的京味系列更偏向于“知识性”的介绍，同时将个人生命体验过滤后进行感性呈现，更加发扬了上一代作家“炫独”“炫奇”的意味，因此他的很多作品如《故都子民》《人虫儿》《胡同根儿》都被拍成了影视剧，影响十分广泛。

一、城根儿下的“胡同范儿”

北京不仅有故宫、长城等宏伟建筑和历史遗迹，更有胡同这类属于平民百姓生活的场域，代表了北京文化中的另一种风情。刘一达从小长在胡同，对北京文化有着刻骨铭心的热爱，他喜欢收集有关北京人和北京城的故事，并致力于将这些故事融入自己的创作当中，逐渐形成了独有的写作风格。他的许多作品都和胡同有关，《胡同根儿》《胡同范儿》更是直接以胡同作为作品的名字，体现着他关注北京城根儿、关注百姓生活的创作旨趣。他以醇厚而细腻的笔触，书写老北京城里的世俗百态，还原记忆深处的胡同光影。这里的胡同是人间烟火气十足的，胡同里的范儿大气、宽容、厚道、局气。面对近年来北京的城市格局重塑、建筑形态变革、传统风俗弱化、旧人旧事消逝，刘一达写道：“胡同文化是世界上独有的文化，‘胡同范儿’也有其唯一性。胡同文化已传承了800多年，却历久弥新。它的深厚文化底蕴，让年青一代感到新奇。”[①]一座城市不能没有自己的精魂与气质，在刘一达看来，胡同就是北京文化的“根”。

胡同是北京文化的根，既是文化的承载者，也是京城历史的见证者。“即便有一天，京城的胡同彻底消失了，但是您放心，‘胡同范儿’也依然会存在下去，因为北京人不会消失，北京文化的根儿也不会消失。”[②]在这里，表面上写的是胡同不会消失，其实想表达的是胡同背后承载的北京文化不会消失。而留存这些文化的方式之一，就是通过文学创作进行还原与记录。现在社会的中坚力量包括“70后”“80后”“90后”，很多人都没有在胡同生活过，刘一达想通过自

北京的胡同风貌

① 刘一达：《胡同范儿·序》，《胡同范儿》，北京十月文艺出版社，2017年，第6页。

② 刘一达：《胡同范儿·序》，《胡同范儿》，北京十月文艺出版社，2017年，第6—7页。

已的作品全面展示北京胡同的历史变迁和胡同里的人物故事，让年轻人看到岁月更迭中的沧桑与沉浮。细读刘一达的作品，我们会发现字里行间充满着胡同生活的记忆，这些印痕随着岁月的流逝，愈加让人感到弥足珍贵。

何为胡同的“范儿”？刘一达解释：这是一个老北京话，出自戏剧术语。过去唱戏讲究文武场，文场主要是唱，武场就是打把式，武生在做动作前的准备活动叫“范儿”，比如在打旋儿前要运气。后来，“起范儿”被引申为一种“劲头儿”，同时也体现出某种心路、性格、气质等。“胡同”一词产生于元代，意味着北京人已经在胡同生活了800多年，800年积累下的胡同文化深沉、厚重，使得它形成了自己独具特色的“范儿”。这个“范儿”既有皇天后土的胡同人的大气、厚道、局气，也有胡同人一口醇厚的京腔京韵。①

作为一个生在胡同、长在胡同的北京人，刘一达多年来持续创作“京味儿文学”。他说，这是因为自己对北京文化有着与生俱来的感情，特别是对胡同文化感情非常深，骨血里面就流淌着胡同文化的血脉。他将“京味儿文学”总结为三个部分，第一是皇家文化，第二是士大夫文化，第三是胡同文化或者是平民文化。他说最能代表和反映京味特色的就是“胡同文化”。从小生活在胡同，跟老北京人生活在一起，老北京的传说、老北京的语言，给刘一达积累了大量的素材。生于斯、长于斯、常念于斯，这就是刘一达能持续创作京味文学的动力和起因。由于曾当过记者，刘一达又有很多机会深入胡同，深入老百姓生活。他说自己曾采访上万名北京人，几乎走遍了北京所有的胡同。“创作离不开生活，你才能讲好北京的故事，讲好北京文化。”但城市毕竟在变化，今天的北京也早已不是刘一达年轻时的那个北京。随着城市变迁，北京很多胡同都拆了。60多岁的刘一达觉得，自己现在有一种责任——如果不把老北京记录下来，后人就不知道了。他在采访中曾经表示过，我们现在的幸福生活不是从天上掉下

① 刘一达：《胡同范儿·序》，《胡同范儿》，北京十月文艺出版社，2017年。

来的，之前有个漫长的过程，作为他这一代人，要讲给后人听，一种使命感促使他创作。

“胡同”这一京味十足的词语在北京人的生活辞典里已不仅仅是街巷的别称，它早已超出了建筑符号的本身意义，它是一种北京文化的象征、故都文化的承载。它记录着北京城的历史变迁，于沧桑、古朴之中展示历史留下的仆仆风尘。缱绻的胡同情结营造了北京特有的文化氛围，缔造了一种深厚凝重、广博坦荡的文化内涵。刘一达的创作正是将这种胡同情结融合到作品细节中的典范。胡同其实正代表着刘一达一路坚持的创作视角和创作态度，那就是将北京的风土人情真切地记录和展现，为读者留下北京各个角落的生动图景。

二、众生相中的“北京爷”

刘一达笔下的北京人，有着独属于这一城市人群的性格特征。他们是善良的、敦厚的，同时也是好面子、“讲究”的；他们有着小市民的精打细算，也有着故都子民的天生傲气。通过刘一达的系列书写，我们更加接近这些真实的、可爱的北京城里的众生，感受到他们身上的烟火气息。

北京人身上有着淳朴、善良的天性，有一种生活在皇城根儿下洞察世事百态的悲悯。正像北京人调侃时总爱用的“德性”一词，在他们身上，“德”之“性”体现得淋漓尽致。“德性”一词是北京人常挂在嘴边的口头语，当“性”读作轻声时用以表达一种轻蔑的情绪。在刘一达的作品《胡同根儿》里，“我”和发小华子蔑视爱占小便宜的主儿——老豆，老豆也最怕别人揭他吃白食的疮疤，瞧不起自己的这份“德性样儿”。而当“性”读作去声时，“德性”一词所表达的含义则大相径庭，指的是人性深处的仁厚、善良等积极品质。北京人的“德性”，在刘一达笔下有着丰富的面相，体现在不同群体身上。他们在生活中可能有缺点，或者爱吹牛，或者爱占小便宜；但是在大是大非之事上，他们坚守着自己的一套道德规范。可以说，北京人的“德性”，是以“善良、热心、重情义”为代名词的。北京人尚

“善”，认为不善之人必无德。刘一达正是抓住了北京人的这一特点，塑造了许多人物的精彩故事。

《画虫儿》展现的是中国老百姓痴迷于古玩字画收藏背后的故事。20世纪80年代以来，中国百姓对于收藏的狂热与沉醉一直是刘一达感兴趣的话题之一。他在《画虫儿》的序言中说道，写这部作品的目的是告诉大家收藏到底是什么，玩家到底是什么，收藏的内幕有什么。于是，我们看到了“冯爷”这个典型的北京人形象，通过发生在他身上的种种故事，通过他与书画界各路玩家接连“斗法”的过程，我们可以清晰地看到北京人那种与生俱来的性格特色。冯爷无疑是善良的、仗义的，在作品中甚至是“救世主”的化身。比如，钱小泥在疾病缠身的情况下，被哥哥怀疑私占父亲的字画，于是被告上法庭。身体和心理的双重打击让她丧失了对生活的全部希望，陷入巨大的深渊之中。在这种时刻，是冯爷站出来对她“出手相救”，不仅送她巨额钱财治病，更是帮她摆平了“卖画”一事。又如，在破“四旧”的动乱岁月里，钱颖因为拼命保护字画被红卫兵小将打得奄奄一息。而当时的医院不敢收治被红卫兵打伤的人，是冯爷敢“冒天下之大不韪”，称钱颖是自己的父亲，不小心出了工伤，钱颖这才被医院收治，捡回一命。钱颖出院后，冯爷更是冒着风险，把他拉到自己家里藏了好几个月，躲过了红卫兵的围追堵截。冯爷不仅在日常生活里多次对他人施以援手，就算在自己被通缉的恶劣处境下，他也没忘记行侠仗义。冯爷被诬陷发配新疆后，凭借自己的机智逃了出来，在一个小县城的火车站，他遇到了被一群叫花子欺负的小女孩石榴，他并没有为求自保低调避开，而是奋勇出手，用一块砖头救下石榴，并一路扒火车、钻煤车，把她护送到了北京。以上种种细节表明，冯爷的“善良”不是作秀或彰显自己，更不仅仅出于“同是天涯沦落人”的同情，更多的是出于北京人内心深处那份善良的本性、至诚的热情。同样地，钱大江的父亲钱颖，也有着老北京人的古道热肠，是作品中的另一个典型形象。他在火车上收留了被人遗弃的女婴，将她视为己出；他在“文化大革命”中受到了不公正的待遇，可在去世时，仍将自己一生所藏的二百多幅名人字画捐给了国家博物馆，并嘱咐不要任何宣传报道。

无独有偶，刘一达在作品《百年德性》中塑造的老俞头形象，也体现了一种底层群众的朴素与善良。老俞头在北平解放前以拉洋车为生，生活并不富裕，甚至可以说在温饱线挣扎；尽管解放后入了三轮车社，有组织、有系统地“蹬三轮”，但收入依然属于基础水平。但就是这样一位老头，当他在火车站旁的垃圾堆里发现被人遗弃的女婴时，依然毫不犹豫地决定将她收为养女。那是一个“刚出娘胎，肚脐眼里还带着脐带”的弃婴，在作品构建的社会背景和老俞头的性格使然下，他来不及想更多的法子，也顾不得自己生活的窘困，只想将这可怜的孩子尽快带回家，洗洗干净，吃顿饱饭。作者试图告诉我们，北京人都这么厚道，有里有面儿。

除了对老百姓善良品质的深情描写，对于公职人员的无私奉献，刘一达也进行了深入的刻画。《百年德性》的主人公择毛是个人民警察，可在他那里，你感受不到国家法律机器的冷漠无情，更多的是人与人之间的温情脉脉。他无微不至地照顾与自己非亲非故的吸毒人陈永昌，陪他看电视、陪他嗑瓜子、陪他聊天儿……陈永昌在四川老家被自己的师兄金麻子害得家破人亡：父亲被逼至死，妻子不堪侮辱上吊自杀，儿子早年夭折，女儿又被金家老大诱骗到北京吸毒做了三陪女。所以当陈永昌沐浴在择毛的这种关爱中的时候，难免要发出“你是我见过的最善良的人”的感慨。正是择毛的善良感化了陈永昌，正是这种温情融化了他那颗已经冷漠和绝望的心灵，促使他承认了自己的罪行。

北京人也是好面子、“讲究”的，为了维持自尊不惜一切代价。在刘一达的作品中，随处可见为了挣个脸面而不断闹出笑话的北京爷们。《画虫儿》中的冯爷图个面子，办个喜事也得要个排场。他在胡同里搭了一个20多米长的席棚，从大饭庄请了十多个厨子，现砌了十个大灶，按老北京的“八大碗”一桌席，摆了40多桌，把胡同里的老街坊都请过来喝喜酒，前后喝喜酒的有七百号人，光啤酒就喝了一卡车……冯爷的这种摆排场，按北京人的理解就是“要的就是个脸”。同部作品中的钱大江，更是对面子十分执着。骑车的时候，有个小伙子超过了他，小伙儿无意中回头看了他一眼，这可让老钱较了劲，认为他在挑衅，本着“不能栽这个面儿”的处世原则，钱大江跟小伙儿赛起了车，结果同年轻人飙车时，弄得心脏犯了病，差点儿命丧当场。《北京爷》里的魏爷本来是一个社会无业老龄青年，但当他与昔日情人偶遇时，还是出于“争口气”的原则，为自己编撰了一套成功人士的履历。他说自己是中南海的常客，经常和国家领导人一起开会；他还给自己设计了炫目的教育背景，从北大到耶鲁、剑桥，都是想去就去；他甚至将自己无人问津的诗歌创作说成是畅销书目，强调出版社天天追着他要稿子……这一套说辞，真把他的昔日情人孟女士给“侃”晕了，孟女士甚至把他当成了微服私访、体察民情的局级干部。魏爷这顿“侃”，可以说体现了北京人的一个侧面，究其深层次心理，其实是一种自卑感的表现，魏爷用言语和想象释放了生活中的不如意，用言语的短时宣泄来获得心理上的长久平衡。

北京人懂幽默、爱调侃，努力用轻松甚至戏谑的腔调化解着生活里的种种危机，面对着时代变迁中的种种考验。刘一达在《画虫儿》的序中谈到过北京人的幽默：“北京人说话讲究幽默。您不能不说幽默也是一种智慧。比如北京人管说话爱引经据典，张口之乎者也，闭口古人云，叫‘转文’。老北京人也把喜欢‘转文’的人叫‘酸文假醋’，或者直截了当，用一个‘酸’字概括。北京人为什么会瞧不起好‘转文’的人呢？因为在北京人看来这是在卖弄学问，而这种完全出自书本的学问，太书呆子气了，在现实生活中是吃不开的。古书里的‘之乎者也’大都是文人墨客的雅兴和感慨。现实生活中，老百姓说的都是大白话，这些大白话要比那些‘之乎者也’之类的生动、活泼，也有生命力。尤其是对于见多识广、天子脚下的臣民北京人来说，有些说教式的东西，看起来是明白人的哲理，但北京人说出一句俏皮话就把他全给‘毙’了。”[1]从这段话中，我们可以窥见北京人“侃”的背后隐藏着反叛的真性情，看得出刘一达对于北京人性格特点的准确把握和深刻理解。在刘一达的作品中，处处可见能“侃”的北京爷。《北京爷》中魏爷的“侃”，在他升任“霞光万道”广告公司的首席执行官后，首先在手下几员干将面前找到了用武之地。比如他对知识经济的精辟解读：

> 知识经济嘛！就是经济一跟知识结婚，就是知识经济了。打个比方吧，知识是个小伙子，经济是个小姑娘，小伙子到岁数要找对象，找不着对象，不就成光棍了吗？哎，小姑娘到了一定的岁数也要嫁人，嫁不出去，就会成了大姑娘，老姑娘。这多孤单啊！小伙子只有和小姑娘结婚，才能成为一家子，对不对？知识跟经济也是如此，只有让它俩结婚，才能成为知识经济呢。[2]

魏爷一通侃之后，就让知识和经济“入了洞房”。他还下了个有意思的定论：知识跟经济结婚以后，就会生下“钱”。这种类似的调侃在作品中俯拾皆是，体现的是北京人看穿却不说穿的心态，是一种幽默处世的惯性。

这种幽默的“调侃”不仅体现在对某些严肃话题的讨论上，也潜移默化地发生在北京人日常生活的交往中。比如《胡同根儿》里出口成章的段爷，他的“侃”就好像说相声一样，满是包袱。儿子被别人打后，他是这样回绝儿子去全聚德吃烤鸭的要求的：

> 你这孩子真是逗乐儿的坯子，让人打成这样，怎么还有心思跟你爸过哈哈儿呢。“全聚德”？你不想想咱是吃烤鸭

① 刘一达：《画虫儿·序》，《画虫儿》，作家出版社，2008年，第2页。

② 刘一达：《北京爷》，京华出版社，2006年，第148页。

子的阶级吗？咱先说眼面前的事儿吧。买鼻烟不闻，你别跟我这儿“装着玩”。说，是不是那两个流氓，为抢帽子对你下的黑手？是，算你骆驼打前失，倒了霉（煤）。可是，咱别猫卧房脊，活受儿（兽）。该找地方说理，咱去说理。这是无产阶级专政的天下，我就不信他十月的螃蟹，敢横行霸道！专政，懂吗儿子？卖羊头肉的回家，没有戏言（细盐）。我倒要看看果子树下打死人，他们有那么厉（果）害！走吧，跟我先到“段儿上”去！①

从这“侃”里面，我们读出了父亲对于欺负儿子的同学们进行了变相的回击，是一种情感的宣泄和流露；同时我们也读出了属于北京爷的精神气质——绝不认输，绝不丧失尊严；我们更可以发现一种特有的地域文化，那就是隐藏在京味俗语背后的城市特质，是北京长久以来作为政治、经济、文化中心所形成的一种人文底蕴。

三、“新北京人”的未来

刘一达是一位高产作家。从早年间的“京味儿系列”开始，刘一达一直致力于对北京文化的书写和记录。他从京城风物的各个方面，为我们绘制了一幅非常详细的北京民俗风情图画；他聚焦于京城百姓的日常生活和喜怒哀乐，为我们展现了北京众生的真实境况。

近年来，刘一达把视角转向当今时代的年轻人，转向北京另外一批庞大的群体——外乡人。《汤爷的救赎》写的就是老北京人和新北京人的矛盾纠葛。这里的“新北京人”就是指来北京务工的、外来常住北京的人。刘一达在新书发布会上曾说：“北京在历史上就是个移民城市，现在新的移民和北京老的土著在生活中如何碰撞？他们怎么跟北京文化交融？”在刘一达看来，这是自己未来很长一段时间应该关注的，也是京味文学作家应该琢磨的方向。

① 刘一达：《胡同根儿》，中国文联出版社，2000年，第16页。

刘一达的“与时俱进”，体现的是一位作家的文化责任感、使命感，是他对平民生活的深切关注和敏锐把握带来的灵感。刘一达曾说：“目前有些作者对平民文化缺乏深刻的理解和认识，他们的作品用调侃、滑稽的语言来表现北京的生活，近些年来京味文化在人们的印象中是消极的、逗咳嗽玩，不好。这些东西不真实，不能表现北京文化的底蕴。我所做的努力就是要为京味文化正名，告诉人们什么是京味文化，表现纯净的京味文化，写出能传世的作品来弘扬京味文化。我把关注的焦点放在小人物身上，因为社会的主体是千千万万的小人物，名人不能完全代替社会的主流，小人物能反映历史、反映文化。”①

刘一达笔下的“新北京人”可以说是如今北京城里最为活跃的“小人物”，聚焦他们的前途与命运，某种意义上也承载着对于“北京的未来”的思考。刘一达的这份情怀，可以说是一位作家的使命与良心。

---

① 沈文愉：《我以我笔写京华——记北京晚报记者刘一达》，《新闻与写作》，2002年第10期。

第六章

新世纪京味文学的新使命

京味文学在新世纪并没有衰落，而是在继承传统的基础上，进一步注入了新的内涵。北京作为全国的“四个中心”，经济政治生活日新月异，文化也在这一时期空前繁盛，甚至达到了前所未有的状态，市民生活也呈现多样化形态。京味文学顺应时代的潮流，以小说、诗歌、散文、话剧、电视剧、电影、网络文学、文学批评等诸多文学形式展现社会生活和时代精神，涵盖了更多的当下性和当代性元素。本章重点讨论新世纪以来的京味话剧、京味小说和多媒介视域下的京味文学。值得注意的是，京味文学既与传统一脉相承，又反映了新世纪的社会生活，由此新时代下的文化观念与传统文化之间的某些矛盾和难以协调的部分也不可避免地成为一个关注的焦点。研究者和学者们试图在如何保证京味的原汁原味，同时又能够反映新的时代内涵中，找到理想的文化平衡。

如本雅明在《机械复制时代的艺术作品》中所言，“即使在最完美的艺术复制品中也会缺少一种成分：艺术作品的及时及地性，即它在问世地点的独一无二性。但唯有借助于独一无二性才构成了历史，艺术品的存在过程就受制于历史”[①]。同样地，如果新世纪的文学不能与人们的社会生活和精神价值紧密结合，那么，文学在大众媒体和图像化世界的冲击下必然面临危机。这也就意味着京味文学必须肩负新使命，以全新的姿态展现社会生活方方面面的新变化，将新的北京生活、北京人物、北京语言、北京精神等社会生活诸多方面的内容尽可能地纳入京味文学的视野进行考察，才能使京味文学在新的时代发展下永葆青春与活力。

---

① ［德］W.本雅明，王才勇译：《机械复制时代的艺术作品》，浙江摄影出版社，1993年，第6页。

第一节　新京味话剧的“仿古”与“再造”

由于话剧特有的文学属性，京味话剧作为京味文学重要组成部分也被纳入了京味文学的研究视野之中。随着时代和社会的发展，北京人艺作为京味话剧的一处重要阵地和传播场所，在郭沫若、老舍、曹禺、焦菊隐的精心培育之下，在舒绣文、于是之、英若诚等一批艺术家的倾心演绎下，剧院始终坚持现实主义创作道路，重视从中外各种戏剧流派特别是中国戏曲传统中吸取营养，形成了真实、深刻、质朴、含蓄及人物形象鲜明、生活气息浓郁、舞台形象和谐统一、具有民族特色的北京人艺风格。[①]在人艺的精心策划和领导下，新时期涌现出一大批新京味话剧。除了人艺之外，其他的话剧院，如中国国家话剧院、上海话剧院也上演过一批京味话剧。

廖奔在谈到北京人艺的“京味”风格时，认为京味话剧起码有两个方面的内涵，一是运用了北京胡同语言的表达方式，二是涂染了北京民俗生活的浓郁色彩。[②]话剧在新时期和新世纪有不同的发展态势，新京味话剧以不同的内涵和价值判断充实着人们的文化生活，也在文化的领域下冲击着原有的价值观念，文化的包容和冲击力在此时达到了一个最大的顶峰。而如何在已经形成的传统京味话剧模式的前提下，拓宽话剧的内涵，摸索京味话剧的新模式，也是新京味话剧面临的亟待解决的问题。

一、京味话剧及延续

老舍开创的话剧以贴近普通市民大众的生活而闻名，代表作有《茶馆》《龙须沟》《方珍珠》等，其话剧在产生巨大影响力的同时，也成为京味文化的重要组成部分和文化来源。有北京人艺强大的班底

① 于淼、吴雅楠：《图说世界著名剧院》，吉林出版集团有限责任公司，2012年，第113页。

② 廖奔：《说北京人艺的风格》，《戏剧》，2010年第2期。

做支撑，京味话剧在新时期得以继承和发展，涌现出不少新人新作。苏叔阳、李龙云、刘锦云、何平等北京剧作家涉足剧坛后，有意识地向老舍学习，经过最初揭批“四人帮”的政治性剧作，很快就将表现的重心放在北京普通市民的生活上，致使20世纪70年代到80年代后期的十来年间好戏连台，先后涌现出《丹心谱》《左邻右舍》《小胡同》《狗儿爷涅槃》《天下第一楼》等优秀剧目，自然、朴拙的写实风格和强烈鲜明的时代内容把“京味”话剧提升到一个新阶段，显示出“京味”话剧的韵味。[①]其中的代表作品有：李龙云的《小井胡同》，中杰英的《北京大爷》，苏叔阳的《左邻右舍》，过士行的《鸟人》《鱼人》《旗人》，何冀平的《天下第一楼》，李龙云的《正红旗下》，刘恒的《窝头会馆》，蓝荫海、顾威的《旮旯胡同》，郑天玮的《古玩》，等等。这些代表作品皆对京味话剧的延续和发展做出突出贡献。主要体现在以下方面：

第一，历史横截面的剖析。

在京味话剧中，1956年，老舍创作了话剧《茶馆》，剧作通过一个叫裕泰的茶馆展示了戊戌变法、军阀混战和新中国成立前夕三个时代近半个世纪的社会风云变化，剧本中出场的人物近50人，包括茶馆老板，有吃皇粮的旗人、办实业的资本家、清宫里的太监、信奉洋教的教士、穷困潦倒的农民，以及特务、打手、警察、流氓、相士等，揭示了近半个世纪中国社会的黑暗腐败、光怪陆离，以及在这个社会中的芸芸众生。从老舍《茶馆》中所展露出来的历史横截面作为关键的侧面，展露出某一特殊历史时期的社会风貌和社会生活背景，在其后的京味话剧中有所继承和创新。

如李龙云的《小井胡同》，被誉为“解放后的《茶馆》”，1981年创作完成，1983年北京人艺开始排练，1985年在首都剧场上演。全剧以老北京一条名叫小井的胡同为背景，讲述了住在这里的老百姓

---

① 王庆生、王又平：《中国当代文学（第2版）》，华中师范大学出版社，2011年，第333页。

们从北平解放前夕至1980年这三十来年的生活变迁及苦辣辛酸，从一个侧面浓缩了新中国三十年的不平凡的道路。从横剖面说，一条胡同里的五户人家，十三条线索，四五十个人物，在纷纭复杂的社会关系中互相联系着、纠缠着、斗争着，形成一幅北京下层市民的世俗风俗画。从纵剖面说，它通过北平解放前夕、“大跃进”年代、“文化大革命”初期、“四人帮”垮台之夕和十一届三中全会以后五个迥乎不同的时期，各个写出其时代的风貌，历史的线索；而五个家庭都有各自完整的故事，每个人物都走向应有的归宿。这又是五幅相连贯的历史画。①

再如刘恒的《窝头会馆》将视角集中在了北平解放前一年，剧中通过窝头会馆中几户小老百姓的悲与欢、离与合、希望与绝望，展现了老北平各色人等的生活历程。房东苑国钟守着自己的小院和儿子；前清举人古月宗靠着卖房子转房契的时候玩儿的文字游戏，一直赖在小院里不走，白住了20多年房；保长肖启山整天催捐税、抓壮丁、算计着街坊们的钱和苑国钟的这座小院儿；小院儿里见天儿掐架的两个女人，一个是曾经做过“暗门子”的厨子媳妇田翠兰，一个是正骨医师的太太、和丈夫私奔至此的前清格格金穆蓉……这些小人物似乎有着形形色色的缺点，有的爱钱如命，有的缺心眼，有的嘴皮子厉害，而在这一群小人物身上却上演着时代的戏剧性与悲壮性。

改编自老舍晚年创作的一部自传体小说的话剧《正红旗下》，涉及戊戌政变、义和团运动、八国联军攻占北京，到《辛丑条约》签订的晚清历史，剧作选取这一特殊的历史时期，进行横断面的剖析。高官百姓们的尊严轰然倒地，官军和团民围攻东交民巷，旗兵们尽了职责，报国寺的老方丈也带着满腔的怨恨走进了熊熊烈火……一个个呈现在话剧中的小人物形象仿佛都是从老舍丰富的人物画卷走出来的鲜活人物。李龙云也来自北京的底层社会，贫困的北京南城养育了他。南城的胡同以及胡同里的那些人和事，李龙云的平民世界显然有

① 刘章春：《〈小井胡同〉的舞台艺术》，中国戏剧出版社，2015年，第173页。

着老舍的影子。这条来自北京底层市民社会的路，使李龙云悄然走到了老舍的《正红旗下》。不仅是相似的相同的平民世界，更有贵贱平等、帝王与平民平等的纯朴的市民理想，使李龙云与老舍的心灵相撞，撞出了新的高度。[①]尤为难能可贵的是作为叙事人的老舍，也走入了剧中，与为了抗击八国联军、保卫紫禁城而受伤倒毙在南长街的父亲对话，父子相见却隔着一乱汪汪的清水，无法两手相握，场面颇为动情。而且，后半场也一改前半场的沉闷，开始火爆起来，不再是遮遮掩掩，而是在冲突中宣泄情绪。福海二哥身着孝袍，对为国捐躯的姑父即老舍的父亲三叩九拜之后，走入那一乱清水中，开始生命的呐喊："谁来帮帮我？我姑父是旗兵！他是正红旗的人！他是为保护皇城，让洋人杀死的！你们谁来帮帮我啊。"[②]

人们对于京味话剧的认识普遍都是北京人在舞台上展出北京人的日常生活，在文化的南北差异和地域性上，京味似乎仅仅限制在了北京这一块地方，然而老舍的两部重头小说《正红旗下》和《月牙儿》都是由上海话剧艺术中心搬上话剧舞台的，两部戏上演的成功与轰动表明了"外乡人"也是完全可以演好"京味"戏的，更重要的是，这一现象说明，"京味"跳出了其特定的地域，"京味"的价值和意义被拓展了。[③]京味话剧能够突破所谓的文化上的南北差异和地域性不仅仅在于大众对于京味文化的认同，也在于演员们对于京味的把握以及京味话剧在未来走向上的一种更为兼容和广阔的姿态。

第二，北京精神的更迭。

当下北京市民生活之中新精神的成长在京味话剧之中得到了更为全面的呈现。老舍构建的京味话剧的文化内涵在进一步地延续，固有的北京精神依然在发扬，在老舍笔下老北京人固有的"围墙"

① 李春雨、刘勇：《老舍话剧之魅及其当代影响》，《陕西师范大学学报》，2008年第6期。

② 厉震林：《〈正红旗下〉的人类学意义》，《戏剧文学》，2001年第8期。

③ 李春雨、刘勇：《老舍话剧之魅及其当代影响》，《陕西师范大学学报》，2008年第6期。

心理和慢文化也在诸如中杰英的《北京大爷》等话剧中得到了深刻的剖析，“大爷们”和“闲人”在新世纪受到了文化和社会的冲击。中杰英的《北京大爷》第一次明确地将笔锋指向了对北京市民精神中的消极因素的批判，从而为新时期的“京味”话剧注入了新的精神内质。由于作为几代古都的北京在政治上、经济上、历史上及文化上所获得的得天独厚的发展，见多识广的北京市民自然生成了一种优越心理。《北京大爷》将北京市民这种心理上的优越感置于商品经济的天平上衡量，在时代的进步与转型中呈示出“大爷”心理所面临的挑战及尴尬。过士行的《鸟人》《鱼人》《旗人》，描写的是一批在北京城之中执着于自己一片天的“闲人”，经历现代消费社会的冲击之后，退回到自己的世界——垂钓、遛鸟、下棋的世界去寻找一片安宁。大隐隐于市，但这种“隐”却又实实在在面临着现实的冲击。换一个角度来说，与其说“闲人们”得到了自由，不如说他们是正在被这种被迫的解放所捆绑和束缚。在这个浮躁、波动、断裂的时代，棋人、鸟人、鱼人的自由只是意味着他们已经被逼到了社会的边缘，失去话语，[①]过士行敏锐地捕捉到了继续保留着原有的文化传统面临新冲击时，一群人或者一代人的社会生活面貌，对于他们真实的心理写照也入木三分。在准确的心理把握背后，也是过士行本人对于“闲人”出路的思考，对于北京精神更迭的思考，但“闲人”与“闲趣”又不仅仅是一代人的问题，这涉及更多人在奋斗和成长的道路上，梦想与精神状态如何兼容的挑战，因此话剧上演之后也引起了广泛的争议。

刘恒的《窝头会馆》则用北京语音、北京方言本色出演北京人、北京事、北京的历史及这座古老城市的变迁。这部话剧作为其代表作品之一，除以上特征外，他的人物同样极具北京精神，北京精神可以用几个北京方言来形容，即“厚道、局气、有面儿”。这种北京精神

① 赵黛霖：《单向度的人——浅析过士行〈闲人三部曲〉中的闲人形象》，《文化学刊》，2019年第1期。

在几个主要人物的身上展现得淋漓尽致。

第三，京味文化新内涵。

京味文化新内涵，包括京味语言还有饮食文化等在内的一系列文化，在《北京大爷》中，剧作为“京味”话剧的人物刻画提供了三类北京“大爷”形象。剧作的语言生动形象，克服了话剧台词易于产生舞台腔的弊病。人物语言极具生活实感，并且极富地方特色。诸如“备不住”“幺蛾子”“滋毛”“趁几个小钱儿”“走背字”等方言以及“牙掉了咽肚子里，胳膊折了掖袖子里”“瘦死的骆驼比马大”等俗语的应用也为剧作增色不少。

过士行不但将北京话作为剧作的基本语料，而且善于运用北京话独具的幽默特色，在“侃”与“贫”上做文章。过士行的《鸟人》《鱼人》《旗人》基于对话剧中“智慧、幽默的东西是一种润滑剂”的认识，他的机智主要表现在两个方面：“闲笔”的运用与语言的幽默。所谓“闲笔”，即与剧情进展无关的部分。这在过士行剧作中颇为常见，譬如《鱼人》中众鱼工的歌谣、号子，《厕所》中胖子要求老张请客吃饭的讨价还价，《活着还是死去》中火葬场老板模仿变魔术的套词等。不过，“闲笔”不闲。相声式语言是过士行剧作机智风格的另一种表现。“京味”是其剧作的特色之一。但是，对过士行而言，“京味”语言只是他对世界荒诞感受及冷嘲态度的“润滑”手段。换言之，只是其机智策略的载体，“京味”并不足以涵盖其剧作的风格内涵。

何冀平《天下第一楼》描写了创业于清代同治年间、传至民国初年的老字号烤鸭店“福聚德”由入不敷出、势如累卵到东山再起、名噪京华而又面临倒闭的曲折发展历程。饮食文化是北京饮食文化的一个小小的侧面。《天下第一楼》不但蜚声20世纪80年代末期的剧坛，而且至今仍是北京人民艺术剧院的保留剧目之一。该剧之所以能获此殊荣，主要有题材的选择、戏剧冲突的安排、“民间英雄”的塑造、对《茶馆》的借鉴等几个方面的原因。《天下第一楼》的美学风格深受《茶馆》影响，较之于其他师承《茶馆》风格的“京味”话剧，最得《茶馆》神韵。在故事环境的设定上，何冀平笔下的“饭馆”与老舍笔下的“茶馆”功能相似，二者都是旧北京各色人物出入、聚散之所；而“食文化”与“茶文化”有同样属于老北京传统的“饮食文化”从中皆可见旧京风习。在结构方法上，两剧都纵横交织、点面结合，但实际操作中又略有不同。相同之处在于两剧都以人物生活史中的几个横截面作为故事展开之“点”，从而完成对具有一定时间跨度的生活内容、社会概况、历史进程的“面”的表现；不同处则是：依剧情需要，在纵、横、点、面的用笔上，两剧各有所偏重，《茶馆》偏于横向展示，《天下第一楼》更多纵向延展。

二、新京味话剧

新时期，北京人艺等剧院推出了一大批新京味话剧，与此同时，原有的经典话剧也在不断地上演。近年来京味话剧的演出热潮，对于“北京怀旧”的文化推动，相较其他文艺形式而言尤为显著。以2013年的北京话剧演出为例，先是开年之初，由中国国家话剧院推出的、改编自热播电视剧《大宅门》的同名话剧在国家大剧院首演。在2013年的年尾，同样是明星阵容、豪华班底打造的大制作《王府井》也再次在国家大剧院迎来自2011年首演以来的第八轮演出。王府井，作为“中华第一街”，浓缩了百年的沧桑变幻，更承载了北京人厚重的精神。作品以磅礴宏大的叙事全景展现王府井这条“中华商业第一街”百年的兴衰与沉浮，生动地塑造了北京人的形象和精神，渲染着极其浓郁的京韵与京味儿。在剧中，王府井已不仅仅是现实中的那条老街，更是一种精神内核的象征，这种精神内核正是勤劳、激情、坚韧、包容、乐观的北京人精神！一度被观众将京味话剧与其风格对等起来的北京人民艺术剧院，则在2013年先后复排了四出经典京味话剧——《骆驼祥子》《茶馆》《天下第一楼》《小井胡同》，同时再次将近年来火热的《窝头会馆》搬上舞台。不可否认，创作于不同年代的这五出京味话剧，俨然成为北京人艺的经典之作。京味话剧的演出，不仅有大剧场的大制作，也少不了小剧场的小制作。明戏仿戏剧工作室改编了老舍的三部小说《我这一辈子》《猫城记》《离婚》。李伯男话剧工作室推出的《建家小业》，则在一年之内进行了五轮演出。青年导演黄盈的“京味三部曲”之《卤煮》，在“2013年金秋北京优秀剧目展演”进行了封箱演出，引发了一票难求的火爆场面。另外，导演林兆华在继《茶馆》《窝头会馆》《老舍五则》之后，又于2013年5月为观众带来了一出《隆福寺》。由此可见，京味话剧的上演也不再是独属北京人艺一家。京味旧作再登舞台，京味新作络绎不绝，京味话剧热依旧在持续升温。[①]

京味话剧引起了如此热潮，重要的一个原因就是从老舍那里衍生了一条反映新生活的话剧创作模式，这种写作思路和模式逐渐为此后许多书写北京新生活的剧作家所沿袭。他们一面继承这种时代北京的话剧书写方式，另一面也在主动调整自己的书写状态以适应文化生态的变化，不断为这种新的书写方式增加新的内容和内涵，这才形成了今日话剧书写时代北京的另一种“京味”传统。[②]人艺等话剧院继续发挥京味传统，在原有基础之上，为京味话剧注入了更多的当下性，使得舞台上演出的话剧与百姓日常生活紧密相关，京味文学在当代也有了新的内蕴和价值，涌现了《玩家》《万家灯火》《全家福》《痴爷》《海上花开》《将军里》《胡同深处》《四合院》《面人儿》《皇城根下》等已经上映和即将上映的优秀作品。新京味话剧主要有以下特点：

第一，新京味话剧的当下性与时代性。

京味话剧的当下性和时代性是其重要特征之一。贴近社会生活，需要编剧极为敏锐的文化洞察力，并对于社会生活现象具备清晰的认知和反省精神。作为北京人艺2016年度推出的重头戏，《玩家》的首轮演出获得了很好的上座率，媒体一致认为是北京人艺舞台上又一出成功的京味话剧。

---

① 何明敏：《“北京怀旧”与认同危机：对近年“京味话剧”的深层解读》，《清华大学学报（哲学社会科学版）》，2015年第1期。

② 黄益倩：《京味儿话剧的文化生态》，文化艺术出版社，2009年，第111页。

《玩家》剧作以一只元青花瓶跌宕的收藏故事为线，串联起改革开放40年北京市民生活的巨大变迁。编剧刘一达谙熟市井生活的优势显而易见，但其文学含量、叙事高度与一流剧作尚有距离。全剧还融合了多种元素，比如怀旧、时代的变迁以及北京人的“局气”（仗义、守规矩）和玩家的自我救赎等。这些元素都是北京精神的一种集中反映，在小人物的身上集中反映出来。

剧作《玩家》，将个人的际遇嵌入时代车轮，用以展现首都北京在改革开放市场经济大潮中的发展与变化，并传达出对人与人之间温情关系的眷恋。元青花大瓶在这部戏里，最终打破真假的局中，从剧作到导演、表演都竭力开掘北京当代市井生活的丰富蕴藏。本剧从玩家入手，所要坦露的是世道与人心，是一座城一个时代的“精神本质”。《玩家》也有一种年代的纵深感，努力展现时代变迁下北京人的变化，并将其放在城市化、现代化进程的背景下加以审视和考察。这种审视不只是重复地表达一种困惑、一些矛盾，而是尽可能多地展示北京文化正在发生的新变。剧中不仅有代表各阶层地位和文化特色的老北京人，还加入了以河南小木匠魏有亮为代表的新北京人，以及以中国香港收藏商林少雄、新加坡收藏商陈老板为代表的文化他者形象。剧作将北京传统文化、北京人的性格特点放在区域性、世界性的视野下加以考察，通过不同价值观念的冲突、转化，展现北京逐渐开放的发展历程，进而凸显当下北京多元文化交织的特色。同时，它也在借剧中人物的遭遇，向观众传递这样的一个讯息：在北京这样一个具有悠久人文积淀、历史传统的城市，在市场化、国际化的过程中，遇到了越来越多的新的游戏规则、生存经验，这些规则、经验与传统的规矩、道义发生了抵牾，两者之间的博弈，乃至矛盾的不可调和，恰恰构成了如今驳杂、无序、真假并存的生存秩序，而这正是创作者们提醒我们保持警惕的。[①]

---

① 徐健：《“老处方”与“新京味儿”——评话剧〈玩家〉》，《戏剧文学》，2016年第12期。

在北京人的日常生活之中贯穿着时代主线的还有2015年上映的话剧《万家灯火》，它改编自叶广芩的同名小说，编剧为李龙云。该剧以北京南城人家近十年的生活变迁为主线，以金鱼池地区危旧房改造为背景，展现了京城居民的生活环境和生存状态，表达了普通百姓生活的酸甜苦辣和对美好生活的向往。全剧以小人物为中心来展开，以何家为核心，延伸出何老大、老二、老三这几条线，既相互独立又彼此有着衔接，房子作为一条至关重要的绳索将剧中的人物拴在一起，牵一发而动全身，令人不得不佩服编剧谋篇布局的匠心。新闻播报将一幕幕情节联系在一起，起到一个串场的作用，将整个城市改造与金鱼池联系在一起，暗示金鱼池的悄然变化。剧中宋丹丹扮演的老太太和她的三个子女，再加上卖菜的、贩鸟的街坊邻居，构成了南城可信的人物关系和生活图景，编、导、演等完整地再现了北京老城居民的生活环境和生活状况，流畅地将普通老百姓日常生活的酸甜苦辣娓娓道来……[①]

《全家福》剧作的当代性体现在将中国当代史贯穿在人物发展动脉上，剧作以小见大，选取灯盏胡同九号小院作为表现对象，古建筑业作为突破口，展现新时期北京发生的一系列的历史事件，如新中国成立、修复天安门、抗美援朝、颁布新婚姻法、建人民大会堂、大跃进、拆东直门、大炼钢铁、“文化大革命”、平反、改革开放、个体经营以及新世纪北京城市规划建设等一系列重要的历史事件对这里产生的历史性颠覆性影响。在叶广芩原有小说的基础上，通过人物塑造、舞美灯光设计，人物语言的考究钻研，对于剧本进行生活化和艺术化的演绎，最终酿就了这样一部时间跨度大，反映面广、贴近生活的话剧。

从《全家福》可以窥见京味话剧的内涵得到了极大程度的探索，可贵之处正在于能够全面大维度地纵览中国当代历史下平民社会生活

---

① 鄢新宇：《好看的主旋律戏剧——观话剧〈万家灯火〉有感》，《艺海》，2006年第2期。

的变化，这不仅是作家叶广芩的一种体认和关照，也是剧作家自身对于北京文化和历史背景的整体把控，是演员对于人物的倾情演绎和整个剧组对于剧本台词、社会历史背景共同理解的结果。在重大的社会历史背景之下，表现能屈能伸的人物，传达昂扬振奋的时代情绪，关注百姓的喜乐悲欢，将当下性和历史传统结合，正是京味话剧得以扩展延伸的突破口和重要尝试所在。

2018年排演的话剧《痴爷》则以五四运动至新中国成立这一段特殊的历史时期为背景，以老北京人的生活、爱情故事为主线，演绎了在北平南城的小胡同里，一群升斗小民的悲欢离合、喜怒哀愁、生死歌哭的故事。在道德与欲望的绞杀、善良与邪恶缠斗的剧情中，剧作者们钩沉往事、摹写京城民俗，颂扬北京人特有的淳朴民风和人文精神。期以古今映照，在历史回眸中反观现实生活的美好。编剧春雨，原名王春雨，是地地道道的北京人，自小在北京南城长大，对于老北京有着浓浓的情怀。老北京的人儿，老北京的事儿，在别人那里，是历史、是故事，在他这里，却是印象、是记忆，话剧《痴爷》也改编自他的小说《龟院》，可见他谙熟北京文化，也擅长将自己的日常生活搬上舞台进行上演。

在京味话剧的传统的影响下，在时代更迭中当下正在发生的重大社会历史事件在舞台上展示的情况下，话剧是一种能够得到观众及时反馈的方式。在《玩家》《全家福》《万家灯火》《痴爷》这几部剧中，时代性和当代性都得到了充分的体现。当代生活的内涵都在舞台上伸展开来，新京味话剧产生了意想不到的文化包容力。

第二，京味话剧的传统模式。

京味话剧的传统模式在剧场性、舞台性、戏剧性、完整性等方面，延续着京味话剧的传统模式，在这些层面上齐头并进，京味话剧在注入新的内涵的同时，仍然沿着传统的模式不断向前发展。

《玩家》的剧场性、舞台性、戏剧性和完整性在剧中非常显著。这部作品的剧场性体现在古玩行的“智取”“智斗”上，故事悬念性强，情节起伏跌宕，适宜喜剧性元素的挥洒。导演有意对拉纤儿的宝二爷、收旧货的魏有良、买饭的焦三儿、迷了心的发烧友小民等几位次要角色的形象和语言进行了喜剧性夸张和变形，营造出了欢悦乃至爆笑的剧场效果。然而谈及这种戏剧的戏剧效果，并不只是一笑而过，更多是一种理性与感性的对撞，是着力于人物性格和生活态度的外化过程。在剧情的不断发展中，和光同尘、知白守黑的人生境界在观众面前逐渐清晰了起来。[①]在剧作之中小人物的舞台表现张力惊人，在对白和表演上给观众留下了深刻的印象，在推杯换盏之中，北京的饮食文化、京味语言、文化底蕴和古玩的相关元素从人物的台词中展现出来，为我们提供了一幅世俗风情画最好的活体研究资料：

> 宝二爷：这算什么？我可是王爷的后代！要说吃港怂不灵，讲吃还得咱北京爷。（随手拿过齐放的水杯）老话怎么说来的（打开杯子），七辈子学吃，八辈子学穿。要的是什么？谱儿！我爷爷那会儿，出府八对宫灯引路，郊游四辆卧车跟班，在家里摆堂会，请的是争“八大楼”的名厨掌灶。那是什么席面儿、万字燕菜、三吃活鱼、抓炒鱼片、罗汉大虾、红烧大鲍翅、八宝冬瓜盅、（齐放默默把杯子拿回来）三焦烩蛇羹！还有这——
>
> 齐放：那不是你吃的，是慈禧老佛爷吃的！

《玩家》致力于开掘京味话剧的喜剧性元素。北京人艺的经典京味大戏从《小井胡同》《天下第一楼》到《全家福》《窝头会馆》等，都致力于开掘北京人的“精气神”“精神实质”，但或多或少都存在着对喜剧性元素开掘不足的遗憾。京味语言是展现北京人幽默精神与嘲讽态度的绝佳样本。京味话剧作品中，无论是老派人物还是新派市民，总有着不变的幽默与嘲讽的传统，永远有着一副散淡裕如的神

① 胡薇：《“十年磨剑”的得与失——由话剧〈玩家〉引发的思索》，《戏剧文学》，2016年第12期。

情，还总会有那么一两张“勤劳的好嘴”。北京人的喜剧精神与嘲讽态度相伴而生，这既是对世故人情的思考与辨析，也是对平凡生活的履职履责，更是对世道人心深思熟虑后的态度选择。

在《玩家》当中，导演积极运用舞美、灯光、音效、服装、化装、道具等舞台表现手段参与舞台叙事，营造舞台气氛。讲求剧场性的强化，有利于营造出浓郁的生活气息，也帮助演员更好地融入剧中所设定的社会背景，更好地进入演出状态，演出原有的生活。在北京人艺的舞台上，精准入微、典型化的服化道，对人物身份、性格等语汇有着事半功倍的表达。《玩家》中靳伯安的瓶子、齐放的褂子、宝二的裤子、李爷的蝈蝈笼子等，都给观众留下深刻印象。再如《全家福》《理发馆》《玩家》这三部作品中，均使用了带有明显年代印记、高度符号化的流行音乐营造时代气氛，从京剧到单弦、相声、民间小调，从古典音乐到通俗歌曲，不分高下，兼容并包，皆为我用。

《万家灯火》台词也采用北京的方言，显得真实，生活化，使人物性格化。在声音的运用上，导演适时地将嘈杂声、嘘声、闹铃声、火车声等插入其中，使情景更加生活化，北京天坛的蛐蛐声，卖西瓜的吆喝声不仅体现了北京的地域特色，而且让观众感到真实、亲切、自然。

《万家灯火》的舞台性就在于舞台布置的写实、逼真，生活化的表演让观众觉得真实，贴近实际，贴近群众，贴近生活。真实化的布景和人物在其间不时地走动，时常让人会忘记这是在舞台上。舞台细节的精细程度是前所未有的，更值得称道的是该剧在演出中，邀请到已搬入新居的金鱼池部分居民走上舞台，与众多的艺术家共同演绎这部现代北京人的悲喜剧。导演在调度与舞台的空间布置上有着成熟的考虑，多次在舞台上将几个空间同时呈现，写实和写意相结合，演员的有限视野和观众的先知视野相结合，观众不由自主地为舞台人物的命运而忧虑，忧其所忧，扰其所扰，这样编剧就成功地将观众的注意力放在了剧情上，观众实现了与剧情的同理，更能融入剧情，提高认同度，仿佛舞台中的社会生活场景就发生在身边。这部主旋律大戏，记录了北京金鱼池的百姓十来年的生活史。源自生活，又把生活更加具体化、典型化。话剧中熟悉逼真的生活场景，生动真实的家长里短，世间百态，传达出朴实的人生感悟和道理，形成了剧中独特的艺术特色，同时展现出导演别出心裁的构思想法。人物语言的生动和故事的鲜活，使细节上常常突破主旋律的限制，给人一种话剧感染力。

《万家灯火》的剧场性关键在这场戏的两个重要的事件：麦子归来和梁子出狱。导演紧紧围绕这两个事件制造悬念，通过巧妙的铺陈设置，营造出悬而未决的紧张氛围，让观众的心理跟随剧情跌宕起伏。观众在前六幕陪伴主人公王满堂走过了50年的风风雨雨，观众了解他、认同他，更加希望好人有好报，希望王满堂有一个好的结局。因此导演在这里采用了悬念的手法和大量的人物对话制造出舞台氛围。

老　肖：你瞅瞅，让你这么一折腾，差点耽误了我的正事。（对春秀婶）干亲家，炸酱面准备好了吗？

春秀婶：（从屋里出来）早擀得了。

（周大夫夫妇上，衣装整洁典雅。）

福　来：干爹，我听说，咱今儿有贵客要到？

周大夫：是是，我和老肖有一件非常重要的事情要办。

（南方小妹示意周大夫保密。）

王满堂：（懵懂地）今儿都怎么了，神神秘秘的？老肖，谁要来呀？

周大夫：这个人你应该认识哦。

老　肖：那也不一定！

柱　子：（拿着行李上）肖大爷，来了。

王满堂：柱子，谁来了？

柱　子：爸，来了。

周大夫和南方小妹终成眷属，老肖把春秀婶“这头老牛”拴在了自己的槽帮上，王满堂也在老肖的帮助下保住了影壁，了结了一桩心事，众人招呼着春秀婶准备炸酱面，一派喜气洋洋的景象。通过演员的表演我们得知准备炸酱面是为了迎接一位贵客，所有人都知道，唯独瞒着王满堂，周大夫还笑嘻嘻地暗示这个人王满堂还认识，于是观众猜测这个人一定和王满堂有特殊的关系，而且一定是好事。

《痴爷》中不仅仅在剧场性和舞台性等方面延续了传统的模式，独特的京味元素也一脉相承。《痴爷》以老北京话为主音调，排练期间，全体演员们每天到排练厅都会集体练习北京话，由剧组中的北京演员指导教授传授说一口流利标准的北京话的秘诀，画面和谐又有爱。剧中地道贴切的老北京语句："别介呀""昨个儿""奔嚼谷去"……将观众迅速拉到老北京的时代，带你"声临其境"。为了更加深入了解并体会当时背景下的生活状态，剧组全体演职人员到北京八大胡同进行亲身感受，为的就是为观众呈现出最符合老北京那个时代的生活气息和民风民俗。京胡这一老北京最具特色的管弦乐器的使用是剧中的点睛之笔，剧中男主人公京文则拉得一手好胡琴，也正是因这胡琴与女主人公秀娥从相识、相知到相恋，也用他最珍爱的胡琴寄托并表达了对秀娥的那份"痴痴的爱"。

《痴爷》虽是京味话剧，但也不乏对中国传统文化的弘扬。中国戏曲是中国传统艺术之一，《痴爷》因此也彰显了中国传统文化的韵味，在剧中女主人公秀娥唱了一嗓好戏曲，更是通过戏曲与男主人公京文从相识、相知到相恋，二人一拉一唱，琴瑟和鸣，二人的爱情缠绵悱恻，感人至深……京味的延续在二人以戏传情的氛围中蔓延开来。叙事上，反派人物莫六因为人物的平面化和刻板化使得整部剧的角色能够尽快地立体形象起来，但是这部剧也具有许多文学作品共有的通病，反面人物的平面化和扁平化都过于突出了人物的二元对立而稍显单薄。叙事节奏的舒缓和张弛方面仍然需要一定程度的改善。

不管是20世纪50年代的《龙须沟》《茶馆》，还是新世纪以来的《万家灯火》《全家福》，"京味"俨然已成为北京人艺话剧屡试不爽的经典模式，它不仅为北京人艺提供了可供总结、借鉴的叙事模板和艺术经验，还为其演剧风格的传承、艺术品格的锻造、观众群体的培养提供了坚实的人文支撑。历史上，京城深厚的文化底蕴、北京话独到的诙谐特质和以《茶馆》为代表的经典京味话剧的叙事智慧，奠定了北京人艺京味话剧的演剧传统；现如今，北京人艺的创作者们只需沿着传统确立的方向前行，写北京人、讲北京故事的作品，总能轻而易举地赢得观众的追捧和市场的认可。在这个犹如“鸟人”“鱼人”般的封闭自足的世界里，这些人聚拢在大玩家靳伯安周围，痴迷于古玩的收藏，心无旁骛地做着发财成家的梦想，他们中有些人玩物丧志，有些人执迷不悟，有些人迷途知返，有些人得道超脱，可以说，古玩，“玩的是心跳”，“玩的是深奥”，也玩出了世道人心。

第三，新京味话剧的破与立。

以《玩家》为例，《玩家》的二度创作更具雄心也更为进取，显示出创作者们“求新”“求变”的迫切愿望。京味话剧如何走出看家戏《茶馆》巨大的“影响的焦虑”，是一把悬在北京人艺继承者们头上的达摩克利斯之剑，也将是一个永恒的命题。导演任鸣从1995年排演《北京大爷》，到2005年排演叶广芩文学名篇《全家福》，再到新近排演《玩家》，30年中不间断地实践着他对京味话剧舞台范型“继承—发展—创新”的探索之路。尤其这次对《玩家》的舞台处理，在整体面貌上呈现出了京味话剧创作的新动向、新风貌。

除了以上较为杰出的卖座率较高的话剧之外，还有很多话剧令人瞩目，如新京味话剧《海上花开》讲述了四个年轻人在北京海淀中关村相遇相知，在实现梦想的路上越挫越勇的故事。这四个年轻人中，既有迷茫彷徨的海淀土著，也有来自外地的年轻人。该剧创作团队主要来自北京人艺，编剧是人艺的王甦，聚焦于年轻人与古老的北京城的碰撞，北京的文化与它作为一座开放性大都市的社会功能在这群青年身上正发生着奇特的反应，青年人的奋斗史搬上舞台也同样受到了年青一代人的瞩目。话剧《皇城根下》则再次将眼光聚焦于处处可觅的京味元素。除了兔爷、豆汁儿，剧中浓郁的老北京话饶有趣味，如很多老北京俏皮话、土话，像兔爷打架——散摊子，还有像“怎么茬儿”“撒丫子”，生孩子叫“下人”……除语言外，全剧在舞美、服装、道具上也匠心独运地还原老北京风貌。2019年京味话剧《将军里》，讲述的是一场令人猝不及防的初雪改变了北京东城区西忠实里棚户区居民的生活，忠实里棚户区，位于朝阳区与东城区交界处，南至铁路线，西达铁路桥，北抵通惠河岸，被称为“出京第一扇窗”。西忠实里不远处就是繁华的CBD，但是与繁华相差甚远的是，这里危旧房集中，卫生环境脏乱差，火灾、防汛及治安隐患严重，安全事故多发。话剧见证时代的变革和冲突，把老北京人对现实生活的无奈和对遗失家园的怀念表现得直触内心。话剧《翔云8号院》用亲切感人、生活化的京味语言，将大工匠敲敲打打的精彩人生融入老北京大院五味杂陈的京味生活，旨在以舞台艺术的形式，弘扬新时代劳动精神、劳模精神、工匠精神，唤起社会对工匠文化的尊重与认同。原创京味话剧《天命》，堪称程疯子的前传，讲述了八角鼓艺人程宝庆在大时代的跌宕里，获得与失去的生命之路。全剧满溢京味元素，曲艺大鼓的使用更是精彩，诸位曲艺功底的老艺术家的加盟，带出了一种深深的致敬感，这是一部为挽救全堂八角鼓非遗艺术而推的重点剧目。话剧《面人儿》讲述的正是北平面塑艺人章连山的故事，20世纪30年代，面人章携妻带女到上海谋生，日本侵略军的炮火毁了他的家，后来只好回到了北平；而北平的日子更是没法儿过，目睹日寇残暴杀戮中国人的他，只能携带家人逃离北平；北平解放后，章连山重新回到北京，新中国，新北京，使这位手艺人迎来了新的生活。全剧通过一个小人物悲欢离合的命运，折射出时代和人心的巨变；同时也让今天的观众了解到“面人儿”这种中国传统民间艺术的独特魅力……除此之外，还有一系列原创新京味话剧在上映中。

以上的新京味话剧或者立足于当下现实或者反观历史比照现实。历史与现实的互文性也恰恰对照了新京味话剧的发展路径。那些难以弥合的缝隙正在一步步地扩大并得到编剧和导演以及相关研究者的重视，而缝隙会在时间的推动下渐渐消弭还是成为一个永远的裂缝，这依然是一个尚待考察的问题。

第二节 “我的青春谁做主？”

步入新世纪，飞速发展的中国社会为文艺界与思想界开辟了更为广阔、自由的话语空间，宽松的时代氛围使21世纪以来的京味文学彰显着全新的内涵与魅力，造就了新时期京味文学异彩纷呈的喜人局面。投身京味文学创作的新生代作家，以更加独特的姿态，更为前卫的方式登上文坛，书写着个体色彩浓厚的真情实感与奋斗人生。

一干常居北京的青年作家，以其独到敏锐的眼光捕捉着当代北京之“常”与“变”：莫小邪尽展新北京市民生活本相；春树以切肤的青春伤痛言说“北京娃娃”的恣肆与狂想；孙睿操起地道的北京话描绘大学时代的激情与梦想；冯唐则更为巧妙地将北京作为展示生命本色的背景，从而透视当代北京背后某种永恒的沉淀；石康在书写青春的别样成长的同时，也完成了对现代情感的深层挖掘。

新时期以来，这些生在北京、长在北京的青年作家，书写着平实与本真、稚嫩与热烈、苦痛与奋斗、绚烂与永恒，并与北京这座古老的城市之间发生了激烈碰撞，这种因碰撞而产生的火花，照亮了所有现代人的京味梦。

一、谱写当代市井中的平民小传

作为现代“京味”小说的重要奠基者，老舍在他的一系列小说中向人们展示了一派独具北京地域特色的自然与人文景观。自老舍起，对北京市民社会详尽描绘的文学传统，便在不同时期的京味作家创作中得以接续。新时期以来，在以青春书写为创作主流的“80后”作家群体中，莫小邪另辟蹊径，俯身街头巷尾里老百姓的日常生活，勾勒了一幅丰富多彩的平民画卷。

《后海烟民》描写了小人物李八大的后海便民店和他周围人的生活经历，在叙述技巧上，莫小邪运用横截面的剖析视角，将各色人物身上所发生的故事有条不紊地铺展开来，从而向读者展现一位北京小杂货铺老板生活的方方面面。在平实且耐人寻味的叙述中，莫小邪又独具匠心地将历史、人文、生活交织在一起，在生活的无奈与人物悲欢的交融之中，呈现出战争遗留下的老一辈的现代生活。时代的更迭与交错使小说中的人物以“混搭”的方式调和着叙述的张力与节奏，正因如此，文本的内蕴得以扩充，从而获得了一种难得的丰厚性和多义性。莫小邪以诙谐恣肆、随意自适且文艺而有趣的叙述口吻放大了每一个能够在街头巷尾随处可见又被我们所忽视的小人物。莫小邪成功地在人物的生活和时代中不失时机地穿插了历史维度的书写，这就使一个普普通通的北京市民的生活横向立体地呈现在我们面前。

在《后海烟民》中，莫小邪以细腻的笔触和敏锐的感知力对人物的内心世界予以深入的探求，这种探求具备强大的穿透力。中山大学中文系教授谢有顺曾这样评价莫小邪的创作，“她的小说是平民的小传，那些细碎的乐与悲，有着日常生活的细腻质感。这是她对一种平凡人生的体认，也可以看作是对自我的追问与深思”。《后海烟民》背后传达出小人物在平凡生活背后的挣扎，是在面对都市化社会时，一种消极无奈的妥协，而妥协的背后，又包含着中国人与生俱来的“既来之则安之”的生活态度，是典型的中国式哲学。

莫小邪让读者在阅读的过程中，对此种中国式哲学产生了由衷的认同感，这源于作品中的人物与现实生活中芸芸众生的高度贴合。在《后海烟民》中，莫小邪将其高超的观察力和敏锐的洞察感展露无遗。她笔下所表现的既是北京人，又是外省人，既是极富北京鲜明地域特色的，又是超地域性的。莫小邪开放多元的文化视野，使作品整体在富有京味的同时，又将西方的一些流行元素与之相结合。抒情、反讽、黑色幽默、形而上学、现代和后现代等解构的文化元素与传统内核和谐地编织在一起，从而规避了传统与现代相衔接时的突兀。

若从整体上观照“80后”创作大军的作品风貌，莫小邪的《后海烟民》无疑是众多青春书写中的独特存在。她以平实又充满机趣的语言描摹着平民百姓有滋有味的平凡人生，又在紧跟时代脉搏的律动中，对现代性与超现代性的文化因子投以敏锐的体察。那么，莫小邪异于同龄人创作的价值何在？大抵在于其文字中不自觉流露出的本性里的顽皮与严肃的奇异融合。正如吴玄所言，她善于胡说，又善于沉默。莫小邪骨子里的风趣与端庄的写作姿态，成就了她广阔的创作空间。

二、残酷青春与另类成长

近年来，“80后”文学作为“新世纪文学”的重要组成部分已经逐渐进入文学史研究视域，无论是学术研究界还是大众传媒领域都对“80后”文学投以高度的关注。而青春书写作为“80后”作家群体的创作主流，自诞生起便吸引着大量的青少年读者。尽管其中不乏以严肃写作著称的韩寒、张怡微、笛安等青年作家，但似乎仍难以扭转叛逆任性、恣意妄为、无故感伤等“秋意”甚浓的主流叙述语调，我自惆怅的青春文学正展示着当代北京青年残酷青春的盛宴。

其中，春树的《北京娃娃》被称为中国第一部严格意义上的“残酷青春小说”。本书讲述了北京女孩林嘉芙从14岁到18岁之间发生的故事，包括从考上职高到令人窒息的校园生活，从第一次的休学到杂志社打工，以及与男朋友之间的复杂情感经历等。

春树以早熟而敏感的笔法描写了新世纪的青少年在理想、情感、欲望以及成人世界之间奔走呼号甚至绝望的历程，展示了叛逆一代的青春伤口，反映出对社会、家庭、教育和爱情的审视。这部影射春树本人青春期经历的作品，虽然是以小说的形式呈现，但实际上是一部作者省视自我生命痕迹的“成长史”。在当代文坛上，《北京娃娃》有着独特的意义，这部作品成为解中国成长小说的一个重要的侧面，这一块原本灰色的朦胧的青少年地带，终于在春树的笔下呈现出完整而清晰的面貌。更难能可贵的是，我们应看到，《北京娃娃》虽表现的是林嘉芙这一特定人物独特的成长经历，但却实现了超越个体范畴的整体意义。春树以言说个体伤痛的方式影射了某一时期青年所面临的痛苦，从而揭露了中国社会施加在青年身上悬而未决的一些隐性弊病。

春树作为“80后”青春作家中颇具影响力和争议的一位，之所以能够引起广泛的关注，就在于她在一定程度上代表了亚文化青年群体。从自身经验写作，愤世嫉俗，勇于逐梦，大胆与主流社会秩序对抗，春树勇于暴露、忠于自我的写作姿态强烈地吸引着青少年读者群，不仅如此，其作品中出现的火星文、摇滚刺青、网络游戏、MV等都是“80后”创造出来独一无二的与父辈主导的经历完全不一样的流行性文化元素。春树强烈的反叛精神和意识使她成功代表中国青年作家登上了世界的舞台，为使全世界了解中国新一代树立了典型。

此外，另一值得关注的问题是，《北京娃娃》所体现的残酷青春与作品中反复出现的摇滚乐密不可分。摇滚音乐在书中不仅仅是一种音乐形式，更象征着青春的叛逆，并成为一种宣扬个性的存在。但摇滚在春树的眼中并不仅仅是肆意呼号和自我展现的另类方式，而是一条追求理智与纯真的途径，是渴望通过这种特殊的音乐方式向世界宣告新世纪的这代青年对于社会现象、生活态度、人生意义等方面的真实看法。尽管由于一些摇滚音乐人自身的问题，加上人们肆无忌惮的误解和夸大，摇滚被扭曲得支离破碎。[①]在常人眼里，摇滚似乎就是与乱交、毒品等丑恶的社会现象联系在一起，摇滚变成了洪水猛兽。但究其本质，摇滚有着与其他音乐形式同样的纯粹。在追求自由的青年眼中，摇滚是一种精神寄托，也是一种行为方式，是不甘于平庸，不甘心被条条框框束缚的叛逆象征。

在《北京娃娃》引起读者与社会广泛关注与讨论的同时，学界也展开了对《北京娃娃》的相关研究，其中田忠辉与李振的观点具有一定的代表性。田忠辉在《春树〈北京娃娃〉的“青春冲动”——

---

① 蒙玲芳：《“北京娃娃”的残酷青春》，《齐齐哈尔师范高等专科学校学报》，2011年第5期。

在“一声不响”中“嚎叫”的80后》一文中认为,《北京娃娃》的文本中充满着青春冲动与号叫，在这种未经成熟的原始生命力的呼号背后，隐匿的是一个“扭曲的、悖谬的”世界。尽管春树借林嘉芙之口所呈现的个体经历与世界感悟中，席卷着青春期张扬的尘暴，但这样的反叛并没有触及“自由和理想”的本质。田忠辉确认了“本能的嚎叫”这一隐藏在这部小说中的“动力密码”，并由此认为，作品中诸多形式的艺术呈现归根溯源是为了释放无处释放的“青春冲动”。

春树在《北京娃娃》中的写作，实际上是个体同社会的较量与博弈，在“博弈的过程中，一方面社会在不断地吞噬着个体，另一方面个体也在不断地扩大自我的权利”①。表面看来，“80后”的青年作家借助网络这一新的语境元素获得了前所未有的个体表达空间与自由度，然而事实上，“80后文学依然在被‘社会’同化”，商业资本、受众指向以及图书市场的销量排行，无一不侵蚀着“80后”作家们的创作纯度，“韩寒被冠以‘意见领袖’的大众标签，郭敬明游弋于商业化、娱乐化的潮流中，张悦然迅速归于正统，笛安、颜歌等大部分80后作家几无80后当初的冲击力”。②因而，春树在《北京娃娃》中所散射出的稚嫩但生猛的生命激情似乎成了“80后”文学坚守自我姿态的最后阵地。田忠辉认为，尽管春树仍没有对青春的归宿做出应有的明示和理性的抉择，但只要保有“青春的冲动”，终将能触及真正的“自由和理想”。

面对《北京娃娃》中大量的两性关系描写，学界曾将春树的创作冠以“身体写作”的名号。然而吉林大学的李振指出，尽管“80后”写作中继承了“身体写作”中的某些元素，但究其本质，“80后”作家的创作并非真正意义上的“身体写作”。

在《尚未长成的“身体”——以〈北京娃娃〉为例看“80后”

① 田忠辉:《春树〈北京娃娃〉的“青春冲动”——在“一声不响”中“嚎叫”的80后》,《小说评论》, 2010年第6期。

② 田忠辉:《春树〈北京娃娃〉的“青春冲动”——在“一声不响”中“嚎叫”的80后》,《小说评论》, 2010年第6期。

写作》一文中，李振以春树的《北京娃娃》与卫慧的《上海宝贝》为例，从性别角度出发，对其进行了比较和分析，从而明晰了《北京娃娃》中稚嫩的两性形象与两性关系，同《上海宝贝》中成熟饱满的人物塑造与叙述视角所存在的差异。《北京娃娃》以第一人称的叙述视角，为我们展露了一个青春期女孩儿敏感脆弱又叛逆自我的心灵世界。尽管其中展现着作者在“理想、情感、欲望和成人世界之间奔突呼号甚至绝望的历程”，甚至还有成年人难以理解的性尝试，但凡此种种都是一个“青春期少年懵懂的渴望甚至理想”①。《北京娃娃》中的主人公，只是一个“小女孩”，她为被人欣赏或夸赞而脸红紧张，为喜欢的人一心一意全情投入，她尽管讨厌学校却仍向往梦想中的清华附中，这一切都说明她仍以一种孩子的心态在成长，同《上海宝贝》中的成熟女性COCO相比，林嘉芙在成人世界里的横冲直撞是那样的稚嫩单纯。与此同时，《北京娃娃》中尽管出现了两性关系的描写，但其中的“性与性别，更多的是一些标签式的口号”。林嘉芙曾感慨：“作为一个人，作为一个女人，我的悲剧色彩已经很明确了……”②一个花季少女对自己女性身份的悲痛感慨，无论怎样看都让人觉得稍显幼稚和矫情，而在《上海宝贝》里，成熟女性COCO已然明白，“性”不单单作为一种生理需要，更在女性的生活中扮演着诸多角色，关乎着生活的幸福和人生的完满。除却对性别观念的模糊认知外，《北京娃娃》中的男性角色也同样含混不清。他们中的一部分尽管以成年人的身份出现，但却有着孩子般的肆意妄为与蛮不讲理，所以，他们更应该被称之为“男孩儿”。由此不难解释，林嘉芙对于男性的漠视与不相信，并不是源于激进的女权主义，而是因为无论是作者春树还是小说中的“我”，都并不十分清楚什么才是真正的男人，男性的特质究竟是什么，其价值究竟何在，这些问题对于还未

① 李振：《尚未长成的“身体”——以〈北京娃娃〉为例看“80后”写作》，《文艺评论》，2006年第4期。

② 李振：《尚未长成的“身体”——以〈北京娃娃〉为例看“80后”写作》，《文艺评论》，2006年第4期。

有太多人生阅历的春树来说都是模糊而困惑的。因而，《北京娃娃》被冠以“身体写作”的名号本身就是草率的，作品中充斥两性关系都是以叛逆青春的内核为支撑的，“性”只是这场青春战争的表象，深入肌理，这里并不存在真正的女人与真正的男人，只是少年们旺盛的荷尔蒙，狂躁的情绪以及漫无目的呼号与对未来的迷茫。

春树《北京娃娃》，文化艺术出版社（2010 年）

以青春主题为统摄，书写一代青年的成长与蜕变，从而揭示所有美好易逝的光阴背后蛰伏着的生活与生命的永恒底色，是冯唐写作的重要主题。被称为北京三部曲的《18 岁给我一个姑娘》《万物生长》《北京北京》，向我们展示了这位北京作家印象之中的北京。青年作家将写作作为一种自我确认的同时，也在小说中同小说中的人物一起相互启发，相互成长，同时展现了作家笔下的京味文化和意蕴。

小说《万物生长》以初恋情人的情感纠葛为故事背景，以秋水和现任女友探索爱情、探索身体的故事为主线进行，以他与魅力熟女柳青的相遇和发展为故事后续，展现了秋水在过去、当下、未来的时空接替中，情感混沌、漂泊无依的“青春横断面”状态。在《万物生长》中，无论是与小满的精神恋爱，还是与白露的肉体纠缠，秋水都表现出自己的不成熟和懦弱，他一方面唾弃金钱与权势，一方面又无法真正脱离这个物质社会。他在人格上强烈渴望成长为一个真正的男人，对于肉体上的叙事即是最好的证明，然而在现实生活之中，幼稚的层面总是先于他的理智败露，这种强烈的精神撕痛感，也是一代人所面临的难以克服的精神困境。

从《十八岁给我一个姑娘》到《万物生长》再到《北京北京》，欲望化的叙事几乎贯穿了冯唐创作的始终，这种情欲的别样体验和成长的需求结合在一起，几乎成为青春中欲说还休逃也逃不掉的问题。当尖锐敏感的现实状况终于撕掉伪装的面纱出现在冯唐的小说之中时，便转化为一种欲望和悲剧的美学，肉欲的官能感受得到极致发挥，而不成熟的心智又将欲望本身推向令人唏嘘的悲剧深渊。

在叙事时间上，“万物生长三部曲”具有明显的后设性，这致使小说中形成两个叙事视角，一个是已经成为“国家栋梁”的中年秋水，另一个则是还处在“毛茸茸”状态下的少年秋水。两个视角在叙事过程中进行对话、互相评价，甚至偶尔调侃，这使小说的叙事在充满张力的同时，又增添了一份岁月的淡淡感伤。反映到具体时间，《北京北京》的第一章是从1994年北京夏夜的燕雀楼开始的，“我”和小白、辛夷一起喝酒，附近“梦幻几何”“太阳城”“凯瑟王”等夜总会生意热闹，门口站着细白大腿的小姐们，细白大腿裹着黑色尼龙网眼丝袜，就成了发出闪亮磷光的“摇曳的蜡烛”。这时候的年轻人带着野心和学识，带着激情和爱情，“想去寻找能让他们安身立命的位置和能让他们宁神定性的老婆”。小说最后止于2001年的春节前夕，“我”在北京的小长城酒家和一群陌生人喝酒，醉酒以后透过水晶球一样的绿色酒瓶看到以前的垂杨柳，看到辛夷、小红和小白。这无疑是一场对张狂青春和年轻幻想的告别，从此，“我定了我要做的，我定了我要睡的，我就是一个中年人了，我就是国家栋梁了”，伤感无奈自不必说。这份时间不再、天真易损、青春易逝、纯洁易污的宿命感足以撼动人心。①

① 张瑞芳：《论冯唐的小说创作》，广西师范学院2016年硕士学位论文。

若论及对北京青年当下青春的另类书写，早在2004年，孙睿的《草样年华》便对新时期北京大学生的热血激情与理想予以生动的描写；而若论及孙睿笔下最具京味风韵的作品，《我是你儿子》无疑是其代表。浓郁的人情味和时代感给人以强烈的生活实感，作品以诙谐幽默、朴实精炼的京味语言，表现了一对父子磕磕绊绊的生活，以及父爱的深沉与伟大，作品细腻真实地呈现了儿子对父亲由叛逆、反感到理解、尊重的转变过程，父子间的无言深情让人既感动又温馨。因此，《草样年华》不仅是“儿子们”回忆成长的真实写照，而且是“爸爸们”为父之道的指导手册。

孙睿鲜活生动的文笔，幽默诙谐的文风，深得京味文学的精髓。常常使人在怅然若失之余又忍俊不禁。有评论指出，孙睿的小说有着王朔式的幽默，却没有王朔的油滑；有着王小波式的睿智，却没有王小波的炫耀；有着石康式的混不吝，却不像石康那样一味地颓靡。

在《奋斗》中，石康收敛了他的“浑不吝”与“颓靡”，或者说，他将一以贯之的“浑不吝”包装成另一种形式，以真诚的态度向人们展示了青春的别样成长。一群善良、勇敢与坚持的年轻人勇于奋斗，并最终在生活中找到自己位置的故事对于任何读者而言都并不陌生。奋斗作为人生的永恒主题，是一代又一代年轻人获得幸福最正确的方法与道路。陆涛、向南、华子、米莱、夏琳、杨晓芸，这几位年轻人在毕业后的几年时间里，通过事业了解到人及社会的互动关系，通过爱情体味着梦想与现实，责任和友谊的真谛。他们经历着生活和爱情的波澜，有时迷茫有时苦痛，但他们努力地奋斗，并将最真挚的笑脸留在了青春的岁月中。石康的《奋斗》关于人生理想的追求，更关涉现代情感的深层次发掘，是一部叩问现实的青春励志小说。

青春的残酷与热血成长与辛酸，无时无刻不在北京这座历史文化名城悄然发生，青春以叛逆的形式冲击着这座古老城市的底线和传统，也为北京的文化注入了新鲜的血液与活力。概而言之，这类青春书写有如下几个特征：

首先，恣肆张扬的姿态。青春的另类书写在20世纪80年代已经达到了顶峰，迥异于传统对于青春的积极正面认识，即青春是热情活力和生命力的勃发，残酷青春瓦解了传统认知，将青春成长之中的伤痛、禁锢、障碍与迷惑全然呼出。前有歌德的《少年维特之烦恼》，后有刘索拉的《你别无选择》，在“80后”残酷青春的书写里，少了与尘世的妥协，增添了一种更加决绝而叛逆的姿态，这也恰恰表明，极度渴望关注和关爱的年轻人面对受挫的青春无所寄托，所以只好另寻出路。

按照冯唐自己的话来说，写作就是自我展示与宣泄。在北京成长的30年，他深受北京文化方方面面的浸染，对于冯唐来说，他更多地展现为一种与王朔相似的“痞子”精神和情结，因而其作品中的流氓便为一些极端激进的行动赋予了一种话语权，也为主人公和冯唐的叙述视角增添了一份游戏人生和玩世不恭的姿态。而这种玩世不恭的态度是姿态的呈现，是一种叛逆和傲视独立的精神，也是当代青年生活姿态的一个侧影。这种反抗不仅仅是姿态的反抗，也是精神和肉体上的双重反抗。

可以说，这种姿态的内核即为对于“真”的探求，对于生活本质的追问。而在追问的背后理应走向成长和对于成长视野之内对更深一步问题的执着探寻，这也是另类青春抒写者们所不得不面临的一个转型。

其次，亚文化的流行与大众媒介的传播。从20世纪50年代开始，经60年代、70年代，在文学的青春叙事中，“个体—社会”框架内不断走向“个体”的脉络仍然依稀可见，从《青春之歌》《组织部里来的青年人》《班主任》《无主题变奏》《你别无选择》《顽主》《单位》到90年代以后的青春影视剧，在“个体—社会”博弈的过程中，一方面社会在不断地吞噬着个体，另一方面个体也在不断地扩大自我的权力，“50后”文学的青春色彩本身就是集体主义的，“60后”的痞化和写实化实质是想与生活抗争、取得平等对话的权力，“70后”以“堕落”的方式希图引起关注，事实证明，强大的传统、迅捷而来的资本遮蔽了“50后”“60后”“70后”的冲动，其“青春的冲动”并没有找到“自由和理想”。时间到了“80后”一代，却有了一个崭新的语境元素——网络，由此给这一代人带来了更多的“个体”表达空间，“80后”的个体主义才大为张扬。“网络为‘80后’文学作者们的出场提供了简捷的方式，在中国这个新媒介正在勃兴的场域实现了商业运作和文化工业策略的胜利。”①

与此同时，网络也为读者提供了一个更为开阔的资源共享空间，人人都能够成为大众文化的参与者。如福柯所言，话语即权力。《北京娃娃》和《万物生长》在网络上引起广泛讨论的同时也吸引了足够的关注。随着商业话语在文学生产领域的迅速膨胀，纯文学的逐渐边缘化引发了文学界的重重焦虑，文学出版开始逐渐借助电视、网络媒体等大众传媒向工业体系迈进。文学的影视化改编如《万物生长》推动了作品走向大众的视野，文学与影视的结合是大众文化语境下文学的再度通俗化和商品化。

最后，京味与流行的碰撞。“80后”的两位北京作家，在青春的抒写之中，展现了一种对主流意识形态和秩序的另类表达，对于现有秩序的反抗，青春的迷惘与肉欲的纠结，世俗伦理与逍遥精神的冲突，现代社会物欲的沉沦和永恒的精神追求的缠绵，都在青春类型小说中有所展现。而冯唐的独特之处正是在于将痞味与北京的文化相结合，痞味与平民的耍贫嘴相结合，在语言上和精神上都能够混融而极为妥帖地结合在一起。春树的作品更多的是表现为使用北京的古城墙下的一些地名，使读者不由得产生将古文化与现代文化相联系的冲动。

三、梨园内的风云变迁与京味怀旧

在新时期的京味文学创作中，常凯的《琴腔》无疑成为京味怀旧小说中的惊艳之作。《琴腔》的故事发生在20世纪80年代的京剧团，

---

① 田忠辉：《春树〈北京娃娃〉的“青春冲动”——在“一声不响”中“嚎叫”的80后》，《小说评论》，2010年第6期。

琴技高超而为人清高的琴师秦学忠和同为琴师、善于钻营的岳少坤，都对团里的顶梁柱、名角儿云盛兰心有爱慕，但阴差阳错，云盛兰这朵人人觊觎的花终被岳少坤摘去。光阴流转，秦学忠、岳少坤们的下一代在院里逐渐长大，他们被上一代寄予传承的厚望，却在京剧团日渐惨淡的光景中，各奔歧路。而云盛兰和秦、岳的感情纠葛，亦在多年后随形势变化而发生令人意想不到的波折。京剧团的明争暗斗，时代大潮的变幻，两代人的情感与命运皆裹挟其中，半点不由人……

小说《琴腔》以京剧团的日常为背景，写练功习艺，写流言秘辛，题材本身就足以惊艳众人，而常凯对每个重要角色内心深层精准掌握的加持，更是造就了作品整体风格上的精巧。小说作为一种借由知识、生活、感受、经验所交织而成的文类，《琴腔》已然能够成为典范。

《琴腔》的笔意有一种淡然后的深远，原本平常的场景经由常凯的点染，便传递出无穷的余韵与文化内涵。其中，秦学忠用意念拉琴的片段完美地诠释了这种淡远悠长的琴韵：

> 其实那次在化妆间，秦学忠正用脑子给自己拉琴听，四四拍、一板三眼、四二原板、四一流水，全在心里过谱。他始终认为，琴，拉的不是声响，而是心气，未必要多大动静，但整个人一定要沉，要进去。小时候看书，清代人王士禛写过一本叫《池北偶谈》的集子，有句话是："笔墨淡远，摆脱畦径，虽士大夫无以逾也。"所以要让他说，做琴师的，"淡远"二字，应为圭臬，做人做事，于情于理，都逃不出它，尤其是对琴。①

写琴练琴本身夹杂着人生的智慧，"淡远"哪里仅仅是对于一个琴师的要求，做人又何尝不是如此。诸如此类的片段在《琴腔》里数

① 常小琥：《琴腔》，北京联合出版公司，2015年，第23页。

不胜数，书写菊坛台前幕后的钩心斗角，意趣动人，情境真切，确有身临其境之感，文章将人物的流徙与历史相结合，物是人非夹杂着乱世之悲音，言辞话语无须多言，只是细细点染，读者早已感受到“此情可待成追忆，只是当时已惘然”的怅然之情。

时过境迁，这些当年被认定为类型文学的大众读物，随着时间的发酵，反倒有着几分经典的味道来。这是令人惊艳的“80后”作家京味怀旧小说，笔法老到得令人难以置信，对时代变迁中的梨园行故事的书写，更是极为动人、入心。

秦学忠这个人物一定是作者最爱的，写他的语言明显带有理想主义色彩。他的一举一动，都闪烁出精神的、灵魂的光芒，这说明作者对技艺——行业的最高品质，有着深刻的体认。然而最终，琴声无非幻象，生活总在迫使我们回到庸常。秦学忠所面临的庸常不仅是为了生计需要的走穴，他还有一个很可能不是自己儿子的儿子。他的态度是暧昧的，他的眼睛不是看破红尘因而揉得进沙子，他只是迷恋美的价值。他太了解“美”是什么了，云盛兰那风韵犹存的美就是许诺给他的幸福。秦学忠对美一以贯之的尊重，保证了最多的宽容，对感情深沉的忍耐和对夫妻关系理解的细腻，更是赋予了这个人物传奇的人性光彩。气韵深厚的老北京气息浸染着故事始终，久所未见，令人惊喜。①

在梨园行中，梨园子弟的命运，古香古色的琴行与制作工艺，与传统正宗的京味相结合才还原了一场人情世态。常小琥的遣词用句玲珑剔透，对文字掌控力宛若古龙笔下的武林高手，出手洗练果断，没有一点拖泥带水，干净老辣的文字与深入浅出的文意，使人在阅读过程中，足可在头脑中浮现出令人惊艳的影像感。

一曲《斩马谡》虽不复杂，快板也少，但简里有繁，就算看不到琴师的弓法，光是音准的严丝合缝，包括追求气氛

① 常小琥：《琴腔·序言》，北京联合出版公司，2015年。

时用劲够足，这就不像其他人那么发干、发涩。当拉到“快将马谡正军法”结尾时，三弓三字，不揉弦，一股肃杀之气，渗过幕前，弥漫到观众席，他禁不住地哼唱起来。[①]

“我看过徐师傅的二鼓子，那都用黑老虎做琴担，琴轴是特选紫檀的料，琴皮专挑惊蛰后的野生乌梢蛇，那皮子蒙的，花纹真漂亮，白如线，黑如缎，板儿脆。”[②]

《琴腔》的语言，并不喧闹，作者的文字也和行文之间的那份淡远笃定一般，慢慢道来，如老北京的工艺品般经过细细打磨之后，千呼万唤始出来，一出现就完整精炼，无一字多余，令人惊叹。

从莫小邪的《后海烟民》，春树的《北京娃娃》，到冯唐的“北京三部曲”，孙睿的别样书写，再到石康的另类青春与常凯的怀旧腔调，北京这座历史文化古都，在时代的洪流下，承载着无数光阴的故事。岁月之河在故都的河床之上成为驶向远方的意义之河，而北京便是语意与内蕴的见证与寄托。正如冯唐所言，“北京对于我有特殊意义。今天的北京对于我是初恋，火星，根据地，精神故乡。年轻时候的经历是一辈子的养料”。

四、家族记忆的书写与京味文学的传承

叶广芩的创作风格承继了老舍对北平的书写，展现了京旗文化绵延至今的历史沉淀。叶广芩与老舍一样，都是满族人，都生长在北京，对老北京的风物人情以及独特的京味文化，都烂熟于心。她的作品大多以家族叙事为主要内容，描写老北京没落的满族贵族。这与她本人的生命体验分不开。叶广岑出身于北京八旗世家叶赫那拉氏，贵族世家的文化浸染使叶广芩在家族小说创作上显得游刃有余，她的小说既来自于丰富的生活体验，在表现和发掘京味文化深处的底蕴同

① 常小琥：《琴腔》，北京联合出版公司，2015年，第13页。

② 常小琥：《琴腔》，北京联合出版公司，2015年，第16页。

时，也源自她多样的生活经历。叶广芩曾经留学日本，传统文化与外国文化的冲突与融合扩宽了她的文化视野；除了青年时期在北京的生活体验，她后来生活在陕西的土地上，对陕西的历史文化和自然景观有很深刻的体会。

家族小说占据叶广芩作品中比较突出的一部分。长篇家族小说《采桑子》，中篇小说《大登殿》《逍遥津》《豆汁记》等作是叶广芩京味小说的代表性作品，叶广芩将自身的经历和耳濡目染的见闻融入了这几部小说的创作中，讲述了满族贵族金家衰落之后，令人唏嘘的生活史。《采桑子》一书的书名，原本是词牌名。纳兰性德曾经写过一首《采桑子·谁翻乐府凄凉曲》，梁启超曾评价这首词是“时代哀音”：

> 谁翻乐府凄凉曲？风也萧萧，雨也萧萧，瘦尽灯花又一宵。
>
> 不知何事萦怀抱，醒也无聊，醉也无聊，梦也何曾到谢桥。

叶广芩所著这本小说每一章的名字，就是来源于纳兰性德的这首词，一句为一章的名字，将这首词的情绪与一个家族的衰败结合起来，还未开篇便通过标题传达出一种哀愁余绪。除了以古典诗词来为小说“造境”之外，叶广岑特别将京剧融入小说之中，使得“京味”更浓。书中以回忆的方式带出了清末民初八旗世家的风气，无论高贵低贱，无论贫穷富贵，都以能唱、会唱甚至唱得好为一种资本，而金家人人会唱戏，人人能唱戏：“我们家上上下下的人都爱唱，而且唱得都相当不错。我们的家里有戏楼，戏楼的飞檐高挑出屋脊之上，在一片平房中突兀耸出，迥然不群。”[①]在金家鼎盛的时期，每逢节日、生日或是什么值得纪念的日子，都要唱戏，每次唱戏都要唱得

① 叶广芩：《采桑子》，北京出版社，2009年，第5页。

“到位”，唱得“高朋满座”。金家人爱戏，不仅是一种老北京贵族的生活方式，而且也是深深地将戏与人生结合起来。金家的大格格要议婚事，亲家母知道大格格的母亲瓜尔佳氏爱听戏，专门选了马连良的《甘露寺》表达对这门亲事的满意，但瓜尔佳氏却觉得这剧选岔了：

> 瓜尔佳母亲认为，其一，他们不能把自个儿跟刘备比，他们一个完达山的土包子，跟皇亲国戚是搭不上一点儿界的，硬以皇叔自居，未免不自量；其二，刘备在东吴招亲的时候，家中已经有了甘、壬二位夫人，这个皇妹孙尚香再嫁过去算作老几呢？似乎也并没有给正宫的名分。因此瓜尔佳母亲拒绝去听戏，她说她要跟那个警察的粗娘儿们坐在一个包厢里实在是太高抬了她，尤其是不能听《龙凤呈祥》这类的戏，谁是龙，谁是凤呀？咱们心里得有谱儿，金、宋结亲，明摆着宋家在高攀金家，搁过去，皇家的格格怎能下嫁给一个汉人警察的儿子？门儿也没有！①

一出戏里流露出诸多门道，这就是独特的文化韵味，也彰显了叶广芩对满族贵族文化心理的谙熟和对京剧这种传统艺术的了解。然而，这样高贵、富裕的生活在社会政治变迁中衰落，主角们的满族贵胄后裔生活最终以大格格发疯，金家三兄弟反目、相互揭发，二格格客死等一系列悲剧事件而告终。大格格一门心思扑在了戏上，曾经遇到过戏曲上的知己董戈，却落得个失魂落魄，曲终人散的结局；金家老二、老三、老四三个人争斗了半个世纪，却对同一个女人黄四咪倾心，又因为这个女人改变了三个人的命运轨迹，最后老二自杀，老三和老四在对往事刻骨的记忆和仇恨中继续生活；二格格金舜镅与商人沈瑞方自由恋爱，但是商人身份在贵族世家看来是门不当户不对的，二格格毅然违抗父命离开家庭，与沈瑞方结合，却也是这样具有反抗

① 叶广芩：《采桑子》，北京出版社，2009年，第14页。

精神的二格格，在成长为一位母亲后，要求自己的孩子不与“商”沾边……这些场面充满了戏剧性，却也真实地表现了人生。其中熔铸了中国社会百年来的历史风云，一个家族的兴衰起伏与一个社会的曲折动荡结合在一起，传统的京旗文化与现代文化相互碰撞、浸透，最后都融化在人生的无常和沧桑中。在庞大的金氏家族中，也有诸如三格格、五格格等不沉溺于贵族生活，接受时代思想的女性形象。家族中的五格格金舜铃在时代的变革中，发生了比较深刻的转变，从一位贪图享乐的贵族格格，转变为一个接受先进思想，走上革命道路的觉醒女性。

总体上看，叶广芩用一种娓娓道来的、诉说式的口吻，讲述了金家的波澜起伏，以“我”的这个金家人的身份，细致、生动又特别自然地描绘了家族的历史，“我”既是亲历者、参与者，又是讲述者，那些具有历史感的文化习俗，比如唱戏、吃春饼、吃涮羊肉等；以及充满京味的语言，都再现了一群人的悲欢离合，一群人在时代社会中以特殊的社会身份、文化身份生存的多样状态。可以说，叶广芩在一定程度上，传承了自老舍而来的京味文学创作，展现出京味文学创作的多个侧面，体现出一种浓厚的人文关怀，更加多样的北京形象。

第三节　跨媒介视域下的京味文学

跨媒介视域下的京味文学，是一个较为宽泛的概念，伴随着信息社会的到来与高速发展，京味文学的外延已经随着无限丰富的大众文化和传播渠道打破了既定界限，朝着更为广阔的未来发展。新时期京味文学的延伸范围深入到了影视媒介视域，而这些传播媒介都需要文本的支撑，因而聚焦于与京味相关的网络文学、电视剧和影视剧剧本的探讨便尤为重要。为了全方位地囊括新时期京味文学的新形式与新特征，笔者选取了京味气息最为浓厚的网络文学与影视文学，从而试图探索京味文学在新时期的新的内蕴、转变与走向。

一、网络文学中的京味韵致

大运河与长城同是中华民族文化身份的象征。《运河天地之大明第一北漂》《京杭之恋》都是以“大运河文化”为文学主题的重点孵化项目。借助IP改编优秀文化小说来传播中国传统京杭大运河文化，成为宣扬传统京味文化的一大亮点。

《大明第一北漂》以主角武六七创业艰辛、情场坎坷以及在政治旋涡中周旋自保直至位及首臣的传奇人生为叙事中心，在细腻真实的文字背后，描摹了千里大运河的风土人情以及北京（北平）在明初时期的历史风貌，具有强烈历史符号作用的人物及历史典故的娴熟运用，使《大明第一北漂》成为一部以传统文化为根基，网络文学为载体的现实主义风格作品。

同样以大运河为主题的，还有由苏曼凌创作的《京杭之恋》。《京杭之恋》以大运河“柔中带刚”的内涵文化为核心，描述了大运河畔都市人几十年的生活变迁和错综复杂的情感，并发扬了景泰蓝和丝绸工艺等优秀的中华传统文化。《京杭之恋》诠释了大运河文化的精神内涵和人文情怀，展示和传播了中华优秀传统文化。

如果说《大明第一北漂》与《京杭之恋》是以承载传统文化的标

志性工程为显性主题来阐释京味的当代内涵，那么《图雅的涂鸦》则是以一种隐性的京味文化思维与文化心态去表达北京城内的奇人逸事。

2002年，现代出版社出版了图雅的《图雅的涂鸦》，本书为海外中文网的传奇人物图雅的个人文集，整部作品由短篇小说和杂文两部分组成。全书多以“××记”为题，图雅选取变形的人物形象、极其生动的语言来叙述故事，并往往辅以海阔天空的背景，叫人看得津津有味。比如《买车记》和《扮猪记》里面“我”和洋鬼子乃至中国“朋友”之间的斗智斗勇、比奸比诈，虽有几分传奇色彩，却叫人看了会心一笑，倒宁愿相信故事的真实性。

“一点正经没有”是作者的特点，但是他的语言更以创造性的譬喻、幽默乃至反讽见长，而不只是化朽为奇的口语再现。比如，在他的文章里可以经常看到这样的句子：“（黎莹）是我的同事，家皮出身不详，本人成分妖精”（《拱猪记》），“所有的人都皱起了眉，好似得了第三期的脑癌”（《曹操吃瓜》），当然，他的文章也不时会有诸如“月亮劈头盖脸”（《小野太郎的月光》）等令人为之一惊的句式。《逐鹿记》里面“我”和同事为出国、分房等问题而钩心斗角，和《地鸡毛》等小说沉重的白描式书写手法大相径庭，那一份生动幽默却别成一格。《养鸡记》《小野太郎的月光》等篇讲述“文革”期间的儿童生活，特殊年代里的童真和机趣时时闪烁于字里行间，颇有“看上去很美”的意境。《画饼记》《曹操吃瓜》等则都是近乎政治寓言的故事，生动的语言、近似荒诞的情节被用来借古讽今，颇有“嬉笑怒骂，皆成文章”的意思。①

新时期传播媒介的多样化与迅捷化，催生了形态各异的京味文学。网络文学作为亚文化的重要代表，凭借网络这一崭新的语境元素为京味文学注入了新鲜的血液，无论是以传统文化载体为叙述对象，还是以一颗体察北京、感悟北京、挖掘北京的时代心灵来描摹北京城的肌理与精神，新时期的北京已在数字化与信息化的浪潮中焕发着动

① 图雅：《图雅的涂鸦·结语》，现代出版社，2002年。

人的光彩与永久的生机。

二、影视北京：平民生活与历史家国

新世纪呼唤着崭新的文学样式，随着电视广播事业的发展，一系列京味作品由供人阅读的书面文本演变为供人观赏的影视文本。京味文学因媒介手段的丰富，在为观众打造一场精致的视听盛宴的同时，也将自身推向了更为广阔的发展空间与场域。

21世纪以来京味电视剧内涵异常丰富，既有古装剧也有现代都市剧，从人物的角度来讲，既有统治阶级的王爷，也有商贾小贩、工匠、外来移民、现代社会的毕业大学生等。从表现视角来看，既将目光锁定在市井胡同里老百姓有滋有味的小日子，同时也能俯瞰古今，从整个家族的荣辱兴衰来见证北京这座城市的历史进程。笔者将从“我的青春我做主”“小人物大视野”“历史洪荒里当代家国情怀”三个方面对京味影视剧作进行详尽分析。

第一，我的青春我做主。

青春片几乎作为一个类型片在新时期上映，在北京拼搏奋斗的年轻人以自己独特的状态在北京这块土地上挥洒汗水或者逍遥自在，导演和编剧将自己的目光对准了这一人群，用人物自己的口吻讲述属于自己的独特青春。

赵宝刚的“青春系列”电视剧，大都与青春奋斗有关，《奋斗》改编自石康的同名小说，该剧讲述了北京“80后”的青春情感和奋斗历程的故事，不仅将年轻人的愤世嫉俗、叛逆迷茫、情感混沌融入其中，还描写了六个刚毕业大学生的情感生活和事业奋斗。《我的青春谁做主》编剧是高璇、任宝茹，该剧以一个家庭里三个表姐妹的青春故事为叙述中心，她们在同一时间以成年人的身份走进社会，感受社会残酷后的个人成长与心态转变，剧中的每个人都发现自己要面对一个超高难度的命题，可她们不屈不挠，不但要用智慧给出完美答案，还要违抗父母的意志，个性和理想是她们前往彼岸的支撑和信仰。《北京青年》编剧是常琳、孙建业，剧作延续了以家庭内部兄弟姐妹的生活经历为蓝本的表现模式，聚焦土生土长在北京的四个堂兄弟，何东、何北、何西、何南，这四个北京青年，为了各自的理想而努力工作，经历爱情考验和生活洗礼的励志故事。2019年，赵宝刚执导的最新力作《青春斗》上映，赵宝刚、孙建业、黄晶、萧嫣飞、赵晓曦等人为编剧。作品虽保持了一以贯之的青春与奋斗主题，但此时的北京因具有了更加强烈的现代元素而使剧作的基调呈现出以往青春系列前所未有的随性与突变。向真的率真坦诚，钱贝贝的外冷内热，晋小妮的任性幼稚，丁兰的自尊自强，于慧渴望成功却急功近利，这五个性格迥异的女孩凝缩了当下青年人的精神现状。北京成为她们在各自坚持的道路上不断探索寻觅的角斗场，在反复的挫败中，虽然没有收获理想意义上的成功，但是嵌入青春和成长过程中的生活，却带给她们自身心灵和肉体全新的蜕变。

在21世纪的电视剧中，对于青春的抒写占了相当大的比例。青春的张扬恣肆也是大众对于青年最为直观的印象，新时期里年轻人所面临的就业晋升、婚姻爱情的纠葛、生活的历练等现实生活问题和挑战给观众带来的都是前所未有的体验。而这类作品本身的价值不仅仅是青春的另类书写，而且也更面临着电视剧技术和影视艺术自身的一次革新。《奋斗》在继承一些传统元素的同时也具有创新套路；作为一种大众文化形态，它传达的是传统与反叛共存的价值观；而从影响力来看，《奋斗》实则为受众展开了一场关于理想与现实的对话。[①]同时导演和编剧个人自传色彩与自我偏差的认识也初见端倪，在电视剧的笔下，青年形象呈现类型化，极为富有张力极为外放，有的甚至毫不内敛，大部分处于青年“镜像阶段”，期待着自我认同，在赵宝刚执导的后期作品之中，持着对“80后”的认知拍摄“90后”的电视剧，青春剧的类型化也招致了一些诟病。

无论是常规的叛逆还是另类的叛逆，在作者的笔下都有所反映。如果说在赵宝刚的剧中，青春大多是在主流意识形态下成长起来的

① 周亚芬：《电视剧〈奋斗〉的传播艺术解析》，《东南传播》，2008年第6期。

一辈人，在社会现有的价值体系下对于青春成长和奋斗的“各抒己见”，那么《与青春有关的日子》就是对于主流体系的一种反抗和叛逆。电视剧《与青春有关的日子》改编自作家王朔的小说《玩的就是心跳》。作品立足于20世纪80年代中期，是时，北京又迎来了一个寒冷的冬季，已过而立之年的作家方言听说他儿时的伙伴高洋已经离开了人世，痛苦万分的他陷入了沉思，开始了对青春往事的追忆。方言儿时经常一起玩耍的伙伴除了高洋，还有高洋的弟弟高晋，以及卓越、许逊、冯裤子，他们都是出生在50年代末，生长在北京某军队大院里的孩子。他们共同经历了那个特殊年代的青春往事。《与青春有关的日子》这部颇具颠覆性或者说创新价值的作品，为充满怀旧情绪与反思精神的严肃主题赋予了异常油滑、痞俗、搞笑的外在形式，这在中国电视艺术发展史上，应该说还是第一次。但是，为了满足观众的心理需求以及切合人性的善良本质，该剧最终又回归到现实主义甚至是理想主义的道路之上。①剧中的京味文化，大部分是一些语言上的遗留以及精神上的叛逆，因而，这也是青春和京味文化结合得最为精密的一次。《与青春有关的日子》中的“丫”“蛋”“扯淡”“臭圈子”等典型的“新京片子”更是层出不穷。当然，《与青春有关的日子》更像是历史与现实生活之间互文性的关照，在北京这座城墙之下，“文化大革命”时期那些无法无天，肆意猖獗的少年最终一去不返。

《奋斗》等剧作更加立足于当下，将现代都市生活之中年轻人的喜乐哭悲全都呈现于大银幕上，呈现的是更深一层的人文关怀。京味传统在精神领域的消弭与延续在一群年轻人的身上凸显得更加包容与开放，唯一不变的是那股从小就耳濡目染的京味口音，这也是对于新一代青春最好的标识。

第二，小人物大视野。

---

① 向天渊：《“理当如彼”而“情却如此”——评电视连续剧〈与青春有关的日子〉的主题与叙事》，《电影评介》，2007年第7期。

在新时期，更多的电视剧避开了正剧宏大历史的叙事视角，将表现对象聚焦于平民百姓，赋予他们话语权，从平民的角度来讲述俗世人生，社会百态。无论是外地移民，还是老北平的小市民，抑或底层的贫民，各行各业的翘楚……都拥有了自己的话语权利。在充满温情的叙事话语之中，展现着老百姓亦喜亦悲的本真生活。与北京这座充满文化韵味的城市的相处，时间一长，就变成了人与城的相互磨合，城市的文化滋养了一代又一代人，一代代人共同创造的文化又丰盈了北京城。这一时期优秀的电视剧作品有：《我这一辈子》《前门楼子九丈九》《五月槐花香》《动什么，别动感情》《尘世笑谈》《人虫儿》《再说人虫儿》《闲人马大姐》《龙须沟》等。

以古玩行业的“业内人士”为书写对象的《五月槐花香》定格在暗流涌动的民国时代，编剧邹静之以别具韵味的笔调讲述了发生在北京琉璃厂古玩街上三个男人和两个女人一生的恩恩怨怨，展示了老北京古玩业中的各色人等和故事，同时还穿插了有趣的文物知识。《五月槐花香》最打动人的是那份全方位的细致，每一个演员，从铁三角到茹二奶奶、莫荷，到冯妈、索巴，甚至卖馄饨的，有词没词的，每一个神态、每一个动作都让人信服；里面的道具：小屋、槐花、古玩……个性鲜明的人物命运、古玩市场不为人知的行业规矩、各类古董的价值判断等都是该剧的重要看点。

全剧明显的“京味”气息更是引起了相当多观众的注目。在对剧中经常出现的“北京话”进行关注之后，我们除了在这些精炼闲趣的北京话中发现不少乐趣外，还多少能感觉到我们中国文字的巧妙和意蕴。如佟奉全掏出一块大洋交给邻居生子妈，说：“不用谢，街里街坊的过的着。”蓝一贵在大街上挤对刚成为“格古斋”掌柜的佟奉全：“我怕买了你的打眼货，上吊吊死啊。”索巴拿着瓷器对王财说：“王掌柜，您给掌掌眼。”面对范世荣的爱答不理，蓝一贵心想：你不就是跟我拿搪吗？成，我捧你一把。范世荣开店时，一位同行恭维说：“就您这份儿的，在这条街上开买卖，给咱大伙儿做脸是不是。”范世荣对讨债上门的王财说：“怎么着？耍三青子是不是？”王财在狱中斥责索巴："什么东西！跟自个儿朋友玩儿仙人跳。"对张司令"天上几颗星"的暗语，佟奉全回答："我没走过江湖，不会春典，您甭费心了。"

剧中"过的着""打眼货""掌眼""做脸""三青子""仙人跳""春典"等都是老北京人耳熟能详的北京话，其中不少的词汇流传至今，成为一种特殊的文化标志。在北京话中的"爷"指对长辈或年长男子的尊称。在《五月槐花香》中，"爷"还代表了一类人和他们的生活状态。"爷"的这层意思，从剧中多次出现的人们对范世荣"爷"劲儿的感叹似乎更能得到解释。如蓝一贵："您可真是个爷呀！啊？可着这四九城就找不着您这么横的。"索巴："这才是爷呢。甭管到什么份儿上，驴倒架子也不倒，活得就是这种无缘无故的气势。"范世荣："原先我手上一大扳指，够整条胡同的人吃一年。多大的家业呀！两年就全败了。我都没拿它当回事儿。如今我犯得着为一小门小脸的铺子那么上心吗？""大爷不是装的，是娘胎里带出来的。元明清一千来年，到了民国，这地方的人养出来的这劲儿呀，一时半会儿还改不了。"

《五月槐花香》正宗的京韵京腔贯穿在古董鉴赏行业中，俨然构成了一群在京味文化中流连忘返的古人物进行商业交易的世俗风情画，而在这背后仍然是中华民族几千年来瓷器文化和制造业的工艺精神得到了全世界的认同的背景，在这份深刻的文化认同背后所建立起来的文化自信和文化感染力是剧中人物最基础的认知。在物的后面归根结底是人，是编剧和导演对于物的社会环境所构成的社会背景之下人的价值和尊严以及人性最基本的叩问。

《人虫儿》《再说人虫儿》也是业内人物的小传。老北京有句话："这人要是精，成不了龙，也得成个'虫儿'"。"虫儿"指的就是在一个行当里深入进去，成了行家里手的那些人。随着改革开放年深日久，这些"虫儿"们的人生历程，构成了我们这个社会色彩斑斓的众生百态图。《人虫》系列取材于刘一达的纪实文学集《人虫儿》。主要表现在我国改革开放的20年里，发生在北京社会生活中各行各业的“虫儿”们身上的故事。

偌大的北京城内，不仅涌动着各行各业内的风云变迁，而且遍布着底层百姓的跌宕人生。《尘世笑谈》导演王大鹏，编剧杨晓雄，以清末民初几个底层北京人的故事为蓝本，表现了老百姓在一个动荡时代的无辜和无奈，以“子民”命运折射“乱世”风云，以喜剧人物演绎悲情故事。作者潜移默化地书写着在乱世风云之下，小人物的生存法则。剧中的泥人张和小凤仙正是此类小人物，他们身上并没有所谓的价值判断和道德标准，在特殊的年代里，他们凭借自己的手艺、技艺成为一种特殊的文化标志，成为北京文化之中街头巷尾都有所耳闻的“文化名人”。除了他们自身的遭遇和后人的传唱之外，还有老舍在《茶馆》中建立的一类特殊的人物，像常四爷这样的小人物，谋求最为基本的生活，扎扎实实，不争不抢，不哗众取宠，也不卑躬屈膝。最重要的是，他们在保持自己生活底线的前提下，还存有一种对于他人的侠义精神，即使自己的处境并不算宽裕，也尽自己所能为比自己还要悲惨的人鸣不平，这是《尘世笑谈》之中的闪光点所在，这也是北京精神的一个独特的文化标志所在。

穿越时空的关照，《尘世笑谈》将目光集中在清末民初，而《风车》以20世纪六七十年代的老北京四合院为主要背景，讲述了院里四个家庭跨越两代人的复杂爱恨情仇故事。“北京”是《风车》整个故事的发生地，讲述的是20世纪六七十年代到八九十年代北京小胡同里的百姓故事，而且这部剧的主创人员绝大部分都是北京人，这使得全剧充满了浓郁的北京文化风味。《风车》导演孔笙有意将老北京的形态还原，大到城市风貌、四合院的布局，小至屋内的家居摆设、孩子们手里的玩具都尽力还原那个时代独有的风貌。剧中还展示了那个时代具有老北京特色的文化物件：海魂衫、二八自行车、散装酱油、粮票、小理发馆里的白大褂儿、竹帘儿、针线笸箩、酱菜坛子……种种生活小物件都似乎是老北京生活的真实再现。同时，选择“风车”作为剧名也有丰富的北京文化特色。风车在明清时期的京城十分盛行，“风吹风车转，车转幸福来”，风车象征着和平吉祥、生命活力和流转不息，现已成为北京春节庙会和节俗活动的文化标志物。“风车”的意象在全剧中几次出现，从孩子手中的玩具到“板儿爷”马福顺对家庭的期望，从老舒的平安祈求到剧终整个四合院各家大团圆的象征，“风车”的意象为全剧增添了许多深意。此外，纯正的北京口头语言和配乐也是一个特色，“起开”“老丈杆子”“拽东西”“缓一闸”等北京土语和富有京韵风味的乐器配乐也为本剧的“京味”增色不少。[①]

若谈及对北京底层社会的描写与关注，老舍几乎每部作品都在践行着他的平民理念，构筑他笔下的平民社会。由老舍的《龙须沟》改编的电视剧展开了一幅从历史中走来的人物画卷。1945年日本投降，北平一片欢腾，百姓们奔走相告，笑逐颜开，觉得好日子就要到来了。南城龙须沟边的一个小院里，鼓书艺人程疯子更是欣喜非常，想当年，他是个小有名气的单弦艺人，因为不肯为日本鬼子、汉奸歌功颂德，被恶霸汉奸黑旋风痛打一顿，并警告他永远不许再登台。不让登台，等于断了他的活路，一口气没顺过来，程疯子落了个时好时闹的病根儿。街坊们从此忘了他的真名程宝庆，都叫他程疯子。其实他内心并不疯，他就盼望着日本鬼子赶紧滚出中国，汉奸们都得到法办。一个时代过去了，传统文化的消逝不可避免，这种味道也许只能是被重温的，而不再是活生生的存在。老舍先生的文字幽默诙谐，充满老北京人朴实的生活情趣和智慧，当然也带着那个红色激情年代特有的印迹，地道的京味。苦难人生之中的脉脉温情，诙谐略带嘲讽的言语，渗透在生活细节里的浓浓的人情味，无一不令人动容。

北京文化风味儿的生活有苦有甜，有着普通家庭的喜乐悲欢，编剧刘恒则将眼光聚焦于生活在水平线以下的那些贫苦市民的生活。《贫嘴张大民的幸福生活》该剧以轻松幽默的形式反映了北京大杂院里那些平民老百姓的普通生活，并于2000年1月正式播出。该剧是根据著名作家刘恒的小说由作者本人亲自改编而成，其同名小说在

① 许海、唐远清:《京味儿电视剧〈风车〉评析》,《北京社会科学》,2012年第2期。

1997年荣登我国中篇小说排行榜之首。刘恒不惜用“显微镜”去观察琐碎的生活细节和渺小的人生困境，让广大观众从这个视角看见自己、看见亲人，从而产生共鸣。

当代生活之中，摆脱了城乡二元结构的限制，移民现象重新成为另一关注热度居高不下的重要话题。《前门楼子九丈九》导演是孔笙，编剧是杨国强，讲述一个外地人闯京城的故事，该剧通过小人物的视角，展现了清末民初老北京的市井百态及社会变迁，并借移民现象引发对现代都市的深度联想。它虽以清末民初为历史背景，但是通过对冯青山传奇经历的诠释，展示了“北漂”在京城生存的艰难与困惑、希望与觉醒，折射出老北京特定的人文现象，引发对新北京人和事的思考。

在京城内，都市情感的温度成为不断被讨论和关注的焦点。《动什么，别动感情》导演是唐大年，编剧是赵赵，展现了北京城里一个平民家庭的喜怒哀乐。该剧涉及了姐弟恋、三角恋、婚外恋、黄昏恋等多种情感领域，以完全贴近百姓生活的态度，展现出一幅北京市井民众生活的风情画卷。从人的内心出发，从人性的角度阐述现代人与人之间内在关系的戏，其关注人群不是某一年龄层，而是从老到小，涵盖一生。

立足于小人物的视野，反映人物的真实社会生活，其中难能可贵的是在影视剧再现的老北京特色文化景观，如《五月槐花香》的古玩产业，《尘世笑谈》之中的泥人文化，还有《人虫儿》《再说人虫儿》中国传统工艺文化精益求精的精神，都通过这几部电视剧展现了京味文化和中国传统之中特有的韵味和魅力。在小人物的笔调之中，没有青春电视剧的那种放肆和张扬，更多的是一种踏实和为人处世的智慧。生活成为平民首先需要思考的问题。而在原本朴实无华的生活面前如何确保生活的质量，如何在悲情的人生中超然豁达，如何面对苦难带来的沉痛打击，已经成为中国文化不同于其他民族文化的一种显而易见的标识，也是中国人民自始至终关注的话题。

京味的纯正更是这些电视剧的一大亮点。人物的精准和演绎，也彻底扭转了大众将京味语言与京骂相结合的固有思维，进一步地将具有京味的耍贫嘴、逗趣儿和文化相结合。《尘世笑谈》《龙须沟》等剧作诙谐幽默，生动形象，更是为观众提供了一场语言上的盛宴。

由于时代的跨度广，时间长。电视剧所反映的人群也各不相同。这一时期的电视剧几乎覆盖了从清末到现代社会的整个历史背景，除了关注老百姓每日的生活起居，如情景喜剧《闲人马大姐》中正是通过反映一位普通的退休女工马大姐的日常生活，自然巧妙地透露出国内外的重大事件对老百姓的微妙影响，也关心他们的感情社会生活，关心他们关心的问题。广阔的选材范围使得这一时期的影视剧有了一种历史纵深感，市民生活得到了极大的丰富，也为我们了解老北京的历史文化打开了一扇窗口。

第三，历史洪荒里的家国情怀。

在广阔的历史视野里，诸多的电视剧都一致性地将家族的历史与国家的历史结合起来。一个家族的几代人通过一个商铺的经营，穿越过战争的灰烬，最后摇摇晃晃、满目疮痍地从历史的硝烟中走出来，而其中的破碎、苍凉与悲伤尽在不言之中。中国现当代动荡的历史，无论是清末民初、抗日战争时期还是改革开放三十年，都通过更加直观的社会历史背景投射到电视剧上，将平面的历史立体全面地展现在观众面前。由林语堂同名小说改编的电视剧《京华烟云》，从历时与共时的双向线索，展示了北平城内曾、姚、牛三大家族从1901年义和团运动到抗日战争30多年间的悲欢离合和恩怨情仇，配合其中穿插的重大历史事件，从而全景式地展现了现代中国社会风云变幻的历史风貌。

透过大家族内部，管窥中国近代社会发展历程的《大宅门》，编剧兼导演的郭宝昌着眼于中国百年老字号“百草厅”药铺的兴衰史以及医药世家白府三代人的恩恩怨怨，全剧以北京一个卖药兼行医的大宅门的历史变迁为主干，讲述了一群人的恩怨沧桑。《大宅门》的经典意义，不仅在于展现了宅门的变迁、人物的命运，更在于透过大宅门书写了近代中国一步步走向现代化的艰难历程与沧桑巨变。戊戌变法、义和团运动、庚子事变、辛亥革命、张勋复辟、五四运动、革命军北伐、卢沟桥事变等重大历史事件或隐或显地出现在剧中，从而使“小家”与“国家”在时代巨变的洪流中紧密相连。国家兴亡和家庭、个人直接地发生着关系，剧中人物的生活、思想也不得不跟着时世的变化而调整，因此“牵一发而动全身”的家国视角的选取，充分显示了郭宝昌的历史眼光。《大宅门》是一部纯粹的京味电视剧，不仅在于呈现的是北京城内的沧桑巨变，还在于剧中人物纯正地道的京味对白，就连本剧的主题曲也用了传统京韵大鼓和京剧唱腔。

把个人命运和国家以及民族命运巧妙紧密相连的还有《最后的王爷》，该剧由韩刚执导，编剧为杨晓雄，在清末至新中国成立这段动荡年代中，一位王爷跌宕起伏、大喜大悲的人生经历，成为编剧笔下颇具历史厚重感的传奇故事。剧作将载涛一生中极富戏剧冲突的故事情节巧妙地安排起来，一个有名的荒唐王爷，但是却有着自己的气节和坚持，历史剧的借古讽今不露痕迹地表达出来。演员方面，冯远征扮演的寿元从18岁到60多岁，从晚清一直到新中国成立，跨度非常大，冯远征把握住了人物每个年龄阶段的个性和心理变化，能吸引电视观众一集接着一集看下去。剧集还融入了清末民初的生活画卷，例如清末曲艺，前期融入了京剧表演，王爷家唱堂会，优伶表演，说快板的乞者都是令人惊奇的元素。

根据都梁的小说《百年往事》改编而成、穆德远导演的《百年荣宝斋》，与以家族经营的店铺为背景的《大宅门》有异曲同工之妙。《百年荣宝斋》通过对荣宝斋这个百年老店历史的梳理及其经营者传奇人生的描绘，追踪近代史重大事件及历代名家作品背后经历的沧桑岁月的命运，以此向观众展示出我国传统文化生命绵绵不绝的年轮轨迹。

2010年，京味文学奠基人老舍的经典话剧《茶馆》改编成30余集电视剧，尽管在通过加大信息量以丰富剧作情节与细节的过程中，改编者发挥了大量的艺术想象，但是最终的呈现效果，依然忠实了老舍灌注其中的精神与灵魂。电视剧《茶馆》还原了老北京往事的浓郁风情，京味细节随处体现细腻安排，仿佛直接把观众带回到王世襄的锦灰堆，邓云乡的民俗谈，白描出一幅逼真生动的老北京市井风情画。

作家们着力展现历史洪流里宏大的家国情怀。市井小民地位虽低，对待家国乱世仍然有自己的一份态度和情怀，以《狼烟北平》《鸽子哨》为代表的电视剧就是展示个人与家国之间的关系。在《狼烟北平》中，导演陈国星和编剧都梁通过类似阿Q与骆驼祥子结合体式的小人物文三儿的视角，讲述了在战争年代一个不一样的国共两党敌后工作者的人生和敌占区的世态炎凉。故事中有爱情，有斗争，有市井百态，有历史再现，有大人物的传言和小人物的无奈。电视剧《鸽子哨》导演是付宁，编剧是袁大举、付宁，剧作聚焦改革开放30多年北京普通居民的生存状况和社会生态变迁，以底层视角参与历史记忆和现实建构，彰显人性和个体生命价值，基于一种深沉的忧患意识设置剧情，选择日常生活中的琐事，以此反观社会历史变迁；人物塑造方面，剧作则以情感真实为标尺，多维、立体地对主人公精神世界进行了哲学层面的透视。

如果历史仅仅记录在历史书籍之中，便仅仅是一段横向的已经逝去的历史，是一纸片面的没有生命的过往，而无法还原为有血有肉的历史。在历史的书写中，有话语权的不仅仅是当权者，事实上，每一个小老百姓都将成为历史的见证者和书写者。在以上的这些电视剧之中，以小人物的视野见证了一连串的历史事件的发生，袁世凯篡国、张勋复辟、直奉大战、军阀割据、五四运动、三一八惨案、“语丝派”与“现代评论派”笔战、二战爆发、戊戌变法、义和团运动、庚子事变、革命军北伐、卢沟桥事变、改革开放等历史事件通过人物视角更加鲜活地展露出来，我们仿佛直面一幅多维的历史动态图，通过历史的整体，我们能把控文化和历史的发展脉络和演变过程；通过历史的细部，我们能够清晰地看到大历史下整个社会的发展脉络和小人物的生存处境。

家园被毁，故土难还，流逝的不仅仅是时间，还是那一份难以复原的人文情怀和轰轰烈烈的战斗史。在历史洪荒里，千千万万种选择，没有人知道哪一种才是正确的，而文化和电视剧的本意也在于此。电视剧的本意不是传播哪种意识形态，而是聚焦于人们的生活，展现社会生活的各种形态，在战乱面前，能够保持的那一份热忱和视死如归的家国情怀更是在新时期难能可贵的存在。在《最后一个王爷》中，从历史和王朝的覆灭到《鸽子哨》改革开放之后社会的发展动态，无论是王朝覆灭还是新时期新面貌的发展，一以贯之的是京味文化的纯粹和北京人自身的一种情怀。其中更难以泯灭的是一份家国情怀，这一份难得的家国情怀将成为民族之魂，永远屹立不倒。

三、前卫光影里的京味盛宴

电影，作为视听一体的现代艺术，捕捉着光影世界里的天地万物与百味人生。这种创造艺术却又超越艺术的表现方式，容纳了跨越时空维度的人文内涵。京味文学正是借助电影艺术，实现了其在新时期的全新蜕变与飞跃。北京城的“精、气、神”，正以前卫的姿态彰显着新时期的风姿与韵味。

总体而言，这一时期的电影作品表现出异于影视剧的先锋态度。相对于容量较大、节奏较缓的电视剧，电影需要在有限的时间里，精简故事，制造悬疑、刺激、新奇和前所未有的体验，因此，电影的叙事方式比电视剧更加贴合市场营销策略，也更迎合观众的心理预期。在冯小刚所执导的系列影片中，大多将大众的视角转入与日常生活息息相关的现代生活，而古代的社会生活则几乎很少出现也很少被再现出来，这种选材视角的转变，更加符合大众对于现代社会当下生活光怪陆离的期待与口味。

用地道的京味语言，将北京城的人与事浓缩在典型环境或典型场景之中，从而传递某种人生态度与精神气质，是京味电影的精髓所在。在众多以北京为背景的电影作品中，冯小刚执导的系列电影以其特有的“冯氏幽默”，于嬉笑怒骂中流露着浓郁的北京风情。1997

年，电影《甲方乙方》上映，该片改编自王朔的小说《你不是一个俗人》，讲述了四个年轻的自由职业者突发奇想，开办了一个“好梦一日游”业务，承诺帮人们过上梦想成真的一天的故事。《甲方乙方》的题材虽然极具商业色彩，却十分贴近百姓生活。以“好梦一日游”这样的所谓第三产业中的创意产业为营业目的，符合当时的时代背景。同时该片将“大荒诞、小真实”的风格发挥得淋漓尽致，无论是公交车上抓小偷、解决婚姻矛盾、圆癌症患者一个团圆梦，还是让大款体验贫困地区生活等，无处不体现该片的荒诞性，但又不缺乏浓郁的喜剧性色彩。在一派欢声笑语中，观众们感受到了这份难能可贵的、纯粹的温情。

在电影文本《甲方乙方》中，周北雁（刘蓓饰演）为了工作扮演阿拉伯公主，向一个多次失恋欲轻生的男青年求婚。在两人交流过程中，刘蓓将葡萄放进男青年嘴中，说道：“为了我要爱惜自己的身体哦。”男青年回答道：“放心，为了你，我也活一结实。”“结实”这一具有北京方言特色的台词通俗易懂，也充分表现了男青年梦想成真后的愉快心情。该片里京味十足的语言层出不穷，如：“那敢情好哦”“得嘞，小哥儿几个，留着好听的话明儿个拎到街上说去”“你怎么老挤对我呀”等地道的北京方言，增添了叙事情节的风趣感。

电影文本《甲方乙方》中的创业者姚远（葛优饰演）将北京人机智的说话艺术表现得有声有色，这种机智的语言表达使观众认识到姚远是一个具有小聪明而没有大智慧的男人。姚远对周北雁暗恋已久，但又不好意思表白，于是有了这样一段对话：

姚远：跟你商量个事，行吗？（语气很正式）

周北雁：干吗那么客气啊！

姚远：救个急。

周北雁：说。

姚远：跟我结婚。

周北雁：这急你只能自己着了，你不是我的意中人。

姚远：你有意中人吗？

周北雁：要有我早嫁了，也不至于老听我妈叨唠说我嫁不出去。

姚远：说实话，你也不是我的意中人。我喜欢文静的，你有点儿闹。我是为房，我爸说我要再不结婚，就把房子给我妹了。

这段对话看似没有特殊的含义，但是细致分析却能体会到话语间的奥秘。姚远对周北雁是心生爱慕的，姚远想要表白，但是北京爷们儿的那股傲气让他不敢直率地表白心意，他担心被周北雁拒绝而有失面子，于是姚远将内心的“求婚”轻描淡写地说成获取拆迁房产的策略，并且告诉周北雁不是喜欢才出此招。这段情节的设置让观众看到姚远的小聪明，而几句北京爷们儿善侃的台词也将普通生活中的求婚场景演绎得诙谐、幽默而充满智慧，切合了观众的审美心理。[①]

同样运用幽默美学表现并探讨现实问题的作品还有轻喜剧影片《非诚勿扰》。2008年，由冯小刚担任编剧与导演的《非诚勿扰》上映。该片以秦奋的天才发明使他一夜暴富，于是他开始踏上“征婚”旅程的经历为素材，上演了一出“人间喜剧”。影片对爱情、婚恋的探讨非常真诚、严肃。此外，冯小刚在几段征婚的段落里关注了很多社会热点话题——剩男、小三儿、金融危机、地震、战争，甚至“同性恋”等，让整部影片更为贴近生活。片中充满了浓浓的江南味道；而北海道的山野、格调优雅的居酒屋，也为影片增添了别样的异国情调。以优美的风景衬托故事，画面的唯美让“冯氏幽默”摆脱了传统的京味，令人眼前一亮。

电影文本《非诚勿扰》中的人物语言既有严肃场景下的幽默性，

① 张贝：《新时期以来电影中京味符号下的北京形象研究》，南京师范大学2017年硕士学位论文。

又体现着人物在日常生活中的小聪明性格。影片开始的场景中，男主角秦奋（葛优饰演）在咖啡店边喝咖啡边在网上发布自己的征婚广告，这段以独白形式呈现出来的征婚广告，瞬间将秦奋的人物性格立体化。

> 你要想找一帅哥儿就别来了，你要想找一钱包儿就别见了。硕士学历以上的免谈，女企业家免谈（小商小贩除外）。省得咱们互相都会失望。刘德华和阿汤哥那种才貌双全的郎君，是不会来征你的婚的。

独白说出这句话时镜头切到秦奋这张并不俊朗的脸，更加突显了人物诙谐有趣的性格。接着秦奋继续说道：

> 你要真是一仙女儿，我也接不住。没期待您长得跟画报封面儿一样，看一眼就魂飞魄散。

镜头再次对焦秦奋看向一位年轻漂亮的女孩儿，声画的完美结合让大龄单身汉的形象更加鲜明。

> 自我介绍一下，我岁数已经不小了，日子小康，抽烟不喝酒。留学生身份出去的，在国外生活了十几年，没正经上过学。蹉跎中练就一身生存技能，现在学无所成海外归来。实话实说，应该定性为没有公司，没有股票，没有学位，三无伪海龟（海归）。人品五五开，不算老实但天生胆儿小，杀人不犯法我也下不去手。总体而言，还是属于对社会有益无害的一类。有意者电联，非诚勿扰。

这种类似口技和相声式的语言表达风格，只有通过妙语连珠的北京话才能展现出理想的幽默效果。这段台词也因秦奋妙语连珠、口若悬河的口才令观众印象颇深。[①]

2015年，由管虎执导、冯小刚监制的电影《老炮儿》于国内上映。“老炮儿”这一北京俚语原为“老泡儿”，在北京话中专指提笼遛鸟、无所事事的老混混儿。同时，老炮儿也是一种文化，是一种原本存在却被高速发展的社会环境逼退蚕食的人性本真，影片中的老六便是这样一位保有人性至真至纯的北京“老炮儿”。他似是老舍或王朔笔下的人物出现于现世，尽管世界已然大变，他依然停留在20世纪60年代。他的讲规矩、重义气、有老礼儿，他当年在胡同和北京那一份响当当的江湖地位，都已经随时代变迁远去了。北京胡同曾经是一个最具传统积淀的社会，皇城根儿的大气、见多识广的机智等都凝结在这一隅小小的天地，形成了一套独到的都市文化。这些构成了20世纪60年代北京的特色，经过30多年变迁，已经有了根本改变。但老六还是用当年的方式待人处世，当然会有一肚子的不合时宜。以老六为代表的这类人的价值观未必合乎社会最主流的价值，但却是延续着某种民间的传统，让人感受到一股强烈的传统江湖气场。

那么《老炮儿》中的京味空间是如何呈现的呢？管虎将镜头聚焦于六爷的日常生活，他平日里提着鸟笼子走街串巷，看热闹，路见不平拔刀相助，操着一口京味十足的北京话，仗义潇洒，极具个性。管虎的镜头总是深入胡同深处，近距离地关注着六爷，他热衷于刀子嘴豆腐心般的调侃，却也总是帮衬着街坊邻里。管虎将自己的文化怀旧情结深刻地蕴藏在电影《老炮儿》的镜头与画面之间，六爷的坚持、六爷的生活方式、六爷的规矩等，早已像即将消失的“非物质文化遗产”一般，难得一见，令人无限唏嘘。老北京文化的日渐式微，强势的新北京文化的侵略性，都让人不禁产生了怀旧意识。曾经的老北京文化、胡同文化中的老规矩、老讲究、老禁忌都不应当被人们遗忘，这是祖辈世代相传的地域文化，是溶于我们血液中的文化因子。导演

① 张贝：《新时期以来电影中京味符号下的北京形象研究》，南京师范大学2017年硕士学位论文。

管虎借着老炮儿六爷的挣扎和抗争，希望观众能够铭记胡同文化中的老理儿，铭记这些被时代淘汰的执着于自己的人。[①]

步入新世纪，北京这一历史文化古都发生了翻天覆地的变化，现代化与国际化的城市身份定位或许掩盖、消弭了老北京的文化记忆。这难道意味着，都市文明的繁荣必将伴随着传统韵味的减退与丧失吗？或许新时期的京味电影已经给我们一个较为明确的答案。尽管京味影视的呈现方式越来越前卫，但寥寥几句对白，仍保留了老北京语言艺术讲究委婉含蓄的特点，同时，也把北京文化传统中北京爷最讲究"面子"的心理表露得一览无余，就像陈建功在《放声》和《耍叉》中概括的那样，北京人舍命都不舍脸。无疑，类似这样的"调侃"在北京爷的日常生活中，早已超越了交际沟通和表情达意，更成为一种精神的替代物，成为建构北京人精神气质的重要一环。电影正是借由这些北京爷的形象建构，呈现了北京人根深蒂固的心理素质和精神习惯，重现了京味的幽默和大家气派，传递了京味文化一贯的达观、乐天、重情的气质和秉性。无论是善良幽默的姚远（《甲方乙方》），还是机智随性的刘元（《不见不散》）；无论是不屈不挠的韩冬（《没完没了》），还是坚持原则的尤优（《大腕》），他们在言语和想象的畅快中缓释了生活的不平，他们的乐观、苦中作乐原来也是一门大艺术。京味不仅成为他们生活的态度，更是他们生活的艺术，是北京人集体的智慧。[②]

新时期的京味电影呈现出一个很明显的特征，即作品更加关注当下性。与传统京味相比，影片中外来文化的融入、对边缘人群的探讨、对摇滚乐等亚文化的讨论、对当下相关的热点问题显然更加关注，当然导演也不失时机地探讨了北京精神在当代的衰变和转向问题，如电影《老炮儿》。导演团队和编剧对于这些问题的探讨更多地立足于现状，显然纵深程度还有所欠缺。当然，电影并不是文学研究也不是社

① 滕亚丽：《〈老炮儿〉的京味儿电影艺术空间》，《电影文学》，2017年第1期。

② 蔡晓芳：《京味儿文化与电影》，《北京社会科学》，2010年第5期。

会调研，它让观众意识到北京作为一座古城的同时也承载着现代化的功能，无法避免地面临着外来多元文化的渗透，因而原本的北京精神、北京人物、北京生活也在发生着难以想象的巨变，人们所坚持的一些价值观念和社会伦理判断也在经历着难以扭转的更迭。对于电影而言，让许许多多来观影的观众意识到北京正在发生历史性的转变，已经达到了目的。文化从来就不是故步自封的产物，而是交融互渗的。京味文化也从来不是一个陈旧的定义，而是在社会发展和历史变迁之中不断融合的过程，外来文化和外来人口之所以在电影中能够得到如此广泛的反映，也恰恰说明这些工业文化制造者们正在有意识或者无意识地扩充着京味文化的内涵和外延，这也标志着当下的京味文化正在朝着一个开放包容多元的方向发展。

后　记

京味文学作为一个概念是在20世纪80年代提出的，但作为一种文学风格，它已然走过了几百年的历史，并形成了独立而鲜明的审美追求。这种审美追求不仅仅体现在语言、民俗、时代社会等具体的层面，而且是一种更加广泛、更加深入的文学意味。谈论京味文学始终离不开北京，离不开北京文化，正是北京文化包容万千的姿态和浑厚圆融的品格滋养了京味文学的独特价值。中国文学史上形成了诸多的地域文学流派，但以“味”来命名一方地域文学的是少之又少，这恰恰体现了“京味”之“味”的复杂性与特殊性。当然，“京味”的养成绝非一日之功，在漫长的历史发展中，京味文学既呈现出明显的代际演变，在不同的时代社会背景下形成了各具特色的京味追求，又孕育了稳定的审美取向，在历史洪流的淘洗中沉淀出共同的京味特色。

无论“京味”之“味”多么复杂和特殊，欲感受京味文学的审美追求与艺术特色，我们只能亲自去阅读一部部经典作品。京味文学的经典之作灿若星河，我们深知短短20万字的篇幅不能囊括，因此以“揽胜”的思路和方式在这片“星河”中摘取几颗最为闪亮的星星，让大家看到京味文学的价值和魅力。本书能够顺利完成，离不开一批作者的倾力投入，现将参加本册撰写的人员及所承担的部分分列如下——

绪　论　刘　勇

第一章　陶梦真

第二章　蔡　佳

第三章　谭　望

第四章　戴佩琪

第五章　韩　静

第六章　袁　园　解楚冰

以上内容经过刘勇教授统稿、审读和各位作者反复讨论修改，才有了我们今天看到的最终面貌。我们感到这依然是一个不成熟的成果，期待着各方面的批评。特别要说明的是，没有北京市社科联的诚挚关心与大力支持，尤其是刘亦文、王玮两位先生细致到位的联络和督促，这本书是不可能如此顺利完成的。在此，我们向他们表示最诚挚的谢意！

刘勇、陶梦真及本书全体作者

2019年5月8日